En tus brazos

En tus brazos

Maya Banks

Traducción de
Scheherezade Surià

TERCIOPELO

Título original: *In his keeping*

Copyright © Maya Banks, 2015

Primera edición: julio de 2015

© de la traducción: Scheherezade Surià
© de esta edición: Roca Editorial de Libros, S. L.
Av. Marquès de l'Argentera 17, pral.
08003 Barcelona
info@terciopelo.net
www.terciopelo.net

Impreso por LIBERDÚPLEX, S.L.U.
Crta. BV-2249, km 7,4, Pol. Ind. Torrentfondo
Sant Llorenç d'Hortons (Barcelona)

ISBN: 978-84-15952-69-5
Depósito legal: B. 12.152-2015
Código IBIC: FRD

RT52695

Uno

*E*n el umbral de su gran salón, Gavin Rochester observaba cómo su mujer examinaba un ornamento de Navidad antes de colocarlo en su cajita y ponerla en la caja de plástico que usaban para guardar la decoración navideña.

Su tristeza le producía tal dolor en el corazón que se frotó el pecho en un intento de aliviarlo. Pero algunas heridas eran demasiado profundas. Permanentes e imposibles de curar. Y su dolor le resultaba insoportable porque no podía arreglarlo. Sus relaciones, su dinero y su poder no significaban nada si no podía dar a su querida esposa lo que más quería. Notaba su dolor tan intensamente como si fuera suyo y, de hecho, lo era porque no podía soportar que fuera infeliz. Movería cielo y tierra para hacerla sonreír.

Ginger lo había cambiado, lo había convertido en un hombre mejor. Un hombre que nunca pensó que llegaría a ser, que nunca quiso ser. Pero ella lo cambió todo; su mundo, su sitio en este mundo. De repente él quiso ser un hombre mejor. Por ella. Porque ella lo merecía. Y nunca la pondría en una situación de peligro con sus prácticas empresariales. Era una nueva experiencia para él. Vivir bien, vivir de forma honrada. Salir de la oscuridad. Tener a alguien que hacía que quisiera sentirse… digno.

En aquel momento Ginger dejó de observar con tristeza aquel ornamento, y cuando vio a su marido, se le iluminó la cara, rosada por las brillantes luces del árbol de Navidad. A él le maravillaba comprobar cómo se le cortaba la respiración cada vez que ella le sonreía. Ese sentimiento nunca desaparecería. Jamás antes había disfrutado de un amor como el que profesaba a su esposa. Era asombroso y al mismo tiempo cálido, como las llamas de una chimenea. Algo inquebrantable, sin reservas ni ataduras ni condiciones.

Lo amaba, y saber eso le derretía aún ahora.

—Este es el último —dijo su mujer mirando una vez más el único ornamento que no se había colgado en el árbol. Momentáneamente, la pena apagó la calidez de sus ojos, pero vio que hacía un esfuerzo para recomponerse y la lástima desapareció de sus facciones. Sin embargo, se había dado cuenta. Sabía que estaba allí por mucho que ella se esforzara para que no se le notara.

Cruzó el salón, ya no podía soportar esa distancia que los separaba. La estrechó entre sus brazos e introdujo los dedos en su larga melena, que luego acarició, mientras aspiraba su aroma y le besaba los mechones.

—Volveremos a intentarlo —murmuró él, tratando de adoptar un tono seguro y tranquilizador. A pesar de todo, sabía que había fracasado estrepitosamente. Sonaba tan alicaído como ella. No era su esposa quien le había fallado; podía pasarse el resto de la vida solo con ella y no sentir remordimiento alguno. Era él quien la había defraudado. Era incapaz de darle el hijo que tanto deseaba.

Ginger quería tener una familia. Amor, risas, que llenaran la casa con una calidez que él nunca había experimentado antes de conocerla. Ella lo sabía, sabía cómo había sido su vida y estaba decidida a cambiarla. A darle un hogar. No solo una casa. Una casa con una familia y su amor incondicional. No tenía defensa alguna. Su amor desafiaba fronteras y parámetros. Sabía que nunca amaría a ninguna otra persona en la faz de la tierra como amaba a esta mujer.

Ella negó con la cabeza, apoyada contra su pecho, y él la apartó con cuidado, destrozado por el brillo de las lágrimas en sus grandes ojos marrones. Para él, hasta consumida por la pena, era la mujer más hermosa del mundo. No recordaba cómo era su existencia antes de que entrara a formar parte de su vida.

Tenía lo más valioso del planeta entre los brazos y aun así era incapaz de darle lo que más quería: un hijo.

—Ya no más, Gavin —dijo ella tragando saliva como si le resultara doloroso hablar—. No puedo soportar otra pérdida. Ya no puedo aguantarlo más.

La absoluta desesperación en la voz de su amada esposa era demasiado para él. Estaba muy cerca de perder el control de sus propias emociones. Lo único que lo impedía era su promesa de que sería siempre su puntal.

Ginger necesitaba su fuerza, no su debilidad. Y por duro que fuera él solo tenía una debilidad en esta vida.

Ginger. Su esposa, amante y alma gemela.

Antes se hubiera reído de eso del destino y las almas gemelas. El profesor que le daba clases de Desarrollo y Recursos Humanos había dicho una vez que el concepto de que solo hubiera una persona para ti era completamente falso. Que podías enamorarte de muchas personas distintas durante tu vida, y amarlas.

Él también compartía esa opinión hasta que un buen día, una hermosa mujer deliciosamente tímida, de ojos marrones y pelo castaño entró en su vida y puso patas arriba toda su existencia. Desde la primera vez que Ginger aceptó su invitación a cenar, supo que estaba tan perdido que nunca más volvería a encontrarse. Tampoco lo quería.

Gavin era un hombre decidido que podía hacer frente a cualquier reto que le lanzaran. Lo tenía todo o eso solían decir de él las mujeres.

Era apuesto, carismático, taciturno en ocasiones, y rico.

No se chupaba el dedo. El último atributo era el más cautivador. Las mujeres con las que había estado no se habían parado a pensar en lo que había más allá de la etiqueta que llevaba pegada en la frente: multimillonario.

Irónicamente, la primera vez que se fijó en Ginger estaba en una cita con otra mujer. Había planificado toda la noche: cenarían tranquilos en un ambiente íntimo, flirtearía con su cita —de cuyo nombre no lograba acordarse ahora— y luego irían a casa de ella para follar antes de volver a su apartamento.

Nadie lo acompañaba a su casa ni invadía su santuario privado. El sexo siempre era en casa de la chica o en un hotel, y siempre se iba inmediatamente después. Para algunas, eso lo convertía en un cabronazo sin alma, pero no era hipócrita. No iba a quedarse para unos arrumacos poscoitales cuando ya les había dejado claro que no habría enredos sentimentales.

Cuando dejó a su cita en casa, no se quedó, para decepción de la pobre muchacha. Estaba demasiado ocupado pensando en la dulce camarera de grandes ojos marrones y tímidos que se había puesto roja cuando él se la quedó mirando demasiado rato.

No solía ser tan maleducado ni falto de habilidades sociales, pero en cuanto la vio se quedó prendado, así que la noche siguiente volvió al restaurante. Solo. Se las arregló para sentarse en su sección de mesas y se dispuso a ser el más exigente de los clientes; a cada rato la llamaba por cualquier excusa inventada.

Tardó tres largas semanas descorazonadoras antes de poder convencerla para que saliera con él a cenar. Pasó tres semanas de celibato obligado porque sabía que sería la última mujer en su cama, así que no le importó esperar.

Tardó seis meses más de noviazgo antes de llevar las cosas más allá de unos apasionados besos de buenas noches y de limitarse a notar la calidez de su cuerpo contra el suyo cuando la abrazaba.

Habían sido los seis mejores meses de su vida.

La noche que finalmente la llevó a su cama y la hizo suya, le propuso matrimonio y ella se echó a llorar.

Pasaron tres meses más en los que Ginger prácticamente vivía con él hasta que al final aceptó su proposición de matrimonio, pero en cuanto accedió, se le acabó la paciencia. La llevó delante de un juez a las primeras de cambio y la reclamó como suya para el resto de su vida.

Tras un año de felicidad teniéndola para él solo —y era extremadamente posesivo y egoísta en cuanto al tiempo que pasaban juntos—, ella empezó a hablar de tener hijos. Gavin no creía que pudiera ser más feliz de lo que era, pero entonces empezó a imaginarse a unas dulces niñas clavaditas a su madre y se propuso llenar su hogar de una decena de hijos, incluso, si eso era lo que su mujer deseaba.

Pero allí se dieron de bruces con la realidad.

Para alegría de ambos, se quedó embarazada enseguida. La gran pena fue que sufrió un aborto al cabo de unas pocas semanas. Entonces empezó su pesadilla de esperanzas truncadas. La última gota fue cuando volvió a quedarse embarazada a principios de este año, después de cuatro abortos. Consiguió llegar a un estado más avanzado de embarazo, que fue donde los demás habían terminado. Habían empezado a emocionarse y a dejarse llevar por la esperanza de que, por fin, lo habían conseguido.

Cuando estaba de cinco meses, después de saber que llevaba dentro lo que más quería, una niña; cuando ya habían empezado a establecer un vínculo con el bebé; habían notado sus primeros movimientos y hasta empezaron a decorar la habitación —algo que nunca habían podido hacer hasta entonces—, la tragedia volvió a azotarlos y perdieron al bebé. La peor parte fue que tuvo que dar a luz a una niña diminuta y perfectamente formada.

Ginger se quedó destrozada; se pasó meses lánguida y apática. Él nunca se había sentido tan inútil. La quería muchísimo y la hubiera descargado de todo ese dolor si hubiera podido, pero ella había tocado fondo y cuando se repuso físicamente ya no volvió a mencionar que quisiera intentarlo de nuevo.

Ni siquiera ahora, cuando él quería animarla para que lo volvieran a intentar, Ginger se negaba. No podía culparla, pero le fastidiaba la idea de no ser capaz de arreglarlo. En su mundo nada era imposible. El dinero, si bien no era la solución para todo, conseguía muchas cosas. Sin embargo, ni con todo el dinero del mundo, con todas las influencias del mundo, podría ayudar a su bella esposa a conseguir lo que más deseaba.

Como si notara el oscuro derrotero que estaban tomando sus pensamientos, Ginger le acarició la mandíbula; esbozó una sonrisa dolorosamente dulce y lo miró comprensiva.

—Tú eres lo que necesito. Lo único que quiero —dijo sin más—. Júrame que no me dejarás por alguien que pueda darte hijos. Júramelo y nunca te pediré nada más.

Él se quedó impactado. La miró perplejo, cada vez más enfadado. No con ella, sino consigo mismo, porque si la hubiera hecho sentir segura, nunca se hubiera planteado algo así. Esa idea, ese miedo, nunca se le hubiera pasado por la cabeza.

Enmarcó su hermoso rostro con las manos y se quedó así, mirando a esos ojos marrones, conmovedores e hipnóticos.

—Solo me preocupa no poder tener hijos porque sé lo mucho que te duele —dijo él con voz ronca—. Haría lo que fuera para ahorrarte esto, Ginger. Siento muchísimo haberte fallado.

Ella le puso los dedos en los labios.

—Shhh. Gavin, tú no me has fallado. Me has dado un hijo tras otro. Soy yo la que te ha fallado a ti porque no consigo que los embarazos prosperen, algo que no te pasaría con otra mujer.

Él la estrechó entre sus brazos y la envolvió con firmeza hasta que notó que se relajaba.

—Nunca habrá ninguna otra mujer para mí —dijo bruscamente—. Nunca querré más de lo que puedas darme. Te lo juro por mi vida, Ginger: mi corazón y mi alma te pertenecen. Son tuyos igual que lo soy yo. Y espero ser yo el dueño de los tuyos también.

—Te quiero —susurró—. Ahora hazme un favor y coloca el ángel para que el árbol esté completo.

Pero no lo estaría y ambos lo sabían. Un pequeño adorno se quedó en la caja donde guardaban los demás. Era una cucharita de plata que llevaba grabado «La primera Navidad del bebé» y el año.

Si todo hubiera ido como estaba previsto, hubiera salido de cuentas en cuestión de días. Un bebé de Navidad, exclamó emocionada cuando el doctor le dijo la fecha. Ahora tendría una barriga pronunciada, él le masajearía los pies y la abrazaría; ambos notarían las pataditas de su hija durante el abrazo.

Ginger se apartó y desenvolvió al delicado ángel de porcelana que coronaría el árbol. Gavin se subió al taburete y colocó la última decoración en su sitio.

—Es perfecto —susurró ella con los ojos brillantes por las lágrimas.

Él se las secó con los labios y luego la abrazó para poder observar, codo con codo, el árbol que ella había decorado con tanto afán. A su esposa le encantaba la Navidad. Las primeras fiestas navideñas que pasaron juntos no se le olvidarían en la vida porque antes, para él, la Navidad era un día más. Y un engorro también, ya que la mayoría de los sitios cerraban y la gente salía de la ciudad o estaba poco disponible.

Pero cuando Ginger entró en su vida, lo cambió por completo. Lo arrastró de su casa de Connecticut para ir a comprar el árbol vivo más grande y espectacular que pudieran encontrar.

Ese fue otro cambio que obró en él. Aunque tenía una casa enorme con grandes extensiones de terreno alrededor y privacidad absoluta, no le hacía ninguna gracia estar allí solo. Pasaba la mayor parte del tiempo en su apartamento de Manhattan. Hasta llegar Ginger.

Ahora lo raro era que estuviera en el piso y si iba, se cercioraba de que ella lo acompañara. No habían pasado ni una sola noche separados desde que hicieran el amor por primera vez. Ella había convertido la casa de Connecticut en un hogar. Era cálida, acogedora y estaba llena de amor y felicidad.

—Me encanta el árbol —dijo él sinceramente—. Has hecho un magnífico trabajo, como cada año.

—¿Es posible que haya transformado al Grinch en Papa Noel? —dijo ella para pincharlo.

Él se echó a reír.

—¿A ti qué te parece? No me hubiera pasado un día entero matándome a colgar luces por las paredes de toda la casa si odiara estas fiestas.

—Sigues odiándolas, pero me quieres —repuso, descarada.

Gavin volvió a reír.

—Voy mejorando. Y no odio nada siempre que tú formes parte de ello.

La expresión de su esposa se atenuó y el amor inundó su mirada. Se volvió y ladeó la cabeza para recibir su beso cuando llamaron al timbre.

Los dos fruncieron el ceño y Ginger se apartó para mirar en dirección al vestíbulo. Eran casi las once de la noche, ¿quién narices iría a verlos a esa hora? Peor aún, ¿cómo podían haber traspasado la puerta de seguridad sin que ellos se enteraran?

Gavin se puso serio inmediatamente.

—Quédate aquí y no te muevas. Iré a ver quién es.

—Pero… —protestó ella.

Él le dio un apretón en la mano para que se callara, se acercó al cajón de la mesilla junto al sofá y sacó su revólver. Lo escondió, volvió a mirarla como pidiéndole que no se moviera y luego se acercó a la puerta de entrada.

Arrugó la frente cuando miró por el ventanuco que solo podía abrirse por dentro, pero no por fuera. No había nadie fuera, pero la luz de movimiento se había activado y aún brillaba sobre el paisaje invernal cubierto de nieve.

Sacó la pistola, abrió la puerta con cuidado y se quedó mirando el exterior. El frío le dio una bofetada y el viento ululó en su oído. La luna llena iluminaba la gruesa capa de nieve. Solo el ruido de los árboles meciéndose y el crujido del hielo al romperse las ramas alteraban la serenidad de la noche.

Casi tropezó con el objeto que había en el suelo. Dio un paso atrás y bajó la vista; se quedó estupefacto al ver lo que parecía una... ¿canastilla de bebé?

Se arrodilló inmediatamente y apartó con cuidado la mantita que tapaba algo del interior. Cuando la retiró lo suficiente para ver lo que contenía la canastilla, dio un grito ahogado.

—Gavin, ¿qué es?

Oyó el tono de voz preocupado de Ginger a su espalda y antes de poder decirle que no se acercara, el bebé escogió ese justo instante para empezar a sollozar, aunque era más un gemido de angustia que un llanto de verdad.

A su esposa se le cortó la respiración. Se agachó a su lado y fue a coger el valioso bulto antes de que él pensara en hacerlo.

—¡Por el amor de Dios! Alguien acaba de dejar un bebé aquí; se va a congelar.

El horror en su voz era evidente. Él seguía demasiado estupefacto para pensar con claridad.

—Entra la canastilla —dijo ella, tensa, mientras recogía al bebé en brazos y se incorporaba en el porche.

Él la siguió, pero algo le decía que debería buscar a la persona que había dejado al bebé. Todavía debía de estar en la finca. Tenía muchas tierras y aún tardaría un buen rato en salir de ellas independientemente de la dirección por la que hubiera venido.

Sin embargo, estaba absorto mirando a su mujer junto a la chimenea; apartaba la mantita y colocaba la cabecita del bebé bajo su barbilla mientras lo acunaba para tranquilizarlo.

—¿Hay alguna nota? —preguntó nerviosa—. Cualquier cosa que explique en qué diantre pensaba alguien para hacer algo tan terrible. ¡Es Navidad! No se abandona a un bebé en Navidad.

Estaba muy angustiada. Gavin sacó rápidamente el contenido de la canastilla y sí, cayó un sobre al suelo junto a las mantitas y dos peluches viejos.

—Léemela —le pidió ella sin mirarlo. Estaba absorta mirando al bebé que llevaba en brazos y por un momento él ni siquiera pudo respirar. Contemplaba lo que nunca podría ser suyo. El dolor era casi insoportable. Ginger miraba al bebé con una ternura y amor infinitos mientras le acariciaba la espalda en un intento de aliviarlo... o aliviarla. ¿Era un niño o una niña?

Gavin abrió el sobre con manos temblorosas y leyó el texto

rápidamente, dispuesto a ahorrar a su mujer cualquier cosa que pudiera herirla, pero lo que leyó le llegó al alma.

No puedo ocuparme de mi bebé. Conmigo siempre estará en peligro. Necesita alguien que la quiera y la proteja. Cuento con ustedes para que la quieran como si fuera su hija y nunca permitan que conozca las circunstancias de su pasado. Seguramente pensarán que soy la madre más horrible de la faz de la tierra por darle mi bebé a unos completos desconocidos, pero quiero a mi hija y por eso la dejo a su cargo y les pido que la quieran como yo lo haría y la eduquen como si fuera suya. Nunca debe saber nada de mí ni de su padre biológico. Prométanme que guardarán el secreto. Estoy destrozada, pero saber que podrán darle todo lo que yo no puedo me da la fuerza para hacer lo que es mejor para ella. La he querido muchísimo; nunca lo duden, por favor. Solo les pido que la quieran tanto como su padre y como yo.

Cuando Gavin terminó de leer la carta, le temblaba mucho la mano y Ginger se sentó en el sofá sosteniendo al bebé contra su pecho mientras miraba a su marido, incrédula.

Él se apresuró a sentarse junto a su esposa, y la ayudó también a sujetar al bebé porque estaba temblando tanto como él.

Ginger bajó un poco la mantita para ver la cara al bebé y Gavin se derritió. Una preciosa niña los miraba mientras ella le acariciaba la mejilla.

Y al tiempo que se ganó su corazón, tomó una decisión, una decisión que cambiaría para siempre el curso de su vida y la de Ginger. Se fue tranquilizando poco a poco y mentalmente empezó a barajar sus opciones.

—Quiero que hagas las maletas —le dijo, su tono inseguro dejó paso a una resolución implacable—. Nos iremos del país y pasaremos un tiempo fuera.

Su mujer abrió los ojos como platos.

—¿Y qué vamos a hacer, Gavin?

Él la miró fijamente. Le acarició la rodilla; no quería que apartara las manos del bebé.

—Haremos lo que nos ha pedido y la educaremos como si fuera nuestra hija.

Dos

Cinco meses después...

Gavin siempre había sido consciente de lo que podían conseguir el dinero y el poder, pero hasta la llegada de Arial —pues ese fue el nombre que eligieron para la preciosa niña— no fue plenamente consciente de que toda la riqueza que había acumulado a lo largo de su vida adulta tenía una razón de ser, como si llevara todo ese tiempo preparándose para algo tan importante. Tan pronto como ese inocente bebé apareció en su puerta, supo que todo su dinero por fin serviría para un propósito. Al final, todo se reducía a esto y a lo que había podido dar a su mujer, y ahora también a su hija.

Ari era de ellos. Había confeccionado meticulosamente varias pruebas documentales que dieran fe del embarazo de su mujer y cómo, tras varios abortos, se la había llevado a un lugar aislado donde pudiera dar a luz a su hija con total privacidad. También había preparado una partida de nacimiento en la que figuraban su nombre y el de Ginger como padres de la criatura, su lugar de nacimiento y hasta el nombre de la clínica financiada por él mismo donde la niña supuestamente había nacido.

Ahora volvían a los Estados Unidos por primera vez, seguros de que el pasado de Ari quedaba atado y bien atado. Todo lo que tenían que hacer era retomar su vida, pero aun confiando en que el pasado de Ari era incuestionable, Gavin no era tan tonto como para pensar siquiera en bajar la guardia. Sus vidas quedarían alteradas para siempre, y no tenía el menor remordimiento por haber cambiado el futuro de ambos. Ya tenía todo lo que un hombre podría desear, y daba gracias por ello cada día desde aquella fría noche de Navidad en que Ari llegó a la vida de ambos.

Había explicado a Ginger los cambios que iba a haber en su vida, y que iban a tener que extremar la cautela en todos los aspectos de su día a día. Le preocupaba que Ginger se sintiera maniatada o se cansara de vivir tan aislada, pero debería haber sabido que su mujer, al igual que él, haría absolutamente cualquier cosa para proteger a su hija.

El día en que dejaron a Ari en la puerta de su casa se había creado un vínculo irrompible, inexplicable e instantáneo, como si hubiera estado destinada a ser suya, y ese vínculo se había fortalecido tanto que ya no recordaban su vida antes de que entrara a formar parte de la familia. Lo primero que hizo Gavin antes de volver a los Estados Unidos fue vender discretamente la casa de Connecticut, porque no quería dejar ningún rastro de su vida anterior a Ari, ni dar la posibilidad a su madre biológica de aparecer en la casa donde había dejado a la niña y pedir que se la devolvieran.

Durante los meses que pasaron fuera del país, Gavin había estado trabajando constantemente y a conciencia para pasar desapercibidos y desaparecer de la mirada pública. Había vendido varios de sus negocios y luego había invertido las ganancias de esas ventas para que su familia tuviera siempre una seguridad económica. Había comprado una casa enorme a nombre de una empresa fantasma que no se podía vincular con él, se había encargado de que la seguridad fuese impenetrable, y después la había convertido en la casa de los sueños de Ginger: un lugar que le encantaría y en el que no le importaría tanto estar confinada. Ginger, feliz, le dijo que tenía todo lo que podría querer: un marido al que amaba y una hija a la que adoraba. Ningún sacrificio era demasiado grande con tal de preservar a su familia.

A Gavin, ver a su esposa tan contenta le hacía sentirse realizado de una manera totalmente nueva para él. Tras tanto dolor y tantas pérdidas, la mujer a la que amaba relucía, estaba llena de vida y rebosaba amor y sonrisas. No había día que no se deleitara al descubrir algo nuevo sobre la maternidad y sobre su preciosa criatura.

Gavin sabía de corazón que haría cualquier cosa que hiciera falta para protegerlas. Ningún precio era demasiado alto. Cierto, no lo había hecho de la manera más limpia ni más legal, pues debería haberlo puesto en conocimiento de las autoridades y los servicios sociales y solicitar una adopción por las vías adecuadas; pero solo con mirar a los ojos de su mujer fijos en esa niñita sabía que no podía correr el riesgo de perderla haciendo las cosas por la vía legal. Si Ginger era feliz, podría vivir con ese cargo de conciencia o con el alma maldita, incluso. Se enfrentaría al fuego del infierno y al mismísimo diablo antes que provocar que sus ojos perdieran ese brillo. Ella lo miraba como si fuera su salvador, aunque en realidad había quebrantado tantas leyes que si se descubriera, se enfrentaría a años de cárcel. Desde luego, se había asegurado de que ninguna de las decisiones que había tomado salpicara a Ginger de ninguna manera, y que, si algún día saliera todo a la luz, tanto ella como Ari estarían limpias.

Ginger entrelazó los dedos con los de su esposo, apretando con nerviosismo a la vez que ajustaba la mochila portabebés de manera que la niña quedara mirando hacia ella, bien acurrucada en su pecho. Bajaron del pequeño avión privado y se dirigieron apresuradamente hacia el coche que los esperaba; Gavin tuvo mucho cuidado de que Ginger no tropezara. Cuando se sentó junto a ella en el asiento trasero del coche, Ginger lo miró, con el ceño fruncido y expresión tensa.

—No sé por qué estoy tan nerviosa —dijo, con la voz quebrada y tono de disculpa—. Confío en ti, Gavin; no creas que no. Pero es que parece que en los últimos cinco meses hemos vivido alejados de la realidad, en una burbuja en la que el tiempo estaba detenido y solo existíamos nosotros, y ahora me da miedo volver al mundo real… Tengo miedo de que esto sea un sueño y cuando me despierte, Ari haya desaparecido.

Gavin le pasó el brazo por los hombros, estrechó a ambas entre sus brazos y le acarició la cabeza con los labios. Odiaba verla preocupada y con miedo a lo desconocido, pero lo comprendía y sabía que era imposible despojarla de sus miedos; hasta él estaba inquieto. Se pasarían el resto de sus vidas preocupados de que los descubrieran o de que les arrebataran a su hija. Puede que, con el tiempo, su miedo disminuyera, pero ahora que retomaban su vida pasada se temían lo peor y con razón.

—No voy a dejar que eso pase jamás —dijo en un tono grave.

Miró un instante a través de la ventanilla. El coche que los había recogido en la pista de aterrizaje privada no tenía nada de especial ni de llamativo; quería pasar desapercibido.

—¿Serás feliz aquí? —preguntó a Ginger, dándole así voz a uno de sus muchos temores. La felicidad de su mujer era su principal prioridad.

Se había deshecho de la mayoría de sus empresas hasta quedarse solo con la petrolera con sede en Houston (Texas), ciudad que conocía bien. Anteriormente había hecho negocios con Franklin Devereaux y ahora pretendía reactivar su relación con él, pues tenía conocimiento de su vida pasada y podía serle útil para lograr el anonimato completo e iniciar una vida totalmente nueva. Le había costado mucho tomar esa decisión. Al ponerse en contacto con él se arriesgaba a abrir una grieta en el dispositivo de seguridad que tanto le había costado levantar, pero tenía contactos que Gavin había perdido, así que al final había decidido correr el riesgo.

Franklin tenía lo que Gavin y Ginger tanto anhelaban, o mejor dicho, tanto habían anhelado: una familia. Pero ahora Gavin ya no sentía envidia al pensar en los Devereaux, porque Ari los había completado, había consolidado su relación y había convertido la pareja en una familia.

Ari se despertó, aún acurrucada en el pecho de su madre, y alzó la cabeza, regalando a su padre una sonrisa sin dientes que, como siempre, le derritió el corazón.

—¡Hola, pequeñaja! —dijo Ginger, dándole el dedo para que se lo envolviera con su manita. Se lo llevó directamente a la boca, como hacía con cualquier cosa que caía en sus manos, y empezó a morderlo entre gorjeos, sin perder su enorme sonrisa.

—¿Cuánto falta para llegar? —inquirió Ginger—. Hay que cambiarle el pañal, y ahora que se ha despertado no va a tardar en tener hambre.

—Diez minutos como mucho —aseguró Gavin.

—Aguantará bien hasta entonces —respondió ella con una sonrisa, y se puso a hacerle carantoñas y ruiditos a Ari. Luego levantó los ojos hacia Gavin y le dedicó una mirada llena de cariño—. Somos una familia —susurró con un deje de asombro en la voz—. ¡Esto es real!

Gavin sonrió y se inclinó para besar el nacimiento de los suaves rizos de Ari, aspirando su dulce aroma de bebé. A continuación se acercó a los labios de Ginger y la besó pausadamente, saboreando el momento de privacidad con su mujer y su hija.

—Sí, mi amor. Esta es nuestra nueva vida y es real. Nadie nos la va a quitar nunca.

Fue una promesa queda pero firme. Nada ni nadie le arrebataría lo que era suyo, y siempre protegería a su mujer y a su hija de la cruda realidad de la vida, costara lo que costase.

Tres

Cuatro meses después...

Gavin hizo chirriar los neumáticos con un sonoro frenazo delante de su casa y, antes de que el chófer hubiera detenido totalmente su Mercedes blindado, se bajó de él, pistola en mano. El miedo le hacía sentir el martilleo del corazón en las sienes. Ginger se había puesto histérica y le había pedido que fuera a casa inmediatamente, que estaba pasando algo. Tuvo que contenerse para no tirar la puerta abajo y meterse en casa a destrozar lo que fuera que amenazaba a su mujer y a su hija. En lugar de eso, se puso a un lado de la puerta, estiró el brazo para girar la manilla, dejó que se abriera la puerta y miró al interior del salón.

Allí estaba Ginger caminando de un lado a otro, con un aspecto terriblemente angustiado. Como si notara su presencia, dirigió la vista hacia la puerta y llamó:

—¿Gav? ¿Eres tú? ¿Estás en casa?

Gavin se relajó y empezó a dejar de sentir ese pánico. Hizo un gesto para que se apartaran los agentes de seguridad que habían llegado tan pronto los había llamado; hasta el conductor tenía la pistola desenfundada y en alto. Se guardó el arma en la sobaquera y se incorporó, esperaba no hacer el ridículo cayéndose de bruces en la puerta de su propia casa.

Nunca había tenido tanto miedo como en los últimos quince minutos, desde que su mujer lo llamara con voz aterrorizada para pedirle que fuera a casa. Gavin nunca las dejaba solas, salvo una vez por semana, cuando iba al centro de Houston a ocuparse de sus negocios o a hacer algún recado; pero ya no estaba seguro de si podría volver a hacerlo.

La puerta se abrió un poco más y Ginger se plantó delante,

con los ojos como platos por el miedo. Tenía el rostro pálido y le temblaba todo el cuerpo. Aunque ella parecía estar bien, la seguridad de Ari seguía en duda; y si su hija estaba bien también, ¿qué narices había asustado tanto a su mujer?

—¡Gavin, tienes que venir!

Entonces ella se fijó en los hombres dispuestos en formación y entendió lo que había hecho Gavin; aun así, no hubo ni un atisbo de remordimiento o disculpa en su rostro. Con una mano fría tomó la de su marido y lo llevó hacia dentro; cerró la puerta tras él, de forma que quedaron separados de los agentes.

—Alguien o algo ha entrado en la habitación de Ari —dijo con la respiración entrecortada, mientras corría escaleras arriba tirando de Gavin, que se puso rígido y volvió a desenfundar el arma—. Ahora mismo no hay nadie dentro —susurró—. Está durmiendo, ¡guarda la pistola!

Reacio, enfundó de nuevo. Al entrar en la habitación de Ari la vio allí dormida, con el culete en alto envuelto en el pañal, las piernas encogidas debajo del cuerpo y un pulgar en la boca. Entonces pudo respirar tranquilo.

—¿Qué cojones pasa, Ginger? —preguntó, sin disimular su enfado. Ella se estremeció, asustada—. Acabo de perder quince años de vida. No me vuelvas a hacer esto jamás.

—Pero aquí ha entrado alguien —siseó Ginger—. No estoy loca, Gav. Las primeras veces pensé que era despiste mío, que había dejado los dos peluches en su cuna sin darme cuenta; pero luego empecé a fijarme bien en dónde los dejaba cuando acostaba a la niña.

Gavin frunció el ceño. Ginger no era en nada descuidada, nunca dejaría en la cuna objetos con los que Ari se pudiera atragantar, así que no creyó ni por un momento que se hubiera olvidado de algo. Ginger se asomó por encima de la cuna; a continuación se metió el puño en la boca para sofocar su llanto y levantó la otra mano, temblorosa, para señalar los muñecos.

—Gavin, los he sacado de ahí hace quince minutos, cuando te he llamado. Los he puesto encima del mueble y ahora vuelven a estar en la cuna. Alguien está entrando.

Gavin la estrechó entre sus brazos y la besó en la frente.

—Tranquila, cielo. Me voy a encargar de esto ahora mismo. En realidad es bastante fácil: a partir de ahora tendremos la cuna en nuestro dormitorio, y a la hora de la siesta, métela en el moisés y tenla siempre contigo. Llegaremos al fondo de este asunto. Puedo revisar las cintas de vigilancia; si ha entrado alguien, lo sabré.

Gavin miraba fijamente la grabación del cuarto de su hija sin saber muy bien qué era exactamente lo que estaba viendo. No podía ser. Y eso que tenía pruebas que indicaban lo contrario. Lo que había en esa habitación no era alguien, sino algo.

Podía revisar la grabación tantas veces como quisiera, que siempre iba a mostrar lo mismo: los dos cariñines, que era como llamaba Ginger a los peluches favoritos de su hija —el único recuerdo de cómo había llegado Ari a su vida y un tributo secreto a la mujer que se la había dejado en la puerta—, flotaban por el aire desde donde los había dejado Ginger hasta la cuna de Ari.

Gavin era un hombre de mente lógica. No le entraba en la cabeza algo tan... ilógico. Encima, inmediatamente después de la falta de lógica venía el miedo, un miedo que se le metía hasta los huesos. ¿Había algo maligno acechando a su hija? Nunca había creído en fantasmas ni en espíritus; no tenían cabida en su visión racional y ordenada del mundo. Pero desde luego, algo había que hacía que los peluches volaran por la habitación y cayeran en la cuna. ¿Qué narices le iba a contar a Ginger sin hacer que se muriera de miedo? Iría hasta el fin del mundo para proteger a su mujer y su hija; si podía evitarle cualquier miedo o daño, se lo evitaría, y no se arrepentiría de ello. Por lo pronto, mandó a su jefe de seguridad llevar la cuna de Ari a su habitación y no tocar nada más del cuarto de la niña.

A la mañana siguiente...

Gavin se despertó al oír una exclamación asustada de Ginger. Estaba de pie junto a la cuna de Ari. Se levantó enseguida y fue junto a ella.

Los dos cariñines estaban en la cuna y Ari estaba despierta, agarrando uno de ellos con su mano regordeta y mordiéndole una oreja. Sonrió a sus padres mientras agitaba las piernas, como diciendo que ya estaba despierta y lista para salir de la cuna.

Miró a la puerta de su habitación. Antes de acostarse se había asegurado de que quedaba cerrada con llave; ahora se encontraba entreabierta y los peluches que habían dejado en la habitación de Ari estaban ahora en su cuna, para gran alegría suya, como se podía ver. En ese momento supo que no podía ocultar las grabaciones a Ginger. Había algo que no iba bien.

Ginger se agachó para coger a Ari, a quien se le cayó el cariñín, lo que al instante produjo unos lloriqueos que cesaron en cuanto Ginger lo recogió y se lo puso otra vez en las manos. Cuando giró la cabeza hacia él, con expresión suplicante, vio que tenía lágrimas de miedo en los ojos. Le estaba pidiendo en silencio que arreglara lo que fuera que estaba ocurriendo, lo cual lo destrozaba, porque no tenía ni la más remota idea de qué podía hacer. Siempre les había dado absolutamente cualquier cosa que necesitaran, su prioridad era proteger a su familia, garantizar su seguridad, felicidad y bienestar, pero no tenía explicación para lo inexplicable.

—Dale de comer y cámbiala, y después ven al cuarto de vigilancia —dijo a Ginger en una voz que se esforzó en mantener tranquila y firme, para que Ari no notara su preocupación.

—¿Qué está pasando, Gavin? —preguntó Ginger en un susurro.

—No lo sé —respondió él con sinceridad—. Pero pienso averiguarlo. Encárgate de Ari y luego solucionamos esto.

Ginger salió de la habitación en silencio, pero la tensión que irradiaba casi se podía palpar. A Gavin no le gustaba nada verla con miedo. Qué cojones, él mismo tenía miedo también. Nada le había preparado para algo como esto. ¿Cómo te defiendes de algo que no sabes ni qué es? Aunque no era religioso, se sorprendió a sí mismo al ponerse a rezar en silencio para expulsar a cualquier espíritu maligno que hubiera invadido su hogar.

En cuanto Ginger desapareció escaleras abajo en dirección a la cocina para dar de comer a Ari, Gavin se puso a examinar la cerradura de la puerta en busca de algún indicio de que hubiera sido forzada, pero a simple vista no había ninguno. Ni un arañazo, ni una marca en la pintura, ni en el pomo, nada. ¿Cómo se había abierto la puerta y habían aparecido los peluches en la cuna sin que él se enterase? Siempre había tenido el sueño ligero, pero desde la adopción de Ari lo tenía más ligero aún, siempre preparado para oír un ruido, un llanto, cualquier señal de que algo no iba bien. A pesar de eso, había dormido toda la noche de un tirón, abrazado a su mujer y con Ari dormida en la cuna a un metro de su cama. Hasta había puesto la cuna junto a la pared del fondo a propósito, para que la cama estuviera entre aquella y la puerta.

Sacudió la cabeza y bajó al piso inferior, donde encontró a Ari sentada en su trona, gorjeando contenta con uno de los cariñines en la mano mientras Ginger le preparaba el biberón. Gavin dio un beso a Ari en la cabeza y esta le correspondió con esa sonrisa que tanto lo derretía por dentro.

¿Cómo era su vida antes de que llegara Ari, cuando creían que nunca iban a tener hijos? Ya no se acordaba. Ginger y él eran felices, y él se sentía completo al lado de la mujer que más amaba… hasta que llegó Ari. Fue un regalo del cielo. Le había hecho creer en el espíritu de la Navidad, de la generosidad, y con su llegada se había terminado la tristeza de Ginger. Desaparecieron las dudas de si Gavin la abandonaría por otra mujer que le pudiera dar algo que él ni siquiera quería si no era Ginger quien se lo daba.

Ginger acabó de preparar el biberón de Ari y lo dejó sobre la encimera cuando Gavin la abrazó y la besó. Nunca se aburriría de sus besos, nunca perderían su mágica capacidad de hacerle olvidar el mundo de alrededor. Ari, impaciente, tiró el cariñín al suelo, dio un golpe a la bandeja de la trona y empezó a decir:

—¡Mamá, mamá!

Ginger rio y cortó el beso que le estaba dando a su marido.

—Creo que nuestra hija tiene hambre. Le puedo dar el biberón en el cuarto de vigilancia. Has dicho que me querías enseñar algo, ¿no?

Le disgustaba muchísimo el miedo de su voz y cómo intentaba disimularlo, y su manera de fingir que estaba tranquila cuando él sabía perfectamente que no era así.

—¡Gavin! —lo llamó Ginger con un grito ahogado—. ¡Mira!

Para asombro de ambos, el biberón acababa de ascender en el aire y flotaba suavemente por la cocina hacia las manos extendidas de Ari.

Ninguno de los dos se movió. Ninguno de los dos respiró. Observaban incrédulos cómo Ari agarraba el biberón con ambas manos y lo inclinaba para chupar la tetina.

—¿En serio acaba de pasar esto? —susurró Ginger, con todo el cuerpo temblando junto al de Gavin.

Estaba tan agitado que no fue capaz de responder. Primero los peluches habían llegado solos hasta Ari, atravesando incluso una puerta cerrada con llave, ¿y ahora esto? Por primera vez empezó a sospechar que era Ari la que estaba haciendo todo eso, ¡pero no era más que una niña pequeña, un bebé! Era una locura sugerir siquiera que podía mover a su antojo los objetos cercanos.

Ginger se acercó de un salto a la trona de Ari y le quitó el biberón de las manos con delicadeza. La niña se quejó con un gemido y, para mayor desconcierto de Gavin, Ginger empezó a forcejear con el biberón, que parecía querer írsele de las manos; entonces él corrió a sacar a Ari de la trona e intentó calmarla en sus brazos. Tan pronto como Ginger le devolvió el biberón, se tranquilizó y empezó a beber, satisfecha, mientras su padre la mecía. Este levantó la vista y miró a Ginger, que estaba pálida como un cadáver y se le veía el miedo en esos enormes ojos.

—¿Qué está pasando, Gav? —preguntó, angustiada—. ¿Será ella la que ha movido los peluches? No podemos negar lo que acabamos de ver por disparatado que parezca; no nos lo hemos imaginado, eso seguro.

Gavin pasó el brazo que tenía libre alrededor de ella, atrayéndola hacia sí para tener a su mujer y a su hija con él.

—Parece que nuestra hija tiene una habilidad muy particular —musitó.

—¿Qué vamos a hacer? —preguntó Ginger, con un deje de desesperación en la voz—. Lo último que nos hace falta es que alguien se entere. ¿Y si aparecen sus padres biológicos cuando salga a la luz que tiene…? —Cerró los ojos y apoyó la cabeza en el pecho de Gavin, muy cerca de la frente de Ari—. ¿Qué tiene, Gavin? No lo entiendo, y aún sé menos cómo se llama esa cosa que sabe hacer.

—Todo parece apuntar a que se trata de telequinesis, pero es muy pequeña, no es más que un bebé. Tenemos que prepararnos para lo que sea. Ahora es más importante que nunca tenerla alejada de miradas externas. No va a poder ir al colegio, por lo menos mientras no determinemos la magnitud de sus poderes y aprenda a controlarlos.

—Esa no es la vida que quería que tuviera —dijo Ginger con un sollozo.

Gavin sentía el calor de sus lágrimas, que mojaban la fina camiseta que llevaba puesta, y se le encogió el corazón. La estrechó y le dio un beso en la coronilla.

—Va a llevar una buena vida —le aseguró, y era una promesa que pensaba cumplir—. No podrá hacer todo lo que hacen normalmente los niños de su edad, pero tendrá una vida plena y rica; tú y yo nos aseguraremos de que sea así. Cuando tenga edad para entender las consecuencias de usar sus poderes, sabrá controlarse para no hacer nada que pueda llamar la atención.

Ginger se apartó con una sonrisa temblorosa, pero sonrisa al fin y al cabo.

—Siempre he sabido que sería especial. Fue un regalo de Dios en el momento en que más lo necesitaba. Quizá sea lo que tenía que ser. Tenemos los medios necesarios para protegerla, educarla, orientarla y darle lo que necesite mientras crezca. —Dudó un momento; se mordió el labio, preocupada—. Supongo que el mayor de mis miedos desde que apareció en nuestra vida es que un día venga alguien y quiera que se la devolvamos.

Gavin quitó el biberón de las manos a Ari y la puso sobre su hombro para hacerla eructar. Entonces miró a Ginger directamente a los ojos para enfatizar que lo que estaba a punto de decir iba muy en serio.

—Nada ni nadie nos va a quitar a nuestra hija jamás. A ojos de casi todo el mundo, hemos desaparecido del mapa por completo; hice público que nos mudábamos a Europa e incluso que seguimos viviendo allí; vivimos en una casa que no se puede relacionar conmigo; y el negocio que tengo aquí es propiedad de varias empresas fantasma, todas me pertenecen. Habría que escarbar muchísimo, pasar por un montón de burocracia y tener una suerte enorme para vincularme siquiera con cualquier cosa en los Estados Unidos.

—No dudo de ti, Gav; no creas lo contrario, ni creas que no tengo fe en ti, pero creo que siempre viviré con miedo de que me la quiten. Puede que con el tiempo se me vaya pasando, y hasta puede que algún día me relaje por completo, pero mi instinto maternal me dice que siempre estaré preocupada por mi niña, da igual la edad que tenga.

La respuesta de Gavin fue totalmente sincera:

—Tanto tú como yo, mi amor.

Esta vez no sorprendió a ninguno de los dos ver que el cariñín de Ari fuera volando desde el suelo hasta su dueña. Gavin lo atrapó en el aire y giró a la niña para que lo pudiera coger.

—Creo que ya va siendo hora de que duerma la siesta —dijo Ginger, apenada—. Supongo que ya no tiene sentido dejar los cariñines fuera de su alcance.

Al imaginarse los años venideros, la expresión de Gavin se tornó socarrona y dijo:

—Querida, creo que criar a esta niña va a ser toda una aventura.

Cuatro

Veintidós años después…

*A*rial Rochester suspiró mientras salía por la puerta de la academia privada donde enseñaba inglés; siempre sentía cierta melancolía a finales de curso.

Pero intentó no hacerle mucho caso porque pronto estaría con sus padres, y pasaría el verano con ellos donde fuera que su padre quisiera sorprender a su madre este año.

Sonrió al pensar en ellos. Seguían muy enamorados incluso tras tantos años de matrimonio. Su padre se mostraba tremendamente protector de su madre y, a su vez, ellos se mostraban protectores con ella. Y con motivo.

«Nunca digas nada. Nadie tiene que saberlo. No uses nunca tus poderes».

Su padre le había enseñado este mantra desde que tenía uso de razón. Había crecido muy cobijada, protegida y extremadamente aislada. Y con motivo.

Sus padres habían hecho todo lo que habían podido para ofrecerle normalidad, pero era imposible porque Ari no era normal. Era un fenómeno de la naturaleza, algo sacado de una película de esas de ciencia ficción cutre. No existía gente como ella. Salvo… ella misma. Y no había explicación del porqué.

Su padre era la lógica personificada. Aunque tenía una brillante mente analítica, parecía desconcertado por sus habilidades. Su mayor miedo había sido que la descubrieran; que alguien descubriera a Ari y se la llevara o su hija se viera expuesta al peligro en manos de gente que quisiera usar esos poderes para Dios sabe qué. Por ese motivo contrataron a profesores para que vinieran a casa a darle clase. Y no iba a ningún sitio sin un equipo de seguridad.

Pero ahora, ya adulta y graduada con honores en una pequeña universidad privada, había salido de la burbuja protectora creada por su padre tantos años atrás.

A él no le hacía gracia y a su madre tampoco, pero por suerte la entendían. Lo único que le había pedido su padre era que nunca le diera motivos a nadie para creer que era distinta a cualquier otra chica.

Era una promesa bastante fácil de cumplir porque normalidad era precisamente lo que ella quería... anhelaba, mejor dicho. No quería ser la rara. Sus padres la habían criado con un miedo constante a que la descubrieran, por lo menos hasta que fue lo bastante mayor para entender que no debía usar sus poderes y exponerse al resto del mundo. Solo entonces se tranquilizaron un poco y dejaron de vivir aterrorizados por si Ari revelaba por error todo lo que sabía hacer.

Sus padres se habían sacrificado mucho por ella. Sus vidas habían girado alrededor de su protección, lo que le dolía en el alma. Que, por su culpa, ninguno hubiera podido llevar una vida normal.

Buscó las llaves en el bolso mientras andaba a paso ligero por la acera de la calle en la que estaba la escuela. Una verja alta de hierro forjado rodeaba el enorme edificio de ladrillo visto; la puerta se cerraba poco después del inicio de las clases y se abría instantes después de que estas terminaran. El aparcamiento de los profesores estaba a media manzana de la verja y era la última profesora en irse, a juzgar por lo vacío que estaba ya.

Cuando se disponía a entrar en el aparcamiento a por el coche, la empujaron con tanta fuerza que cayó al suelo; se le hicieron rozaduras en las rodillas y las palmas al intentar detener la caída.

Un escalofrío le recorrió la espalda mientras trataba de comprender qué narices había pasado.

—¡Serás hija de puta! ¿Te crees que me puedes suspender sin más? De no ser por ti, este otoño empezaría la universidad. ¿Tienes idea de lo que van a hacer mis padres cuando vean mis notas finales?

Reconoció su voz, era uno de sus estudiantes: Derek Cambridge. Provenía de una familia adinerada y estaba muy pagado de sí mismo. Era arrogante y egoísta, pero nunca se hubiera imaginado siquiera que la atacaría por la nota que se había ganado en clase.

Se había tomado muchas molestias para intentar ayudarlo. No quería suspenderlo, pero él se resistía a sus esfuerzos, dando por sentado —dentro de su arrogancia— que lo aprobaría de todos modos independientemente de lo que se esforzara o, en su caso, de que no se esforzara nada. Tal vez pensaba que la riqueza y el estatus social de sus padres le permitirían aprobar en la escuela así como en la vida.

Cuando levantó la vista, se le heló la sangre: no estaba solo. Había dos chicos a su lado, que supuso eran sus amigos, y que tenían su misma mirada de cabreo. ¿Estaban locos? ¿Atacar a una mujer a plena luz del día en una calle transitada delante de una escuela?

Desesperada, miró hacia un lado y hacia otro, en busca de alguien que pudiera ayudarla.

Uno le dio una patada en el costado que la hizo caer de espaldas; tenía el bolso debajo e intentaba respirar con todas sus fuerzas.

Lo que vio cuando levantó la vista y reparó en la mirada furiosa de Derek Cambridge la dejó helada.

No se trataba de una simple paliza para desahogarse. Vio la muerte en sus ojos. Su muerte. Y sus amigos no parecía que fueran a mover ni un solo dedo para ayudarla. Ambos sonreían con suficiencia como si creyeran de verdad que estaba recibiendo lo que merecía.

Entonces vio un destello metálico. Era una navaja. Derek la sujetaba con fuerza en el puño, con la hoja hacia abajo, y ella supo —estaba convencida— que iba a matarla allí mismo.

Aunque sus poderes llevaban mucho tiempo latentes —porque se había esforzado mucho en reprimirlos—, despertaron de repente como en un estallido; el instinto de supervivencia dominaba todo lo demás.

Fue intuitivo. Ni siquiera tuvo que esforzarse por concentrarse. A su agresor le cayó de repente una lluvia de piedras que lo hizo tambalear; con una mano se tapaba la cara para protegerse mientras con la otra seguía agarrando la navaja.

El viento se levantó con tanta fuerza que parecía una tormenta tropical. Ahora que había suficiente espacio entre el adolescente que sostenía la navaja y ella, examinó la zona por si hubiera algún arma que usar contra él.

Miró el árbol que había en la acera. En ese momento crujió una gruesa rama, cuyo chasquido al partirse después sonó como un disparo, y cayó directamente encima de los tres chicos que la amenazaban.

—¿Qué mierda pasa, colega? —gritó uno de los amigos de Derek.

Ari no reconocía a los otros dos chavales. Estaba prácticamente segura de que no asistían a su escuela, porque no había tantos alumnos como en las escuelas públicas y estaba muy familiarizada con las caras y la mayoría de los nombres de los estudiantes de la Grover Academy.

—Traedme a esa puta y sujetadla bien para que pueda destriparla como la cerda que es —bramó Derek.

Ella también le había hecho daño. A Derek le sangraba la nariz, aunque ni siquiera se dignó secársela. Le brillaban mucho los ojos y Ari se percató de que no solo estaba enfadado porque le hubiera suspendido, sino que también iba puesto de no se sabía bien qué.

Se iba a armar una buena.

Se incorporó como pudo, aprovechando ese breve momento de confusión. Necesitaba recuperar la ventaja. Necesitaba poder ver qué recursos tenía al alcance.

Las jardineras de obra que rodeaban todo el frontal de la escuela, con sus setos bien recortados, empezaron a temblar y a sacudirse como si hubiera un terremoto. Los amigos de Derek también lo notaron, porque rápidamente adoptaron expresiones de inquietud, pero él iba demasiado colocado para darse cuenta de nada salvo de sus ganas de hacérselo pagar.

Los ladrillos empezaron a desprenderse y fueron cayendo uno tras otro. Entonces uno salió disparado por el aire y acertó a Derek en toda la cabeza.

Se desplomó como un saco; se le cayó la navaja de las manos.

Los dos amigos miraban estupefactos cómo seguían volando los demás ladrillos, dando vueltas en el aire y cambiando de dirección cuando ellos daban un paso atrás.

—¡La puta! —exclamó uno—. Es una bruja. ¡Fijo que la envía el mismísimo diablo!

Ahora que la navaja estaba en el suelo y cerca de donde había caído Derek, la atrajo hacia sí. Esta se acercó flotando y ella abrió la mano para cogerla por la empuñadura.

—Ni os acerquéis —les gritó ella.

En ese momento le daba igual lo que pensaran que fuera. Si creer que era el mismo diablo la ayudaba, pues que se lo creyeran.

Los ladrillos seguían cayendo a pocos centímetros de sus cabezas. Levantaban los brazos para protegerse las caras y cerraban los ojos, preparándose para el impacto. Al ver que no pasaba nada, abrieron los ojos con cuidado y el pánico se apoderó de ellos.

Cuando se echaron hacia atrás, los ladrillos volvieron a atacarlos. Decidieron dejar a su *amigo* a su suerte y echaron a correr como alma que lleva el diablo, precisamente.

Los ladrillos cayeron al suelo y uno se partió. Ari se quedó allí plantada y temblando por haber escapado de la muerte por los pelos.

Y luego cayó en la cuenta de que había hecho lo impensable. Por mucho que lo hubiera hecho por salvar la vida, acababa de usar la telequinesia delante de tres testigos. Pero no eran los testigos los que más la preocupaban. Si acudían a la policía con una historia tan disparatada, lo más seguro es que se rieran de ellos. Pero el aparcamiento, al igual que el resto de la escuela y todo el terreno que abarcaba, estaba vigilado por cámaras de seguridad. Con eso tendrían pruebas tangibles de sus poderes inexplicables.

Empezó a temblar; la navaja se le cayó de la mano y resbaló con un ruido metálico por el suelo irregular. Sin prestar atención a las rodillas y a las palmas ensangrentadas o al dolor que sentía en el costado por la patada que le habían dado, abrió el bolso y buscó el teléfono, desesperada.

Necesitó tres intentos para pulsar el botón correcto, abrir la agenda de contactos y llamar a su padre.

—Ari —la saludó él con tono afectuoso—. ¿Cómo ha ido el último día de escuela?

—Pa… papá —tartamudeó—. Tengo un problema.

El tono de su padre cambió en un santiamén. Notaba cómo

vibraba la tensión al otro lado del teléfono como si lo tuviera delante mismo. Se lo imaginaba cambiando de marcha rápidamente; pensar primero que era una llamada informal y luego saber que su hija estaba en peligro.

—Dime —pidió, tajante—. ¿Estás bien? ¿Estás herida? ¿Dónde te encuentras?

Ari inspiró hondo y le contó la historia tan detalladamente como pudo, sabiendo que el tiempo era vital. Y entonces cayó en la cuenta de algo horrible porque Derek seguía inconsciente frente a ella. ¿Lo habría·matado?

Sujetando el teléfono con una mano, se arrodilló reprimiendo un gemido de dolor, y comprobó su pulso en el cuello. La embargó el alivio cuando notó el pulso, fuerte y firme, en los dedos.

—Entra en el coche y bloquea las puertas —ordenó su padre, tenso—. En cinco minutos estoy ahí. Si alguien, quien sea, se te acerca o te sientes amenazada de algún modo, sal pitando de ahí.

—De acuerdo —susurró—, pero papá, ¿y Derek? ¿Debería llamar a una ambulancia? No puedo dejarlo aquí tirado. Aunque haya sido en defensa propia, no puedo dejar que se muera.

Su padre respondió con una voz implacable.

—Haz lo que te he dicho. En cinco minutos estoy ahí y ya me ocuparé de todo.

Colgó y Ari miró hacia todas direcciones por si hubiera alguien mirando o que hubiera presenciado lo que acababa de ocurrir. Por suerte, Derek y sus amigos se habían escondido detrás del muro de piedra que separaba el aparcamiento de la valla que rodeaba el recinto escolar. Los transeúntes que pasaran por allí no verían a Derek, pero a ella sí: estaba a plena vista.

Su padre tenía razón. Tenía que subirse al coche antes de que alguien la viera sangrando y se acercara a investigar.

Aunque había intentado matarla, se sentía mal por lo que le había hecho. Iba contra todo código moral dejarlo ahí tirado. ¿Y si sufría una lesión cerebral? ¿Y si moría porque no se le llevaba pronto al hospital? Por muy mala persona que fuera, no merecía morir en un aparcamiento, solo y abandonado por sus amigos.

Convencida de que su padre se ocuparía de todo, tal como le había prometido, marcó el número de Emergencias con dedos temblorosos. En voz baja se identificó como profesora de la Grover Academy e informó de que acababa de encontrarse a un alumno inconsciente en el aparcamiento de los profesores.

A los cuatro minutos, el Cadillac Escalade de su padre entró en el aparcamiento y se detuvo bruscamente junto al coche de Ari. Salió del vehículo con paso decidido y se acercó a la puerta del conductor antes de que ella tuviera tiempo siquiera de abrirla.

Cuando salió e hizo una mueca de dolor por el golpe que había recibido en las costillas, el rostro de su padre cambió por completo; sus ojos se volvieron salvajes y se le tensó la mandíbula.

—He llamado a Emergencias —susurró a sabiendas de que a su padre no le haría gracia que hubiera desobedecido sus órdenes—. No podía dejarlo ahí.

—Ese cabronazo tiene suerte de seguir con vida —dijo él fríamente—. Lo mataría por lo que te ha hecho. —Le puso una mano en el hombro y le dio un apretón tranquilizador—. ¿Estás bien? ¿Te duele?

—Sí —reconoció—. Estoy bastante magullada, pero lo que más me duele es la patada que me ha dado en las costillas.

La mirada de su padre se volvió helada, pero se contuvo de responder lo que fuera que tuviera en la punta de la lengua.

—Sube al coche y sígueme. Si has llamado a Emergencias, pronto llegará la ambulancia y seguramente también la Policía. Y cuando eso pase, te quiero lo más lejos posible.

—Papá, la escuela tiene cámaras de seguridad —dijo con voz temblorosa.

Él se inclinó y la besó en la frente.

—Estoy en ello, cariño. Ahora súbete al coche. Tenemos que irnos ya.

Ella suspiró, aliviada. Su padre se ocuparía de todo. La protegería como siempre había hecho. Se dio la vuelta y se sentó al volante haciendo caso omiso a las protestas de su cuerpo. Era cuestión de minutos hasta que llegaran al aparcamiento tanto el personal médico como las autoridades.

Le harían preguntas. Había llamado a Emergencias y después se había ido. La mayoría de la gente se hubiera quedado para prestar ayuda o, por lo menos, asegurarse de que la víctima estuviera bien hasta que llegara la ambulancia. Ahora tendría que explicar por qué no había hecho nada de eso.

Pero confiaba ciegamente en su padre. Nunca le había fallado.

Salió con una sacudida y pisó el acelerador para seguir a su padre, que ya salía del aparcamiento y marcaba un ritmo rápido y constante, abriéndose paso entre el tráfico. Se dio cuenta de que se dirigían a la casa —una de las varias que tenían—, en la que pasaban la mayor parte del año escolar, ella, y del laboral, su padre.

Cruzaron rápidamente la verja de seguridad, que se cerró justo al pasar. En cuanto se detuvo en el garaje, su madre apareció en la puerta y fue hasta el coche con la cara contraída por la preocupación.

—Ten cuidado, cielo —avisó su padre a su madre—. Está herida.

—Ay, Ari. ¿Qué ha pasado, cariño? ¿Vamos al hospital? —Se volvió a su marido—: ¿No deberías haberla llevado directamente al hospital?

Gavin Rochester le dio un apretón tranquilizador en el hombro antes de ayudar a su hija a salir del coche. Esta vez fue más disciplinada y no dejó que se le notara el dolor porque su madre estaba al borde de un ataque de nervios y no quería darle más motivos.

—No ha habido tiempo, Ginger. Antes tenemos que solucionar unos problemas. Ya he llamado al doctor Winstead y está en camino. Si considera que Ari debe ir al hospital o que está gravemente herida, la llevaremos con discreción a su clínica, donde podamos asegurarnos de su privacidad y anonimato.

Ginger rodeó a su hija con un brazo y notó cómo temblaba de los nervios y del miedo. Ella le pasó el brazo por la esbelta cintura y la estrechó todo lo que pudo sin que le dolieran más las costillas.

—Estoy bien, mamá. Tenemos mayores problemas que mis heridas. He metido mucho la pata.

Mientras hablaba miró a su padre con expresión de disculpa; el pesar por haberle fallado le calaba hasta los huesos.

Su expresión se tornó muy seria. Le enmarcó la cara con las manos e hizo que lo mirara.

—No te disculpes nunca ni creas que me has decepcionado o a tu madre por hacer lo que sea para protegerte. Hoy podrías haber muerto, Ari. Si no hubieras hecho lo que has hecho, tu madre y yo estaríamos preparando tu funeral ahora mismo. Le agradezco a Dios tus extraordinarias habilidades y, por primera vez, creo que hay un propósito, una razón más importante que todo, para tu don. Hoy este don ha salvado la vida de alguien a quien quiero.

A Ari se le inundaron los ojos de lágrimas por la sinceridad que leía en los de su padre.

—Y ahora entremos, anda —le instó mientras la acompañaba hacia la puerta—. Tengo que hacer unas llamadas y el doctor debe de estar a punto de llegar. Deja que tu madre te atienda como se muere de ganas de hacer y no te preocupes por esto, cariño. Te prometo que yo me ocuparé de todo.

—Lo sé, papá —dijo en voz baja.

Cinco

$\mathcal{A}$ri se instaló con un suspiro en su dormitorio, que sus padres todavía conservaban a pesar de que tenía su propio apartamento en uno de los edificios que poseía su padre, por supuesto. Dejarla marchar ya había sido bastante duro para sus padres, pero la tolerancia de Gavin solo llegaba hasta ahí. Había insistido en que se mudara a su edificio con apartamentos de lujo cerca de donde daba clases, ya que disponía de alta seguridad y podía cerciorarse de que no corriera peligro.

No le sorprendería que también hubiera destinado un servicio de seguridad completo en el bloque de apartamentos solo para vigilarla.

Su madre aguardaba nerviosa junto al doctor Winstead mientras este examinaba a Ari, como si tuviera miedo de que olvidara algo en su diagnóstico, pero aparte de los arañazos en las rodillas y las palmas, lo único que había sufrido era un traumatismo grave en las costillas, aunque no tenía nada roto.

Sentiría dolor y rigidez un par de días y él le había recomendado que se lo tomara con calma y no se exigiera demasiado, algo que su madre aseguró con firmeza que no sería un problema. Luego le prescribió relajantes musculares y analgésicos que ella encargó inmediatamente para que se recogieran y se entregaran en una hora.

Todavía no había surgido la conversación sobre dónde pasarían el verano. Su padre había estado toda la tarde al teléfono haciendo llamadas discretas, pero ella no había hecho nada por escucharlas porque no quería saber. La culpa todavía la afligía porque no era una persona violenta e iba contra sus principios herir a propósito a otro ser humano.

A su padre le preocupaba porque era demasiado blanda,

como su madre, pero no le inquietaba en exceso porque era la dulzura de su madre lo que le había atraído en primer lugar. Su padre era un hombre duro, firme y daba miedo cuando estaba enfadado, pero ¿con su madre? No, con ella era un hombre completamente distinto.

La idea de su tranquila, delicada y compasiva madre siendo capaz de domesticar al chico más malo siempre había divertido a Ari. Y él decía a menudo que daba gracias a Dios porque la niña no hubiera heredado ninguna de sus cualidades. No se creía un buen hombre cuando en realidad era de los mejores. Sin embargo, Ginger sacaba lo mejor de él y ¿quién podía culpar a un hombre por hacer todo cuanto fuera necesario para proteger a su mujer y a su hija de la cruda realidad de la vida?

Su madre había insinuado un par de veces que su padre no siempre había sido el hombre más respetuoso del mundo con las leyes, pero que después de conocerla había prometido cambiar. Quería ser mejor para ella; ser digno de ella.

Ari creía que era increíblemente romántico, pero al mismo tiempo el matrimonio de sus padres había echado al traste al noventa y nueve por ciento de la población masculina, porque quería lo que tenía su madre y eso era dificilísimo: un hombre que fuera al límite por ella, que moviera cielo y tierra para hacerla feliz, que pusiera sus necesidades y deseos por encima de los suyos propios y que eliminara cualquier amenaza hacia ella.

Eso explicaba su falta de vida social. De hecho, podía contar las citas con los dedos de una mano. Dos de estas no habían superado la exhaustiva investigación de antecedentes que hacía su padre y no eran hombres con los que él —o ella— querrían involucrarse. ¿Los demás? Simplemente no había… chispa, esa chispa que veía cada vez que su padre miraba a su mujer. Con ese rostro que demostraba tanto amor que hacía que le doliera el alma.

Ella quería eso mismo y se negaba a conformarse con menos, aunque eso significara pasarse sola el resto de la vida. Por no hablar de que no podía imaginarse cuántos hombres entenderían o tolerarían su «talento» especial. Mierda, probablemente saldrían corriendo haciendo la señal de la cruz.

De todas formas, ¿a quién podía confiar sus secretos? Y se negaba a tener una relación basada en secretos y mentiras, incluidas las de omisión. Si alguna vez se casaba, su marido debía saber toda la verdad sobre ella y aceptarla sin reservas, lo que no le dejaba muchas opciones.

Intentando no deprimirse todavía más, encendió la televisión mientras se encogía en la cama; la medicación empezaba a hacer efecto y a eliminar un poco el agobiante malestar de su maltratado cuerpo.

Pero treinta segundos después, desearía haberse ido a dormir cuando vio la historia que abría las noticias locales, que sin duda recogerían los telediarios más importantes y que por la mañana estaría en los medios de comunicación nacionales, como la CNN y Fox News.

Miraba horrorizada cómo un vídeo, obviamente grabado con un móvil, reproducía el altercado íntegro en el aparcamiento.

Joder, alguien que pasaba por allí debió de detenerse y grabar la puñetera escena al completo.

Las palabras del presentador eran sensacionalistas, por supuesto. Cómo una joven, una profesora de la Grover Academy —mierda, incluso la habían identificado por su nombre—, se las había arreglado para ahuyentar a tres agresores en el aparcamiento de la escuela.

Sabía por su padre que este se las había arreglado para piratear el sistema de grabación de la escuela y que mostrase el ataque a Ari, para que no hubiera dudas de que actuaba en defensa propia; pero el metraje se había desconectado, un «fallo» inexplicable cuando sus poderes se habían hecho evidentes. Quienquiera que grabase aquel vídeo había capturado la escena entera, de principio a fin.

De repente le entró el pánico. Se le detuvo el pulso y se le cerró la garganta a medida que la ansiedad se apoderaba de todo su cuerpo. La medicación que había reducido el dolor y la tensión ya no le hacía efecto porque el persistente dolor estaba volviendo aún con más fuerza.

Y entonces, lo que dijo el presentador la llevó al límite. El vídeo se había vuelto viral, con un millón de reproducciones en YouTube y se había compartido incontables veces en Facebook; lo recogía ya la asociación de prensa, ya que todo el mundo expresaba conmoción y asombro hacia lo que había presenciado.

Todo aquello por lo que sus padres habían trabajado tanto durante los últimos veinticuatro años quedó borrado de un plumazo a causa de este descuido. Estaba expuesta y vulnerable. Su vida podía haber cambiado por completo por culpa de un gilipollas engreído que creía que el estatus y el dinero de sus padres le permitirían vivir fácilmente sin problemas.

Salió disparada de la cama, haciendo caso omiso del efecto aletargador de la medicación y del dolor que se notaba en la caja torácica. Salió corriendo y llamó discretamente a la puerta del dormitorio de sus padres. Cuando escuchó la voz de su padre, abrió la puerta y entró con las manos aún temblando y la cara pálida. Debía de llevar el miedo reflejado en la cara porque su madre se levantó de inmediato y la abrazó; después la urgió para que se sentara al borde de la cama, donde ellos habían estado recostados contra el cabecero.

—Papá, tienes que venir a ver algo —instó retorciéndose las manos con angustia—. Podemos reproducirlo con el DVR. Es malo. No sé cómo vamos a solucionarlo ahora.

—Lo hemos visto —dijo su padre con calma—. Nos iremos en cuanto hayamos preparado las maletas. Esta noche. Como precaución iremos a alguna de las casas que tenemos cerca, ya que el doctor Winstead ha estado aquí hace poco. No podemos permitirnos tomar una decisión apresurada, pero tampoco quiero que os expongáis a los medios para que os devoren con su fervor, que es lo más probable que suceda. Te han identificado por tu nombre, y a los trabajadores de la escuela, los estudiantes —antiguos y actuales—, los avasallarán a preguntas y peticiones para entrevistas de los medios e incluso de la policía. La administración va a estar encima de ti y, cariño, necesitas prepararte para el peor de los casos.

—Me despedirán —susurró Ari—. Lo he estropeado. Lo siento tanto, papá… Y mamá. Esto echará al traste vuestro viaje de verano y cambiará por completo nuestras vidas.

Los ojos de su madre reflejaban un amor tan impactante que las lágrimas aparecieron en los de Ari y tuvo que tragarse el nudo de emociones que estaba a punto de ahogarla. Entonces, su madre la abrazó y le acercó la cabeza a su pecho a la vez que le acariciaba el pelo como cuando era pequeña.

—Cariño, eres nuestra vida. Siempre has sido el corazón y el alma de los dos desde el día en que entraste en nuestras vidas. Nunca te disculpes por quien eres. Hiciste lo que tenías que hacer. Si yo hubiera estado allí, ese desgraciado estaría muerto en lugar de tener un dolor de cabeza —masculló.

Su padre trató de esconder la sonrisa mientras miraba a su mujer y a su hija, con un destello de amor en la mirada que relucía como si fuera un faro.

—Cariño, ve a hacerle la maleta, que no tiene fuerzas para hacerlo. Está temblando como una hoja y se ha tomado la medicación hace poco. Tenemos que irnos. Yo me encargaré de nuestras cosas. Deja que Ari se siente aquí y ve a prepararle la ropa —le pidió a su esposa.

Su padre esperó hasta que su mujer abandonó la habitación, salió de la cama y se puso una camiseta que había dejado allí. Se sentó al lado de Ari, al borde de la cama, y la cogió entre sus brazos.

—Sé que estás asustada, cariño, pero hay algo que tienes que entender y es que tú y tu madre sois las dos personas más importantes de mi mundo. Las únicas que existís y me preocupáis en este mundo y estoy dispuesto a hacer lo que sea para protegeros a las dos.

Le levantó la barbilla para que lo mirara directamente a los ojos y pudiera ver la sinceridad de su expresión.

—Siempre hemos sabido que existía esta posibilidad. Hemos intentado protegerte toda la vida de este tipo de cosas precisamente, pero en cierta manera era inevitable porque eres así. Y no puedo ni imaginarme siquiera lo difícil que ha sido para ti reprimir algo tan esencial de tu personalidad por miedo. Por miedo a que te descubrieran y miedo a decepcionarnos de algún modo a tu madre y a mí. Llegados a este punto, te voy a aclarar una cosa antes de que esto vaya más lejos: no podríamos estar más orgullosos de ti y de quien eres y nada de lo que hagas nos decepcionará ni hará que te queramos menos. Eres nuestra única hija. Fuiste una bendición cuando pensábamos que nunca tendríamos descendencia y mucho menos tan cariñosa, buena, especial y hermosa, tanto por dentro como por fuera, como tú. Así que confía en mí: haré lo mejor y no solamente para ti, sino para mí y para tu madre. Porque vosotras sois lo primero para mí; siempre lo seréis y eso no va a cambiar nunca.

—Te quiero, papá —susurró.

Le dio un beso en la frente y un apretujón cariñoso.

—Yo también te quiero, pequeña. Ahora déjame que prepare una maleta básica para tu madre y para mí. Ya conseguiremos lo que nos haga falta más adelante.

Seis

*B*eau Devereaux apretó el botón de pausa del mando después de reproducir la parte de las noticias de la noche anterior para su hermano Caleb y los miembros allí reunidos de su equipo de seguridad especial.

Habían perdido hombres muy buenos por culpa de un loco que había hecho pasar lo indecible a Caleb y a la que ahora era su esposa, Ramie; y se habían dado cuenta de que necesitaban más, más de lo que en un principio creían que era lo mejor. Después de un exhaustivo proceso de selección, habían contratado a más hombres y los nuevos empleados habían pasado por un curso de formación intensivo dirigido por Dane Elliot, su jefe de seguridad. Había trabajado en las Fuerzas de Operaciones Especiales de la Marina de los EE. UU. y era un combatiente excelente, duro de pelar. Formaba equipo con Eliza Cummings, una mujer de armas tomar también. Ambos habían sido fundamentales para atrapar al cabrón que había atormentado a Ramie, aunque había sido Caleb quien acabara con ese desgraciado de una vez por todas. Zack era probablemente la incorporación más interesante. Beau se había interesado por él porque ambos se parecían en muchos sentidos: eran tranquilos y escépticos. Los dos se conformaban con sentarse y observar, mirar a su alrededor, captar los detalles y procesar con calma toda la información obtenida. Y ninguno de los dos era un cazafortunas: solo querían hacer bien su trabajo.

Él no era el empleado prototípico. Muchos de sus hombres eran exmilitares o antiguos agentes del gobierno: del FBI, de la DEA y de muchas otras organizaciones que oficialmente no existían. Cuando empezaron a remontar, tras el año frenético que siguió al secuestro y posterior rescate de su hermana, Caleb y él habían hecho lo que estaba en sus manos para contratar expertos de seguridad adecuados. De hecho, habían pasado la prueba de fuego. A consecuencia de haber perdido a sus hombres y de la experiencia cercana a la muerte de Caleb y de su mujer, se pusieron las pilas, aprendieron de sus errores anteriores y no repararon en gastos para tener lo mejor, solo lo mejor. Si el dicho de «Lo barato sale caro» era cierto, entonces tenían trabajadores de primera, porque no estaban siendo baratos precisamente.

Sin embargo, Zack era otra historia. Había sido el jugador estrella de fútbol americano en la universidad con una beca completa. La NFL le había seleccionado en la primera ronda como *quarterback* titular, pero dos años después, una lesión lo apartó del deporte para siempre. Para mucha gente esto habría sido un contratiempo del que nunca se habrían recuperado, pero él no se hundió e hizo rehabilitación. Luego siguió los pasos de su padre y entró en los cuerpos de seguridad, donde lo tenían en estima y ascendía con rapidez.

Una agencia del gobierno le iba detrás, pero Beau se lo arrebató rápidamente; su instinto le decía que era la decisión correcta. Le notaba una crueldad y oscuridad que no se percibían a simple vista. Su mirada no se perdía ni un detalle; siempre calculaba, tomaba notas y lo procesaba todo a la velocidad del rayo. Para muchos esto habría sido una señal de advertencia, una razón para no contratarlo, pero Beau conocía su gran valía tratando a las víctimas y a las personas a las que perseguían. Era muy amable con los inocentes, pero frío como el hielo cuando se trataba de acabar con los monstruos que abusaban de ellos. Era perfecto para el equipo de seguridad de Devereaux y su red en expansión.

Caleb se reclinó con una expresión especulativa mientras miraba a su hermano.

—¿Por qué estamos viendo esto, exactamente?

Los demás allí reunidos parecían tener miradas interrogativas similares, pero la de Zack era dura; se le antojaba la misma ira que estallaba en sus propias venas.

—¿No te preocupa que una mujer indefensa haya estado al borde de la muerte? —preguntó Beau amablemente.

Incluso mientras hablaba centraba su atención en la imagen congelada de los rasgos delicados y aterrorizados de Arial Rochester. No sabía explicar por qué estaba más preocupado por su ataque que por otros a pesar de que en la empresa habían visto muchos, incluso en el poco tiempo que llevaban trabajando.

—A mí me interesa más ese extraño huracán y los ladrillos volantes —murmuró Eliza—. Desde que lo subieron a You-Tube, el vídeo se ha vuelto viral y ha recibido más de diez millones de visitas en veinticuatro horas. Todas las cadenas de noticias del país se han hecho eco y se han disparado las especulaciones sobre cómo pudo defenderse de tres agresores sin llevar un arma encima.

—Cosas más raras se han visto —dijo Dane en su tono tranquilo e implacable.

Eliza resopló porque sabía que decía la verdad. En comparación con lo que había pasado con Caleb y Ramie, esto parecía un simple juego de niños.

Beau siguió escudriñando los ojos enormes y aterrorizados de la pequeña mujer. Se abrazaba como forma de protección y el pánico se reflejaba en cada uno de sus rasgos... después de haber eliminado la amenaza.

¿No debería sentirse aliviada? Debería notársele una pizca de alivio o incluso de enfado; alguna reacción por ese escarceo con la muerte. Sin embargo, parecía incluso más aterrorizada que cuando se enfrentaba a aquellos imbéciles engreídos.

Había algo que le preocupaba, pero no lograba dar con ello. Pero el arrebato de ira que sentía por el ataque a una mujer que parecía tan pequeña y vulnerable lo cabreaba y mucho. Normalmente no se implicaba de forma personal en su trabajo, no dejaba que sus emociones lo dominasen o se interpusieran en sus actos. La protección requería que no hubiera lugar a errores ni fallos. Que las emociones no resultaran en decisiones apresuradas y estúpidas que provocaran la muerte de alguien.

—¿Así que crees que tiene habilidades psíquicas? —preguntó Caleb atreviéndose a formular la pregunta que todos se planteaban.

Él se encogió de hombros.

—Puede ser. Es posible. Está claro que ha causado revuelo y las pruebas son bastante inexplicables. Claro que también podría ser un simple suceso extraño; que la pobre estuviera asustada y no entendiera siquiera lo que estaba pasando.

—Tal vez le preocupaba que la descubrieran —comentó Zack, hablando por primera vez con su voz ronca.

Beau había pensado lo mismo.

—Bueno, si entonces estaba preocupada por eso, seguro que ahora lo estará aún más —repuso Eliza con seriedad.

Los Devereaux estaban familiarizados con el miedo a ser descubiertos. Su hermana pequeña, Tori, tenía habilidades psíquicas y la habían protegido de la opinión pública toda la vida. La mujer de Caleb también era psíquica, aunque su don era más una maldición que una bendición. Y aunque sus habilidades ya se conocían, Caleb había corrido grandes riesgos para mantenerla alejada de la opinión pública y se había cerciorado de que las muchas peticiones para que Ramie les ayudara se filtraran a través de la empresa de seguridad y nunca le llegaran directamente.

Ramie todavía no se había recuperado por completo de su experiencia cercana a la muerte. Tampoco Caleb. Beau no creía que la mujer fuera capaz de usar sus poderes otra vez. Había visto la muerte demasiado cerca, había sentido demasiado dolor y desolación, y no había perdido el juicio por muy poco. Caleb era plenamente consciente de ello y haría lo que fuera para que su esposa no volviera a correr peligro otra vez.

—Tenemos que centrarnos en otros asuntos, asuntos de negocios —dijo Caleb enfáticamente—. Mientras esto siga siendo una cuestión de intereses, no hay nada más que hablar: no nos meteremos en el caso. Tenemos otros clientes que merecen toda nuestra atención.

Y, así, la reunión cambió de rumbo y se centraron en sus clientes y encargos actuales. Siguieron planificando y organizando, decidieron quién dirigía qué y revisaron las solicitudes que habían llegado recientemente.

Beau no podía sacarse el incidente de la cabeza y no estaba seguro de por qué, pero le inquietaba y mucho.

Siete

Arial sabía que no podía esperar ni un momento más. El miedo y el pánico se apoderaban incontrolablemente de ella y le helaban la sangre a medida que su corazón bombeaba con fuerza para seguir el ritmo de las exigencias de su mente y sus pensamientos caóticos.

«Tardaremos una hora o dos como mucho, cariño».

Eso le había dicho su padre justo antes de acompañar a su madre a un coche discretamente aparcado que disponía de fácil acceso a tres puntos de salida diferentes desde la enorme casa, comprada en nombre de una de las muchas compañías ficticias a través de las cuales su padre había canalizado la mayoría de las propiedades y activos.

A su padre no le hizo mucha gracia —y seguro que eso era quedarse corto— cuando su madre insistió en ir con él. Quería que las dos mujeres tuvieran protección constante. Su madre no pensaba dejar que su marido comprara lo que Ari necesitaba y a ninguno de los dos se les ocurriría exponer a su hija en público.

Ari tenía rasgos muy característicos y seguramente la identificarían porque los medios y noticieros locales no eran los únicos que habían enloquecido con el vídeo anónimo, sino que también había llamado la atención en el resto del país. Su padre acabó cediendo a regañadientes y solo porque su esposa le había amenazado con ir sola a comprar. No iba a permitir de ninguna manera que su mujer o su hija fueran a ninguna parte sin él.

Por extraño que pareciera, a su madre le gustó que su marido le escogiera la ropa. Le había dicho más de una vez que sabía mejor que ella lo que le quedaba bien y que le encantaba consentirla. Además, que se pusiera lo que él elegía era una prueba tangible de posesión para Gavin.

En cuanto a Ari, sin embargo, su madre insistió en ser ella quien le comprara la ropa. Era algo especial que le gustaba hacer por su hija y era su manera de mimarla, ya que su marido las consentía descaradamente a las dos.

Pero ¿por qué no habían vuelto aún? ¿Por qué no tenía noticias de ellos? En su interior, Ari sabía que algo terrible debía de haberles sucedido para que tardasen tanto y no hubieran dicho nada. Estaba muy preocupada; los motivos eran infinitos y se torturaba con cada uno de ellos.

Las tiendas estaban cerradas desde hacía rato y sabía que su padre le habría metido prisa a su madre; seguro que tendría ganas de volver a casa con su hija, donde podía garantizar la seguridad de ambas.

Ni su padre ni su madre querrían preocuparla, eso lo sabía bien, así como tampoco querrían estar alejados de ella mucho tiempo. Sobre todo su padre, que estaba mucho más tranquilo cuando podía ver a sus chicas y sabía que estaban a salvo. De modo que tenía que haber ocurrido algo terrible. Era la única explicación lógica y se sentía completamente paralizada por el terror y el dolor, porque no podía perderlos. ¡No podía! Eran su vida. Su apoyo, su ancla, su piedra angular.

Podía parecer ridículo que una mujer de veinticuatro años fuese tan dependiente de sus padres, pero era lo que ellos querían... y ella también. En un mundo incierto y viviendo día a día con miedo a que la descubrieran, sus padres eran su único refugio.

Sí, había echado a volar del nido, se había independizado tras graduarse como profesora. Hasta tenía su propio apartamento, a pesar de que estaba en el edificio de su padre. Hacía la compra, iba a sus restaurantes favoritos y se había construido una fachada de vida totalmente rutinaria.

Era muy inteligente y sobresalió siempre en los estudios. Tenía una memoria fotográfica y almacenaba datos en su cabeza como lo haría un ordenador. Y aun con su inteligencia superior y sus poderes psíquicos, que todavía no había puesto a prueba para ver lo poderosa que era, seguía siendo frágil y vulnerable. Lo sabía y le daba mucha rabia, pero lo aceptaba porque era quien era y, por mucho que lo deseara, no podía cambiar.

Quería ser fuerte, quería vivir la vida sin vigilar siempre sus espaldas y reprimir su verdadero yo. No era forma de vivir aunque sus padres la colmaran de amor y anduvieran siempre protegiéndola. En algún momento tendría que apartarse de sus padres y salir al mundo por sí misma.

Suspiró y cerró los ojos después de mirar el reloj por enésima vez. Las dos horas que su padre le había asegurado que tardarían en volver se habían convertido en tres y luego en cuatro y en cinco, hasta que cada minuto se le antojó una eternidad. Al principio no se preocupó porque, por encima de todo, su padre era muy protector con su madre. Nunca habría permitido que hicieran daño a su esposa ni a su hija.

Había dejado a un equipo de seguridad que la protegiera a ella y custodiara la casa. No los veía, pero sentía su presencia. Sus miradas atentas y vigilantes. Eso debería tranquilizarla, pero las horas sin sus padres iban pasando y cada vez se ponía más nerviosa, hasta que al final se quedó paralizada por el miedo y la indecisión. Estaba exhausta y era incapaz de dormir sin sus padres, y sin saber si estaban vivos o muertos.

El día empezaba a despuntar y el alba llenaba su cuarto de pálidas sombras de color lavanda. Había intentado llamar a su padre incontables veces. A su madre también. Y todos los intentos acabaron directamente en el buzón de voz.

Sabía que tenía que hacer algo, pero ¿qué? Ni siquiera sabía adónde su padre había llevado de compras a su madre, así que trazar la ruta que habían seguido era imposible.

¿Y si habían tenido un accidente? En ese caso, ¿no miraría alguien sus teléfonos, vería las llamadas perdidas y, por lo menos, se pondría en contacto con ella para contarle que estaban en el hospital? ¿O… muertos?

Un frío helado la paralizó. Sentía un dolor intenso en el pecho y tenía que esforzarse por llenar de aire los pulmones.

No podían estar muertos. Y si habían tenido un accidente, uno de los dos la habría llamado, seguro. A menos que no pudiesen llamar, que estuvieran inconscientes o incluso luchando por sobrevivir.

Se metió un puño en la boca e hincó los dientes hasta los nudillos. Joder. No podía imaginarse el mundo sin sus padres. Tenían que estar bien. Tenían que estarlo.

No podía soportarlo ni un minuto más. Iría a buscar a uno de los hombres que la protegían en silencio. Su padre había llevado a dos de su equipo con él y su madre. ¿No deberían saber ellos si les había pasado algo malo? Y si lo sabían, ¿entonces por qué no la habían informado o incluso llevado a dondequiera que estuvieran sus padres?

Se vistió rápidamente y se hizo una maleta pequeña por si le hiciera falta ir con ellos a toda prisa. Cogió solo lo absolutamente necesario y lo metió en un bolso grande antes de colgárselo al hombro.

Luego se dirigió a la entrada principal.

Ari cruzó la puerta principal y la cerró con fuerza tras de sí. Agarró el bolso y miró furtivamente alrededor mientras se alejaba por el camino donde había otro vehículo aparcado. Gracias a Dios su padre se había asegurado de que tuviera las llaves de todos los coches que tenían por si tenía que echar mano de alguno de ellos.

Le echó un vistazo al terreno en busca de alguna señal de los hombres apostados alrededor del perímetro. El viento soplaba y le despeinaba el pelo largo, así que se lo apartó de la cara con la mano y se lo colocó detrás de la oreja.

—¡Hola! —saludó en voz alta—. Sé que está ahí. Necesito su ayuda, por favor.

Solo la recibió el silencio. No le respondió nadie ni apareció nadie de la nada. ¿Quizá les habían encargado marcharse porque sus padres los necesitaban?

Lo intentó una vez más y habló más alto esta vez, hasta que se le quebró la voz. Y una vez más no hubo respuesta. Suspiró con pesar y bajó por el camino; se resignó a ir a ciegas.

Tomó la curva interior del caminito que llevaba al exterior, donde estaban aparcados los demás vehículos. Se detuvo un momento porque aunque tenía muchas llaves en el llavero, no estaba segura de qué llave abría qué coche.

Se paró y bajó el asa del bolso para coger el pesado llavero que estaba en uno de los bolsillos. Cuando levantó la vista dio un grito de sorpresa y se echó hacia atrás instintivamente.

Había un hombre alto, vestido con uniforme y una camiseta blanca ajustada. Llevaba el pelo corto y botas militares. ¿Botas militares? Unas gafas de sol oscuras le tapaban los ojos, pero aun así podía sentir el gran peso de su mirada.

Había algo en él que la ponía nerviosa, claro que ya lo estaba de antes, así que no era culpa suya. Debía de formar parte del equipo de seguridad que contrató su padre. Tenía que saber perfectamente dónde estaban sus padres o habría sabido de ellos a través de los hombres que su padre se había llevado con él y su madre. Alguien había respondido a sus súplicas por fin.

—¿Tiene noticias de mis padres? —preguntó inquieta a pesar de mantener las distancias—. Deberían haber vuelto hace horas.

—Están bien —dijo con calma y sin pestañear siquiera.

El alivio la hizo tambalear. Le cedieron las rodillas, dio un traspié y exhaló una gran bocanada de aire.

Antes de poder reaccionar o preguntar cómo sabía que estaban bien, le estalló la cara de dolor y cayó a la acera de espaldas. Casi le reventaron las costillas, que aún se resentían del otro golpe, y le palpitaba la cara. ¡El hijo de puta le había pegado!

Notó el sabor de la sangre, pero intentó no pensar en eso y se centró en el hombre que la atacaba. Captó un destello en la mano izquierda y eso bastó para que se levantara en una fracción de segundo, preparada para luchar con todo lo que tenía.

Gracias a Dios, su padre le había enseñado defensa personal desde que era una niña. Siempre se había preocupado por su seguridad, no solo porque era su única hija y la adoraba, sino porque no quería que se encontrara nunca en una posición vulnerable sin posibilidad de defenderse.

El ataque en el aparcamiento de la escuela la había pillado tan por sorpresa que el primer impulso fue usar sus poderes.

De repente fue consciente de algo que le hizo un nudo en el estómago; un temor que esparció su veneno por todo el cuerpo: intentaba drogarla para que no pudiera utilizar sus poderes, lo que no solo significaba que su padre tenía un traidor entre los suyos, sino que a saber cuántos más estaban implicados. ¿Eran todos malos? Su madre y su padre habían desaparecido del mapa cuando su padre se llevó una escolta de seguridad. Deberían haber sido capaces de protegerlo y por eso su padre estaría dispuesto a darle una paliza a alguien.

A menos que... Tal vez habían drogado a sus padres tal y como lo habían intentado con ella.

Tenía un millón de preguntas rondándole por la cabeza, pero

las calmó y se centró en su agresor, que ahora solo estaba a unos metros de distancia y no se esforzaba por esconder la jeringuilla que llevaba en la mano.

Analizó la situación rápidamente y supo que no había manera de derrotar físicamente a este hombre, era luchador y hasta parecía exmilitar. Todavía llevaba ropa de soldado y tenía un aire de seguridad en sí mismo que le indicaba que no llevaba fuera del Ejército mucho tiempo.

La decisión que se reflejaba en sus facciones la asustaba más que su evidente fuerza física: tenía una misión, una que debía cumplir a cualquier precio.

Pero si tenía pensado drogarla y no la había matado de inmediato —algo que obviamente podría haber hecho—, entonces tendría órdenes de llevársela con vida.

Se centró en un punto y el resto del mundo simplemente desapareció. El sudor le caía por la nuca al tiempo que se concentraba en la mano que sujetaba la jeringuilla. Se le levantó el brazo como si fuera la marioneta de un titiritero. Se movía a trompicones, tratando de zafarse de su control.

Intentó abalanzarse sobre ella, tratando de alcanzarla con la mano que tenía libre, y consiguió esquivarlo, aunque eso la desconcentró un momento. Tenía que llegar hasta uno de los coches y la única forma de conseguirlo era hacerle suficiente daño como para tener la oportunidad de escapar. Dudaba de que estuviera solo, pero quizá esperaban que su reacción fuese esconderse en la habitación como una niña pequeña e indefensa hasta que fueran a por ella.

Puso toda su energía mental en esa jeringuilla hasta que cobró vida propia, se le escapó de la mano y quedó flotando en el aire; de repente parecía una avispa amenazadora. El hombre maldijo, se inclinó y esquivó la jeringuilla que en ese momento fue a pincharle. Se le cayeron las gafas y entonces le vio los ojos. Seguía tratando de atraparla, pero le esquivaba una y otra vez sin apartar la vista de la jeringuilla.

Eso podría incapacitarla, ¿verdad? Pues eso mismo le haría a él.

La impaciencia le hervía en la conciencia. Las cosas que solía hacer con facilidad y que le resultaban naturales ahora parecía que hubieran sucedido hacía muchísimo tiempo. Toda una vida. Había crecido tan acostumbrada a no utilizar sus poderes que se le antojaban ajenos y no una parte integral da ella, como deberían haber sido.

Olvidarse del pánico para centrarse solo en esa jeringuilla requería hasta el último ápice de disciplina que su padre le había inculcado. Entonces empezó a distinguir el patrón de movimientos que el hombre hacía para evitar que le alcanzase la aguja.

Le lanzó la aguja en línea recta y en el último momento desvió la trayectoria rápidamente y la proyectó justo donde había anticipado que estaría. Se la clavó en la garganta y presionó el émbolo mentalmente para introducirle el contenido de la jeringuilla.

Él la fulminó con la mirada al tiempo que se arrancaba la aguja del cuello y la lanzaba lejos, con rabia. Sin embargo, se le empañaron los ojos y sus movimientos se ralentizaron. Se tambaleó y cayó de rodillas, pero en un último esfuerzo, levantó la cabeza y la miró con una mezcla de odio y... ¿respeto?

—No creas que esto es el final —dijo arrastrando las palabras—. Iremos a por ti. No estás segura de ningún modo. No hay lugar en el que no podamos encontrarte. Te he subestimado esta vez, pero no volveré a cometer ese error. Y al final harás lo que queremos si es que quieres volver a ver a tus queridos mamá y papá, aunque no sean tus padres de verdad.

Esas últimas palabras le salieron casi ininteligibles de entre los labios, con una sonrisa de bobalicón que era completamente incongruente dada la situación. Una mirada triunfal se asomaba a sus ojos vidriosos, luego el sedante acabó de surtir efecto y se cayó hacia un lado hasta golpearse la cabeza en el camino con un ruido sordo.

—¿Qué? —preguntó—. ¿Qué has dicho?

Corrió hacia él y le dio una patada en el costado intentando despertarlo, a pesar de que sabía que estaría fuera de juego durante un buen rato. Eso era lo que él había querido hacerle. Menudo cabrón.

¿Lo había oído bien? Sacudió la cabeza y se volvió, enfadada por haber desperdiciado esos valiosos segundos preocupándose por una estupidez que su agresor había dicho cuando estaba bajo los efectos de un fuerte sedante. La situación era una locura y, en un mundo en el que no podía estar segura de nada, lo único que sabía con certeza era que sus padres la querían. Era hija suya: había visto su certificado de nacimiento y tenía doble nacionalidad, ya que había nacido fuera de los Estados Unidos.

No pensaba caer en la trampa y reaccionar ante esas palabras porque eso era precisamente lo que quería. Quería plantar la semilla de la duda y meterle miedo. Y sí, había conseguido asustarla. Estaba claro que sabía dónde estaban sus padres y que era a ella a quien querían.

Mientras buscaba a tientas entre el juego de llaves la marca que le dijera qué llave era de qué coche, decidió coger el más grande y resistente de entre la flota de su padre. Sabía que el enorme todoterreno tenía un chasis de acero reforzado a prueba de balas y ventanas irrompibles que debería resistir carros y carretas. Y si otro coche la embestía, no saldría perdiendo a no ser que quisiera aplastarla un tráiler de dieciocho ruedas y aun así no se sabría quién saldría peor parado.

Abrió el coche, se sentó al volante y encendió el motor con tanto ímpetu que salió a toda mecha dejando marcas de neumáticos en el asfalto mientras se alejaba todo lo que podía de la gente en la que no podía confiar.

Ocho

Ari se apretó contra el costado el bolso enorme que llevaba y se dirigió con ritmo rápido a la entrada del edificio que albergaba la empresa de seguridad Devereaux. La forma en que iba vestida denotaba elegancia y riqueza: llevaba ropa de diseño, pendientes de diamantes y gafas de sol de diseñador, así como un pañuelo de Hermès con el que se cubría la cabeza. Parecía que se protegiera el pelo del viento, pero en realidad con las gafas y el pañuelo intentaba ocultar su pelo y sus ojos tan característicos, por no hablar de los cardenales que le marcaban el rostro.

Había aparcado el coche junto al bordillo de tal forma que otros coches no pudieran obstaculizarle la salida. Era un BMW M6 descapotable muy elegante que encajaba sin problemas con la imagen que intentaba proyectar. Además, tenía la ventaja de ser rápido: quinientos ochenta caballos bajo el capó. Recordaba hasta el último detalle de lo que le había contado su padre sobre los distintos coches que tenía. El M6 era más rápido y más potente que un Mustang, que un Camaro —más incluso que el ZL1— y que un Corvette, aunque con este último la cosa estaría muy reñida.

Si bien antes hubiera preferido una fortaleza impenetrable con ruedas, ahora prefería algo sencillo de manejar con el que pudiera dejar atrás a los demás. Por suerte su padre le había inculcado la importancia de pensar y hacer planes por adelantado.

Había contemplado minuciosamente sus opciones cuando fue a recuperar el contenido de la caja de seguridad que su padre guardaba en uno de los bancos locales. Lo había dispuesto así para que en caso de necesidad o de problemas, tuviera acceso a dinero en efectivo y a una falsa identidad, incluyendo pasaportes y permisos de conducción: tres en total.

Nunca se le había ocurrido preguntar a su padre por qué creía que necesitaría algo así. Sabía muy bien lo protector que era con ella, de modo que no le dio mucha importancia; pensó que era fruto de la sobreprotección y de cierta paranoia. Pero tal vez su padre había acertado al prepararse para lo peor, ya que era eso a lo que ella se enfrentaba en ese momento. Ahora daba las gracias a la previsión de su padre. Había vivido toda su vida en una burbuja, y, por vez primera, su padre no estaba ahí para solucionarle los problemas. Dependía de ella salir del enredo en el que estaba metida.

Lo más seguro era que la gente que la perseguía esperase lo contrario de lo que estaba haciendo. Supondrían que se vestiría de una forma más modesta, que intentaría no parecer la hija de un hombre rico y evidentemente no esperarían verla en público con una ropa y un coche que llamaran la atención. Ari se estaba ocultando a plena vista, confiaba en que seguirían a alguien que tratara de esconder la suntuosidad del dinero y del prestigio. Y si la estaban vigilando, como creía que hacían, o al menos deberían haber hecho, entonces sabrían que normalmente vestía de manera informal y que prefería vaqueros y camiseta a la ropa de diseño. Iba más cómoda con sandalias que con los elegantes tacones que llevaba ahora. Y, desde luego, no tendría ningún reparo a la hora de quitarse los tacones y huir descalza si fuera necesario.

Caminaba con paso rápido, enérgico y seguro, y llevaba la barbilla ligeramente levantada para tener una línea de visión despejada de los alrededores en todo momento. Lo observaba todo en busca de una señal de peligro. Cualquier cosa que pareciese... peligrosa, aunque no sabía cómo alguien podría percatarse de un peligro inminente. Si todo el mundo llevara una señal de advertencia con la palabra «peligro», no pillarían a nadie desprevenido, así que era absurdo pensar que detectaría una amenaza en ese ir y venir constante de la gente.

Dejó escapar un suspiro de alivio cuando entró en el edificio, la tranquilizaba un poco dejar atrás el ajetreo de la calle y estar fuera de la vista de cualquiera que pudiera observarla. Firmó en el mostrador de seguridad usando uno de los alias que había recogido de la caja de seguridad. Intentaba aparentar calma y aplomo, aunque tanto los nervios como la agitación se aferraban a su pecho. Tras obtener la tarjeta de identificación para acceder a través del torno de seguridad, se apresuró hacia los ascensores con una ansiedad cada vez mayor.

Su padre le había dicho en más de una ocasión que en caso de que algo le sucediera a él, o si alguna vez ella necesitaba ayuda, debía acudir a Caleb o Beau Devereaux, a ser posible Caleb, por ser el mayor. No le había explicado qué relación tenía con los Devereaux, pero había insistido en que solo confiara en ellos y en nadie más. Y al igual que no había cuestionado la necesidad del dinero en efectivo y los alias que guardaba en una caja de seguridad, tampoco le preguntó sobre ese vínculo, aunque le resultaba extraño no haber conocido nunca a los hombres a los que su padre le había dicho que recurriera si fuera necesario.

Solo esperaba que su padre estuviera en lo cierto. Ya le habían traicionado hombres en los que él confiaba. ¿Quién podía decir que los Devereaux eran diferentes? Pero ¿qué otra opción tenía? No tenía ninguna.

Apretó los labios mientras salía del ascensor en la planta que ocupaba la empresa de seguridad Devereaux. No tenía otra opción salvo confiar en los hombres de los que evidentemente se fiaba su padre y rezar para que no hubiera cometido un gran error al recurrir a ellos para pedir ayuda.

Beau levantó la vista del escritorio cuando la alarma silenciosa disparó el haz de luz en su despacho que anunciaba que alguien había accedido al vestíbulo de la empresa. Su oficina estaba situada de forma estratégica y tenía un espejo polarizado que le permitía observar y formarse cierta impresión de un cliente potencial nada más verlo. A menudo, la gente muestra cómo es en realidad cuando cree que no la vigilan.

Una mujer joven y menuda se dirigía con vacilación hacia la recepcionista, Anita, y desde su punto de vista estratégico podía ver cómo le temblaban las manos, aunque la muchacha trataba de ocultarlo con aplomo. Frunció el ceño al ver que no se había quitado ni las gafas de sol ni el pañuelo y que seguía ocultando su rostro. Iba de incógnito, sin duda.

Pulsó el botón del interfono que le permitía escuchar la conversación entre la joven y Anita. Había despertado su interés. Se vio a sí mismo inclinándose hacia delante como si pudiera acercarse más a pesar de que el cristal les separara.

En un momento dado, la joven, aún en silencio, desvió la mirada y la fijó en la pared de cristal. Ya que no podía verle los ojos, no sabía lo que estaba pensando ni si sabía que la observaban, pero tenía la incómoda sensación de que sabía exactamente qué era ese cristal.

—¿Señorita? —instó Anita a la joven, otra vez—. ¿Puedo ayudarla en algo? ¿Tiene usted cita?

—No —dijo la joven con una voz temblorosa y suave—. Quiero decir, sí.

Respiró profundamente y encorvó los hombros de forma visible, como si estuviera haciendo acopio de valor para decirle por qué había venido. Beau se la imaginaba fácilmente cerrando los ojos en aquel momento de desesperación.

—Lo que quería decir es que no tengo cita —aclaró en voz baja—, pero sí, puede ayudarme. Dios, espero que pueda. Necesito hablar con Caleb o Beau Devereaux, a ser posible Caleb si está disponible. Es… importante —añadió. La desesperación se hacía patente en su voz.

Beau alzó las cejas de inmediato. Estaba seguro de que no conocía a esa joven y por el modo en que les había nombrado se notaba que al menos había oído hablar de ellos, porque no se había divulgado que Beau o Caleb participaran activamente en la gestión de la empresa de seguridad Devereaux.

Dane era el testaferro, la imagen de la compañía. Cuando había ruedas de prensa o estaba involucrada la policía, etc., era Dane quien estaba al mando, mientras Beau y Caleb se mantenían en la sombra. Desde que se había casado con Ramie, su hermano había delegado el funcionamiento de la compañía en Beau y Quinn, su hermano pequeño.

Quinn se encargaba de todo el tostón financiero así como de la revisión de antecedentes penales, no solo de los empleados potenciales, sino también de aquellas personas que quisieran contratar los servicios de su empresa: asuntos para los que Beau no tenía paciencia. Beau deliberaba con Dane sobre qué clientes aceptaban y cuáles remitían a otra parte. Muchos de los supuestos clientes eran en realidad personas que querían llegar hasta

Ramie y sus poderes. Y eso no iba a dejar que pasara, ni por encima del cadáver de Caleb.

Beau pulsó un botón situado cerca del interfono para enviar una señal que Anita, o quien estuviera detrás del escritorio, pudiera ver. La luz solamente emitía dos colores: rojo o verde. El rojo significaba que Anita debía informar al posible cliente de que no había nadie disponible y acompañarlo con delicadeza a la salida. El verde significaba que debía acompañar al cliente a una de las oficinas. En este caso, a la de Beau.

A Anita nunca se le escapaba nada y su mirada nunca delataba la luz que le indicaba lo que tenía que hacer.

—Lo siento, pero Caleb no está disponible.

Antes de que pudiera terminar, la joven se llevó una mano a la boca y luego apretó el puño contra sus labios. Beau casi podía sentir el pánico emanando de su cuerpo en oleadas y ráfagas.

—Sin embargo, Beau está disponible, y la recibirá enseguida —continuó Anita rápidamente. Ella también se había percatado de la reacción de la joven y se apresuró a tranquilizarla.

A la joven le flaqueaba el cuerpo entero y temía que le fallaran hasta las piernas. Frunció el ceño cuando pensó que no podría caminar hasta la oficina. Temblaba como un flan.

Se puso de pie y en marcha en una fracción de segundo y rápidamente abrió la puerta del despacho. Salió al vestíbulo a zancadas, esperando que su presencia la tranquilizara en lugar de asustarla. Ella se dio la vuelta, visiblemente sobresaltada al verlo tan cerca. Fue entonces cuando vio lo que tanto había intentado ocultar, y lo habría conseguido de no ser por la luz que ahora le iluminaba el rostro. Tenía un cardenal a un lado de la barbilla y había indicios de una grieta en la comisura de la boca. Al parecer, alguien la había golpeado.

Existían un millón de razones que explicaran el porqué del cardenal, pero en primer lugar, había visto lo peor que la vida podía ofrecer y lo que las personas eran capaces de hacer, así que su primer instinto era siempre ponerse en lo peor. Y en segundo lugar, si se trataba de un cardenal sin importancia —debido a algún accidente tal vez—, ¿por qué se tomaba tantas molestias para ocultarlo?

Dio un paso vacilante hacia atrás y él no se movió. Simplemente se quedó ahí para que lo examinara sin interrumpirla. Era evidente que lo estaba estudiando; quizá se preguntara si podría confiar en él.

—¿Quería verme? —preguntó Beau en un tono neutro.

Apretó los puños a la altura de la barriga. Se mordisqueó el labio inferior e hizo una mueca de dolor al recordar la herida que tenía. Se llevó una mano al labio, pero entonces, al darse cuenta de que atraería una atención que no deseaba sobre el cardenal, la dejó caer a un lado.

—Sí —dijo ella, inclinando la cabeza—. Necesito que me ayude.

Beau desvió la mirada en dirección a Anita y esta le respondió con una rápida inclinación de cabeza, sabiendo lo que quería. Tenía que poner todas las llamadas en espera y ocuparse de todo lo que surgiera mientras él estaba con la joven para que nada los interrumpiera.

Hizo un gesto a la joven para que lo siguiera a su despacho, pero ella vaciló. Despacio, le puso la mano en el antebrazo, pero no de un modo atemorizador o repentino, sino con suavidad.

—Por aquí, por favor —le indicó, alentándola a acompañarle.

Tenía los hombros rectos y miró al frente con decisión como si quisiera deshacerse de la inquietud. En la puerta del despacho, tomó la iniciativa y entró primero, dejando que la siguiera. Él cerró la puerta tras de sí y se volvió hacia la misteriosa joven que lo había llamado por su nombre.

Su mirada se posó en el espejo polarizado e hizo un mohín.

—Sabía que me estaba observando —dijo en un tono bajo y acusador.

—No me ha ayudado mucho —repuso él amablemente.

Se dirigió hacia el escritorio para sentarse en la silla y parecer menos intimidador. Estaba familiarizado con el aspecto de una persona que había sido víctima de abusos. Dios sabe que había visto a unas cuantas. De manera que sabía que su tamaño y su comportamiento podían ser intimidantes y una mujer podía interpretarlos como amenazantes si ya era recelosa con los hombres.

Sin embargo, también era terco, y en más de una ocasión, la gente le había rehuido por su actitud franca. Era quien era y sabía que nunca cambiaría, por eso no podía comportarse de otro modo, aunque la situación así lo requiriera.

—Antes de que me cuente lo que la asusta tanto, quítese las gafas y el pañuelo.

Se puso tensa mientras lo observaba fijamente a través de las lentes oscuras de las gafas. Sentía su mirada y cómo la escudriñaba; lo notaba por el picor en la nuca.

—¿Son los cardenales lo que intenta esconder? ¿O a usted misma?

Automáticamente, ella se llevó una mano a la cara, pero no se tocó el cardenal de la barbilla. Lo hizo para taparse una de las lentes de las gafas. Su reacción fue fruncir el ceño ante la idea de que la joven tenía más de un cardenal. Cuando se dio cuenta de la cara que ponía, se puso nerviosa y se giró para mirar la puerta.

—Está a salvo aquí —dijo Beau amablemente—, pero necesito saberlo todo para poder ayudarla. Por eso necesito que se quite las gafas y el pañuelo y que me diga qué la ha traído hasta mi hermano y hasta mí. Sin rodeos —añadió.

Debía de estar conteniendo el aliento porque estaba tan quieta que no apreciaba siquiera cómo se elevaba y bajaba el pecho. En ese instante dejó que el aire saliera de sus pulmones en una larga exhalación. Se balanceó, cansada, y bajó la mano hasta encontrar el brazo de una de las sillas que había frente al escritorio de Beau.

Lentamente, levantó el brazo y tiró del pañuelo. Lo llevaba sujeto al pelo con prendedores y, cuando se lo quitó, una melena sedosa le cayó sobre los hombros y brazos. Tenía un color único. Podía imaginarse por qué se había molestado tanto en ocultarlo. Su melena tenía varios tonos de rubio, pero también tenía mechas plateadas entrelazadas con mechas de un cálido color castaño. Se reflejaban, al menos, seis tonos diferentes a la luz del despacho.

Le temblaban las manos cuando se quitó las gafas; bajó la mirada, con lo que no pudo vérsela al momento. Pero cuando alzó la barbilla para que pudieran mirarse a los ojos, los de Beau se abrieron. Sus ojos, al igual que su pelo, eran inconfundibles. Le fascinaba cómo parecían cambiar de color a medida que se movía y la luz incidía en ellos, resaltando unas motas relucientes de aguamarina y oro. Si le hubieran preguntado de qué color eran, no habría sabido responder. ¿Cómo se podía describir la mezcla turbulenta del océano, el sol y las joyas más brillantes?

Y tal como sospechaba, había más cardenales. Tenía uno ojo hinchado y se le había puesto morado. Solo a través de una pequeña hendidura podía ver el ojo de ese lado.

Incluso a pesar de la hinchazón del ojo, había algo claramente electrizante en su mirada. Se preguntó si era médium. En ese momento le entraron ganas de hacerle varias preguntas, pero se contuvo porque la joven tenía cardenales, aunque ninguno de los gamberros que habían ido tras ella había sido violento con ella y, sin duda, no le habían tocado la cara. Alguien le había hecho daño y eso lo cabreó. Por no hablar del hecho de que estuviera allí, en su oficina, de que supiera su nombre y de que estuviera muerta de miedo. No podía estar fingiendo a no ser que fuera una actriz buena de cojones y no creía que lo fuera.

Sus preguntas tendrían que esperar. Ahora tenía que concentrarse en lo que había hecho que acudiera a él y a Caleb. Tenía que hacer que se sintiera segura para que pudiera sincerarse con él y le hablara del problema en el que estaba metida, lo que requería paciencia por su parte. Y no era uno de sus puntos fuertes, sin duda. No obstante, decidió reprimir su impaciencia y el deseo de saberlo todo al instante para permitirle que se calmara y que se sintiera más cómoda. Si es que eso era posible.

—Usted es la mujer de las noticias —murmuró—. La mujer de la que todo el mundo habla.

Ella asintió y, de repente, cerró los ojos cuando el dolor y la pena se reflejaron en su rostro.

—Fui imbécil —dijo con la voz ronca—. Y ahora mis padres están pagando por ello. Necesito su ayuda, señor Devereaux. Me asusta mucho que les haya pasado algo. Mi padre me dijo que si alguna vez me metía en problemas, si necesitaba ayuda y él no estuviera ahí, que viniera aquí. Con usted o con su hermano.

Las cejas de Beau se elevaron cuando preguntó:

—¿Y quién es su padre?

—Gavin Rochester. Soy Arial, Ari, su hija. ¿Lo conoce?

Beau frunció el ceño. El nombre le sonaba de algo. Habían pasado muchos años, cuando sus padres aún vivían, pero estaba casi seguro de que Gavin Rochester había sido un amigo o un socio de su padre. Y dadas las extrañas circunstancias en las que habían muerto sus padres, le parecía raro que alguien que estuviera relacionado con ellos enviara a su hija a él y Caleb.

Caleb había cortado con todas y cada una de las relaciones de sus padres, socios, amigos… con todos. No sabían en quiénes podían confiar, si es que podían confiar en alguien, así que, simplemente, se hicieron a un lado, desaparecieron del mapa y empezaron de nuevo. Desde cero. Mientras sus padres estaban vivos, se deleitaron en su estilo de vida y disfrutaron de todas las ventajas de haber sido ricos y poderosos. Sin embargo, Caleb había hecho exactamente lo contrario. No quería que sus hermanos llevaran la misma vida que sus padres; una vida que los condujo a su muerte.

—No, no lo conozco —dijo Beau con sinceridad—, pero es posible que mi padre lo conociera. Sin embargo, mis padres murieron hace muchos años, así que debe de ser por eso que su padre le dijo que acudiera a nosotros si alguna vez se veía en problemas.

—Ojalá pudiera volver atrás y enmendarlo todo —dijo ella, mientras la pena la ahogaba y le salían las palabras a borbotones—. Cometí un error. Se suponía que no debía exponerme como hice ese día, pero fue instintivo. Supe que iba a matarme, se lo veía en los ojos. Y aunque soy experta en defensa personal, mi padre insistió en ello, era imposible que una mujer de mi tamaño pudiera con tres hombres.

—¿Qué hizo exactamente? —preguntó Beau con tranquilidad.

Se quedó en silencio, mordiéndose la parte superior del labio, consternada. Podía ver que estaba librando una batalla infernal internamente. Decidía cuánto podía contarle, si es que podía contarle algo.

—Ari. ¿Prefieres que te llame Ari o Arial?

—Ari —respondió con voz ronca—. Todos me llaman Ari.

—Muy bien, Ari. Has venido aquí porque en cierta forma sabías que si tu padre confiaba en nosotros, tú también podías. Y si voy a ayudarte, necesito saberlo todo. No puedes dejarte nada en el tintero porque tengo que saber a qué me enfrento. Si te preocupa tu privacidad, tenemos una política muy estricta sobre la confidencialidad de nuestros clientes. Ni siquiera guardamos copias de seguridad y nuestro sistema informático es impenetrable. Solamente contratamos a los mejores y nos tomamos nuestro negocio, y a nuestros clientes, muy en serio.

—¿Significa eso que me ayudará? —preguntó con inquietud—. Si el dinero es un problema, le aseguro que tengo suficiente.

Mientras hablaba, empezó a sacar un fajo de diez mil dólares y lo puso sobre el escritorio con nerviosismo.

—Dígame cuánto es y lo pagaré. Si el efectivo no es suficiente, conseguiré más.

Beau se inclinó sobre la mesa y le cogió una de sus pequeñas manos, sujetándola con firmeza para impedir que volviera a hurgar en el bolso. Le frotó el pulgar sobre su piel suave y satinada en un intento de tranquilizarla.

—Hablaremos del dinero más adelante —dijo con amabilidad—. Ahora mismo necesito saber a qué nos enfrentamos para saber dónde empezar a buscar. ¿Dijiste que tus padres habían desaparecido? ¿O que estaban en peligro?

Unas lágrimas se asomaron a sus ojos electrizantes, casi de neón, y los volvieron más brillantes. Prácticamente resplandecían y parecían más grandes en contraposición con la delicada estructura de sus huesos.

Su mirada se posó de nuevo en el ojo hinchado y rechinó los dientes. Le tocaba las narices imaginar que alguien pudiera golpear a una joven con tanta fuerza como para dejarle un cardenal como el que veía. Tenía suerte de que no le hubiera roto nada. Pero ¿cómo estaba tan seguro de eso? No podía llevarla a urgencias para hacerle una radiografía. Tomó nota mental para llamar a un médico para que fuera a examinarla en cuanto estuviera en un lugar seguro.

Se retorció las manos con nerviosismo y después se inclinó, se colocó los dedos en las sienes para aliviar el dolor y la tensión. Lo único que podía hacer era mantenerse al margen y permanecer tras el escritorio como si de una tercera parte imparcial se tratara. Alguien a quien ella quería contratar.

—Si me lo permites, será mejor que sea yo quien formule las preguntas —apuntó él—. Puede que así te sea más fácil concentrarte si solo tienes que responder a mis preguntas en lugar de debatirte entre cómo contarme tu historia y si puedes o no confiar en mí.

La culpa brilló en sus ojos y supo que había dado en el clavo, que la joven se debatía internamente sobre si podía o no confiar en él. Entonces apretó los labios, se enderezó y lo miró directamente como si hubiera tomado una decisión.

—Mi padre confía en usted —dijo con suavidad—, así que yo también. No me habría dicho que acudiera a usted si no supiera con absoluta certeza que es un buen hombre y que me ayudaría. Es lo único que me queda, señor Devereaux. A buen hambre no hay pan duro, sobre todo si se trata de la vida de mis padres.

—Por favor, llámame Beau —pidió—. Lo de señor Devereaux me hace sentir como un viejo pesado y espero que no sea esa la imagen que proyecto.

Su rostro adquirió un color rosado y una diminuta sonrisa se dibujó en las comisuras de sus labios. Se quedó fascinado por el cambio que se produjo en sus ojos durante ese breve instante en que ella bajó la guardia. Se vio cautivado por el caleidoscopio de colores que contenían aquellos pequeños iris.

—Pues claro que no eres ningún viejo pesado, así que Beau entonces —dijo ella suavemente.

Notó que se relajaba un poco, que una parte de la horrible presión empezaba a abandonar su cuerpo.

—¿Quieres café o té? ¿Un refresco, quizá?

Ella sacudió la cabeza y miró el reloj.

—A estas alturas ya he perdido demasiado tiempo. Puede que ya sea demasiado tarde para ellos.

El dolor y la angustia anegaron sus ojos una vez más y la desolación le consumía las facciones como una oscura sombra.

—¿Cuándo desaparecieron? —preguntó Beau, decidido a coger el toro por los cuernos y a interrumpir aquella delicada danza para hacer que se tranquilizara.

—Ayer. Ayer por la tarde —informó ella mientras soltaba el aire profundamente—. Sé que es un poco tonto preocuparse cuando aún no han pasado veinticuatro horas desde que desaparecieron, pero tienes que entenderlo. Después de lo que ha pasado, nunca me dejarían sola durante tanto tiempo. Fueron a comprarme algunas cosas. Nos íbamos a una de las residencias secretas de mi padre para protegerme de los medios de comunicación y de cualquier chiflado que fuera a por mí.

Beau levantó las cejas al oír eso de la residencia secreta, pero a juzgar por la cara vestimenta que Ari llevaba y los fajos de diez mil dólares que había sacado del enorme bolso —sin tener en cuenta las obvias medidas de seguridad que había tomado su padre—, su familia debía de ser rica. De nuevo, tomó nota mental para averiguar todo lo que pudiera sobre Gavin Rochester en cuanto hablara con Quinn. Por ahora, dejó ese tema a un lado y se centró en el resto. Sin embargo, a la más mínima oportunidad, sin que la joven se diera cuenta, pondría a Quinn a comprobarlo de principio a fin y de una forma discreta.

El nombre no le daba buena espina porque estaba seguro de que estaba relacionado con sus padres, y él y sus hermanos sospechaban de todo aquel que hubiera tenido relación con ellos antes de sus muertes «prematuras».

Puede que Caleb, al ser el mayor, recordara a Gavin o lo hubiera conocido en alguna ocasión. Sus padres se movían en círculos de personas adineradas, alardeaban abiertamente de su riqueza y de sus amigos, también ricos e importantes. Nunca habían sido discretos a la hora de separar lo personal de los negocios y, con frecuencia, como le había contado Caleb, habían recibido a sus socios en casa, lo que les permitía conocer y relacionarse con los niños Devereaux, aunque Caleb siempre ocultaba a su hermana pequeña, Tori, cauteloso con respecto a las personas con las que se relacionaban sus progenitores.

Era triste admitir que, incluso a una edad temprana, Caleb no confiaba en sus padres. Beau tenía apenas vagos recuerdos de ellos, nada específico; y Quinn y Tori no recordaban nada.

—No me llamaron —continuó Ari—. No me dijeron adónde iban y, cuando los llamé, me saltó directamente el buzón de voz, lo que me hace pensar que tenían los teléfonos apagados o sin batería. Desaparecieron literalmente. Nunca harían que me preocupara ni me dejarían sola porque sí. Por eso, sé que les ha pasado algo.

—Cuéntame todo lo que sepas —la animó Beau—. No te dejes nada, no importa lo insignificante que pueda parecer. Necesitamos toda la información que nos puedas proporcionar para que, al menos, tengamos algo por lo que empezar.

Se quedó quieta y contuvo el aliento. Sus fosas nasales temblaron cuando lo volvió a mirar fijamente.

—¿Significa eso que aceptas el trabajo?

—Necesito conocer todos los hechos, pero sí, nuestra empresa te ayudará.

Se le dilataron las fosas nasales por su repentina exhalación y se le encorvaron los hombros visiblemente.

—Gracias a Dios —murmuró—. No sabía qué más hacer, a quién acudir. Los hombres que contrató mi padre no son de fiar. No puedo permitirme confiar en nadie. Pero está claro que mi padre tenía absoluta fe en ti y en tu hermano, así que me guiaré por su juicio.

—¿Por qué dices que los hombres que contrató tu padre no son de fiar? —preguntó él, a pesar de que tenía una ligera idea de cómo había ido todo. No se había hecho esos cardenales por accidente.

—Mi padre solamente se llevó con él y mi madre a dos de sus guardaespaldas. Mi padre es capaz de defenderse a sí mismo y a mi madre, pero de todas formas se los llevó y dejó al resto del personal en la casa conmigo.

»Cuando me di cuenta de que no regresaban, salí de la casa con el fin de llamar su atención. Sabía que estaban ahí, pero no podía verlos. No estaban dentro conmigo.

Beau frunció el ceño. ¿Por qué leches no se aseguró su padre de que la casa estuviera completamente vigilada, tanto por fuera como por dentro?

—Al no recibir respuesta cuando les pedí ayuda, hurgué en el bolso para buscar las llaves del coche de mi padre. Cuando alcé la vista vi a uno de los hombres frente a mí. Me dijo que mis padres estaban bien y antes de que pudiera reaccionar, me pegó.

Se llevó la mano a la cara, aunque dudaba de que fuera consciente de ello. La furia le dejó un repugnante sabor en la boca al pensar que aquella joven, tan delicada, había sido maltratada por un hombre mucho más grande que ella. Un hombre que se suponía que debía protegerla.

—Cuando levanté la vista del suelo, venía hacia mí y vi que llevaba una jeringuilla en la mano. Sabía que intentaba drogarme y que me quería viva, si no, me habría matado en cuanto salí de casa.

Beau asintió con la cabeza ante su valoración, pero permaneció en silencio para que ella continuara, sin distraerla.

—Sabía que no podía luchar contra él cuerpo a cuerpo. Era dos veces más grande que yo y tenía aspecto de militar. Esa mirada, ¿sabes? Era completamente frío y metódico. También sabía que, aunque le hubieran dado órdenes de mantenerme con vida, no significaba que no pudiera hacerme daño.

Su voz se fue apagando por momentos y sus labios formaron una línea tensa y blanca. Palideció y empezó a respirar de una forma superficial y rápida. Lo observó fijamente mientras lo estudiaba con la mirada, como si todavía estuviera decidiendo si podía confiar plenamente en él o si debía omitir información para que no lo supiera todo.

Pero él esperó, sin hacer objeciones ni obligarla a que confiara en él. Era una decisión que solamente podía tomar ella; no podía obligarla a ello. Si iba a ayudarla, necesitaba que confiara en él al cien por cien. Eso implicaba que tenía que contárselo todo.

—Seguramente has visto el vídeo —dijo con voz temblorosa—. Habrás oído lo que se especula y seguro que has sacado tus propias conclusiones sobre quién soy, sobre lo que soy.

—Prefiero que me lo cuentes tú directamente —repuso con calma—. No suelo tener opiniones formadas sin conocer todos los detalles.

Ella lo miró con un destello de agradecimiento y, una vez más, cuadró los hombros con resolución.

—Tengo un poder… especial —dijo dubitativa—. Telequinesis. No sé si es mi único poder porque mis padres han intentado mantenerme a mí, y a mis habilidades, fuera de la vista de los demás toda la vida, de modo que no los he usado nunca. No desde que era niña y no sabía lo que ocurría. Por eso, mi primer instinto fue usarlo cuando me atacaron. No fui lo bastante sensata para intentar escapar sin usar ese poder. Ahora todo el mundo lo sabe o lo sospecha, y a saber qué más piensan o sospechan de mí.

Su mirada recelosa lo escrutaba, esperando algún tipo de reacción, pero él no reaccionó, a pesar de que era eso lo que ella esperaba.

—Sé que parece una locura —reconoció en voz baja.

—Te sorprendería saber lo que considero una locura —dijo él con calma.

Ella se relajó un poco más; la duda y el miedo empezaban a evaporarse de sus ojos.

—Llamé a mi padre para contarle lo que había pasado y me dijo que entrara en el coche, que él llegaría enseguida. Estoy casi segura de que de alguna manera manipuló el metraje de la cámara de seguridad para que pareciera que actué en defensa propia, pero al mismo tiempo, no se averiguara cómo me defendí. Nunca llegamos a pensar que alguien pudiese ser testigo de ese acontecimiento, y mucho menos, que lo grabara en vídeo. Y ahora está en todas partes.

Cerró los ojos. De repente, su rostro empezó a mostrar signos del estrés y del cansancio.

—No sé qué más puedo contarte que te sea útil. No estaba implicada en los asuntos de negocios de mi padre. Lo único que sé es que mi padre y mi madre se fueron después de decirme que regresarían en menos de dos horas y ya no volví a saber de ellos.

—Y tu agresor te dijo que estaban bien.

Asintió con la cabeza.

—¿Cómo sé que decía la verdad? —Entonces, suspiró otra vez y se masajeó la frente, distraída—. Debí dejar que me llevara con él. ¿Por qué te molestarías en sedar a alguien si lo quieres matar? Podría haberme disparado al verme y haberse salido con la suya. Debí dejar que me drogara, tal vez así me habría llevado con mis padres o puede que quizás los hubiera soltado, ya que está claro que es a mí a quien quieren.

Beau frunció el entrecejo sin darse cuenta.

—Esa no es la respuesta. Si están tan desesperados por encontrarte, usarán a tus padres como moneda de cambio porque si los matan, nunca cooperarás con ellos. Intentarán ponerse en contacto contigo. Puede que quieran hacer un intercambio: tú en lugar de ellos.

Ella asintió.

—Y eso no va a pasar, Ari —dijo en un tono que no dejaba lugar a discusiones.

Ella puso unos ojos como platos, sorprendida.

—¿Qué otra opción tengo?

—Has optado por venir a mí. Esa ha sido tu elección. En el fondo, donde el miedo no origina esos pensamientos irracionales, sabes que tengo razón y que si te entregas a ellos, firmarás la sentencia de muerte de tus padres.

Nueve

Ari miró fijamente a Beau Devereaux, que estaba sentado en la butaca que había detrás del escritorio. Parecía estar relajado y tranquilo, pero había algo en sus ojos. Algo oscuro y temible. Era un hombre imponente e intimidante, alto y musculoso, con unas facciones definidas y pómulos muy marcados.

No le encontraba atractivo por mucho que lo contemplase. No lo veía nada elegante o refinado, a pesar de que sabía que tanto él como sus hermanos eran ricos. Tenía un aspecto áspero, rudo, como si consiguiera hacer callar a los demás con su sola presencia y, si estos eran listos, disuadirlos de enfrentarse a él.

Ella lo había contratado, debería ser ella quien tuviera la sartén por el mango y, sin embargo, él la intimidaba por completo. Tenía un aire... duro. Como si nada lo perturbara. Tal vez eso fuera bueno: necesitaba que fuera duro e implacable si quería encontrar a sus padres.

—¿Tienes algún lugar seguro al que ir? —le preguntó Beau mientras la estudiaba.

Intentó reprimir el pánico repentino que la invadió, pero seguía notándolo en la nuca y supo que había fracasado estrepitosamente al intentar evitar que se le reflejara en el rostro. Nunca se le había dado bien ocultar sus emociones. Su padre había intentado enseñarle a ser impenetrable, pero había sido en vano. Ella no era así y por la expresión de Beau, sabía que no había conseguido disimular el desaliento en la mirada.

—No lo sé —reconoció—. A lo mejor el personal de seguridad de mi padre conoce la localización de todas sus residencias. Yo no las conozco todas. Me registraré en un hotel con uno de los alias. Mi padre me ha proporcionado nuevas identidades y pasaportes, así como dinero en una caja de seguridad.

Una vez más, Beau arqueó las cejas y ella imaginó lo que estaba pensando. Parecía que su padre fuera algún tipo de criminal porque todo lo que le rodeaba era secretismo y seguridad. Sinceramente, nunca se había parado a pensar en ello. Su padre siempre había sido así, de modo que lo había aceptado como algo normal sin pensar en qué opinarían los demás de sus medidas de seguridad.

Supuso que todo lo que hacía era para protegerla, para que sus poderes nunca fueran objeto del escrutinio público. Y ella les había fallado, tanto a su madre como a su padre. Todo lo que habían conseguido en los últimos veinticuatro años se había desvanecido en un único momento de pánico.

—Entiendo que tu principal preocupación ahora mismo sean tus padres y su seguridad —dijo Beau con amabilidad—, pero tú también estás en peligro. No puedes pensar solamente en ellos.

—Dime qué debería hacer entonces —solicitó Ari mientras intentaba que no se le notara en la voz la impotencia que sentía. Era una mujer adulta y, sin embargo, aún dependía sentimentalmente de sus padres. No soportaba la idea de no saber qué hacer, cómo actuar, ahora que su padre no estaba ahí para guiarla con su ternura habitual. Eso la avergonzaba y la abochornaba.

—Por ahora, te vienes a casa conmigo —dijo Beau—. Tu seguridad es esencial. Así podré asegurarme de que estás a salvo hasta que demos el siguiente paso. ¿Sabes quién es Ramie Saint Claire?

Frunció el ceño ante ese cambio de tema tan repentino.

—Claro, por supuesto. ¿Quién no?

Ramie Saint Claire había salido en todas las noticias el año pasado. Era una médium que poseía la extraordinaria habilidad de localizar a las víctimas de secuestros.

Se quedó sin aliento. ¡Claro! ¿Por qué no lo había pensado antes? Si Ramie podía localizar víctimas, tal vez pudiera encontrar a sus padres.

Pero en cuanto se dio cuenta de eso, se encorvó y se desanimó. ¿Cómo podía ponerse en contacto con ella si había desaparecido de la vida pública?

—Está casada con Caleb —continuó Beau—. No puedo prometerte que te ayude. Caleb es muy protector con ella porque su don tiene un precio muy alto: ella experimenta lo mismo que le sucede a la víctima. No obstante, si tienes algo, algún objeto, que fuera el preferido de tu madre o de tu padre, o algo que usaran con frecuencia, puede que los localice gracias a eso.

El corazón le dio un brinco, le tembló el pulso y la respiración se le volvió entrecortada.

—Vuelve a cubrirte el cabello como lo tenías antes y ponte las gafas de sol. Llamaré al chófer para que nos recoja en la entrada. Normalmente conduzco yo, pero no he aparcado cerca y no quiero exponerte o dejarte sola mientras voy a por el coche y te recojo.

Ari pestañeó mientras se preguntaba cómo había pasado de querer contratarlo a que la llevara a su casa y él se encargara de todo, pero a pesar de las dudas obedeció sin rechistar y volvió a ocultarse.

Cuando hubo terminado, Beau cogió el teléfono y marcó un número. Lo escuchó mientras informaba lacónicamente al chófer de que debía recogerlos directamente en la entrada del edificio. Cuando terminó de hablar, le preguntó cómo había llegado hasta allí, y cuando le explicó lo del BMW aparcado en la acera no muy lejos de la entrada, él sacudió la cabeza, frunció el ceño e hizo otra llamada: pidió a alguien que recogiera el coche y lo llevara a casa de Beau.

Aunque esperaba que aceptara ayudarla, no se imaginaba que tendría una reacción como aquella. Parecía que su mundo había cambiado drásticamente y ella no tuviera ningún control sobre él. No era una sensación agradable, pero ¿cuándo había tenido ella pleno control sobre su vida?

Cuando Beau se levantó de la butaca, ella hizo lo mismo; de repente se sentía nerviosa e insegura, pero, como ya había reconocido, no tenía otra opción. Sabía que no podía confiar en los hombres de su padre, aunque no todos fueran traidores. Sin embargo, lo más seguro era suponer que todos iban a por ella por alguna extraña razón, descartando a los hombres —o al hombre— a los que su padre le había dicho que acudiera. Si su padre había depositado su confianza y su bienestar en las manos de Beau Devereaux, ella podía hacer lo mismo. Nunca había cuestionado los motivos de su padre antes y no iba a empezar ahora.

Respiró hondo y dejó que Beau la acompañara al recibidor donde se encontraba la recepcionista.

—Dile a Quinn que tiene que hacerse cargo de la oficina hoy y que me pondré en contacto con él más tarde para ponerlo al tanto del asunto.

Anita asintió.

—Sí, señor. Lo llamaré ahora.

Ari resolló sorprendida cuando Beau gruñó a la recepcionista y la miró con el ceño fruncido. No pudo contenerse y le dio un codazo en las costillas, arrugando la frente a modo de reprimenda.

—¿Acabas de gruñirle? —susurró con asombro.

Para su sorpresa, en lugar de parecer algo humillada, Anita estalló en una carcajada y sonrió a Ari.

—No le hagas caso. No le gusta nada que lo llame «señor» ni «señor Devereaux». Está convencido de que lo hace parecer un viejo y no lleva muy bien que una mujer mayor que él lo trate de señor. Insiste en llamarme señora, así que le correspondo con el mismo respeto.

Le brillaban los ojos alegremente mientras parecía que Beau se enfurruñaba cada vez más.

—Tiene excelentes modales sureños, desde luego —continuó Anita—. Los hombres ya no son como antes y Beau es, sin duda, un hombre chapado a la antigua. Lo llamo señor y señor Devereaux solamente para provocarlo. Sobre todo cuando se pone muy serio: es decir, la mayor parte del tiempo —dijo despreocupadamente, tranquila a pesar de la reacción de Beau.

Una sonrisa se dibujó en los labios de Ari aunque la situación era seria y seguía inquieta por la desaparición de sus padres.

—¿Entonces insinúas que debería hacerle la puñeta llamándolo señor o señor Devereaux? —preguntó Ari, con voz inocente.

—Exacto —afirmó Anita, contumaz, todavía sonriendo.

Beau puso los dedos firmemente alrededor de su muñeca y la arrastró desde las oficinas hasta el ascensor.

—Mi padre siempre decía que nunca era lo bastante seria —dijo Ari jovialmente mientras bajaban—. Decía que tengo un corazón demasiado blando y que soy demasiado inocente e incrédula. Parece que tú eres el extremo opuesto, así que quizás podamos equilibrarnos el uno con el otro.

Con las cejas alzadas, la miró a los ojos y ella se sonrojó al instante. El calor le ardía en las mejillas: acababa de darse cuenta de cómo había sonado lo que acababa de decir.

—No me refería a eso —aclaró apresuradamente, casi gimiendo por semejante metedura de pata. Otra cosa que su padre decía que hacía con frecuencia.

—¿A qué, entonces? —preguntó Beau en un tono de voz suave.

Estaba segura de que se estaba poniendo aún más roja.

—Me refiero a que tengamos algún tipo de relación. Ya sabes, el yin y el yang, ese tipo de cosas. Ha sido una tontería; a veces hablo sin pensar.

—Entonces, ¿quién de nosotros es el yin y quién el yang?

Tardó un instante en darse cuenta de que estaba bromeando. Se estaba burlando de ella.

Se rio, sacudiendo la cabeza.

—Y tu recepcionista dice que eres demasiado serio. ¿Acaso nunca se ha dado cuenta de tu sentido del humor?

—No tengo sentido del humor —masculló—. Pregúntaselo a cualquiera. Te dirán que soy el capullo gruñón del clan de los Devereaux.

—Mmm. Supongo que tendré que esperar para formarme una opinión. ¿Adónde vamos?

El cambio de tema fue tan repentino que Beau la miró con confusión.

Ella suspiró.

—También hago eso, por desgracia. Pronto te darás cuenta: tiendo a soltar lo primero que se me pasa por la mente. Mis padres son expertos siguiendo el hilo de mis pensamientos. El resto ya no tanto.

Él sonrió, lo que transformó por completo sus rasgos ceñudos. De repente parecía… accesible. No tenía nada que ver con el hombre intimidante que había sido en el despacho.

Las puertas del ascensor se abrieron y pasaron junto a la garita de seguridad en la que Ari dejó el pase.

Beau alzó las cejas cuando le echó un vistazo al pase.

—No exagerabas cuando decías que tenías muchos alias.

Ari le lanzó una mirada seria para que supiera que no estaba exagerando en absoluto.

—Sí, tengo tres juegos de identidades. Permisos de conducción y pasaportes de los tres nombres. Mi padre siempre me decía que, si los necesitaba, era mejor que fuera cambiando para que así nadie pudiera identificarme con uno solo y pudiera localizarme. En aquel momento me pareció algo paranoico y lo achaqué a la sobreprotección de mi padre porque, sin duda, no era algo nuevo para mi madre y para mí. Pero, sinceramente, nunca pensé que podría necesitarlos. Está claro que me equivocaba y que debí haber prestado más atención a las medidas que tomó mi padre para garantizar mi seguridad. Es como si él supiera que algún día los necesitaría. Solo que no sé por qué.

Se le fue apagando la voz mientras Beau la acompañaba hacia la puerta giratoria. Se apresuró a tocarse el pañuelo y las gafas, asegurándose de que ocultaban lo que debían ocultar. Se alegró de llevar las gafas de sol porque el sol brillaba con fuerza ese día y el repentino haz de luz la habría cegado momentáneamente.

Vio el coche aparcado justo delante del edificio; estaba bloqueando uno de los carriles del tráfico y supo que debía de ser el coche de Beau.

Sin embargo, cuando se dirigían hacia allí, alguien chocó con Beau e hizo que perdiera ligeramente el equilibrio unos instantes.

En ese mismo momento, el cristal que había detrás de ellos se rompió y se oyeron gritos. Ari notó cómo la tiraban al suelo y Beau cubría todo su cuerpo con el suyo.

Le oyó maldecir y notó que estaba buscando algo. Giró la cabeza intentando averiguar qué pasaba y el terror se apoderó de ella cuando vio que Beau había sacado una pistola que no sabía que llevaba.

—Agáchate —dijo apresuradamente—. No muevas ni un pelo hasta que yo te lo diga.

Asintió, ya que no confiaba en poder articular palabra. Tenía la garganta paralizada y el miedo le obstruía con rapidez las vías respiratorias.

Llegados a este punto, nada podía perjudicarla más de lo que ya lo había hecho el vídeo en el que se veía cómo usaba sus poderes, así que se concentró en los dos contenedores de basura metálicos que había un poco más abajo, en la misma calle.

Los contenedores se levantaron de la acera y salieron disparados hacia Beau y ella antes de detenerse frente a ambos, sirviéndoles así de protección. Cuando él se dio cuenta de lo que había hecho, maldijo otra vez, pero si pensaba echarle una reprimenda, no lo hizo en ese momento. La puso de pie con esfuerzo, y junto a él y el hombre que supuso era su chófer entraron en el coche casi de un salto.

Ari aterrizó en el asiento trasero y se golpeó la cabeza con la manivela de la puerta contraria. Su cuerpo magullado seguía recibiendo aún más golpes. Notaba como se resentían sus cardenales y las costillas todavía doloridas.

—¡Vamos, vamos, vamos! —ladró Beau—. Sácanos ya de aquí, joder.

El coche salió disparado y dejó tras de sí el ruido de los neumáticos derrapando. Se incorporó con dificultad sobre la espalda mientras intentaba encontrarle sentido a lo que acababa de pasar. En la calle no había ni un solo peatón. Todos se habían puesto a cubierto al escuchar el primer disparo.

Beau la empujó hacia abajo para que su cabeza estuviera más o menos por debajo de la ventana.

—¡Agáchate, joder! ¿Quieres que te maten?

Tenía los ojos como platos cuando bajó la mirada hacia donde estaba él, también agachado en el asiento.

—¿Qué ha sido eso, Beau?

—Un francotirador —espetó.

La consternación y la confusión se arremolinaban en su caótica mente. Eran tantas cosas que no podía procesarlas todas. Había pasado demasiado en muy poco tiempo y su mundo se había vuelto completamente del revés. Su vida tal y como la conocía antes había experimentado un cambio drástico.

—No lo entiendo —dijo, intentando zafarse de su maraña mental—. Cuando me atacaron, me pareció que no querían matarme. Su idea era drogarme cuando, si lo hubiesen querido, podrían haberme eliminado al momento. ¿Por qué querrían hacerlo ahora?

—No te disparaban a ti —dijo Beau con una expresión sombría.

Lo miró con asombro; su confusión aumentaba por momentos.

—Me disparaban a mí.

Diez

*A*ri permaneció callada durante el trayecto a casa de Beau. Estaba pálida, visiblemente afectada y, peor aún, se notaba un sentimiento de culpa reflejado en sus ojos. Sabía que se culpaba a sí misma por haberle puesto en peligro y eso le cabreaba.

Así que cuando se movió incómoda en el asiento y se volvió para mirarlo, supo con exactitud lo que iba a decir mucho antes de que lo dijera.

—No debí haberte involucrado en esto —dijo en voz baja—. No sabía que era un asunto tan grave. No entiendo nada de lo que está pasando, pero sé que no podría perdonarme a mí misma si alguien muriera por ayudarme. Lo único razonable que se me ocurre es darles lo que quieren: a mí.

—Cállate y deja de comportarte como una mártir, joder —espetó él bruscamente.

Sabía que era demasiado agresivo cuando lo que ella necesitaba era comprensión y empatía. Ari estaba a punto de perder los estribos y de venirse abajo, y estaba claro que lo último que necesitaba era que se comportara como un completo gilipollas. Sin embargo, le daba mucha rabia pensar que alguien tan vulnerable e inocente como aquella joven estuviera en el punto de mira de algún hijo de puta que solo Dios sabía lo que planeaba hacer con ella.

Ari se encogió ante la reprimenda de Beau y la culpa lo embargó al instante al ver el dolor reflejado en sus ojos. Ari trató de ocultarlo rápidamente, pero no antes de que él reparara en el alcance que habían tenido sus palabras, como si fueran un dardo.

—No voy de mártir ni estoy siendo excesivamente dramática —dijo en voz baja.

La tristeza se apoderó no solo de sus rasgos, sino también

de sus palabras. Le anegó hasta los ojos, que pasaron de su fulgor eléctrico natural, casi de neón, a un azul verdoso más apagado y sosegado.

—Es que no sé qué más hacer. Mis padres lo son todo para mí. Mi única familia. Han renunciado a muchas cosas por mí durante toda mi vida. Mi poder afectó su vida más de lo que sacudió la mía porque siempre se aseguraron de que estuviera a salvo y de que fuera feliz, y hasta que no fui mayor no comprendí todo lo que sacrificaron por mí.

»Mi madre dice que soy su pequeño milagro. Cuando mis padres se casaron, intentaron, sin éxito, tener un hijo. Mi madre aún era joven y mi padre no tenía prisa. Él habría sido feliz con mi madre, con ella le hubiera bastado, pero ella estaba desesperada por tener un hijo.

»Tras innumerables abortos y después de la decisión de mi madre de que dejaría de intentarlo porque no podría soportar perder otro hijo, se quedó embarazada de mí. Soy su única hija. Mi madre no pudo tener más hijos. Quise ser la hija perfecta para compensar así de algún modo que mi madre no pudiera tener lo que más quería. Una casa llena de niños, de amor, de risas y de felicidad.

»Siempre me han protegido, siempre. Me protegieron de la cruda realidad de la vida. Puede que no me hicieran ningún favor y que me protegieran demasiado, pero siempre les estaré agradecida por lo que me dieron: su amor y su disposición para garantizar mi bienestar y mi felicidad.

»Y ahora que son ellos los que me necesitan, me siento completamente inútil. No tengo los conocimientos ni las habilidades para saber siquiera por dónde empezar a buscarlos. Así que, cuando digo que mi única opción es entregarme a esas personas, sean quienes sean, no voy de mártir ni me pongo exageradamente dramática. Soy una mujer que quiere a sus padres más que a nada y que está dispuesta a hacer y a dar cualquier cosa con tal de recuperarlos, para que estén a salvo… aunque sea mi propia vida.

La sinceridad empapaba todas y cada una de sus palabras. Su absoluta convicción era palpable en sus gestos. Volvían a brillarle los ojos, pero esta vez con un objetivo. Con determinación.

Ella no merecía su desaprobación. Estaba claro que Arial

nunca se había enfrentado a la cruda realidad de la vida, tal como había dicho momentos antes. Sencillamente no entendía que estaban utilizando a sus padres para llegar hasta ella y era obvio que iba en serio cuando decía que haría cualquier cosa, incluso entregar su vida a cambio de las de su madre y su padre.

Esa clase de altruismo se veía pocas veces. Beau estaba acostumbrado a ver lo malo en las personas, nunca lo bueno. Su hermana y su cuñada habían sufrido lo indecible a manos de unos monstruos enfermos y retorcidos. El mal se extendía por todas partes y llegaba a todos los ámbitos de la vida, incluso a aquellos donde nadie lo sospecharía. El mal, o la capacidad para hacerlo, habita en casi cualquier persona. La verdadera bondad, esa que emana de lo más recóndito del alma, es la rareza. La mayoría de las personas no era tan altruista como parecía Ari, y él no dudaba de su sinceridad ni por un segundo. Iba completamente en serio y eso haría que su trabajo fuera más difícil, pues tendría que mantenerla a salvo, mientras él y sus hombres localizaban a sus padres.

—Discúlpame —contestó Beau, esperando que sus palabras fueran tan sinceras como las suyas—. Es que me cabrea que valores tu vida tan poco como para que te entregues a ellos. No tiene por qué ser así. Necesito que confíes en mí. Está claro que tu padre confiaba en Caleb y en mí lo suficiente como para advertirte que acudieras a nosotros si tenías problemas o él mismo no pudiese ayudarte. Así que, confía en mí, no solo para encontrar a tus padres, sino también para protegerte. Y prométeme que no harás nada a lo loco y sin pensarlo porque, Ari, tienes que entenderlo, aunque permitieras que te cogieran, puede que mataran a tus padres una vez obtuvieran lo que quieren.

Ari palideció y el color desapareció de su rostro hasta dejarle una tez blanquecina.

—Sé que es duro escuchar esto —continuó con un deje tranquilizador—. Pero tienes que enfrentarte a la realidad. Sean quienes sean esas personas, está claro que son profesionales y que no dudarán en matar a todo aquel que se interponga en su camino, como el francotirador que intentó pegarme un tiro en la cabeza hace solo unos minutos.

—¿Crees que siguen vivos? —susurró ella, sobrecogida por la emoción.

Parecía estar tan perdida y asustada que instintivamente la acercó y la estrechó entre sus brazos. Abrazándola, notó el rápido tamborileo del pulso en el pecho. Su respiración era superficial y tan agitada como su pulso.

A Beau no se le escapó la ironía de la situación. No era una persona con la tendencia natural a dar abrazos ni a ofrecer consuelo. Era el gilipollas arrogante de la familia, el que siempre decía lo que nadie quería oír, pero, no obstante, necesitaba escuchar. Lo mismo que ahora ocurría con Ari.

Tenía que saber a qué se enfrentaba y que, en el momento en que perdiese su poder de negociación —ella misma, vaya—, estaba claro que matarían a sus padres.

—Creo que están vivos —respondió Beau, mientras hacía una mueca para sus adentros ante su afirmación. Esperaba que no fuera mentira. Normalmente era él quien siempre decía la verdad sin importar lo dura que fuese. Pero se dignó a darle a Ari un atisbo de esperanza, porque, si de verdad llegaba a pensar que sus padres estaban muertos, eso la destrozaría.

Necesitaba que tuviera esperanza para que razonara y se adhiriera al plan que Beau y su equipo elaboraran. Lo último que necesitaban ahora era una persona impredecible, que Ari fuera por su cuenta. Con poder o sin él, era extremadamente vulnerable.

Y, aunque no mataran a sus padres en el momento en que ella estuviera en manos de sus agresores, puede que los usaran para controlarla. Podrían amenazarla con matar a sus padres para que cooperara con ellos y entonces tendrían un dominio completo sobre Ari, ya que estaría dispuesta a hacer cualquier cosa para mantener con vida a las personas que quería.

—Siempre que te mantengas fuera de su alcance, creo que tus padres estarán a salvo. —De nuevo, esperaba no tener que prepararla para una decepción y conmoción horribles. Sin embargo, era la conclusión más lógica, ya que no la habían matado y estaban decididos a tenerla controlada. Control sobre ellos, fueran quienes fueran—. Usarán a tus padres para negociar, al menos por el momento. Esto nos dará tiempo para empezar a investigar y, con suerte, encontraremos a tus padres antes de que los secuestradores se impacienten y decidan tomar otras medidas para persuadirte.

Se estremeció contra su cuerpo como si sus palabras hubieran recreado una imagen muy desagradable en su mente. Le sabía mal, pero era información que debía saber y que debía entender. No podía suavizarlo ni pensaba hacerlo.

El olor de su cabello inundó sus fosas nasales y entonces frunció el ceño. La alejó de sí inmediatamente, devolviéndola a su lado del vehículo. Cuando uno empieza a fijarse en cómo huele una mujer, cómo olía una clienta, era hora de tomar cartas en el asunto —y distancia— entre uno mismo y la clienta.

Ya había infringido seriamente las reglas de la profesionalidad al abrazarla, aunque solo fuera para calmar su crispación. El problema era que lo había disfrutado demasiado, y lo que había empezado como un ofrecimiento impersonal de consuelo, había cambiado a medida que se iba percatando de ciertas cosas. De cómo olía. De cómo se acomodaba su cuerpo en el suyo. De lo pequeña que era y lo delicados que eran sus pronunciados pómulos. O, joder, lo mucho que deseaba besar sus labios.

Dios. Se le estaba yendo de las manos. Si aún le quedaba algo de sentido común, dejaría a Ari en las manos expertas de Dane y Eliza y se retiraría. Les dejaría hacer su trabajo; un trabajo en el que eran muy buenos.

Pero, al mismo tiempo, se negaba en rotundo a la idea de dejar a Ari con otra persona. Su padre había confiado en él y en Caleb. En nadie más. Si se la entregaba a Dane y a Eliza, o a cualquier otro empleado, era posible que metiera la pata y saliera corriendo.

Estaba tan asustada como un potrillo recién nacido y podía ver lo mucho que le costaba poder confiar en él. Lo hacía porque su padre así se lo había dicho. De otro modo, ella jamás habría confiado en él. No podía culparla por ello. Pero le daba la impresión de ser una persona amable, de las que dan su confianza con facilidad y siempre ven lo bueno en los demás. Si estaba en lo cierto, esta era la primera vez que se enfrentaba a la traición y se daba cuenta de cómo era el mundo en realidad.

Era evidente que sus padres la habían protegido durante toda su vida con lo que no le habían hecho ningún favor, pero eso no era de su incumbencia. Ella era su clienta y su trabajo se dividía en dos partes: encontrar y recuperar a sus padres, y mantenerla con vida, a salvo.

—¡Agarraos! —gritó el chófer—. Tenemos problemas.

Beau apenas tuvo tiempo de proteger a Ari con los brazos antes de que el vehículo entero recibiera una sacudida y sus cabezas se movieran hacia delante y atrás como si de un latigazo se tratase.

—Mierda, ¿qué ha sido eso? —vociferó Beau.

—Nos están siguiendo. Aguantad. Vamos a salir de aquí de una vez —contestó Brent, el conductor, en tono malhumorado.

—¿Nos siguen? —chilló Ari—. ¡No creo que alguien que intenta sacarnos de la carretera nos esté siguiendo solamente!

—¡Mierda!

A Beau no le gustó oír a Brent maldecir. Tenían que pasar muchas cosas para alterarlo de ese modo porque por lo general se desenvolvía perfectamente en cualquier situación. No solo era expiloto de carreras, sino que también era exmilitar y lo habían contratado por algo más que por su capacidad de conducción.

Beau levantó la vista justo a tiempo de ver a dos vehículos que venían disparados hacia ellos por el lado opuesto de la autopista. Estaban a punto de chocar, era inevitable, lo que resultaba bastante estúpido porque si lo que pretendían era mantener a Ari con vida, ¿cómo podían estar seguros de que saldría ilesa?

A no ser que hubieran cambiado de objetivo. Era difícil especular en aquel momento cuando no sabía cuál era el origen de la amenaza. Ya iba muy por detrás en el asunto, no tenía nada por donde empezar hasta que no hablase con Ari largo y tendido y empezara a investigar a sus padres, sobre todo a su padre.

A Ari se le escapó un gemido gutural y, al momento se le pusieron los ojos vidriosos; los diminutos reflejos dorados resplandecían como el brillo del mar mientras observaba a través del parabrisas los vehículos que se aproximaban hacia ellos.

Contrajo el rostro como si estuviera dolorida. Apretó los puños y los nudillos se le volvieron blancos por la fuerza con la que los apretaba. Entonces se estremeció como si la electricidad de sus ojos le corriera por las venas.

Beau casi notaba cómo emanaba el poder de ella en forma de olas. No se parecía a nada que hubiera experimentado antes. Y no es que fuera nuevo o escéptico en cuanto a poderes psíquicos, porque ya había experimentado de primera mano fenómenos psíquicos inusuales.

Pero cuando uno de los coches que había frente a ellos se elevó en el aire de repente, giró sobre sí mismo y se estrelló contra la valla de contención, Beau abrió la boca de par en par. Su mirada iba de los rasgos contraídos de Ari a los restos que quedaban del coche, a los que se acercaban cada vez más.

De repente, a Ari empezó a sangrarle la nariz. La sangre salía de sus orejas y su cuerpo se estremeció como si estuviera sufriendo algo terrible que la devorara por dentro. Entonces se inclinó hacia delante y chocó contra él; ambos se balancearon hacia adelante. Apenas pudo rodearla con los brazos para protegerla y ponerse sobre ella cuando el mundo entero se les puso patas arriba.

El dolor se expandió por una pierna y le subió hasta el hombro. El estruendo del metal aplastándose, el terrible ruido de un coche volcado que todavía se deslizaba por el asfalto de la autopista era lo único que se oía. Sin embargo, Beau solo era consciente de la pequeña mujer que tenía entre sus brazos y lo único que le preocupaba era haber fracasado al protegerla, como le había prometido.

Once

Empezó a notar dolor y por eso supo que estaba vivo. Primero movió con cuidado los brazos, luego las piernas, aliviado, ya que todo parecía funcionar correctamente. Solamente notaba un poco de dolor, lo que indicaba que había contusiones pero no roturas. O por lo menos eso esperaba, porque todavía se encontraban en grave peligro.

Se volvió hacia Ari automáticamente, abriendo bien los ojos para examinar el caos que reinaba a su alrededor. Ari estaba escalando con torpeza hacia el asiento delantero y sacudió a Brent por los hombros con cuidado para comprobar si estaba consciente.

—Tengo la pierna atrapada —dijo Brent a Ari, con seriedad—, pero las manos me van bien. Coge la pistola de mi funda y pásamela. Hay otra en la guantera. Llévala encima en todo momento. Ten cuidado, está cargada. No dudes en disparar si uno de esos cabrones se te acerca. Los Devereaux se asegurarán de que nada de esto afecte o te salpique de algún modo. Tu prioridad debe ser protegerte a ti misma. A cualquier precio.

—Ari, quédate ahí —le ordenó Beau sin contemplaciones.

Ella echó un vistazo hacia atrás y el alivio se asomó a sus ojos al mirarlo, como si hubiera tenido miedo de encontrárselo gravemente herido o muerto.

—Se están acercando —dijo Ari tranquilamente—. Tengo que salir de aquí para alejarlos. Os matarán a Brent y a ti. Lo sabes.

Beau sintió un cosquilleo en el pecho, un cosquilleo que no le gustaba; parecía que le afectara que se preocupase tanto por él. Protegerla a ella era su trabajo, joder. Y no que ella lo protegiera a él.

Las palabrotas de Brent se mezclaron con las de Beau. Se estaba pasando por el forro sus órdenes de quedarse quieta y donde pudiera protegerla. Ari ya estaba saliendo por la ventanilla destrozada del copiloto, pistola en mano.

Beau rebuscó alrededor para encontrar el móvil. Lo vio a unos centímetros de su mano y lo agarró con fuerza. Marcó el número de Zack, que sabía que podría llegar antes que Dane o Eliza.

—Brent y yo tenemos problemas —dijo sin más preámbulos—. Necesitamos que nos saques de esta. Estoy con una clienta y es vulnerable. La quieren viva. A todos los demás, no tanto.

—De acuerdo, ahora mismo. —Zack colgó y se cortó la llamada.

No serviría de mucho perder el tiempo enviando a Zack la localización exacta. Todos los vehículos de la empresa disponían de GPS que permitía a cualquiera de los empleados saber dónde estaban en cualquier momento. Y Zack era bueno. De confianza. Sí, tal vez debería haber contactado con Dane, ya que estaba por encima de los demás empleados y solo respondía ante Caleb y Beau, pero Beau confiaba plenamente en Zack y sabía que no perdería el tiempo: llegaría allí en cuanto le fuera humanamente posible. Y bueno, había momentos en los que se preguntaba si Zack era humano de verdad. Parecía trabajar con crueldad y mente fría en todo momento. No le molestaba nada. Se tomaba las cosas con filosofía y realizaba su trabajo sin esfuerzo. Era precisamente del tipo de hombres que la empresa necesitaba en sus filas.

Beau avanzó torpemente de atrás adelante, su cuerpo voluminoso no podía salir con tanta facilidad como lo había hecho Ari entre el capó abollado y los asientos. Pero, joder, la había dejado sola para enfrentarse a los cabrones que la perseguían.

—¿Es muy grave? —preguntó Beau, mientras se daba un último empujón.

—No creo que tenga nada roto —respondió Brent mientras apretaba los dientes, lo que indicaba que no lo reconocía, pero le dolía mucho.

—Te cubro —avisó Beau—. Quédate aquí y no te muevas. Puede que tengas lesiones cervicales, así que espera hasta que llegue la ambulancia.

—¿Cómo pretendes explicar esto? —preguntó Brent—. Has visto lo que ha pasado igual que yo. Sé que no me lo he imaginado.

—No, no lo has imaginado —admitió—. Ha sido Ari. Nos ha sacado de un buen marrón y todavía intenta sacarnos del atolladero. Voy a salir de aquí para que no se enfrente ella sola a esos imbéciles.

Beau hizo una mueca de dolor cuando uno de los cristales esparcidos le cortó la piel al intentar salir del vehículo. Buscó a Ari inmediatamente y la vio a unos metros de distancia; se cubría bajo su todoterreno volcado y sujetaba una pistola que parecía demasiado grande para sus pequeñas manos.

El coche que les había alcanzado por detrás había pasado por encima de los escombros y justo ahora daba la vuelta, sin importarle la circulación del tráfico. El otro coche que se había acercado por delante había derrapado hasta detenerse a unos cien metros de distancia: las puertas del conductor y del copiloto estaban abiertas, los hombres se cubrían, pero llevaban pistolas y apuntaban a Beau, Ari y Brent.

Mierda. Brent era un blanco fácil.

Ari se volvió, con los ojos fríos e implacables. Casi sentía su furia; crujía entre ellos como la corriente eléctrica. Le lanzó la pistola a Beau y él la cogió en un acto reflejo.

—Cúbreme —dijo con delicadeza.

Antes de que pudiera abrir la boca para protestar y decirle que se quedase donde estaba, se levantó, ofreciéndose como un blanco fácil para sus perseguidores.

—¡Joder, Ari! ¡Siéntate! ¡Siéntate, coño!

—Me quieren viva —dijo en voz baja—. No me dispararán. Pero probablemente tú y Brent les importáis una mierda y no voy a dejar que acaben con vosotros porque me estéis protegiendo. No cuando tengo el poder de, al menos, retrasarlos aunque no pueda pararles los pies completamente.

No hizo ni caso de sus protestas y fijó su mirada en la amenaza que tenía enfrente. Una vez más, vio como le salía sangre de la nariz y de las orejas, y apretó los puños con fuerza. Tenía el cuerpo rígido y tenso; imaginaba el terrible esfuerzo que estaba haciendo. Ari le había dicho que hasta hacía poco no había utilizado su poder para nada, que había intentado encajarlo y ser normal. Como si una mujer como ella, aunque no tuviera poderes psíquicos, pudiera pasar inadvertida. No con esa belleza y esos rasgos tan distintivos.

Le resbaló más sangre por el cuello cuando los hombres soltaron las pistolas con las que los apuntaban. Las armas volaron por los aires: una aterrizó justo al lado de la puerta del conductor, al alcance de Brent; la otra cayó al suelo frente a Beau.

El vehículo que había dado la vuelta en pleno carril salió disparado hacia delante hasta chocar con el vehículo ya hecho polvo en el que se encontraba atrapado Brent. Beau observaba, pero no pudo evitarlo. Nada podía hacer para evitar que hirieran gravemente a su hombre y probablemente lo mataran. Esos hijos de puta que iban a por Ari tenían muy claro su objetivo y eliminarían a cualquiera que se interpusiera en su camino.

A Ari se le marcaban las venas en los brazos, en el cuello y hasta en la frente como si estuviera experimentado un dolor muy fuerte mientras se concentraba en el coche que venía a toda velocidad. De hecho, sus rasgos denotaban agonía; se le escapó un gemido prácticamente mudo. No obstante, tal como había eliminado al otro vehículo, este se levantó de repente y giró antes de chocar bruscamente contra la acera. Derrapó los últimos cincuenta metros hasta detenerse a un vehículo de distancia del coche donde Beau y Ari se habían refugiado.

Para asegurarse de que no pudieran salir, se concentró una vez más y las puertas intactas que estaban hacia afuera, se doblaron hacia adentro sin más, lo que impedía que nadie pudiera escapar.

Su poder era increíble, como nada que hubiera presenciado antes, pero sabía que le estaba costando muchísimo. Ya había visto hemorragias psíquicas, sabía que las causaba una concentración intensa. La sangre y la tensión obvia en sus rasgos preocupaban muchísimo a Beau. Podía darle un infarto o provocarle una hemorragia cerebral grave.

—Ari —dijo en tono amable, levantando el brazo para colocar con cuidado la mano por debajo del de ella—. Necesitas relajarte. Respira lentamente. Estás sangrando. Ya has acabado con dos de sus vehículos. Puedo encargarme del resto. Necesitas agacharte y evitar que te vean hasta que lleguen mis hombres.

O no lo escuchó o decidió no hacerle ni caso. Los dos hombres que se habían refugiado detrás de las puertas del coche volvieron a entrar rápidamente, dieron marcha atrás a toda velocidad antes de girar con un chirrido y alejarse con estruendo: se retiraban, por ahora.

Beau suspiró aliviado y luego agarró el delicado brazo de Ari y la dirigió de nuevo al coche volcado, donde estaría relativamente segura.

Ari pestañeó confundida y frunció el ceño cuando vio la carnicería que había a su alrededor. El tráfico iba considerablemente lento porque los coches debían sortear los tres vehículos destrozados. Aunque estaba lleno de curiosos, en realidad nadie se detuvo a ayudarlos, lo que Beau agradecía. Lo último que necesitaba era más atención. Ojalá Zack llegase rápidamente para poder trasladar a Ari a algún lugar seguro y con vigilancia constante.

Seguramente la policía se involucraría, a pesar de que el vehículo que conducía Brent era ilocalizable. Dudaba de que los otros vehículos pudieran aportar a las autoridades más información que el suyo. La policía supondría que se trataba de alguna actividad relacionada con la mafia o con traficantes de drogas. No le importaba, siempre y cuando Ari no sufriera una mayor exposición por haber dado rienda suelta a su poder.

Cuando no percibió más movimiento en los dos vehículos destrozados que los habían perseguido, Beau ordenó a Ari que se quedase donde estaba y él se arrastró hacia el interior del coche para determinar las lesiones que había sufrido Brent.

—Estoy bien —murmuró Brent—. El salpicadero me está aplastando la puta pierna. Cuando llegue Zack, llévate a Ari y déjame aquí. La policía y la ambulancia aparecerán enseguida. Tendrán que sacarme y lo último que necesita Ari es más atención. Es mejor para ti, y para ella, que estéis lo más lejos posible de esto. Es obvio quién es responsable de lo ocurrido y dudo de que esos idiotas vayan a proporcionar mucha información a la policía. Tengo contactos suficientes en el Departamento de Policía para no tener ningún problema.

—Joder —maldijo Beau—. Sabes que no trabajamos de esa forma. No dejamos a ningún hombre atrás.

La mirada penetrante de Brent se clavó en la de Beau.

—Y tú sabes que tiene que ser así. Ari y tú no podéis veros envueltos en esto. Tienes que llevártela lejos de aquí antes de que aparezcan los polis y la prensa, si es que sospechan o descubren que estás relacionado con ella.

Brent tenía razón, pero eso no significaba que tuviera que dejarlo sin más.

MAYA BANKS

Antes de que pudiera responder, aunque Brent haría oídos sordos a sus quejas, ya que como la mayoría de los empleados de su empresa eran cabezotas, tercos y tendían a hacer las cosas a su manera, escuchó el rugido de un coche y un fuerte frenazo detrás del amasijo de hierros de su coche.

Suspiró porque los que estaban por debajo de él siempre se las arreglaban para cumplir con su trabajo; les había dado manga ancha hacía tiempo y había pedido a Dane y Eliza que hicieran lo mismo.

Apareció Zack con sus ojos verdes llenos de rabia.

—Infórmame de la situación —pidió.

Beau lo puso al día rápidamente mientras metían a Ari en el vehículo que Zack había traído.

No tenían tiempo para quedarse parados mientras Beau le explicaba la situación de principio a fin. De repente, Ari apartó de un empujón a los dos hombres; los cogió tan desprevenidos que tropezaron. Beau observó con terror como uno de los hombres trepaba entre los escombros que Ari había provocado y los apuntaba con una pistola.

—¡No! —chilló él. Zack gritó inmediatamente después mientras los dos se lanzaban hacia Ari tratando de protegerla.

Se oyó un disparo y los dos hombres se quedaron de pie, perplejos, al tiempo que la bala se ralentizaba lo suficiente para que pudieran verla zumbando en dirección a Ari. Aunque ella fue capaz de ralentizarla y desviar un poco su trayectoria, la golpeó en el costado y cayó de rodillas, con la mano en la herida que ya estaba sangrando.

Beau estaba furioso. Le fastidiaba que Ari hubiera recibido una bala que iba dirigida a él o a Zack. Le cabreaba porque se suponía que debía protegerla a ella y aun así Ari se había puesto en medio para apartarlos a ambos de la línea de fuego.

Estaba inclinada, pálida y le sangraban la nariz, la boca, los oídos y ahora también el costado donde la bala la había alcanzado.

Zack y él formaron inmediatamente una barrera de protección a su alrededor. Beau la cogió en brazos para meterla en el coche blindado de Zack, donde las balas no podrían alcanzar a nadie. Tenía la mente nublada por la rabia. Quería cargarse a esos hijos de puta en ese mismo instante.

En la distancia se oía ya el ulular de las sirenas. Por mucho que le doliera dejar allí a Brent, el conductor iba armado y era capaz de defenderse. Además, los que habían tenido la posibilidad de huir ya lo habían hecho. Con la policía y la asistencia médica en camino, dudaba de que el imbécil que había disparado a Ari disparase otra vez, y si lo hacía, la puntería de Brent era mortal, aunque se encontrara atrapado en un vehículo destrozado.

Beau acomodó a Ari en el asiento de atrás y se sentó a su lado. Buscó a tientas debajo del asiento y sacó un kit de primeros auxilios. Tenía que limpiarle la sangre de la cara y las orejas. Entre los antiguos moratones y la sangre parecía que alguien le hubiera dado una paliza tremenda, pero su prioridad era ver cuánto daño había causado la bala. Deseaba con todas sus fuerzas que solo fuera el rasguño que parecía.

—¿Qué demonios ha pasado ahí atrás? —preguntó Zack mientras miraba por el retrovisor—. ¿Tengo que llevarla directamente al hospital? Está sangrando por algo más que la herida de bala.

Ari negaba con vehemencia mientras Beau desechaba la idea.

—Es una hemorragia psíquica —le explicó—. Debemos tenerla controlada para garantizar que no se le haya producido ningún daño permanente en el cerebro o que haya una hemorragia grave.

Zack frunció el ceño y su expresión hizo que Ari se acercase todavía más a Beau, como si tuviera miedo del otro hombre. Él la rodeó con el brazo como si fuera la reacción más normal del mundo.

—¿Hemorragia psíquica? —preguntó Zack—. ¿Entonces ella es psíquica, es médium? ¿Es eso es lo que ha pasado con los coches que han intentado echaros de la carretera?

Ari se puso tensa entre los brazos de Beau. Respiraba entrecortadamente y no sabía si era por la pérdida de sangre, el miedo, o una mezcla de ambas cosas.

—Es de fiar —le susurró él al oído—, trabaja para mí y no hay nadie en quien confíe más que en mis hermanos.

Asintió ligeramente, pero todavía miraba a Zack con cautela mientras se dirigían todo lo rápido que podían sin llamar la atención de la policía o de algún control de velocidad.

—¿Me contarás qué está pasando y quién es nuestra nueva clienta? —preguntó Zack, impaciente.

Beau hizo una mueca. Típico de Zack: directo a lo importante.

Agarraba el volante con firmeza, con los nudillos blancos de la fuerza. Cambiaba de carril rápidamente para esquivar el tráfico denso de la interestatal 610.

—Luego —dijo Beau brevemente—. Ahora mismo quiero que esté a salvo y asegurarme de que se encuentra bien. Y necesitaré que hagas unas llamadas y averigües quién está dispuesto a ayudar en este caso. Sé que Dane y Eliza están ocupados con otro trabajo ahora mismo.

—Yo me encargo —repuso Zack.

—¿Adónde vamos? —preguntó Arial con voz tranquila.

Parecía que estaba conmocionada: la sangre contrastaba con la palidez de sus rasgos. Beau rebuscó en el botiquín y luego le levantó con delicadeza la camiseta empapada de sangre.

En respuesta a la pregunta que no había hecho y a la desconfianza en sus ojos, la consoló lo mejor que pudo. No era de los que tenían labia. Era demasiado franco y rudo, y no se le daba nada bien aplacar los miedos de una mujer. Sobre todo los de una a la que le estaba quitando la camiseta en ese momento.

—Tengo que ver lo grave que es —anunció con una calma que no sentía.

Por dentro era un volcán de lava hirviendo, furioso porque se había puesto expresamente en la línea de fuego para protegerlos a él y a Zack. Ese era su trabajo: protegerla. Y no al revés. Le molestaba sobremanera que se hubiera expuesto a ese riesgo. No pasaría otra vez, y en cuanto se hubiera asegurado de que estaba bien, tendrían una conversación para contarle cómo serían las cosas de ahora en adelante.

Ari hizo una mueca de dolor cuando le cortó la camiseta un par de centímetros en el costado. Lo que le sacaba más de sus casillas eran los moratones que todavía se le apreciaban en el torso, por la parte de los pulmones; una prueba de su último encontronazo con los cabrones que iban a por ella.

—No está muy mal —murmuró—. Necesita puntos, pero nos podemos encargar de eso cuando lleguemos a un lugar seguro.

Ella arqueó la ceja a modo de pregunta.

—Cuando estás forrado, como es el caso de Caleb, los médicos van a él, y no al revés —dijo Beau encogiéndose de hombros.

—¿Y tú no? —preguntó ella—. ¿No compartís la fortuna familiar?

Se encogió de hombros otra vez, incómodo por hablar sobre su situación económica. La mayor parte de la fortuna de los Devereaux era dinero proveniente de la corrupción. Heredado de sus padres, que estaba más que claro que se habían visto involucrados en negocios turbios, o por lo menos su padre. No tenía forma de saber si su madre estaba al corriente de esos negocios o si se había visto involucrada directamente.

Ellos le habían dado un buen uso al dinero y habían hecho su fortuna a la antigua usanza: lo habían ganado mediante el trabajo duro y unas inversiones inteligentes. Sin duda, la gente pensaba que todo su dinero había sido heredado cuando, de hecho, sus padres no les habían dejado demasiado, teniendo en cuenta su red de ganancias cuando fueron asesinados.

—¿Adónde vamos? —preguntó, con más firmeza, como si quisiera salir del aturdimiento que estaba experimentando.

—A un lugar seguro —respondió Beau con seriedad—. Donde pueda garantizar tu seguridad para que no te escapes en busca de tus padres. Me has contratado para hacer un trabajo y eso es precisamente lo que intento hacer, pero te quedarás quietecita donde pueda esconderte. Lo último que necesito ahora es tener que preocuparme por ti cuando estamos intentando localizar el paradero de tus padres.

—No me interpondré —dijo con suavidad—. Si crees que puedes encontrar a mis padres, haré cuanto esté en mi mano.

Satisfecho con su promesa, empezó a limpiarle con cuidado la sangre de la nariz, la cara y los oídos. Un reguero de sangre le manchaba desde el cuello, pasando por los hombros e incluso más abajo, hasta el pecho. Procuró no incomodarla más, por lo que no le quitó el sujetador, aunque lo llevaba lleno de sangre. No quería avergonzarla ni cohibirla.

—Nunca había sangrado —dijo obviamente confusa—. No lo entiendo. Has dicho que era una hemorragia psíquica, ¿cómo puedes saber lo que es?

Él le limpió con delicadeza lo que quedaba de sangre en la cara y la examinó para ver qué otros golpes había recibido. Frunció el ceño cuando vio pequeños cortes en brazos y manos, que sin duda se había hecho al salir arrastrándose del coche volcado.

Siguió limpiándole las heridas y aplicó antiséptico en los cortes antes de taparlos con unas ligeras vendas.

—He tenido experiencias con gente con habilidades psíquicas —le explicó con calma—. Al parecer, la hemorragia se produce cuando la persona con poderes psíquicos se está concentrando mucho en un objeto o en su poder. Puede ser abrumador. A veces puede provocarles lesiones graves.

Ella suspiró y se rodeó el torso con los brazos como para protegerse. Estuvo a punto de abrazarla, como había hecho antes, pero se esforzó por mantener una distancia profesional. El frío le sacudía todo el cuerpo, ya fuera por la conmoción o por la preocupación. Con el esfuerzo mental que había hecho, seguramente el cerebro sería incapaz temporalmente de regular la temperatura corporal. Esto reafirmó su decisión de que tan pronto como la tuvieran escondida y a buen recaudo, llamaría a un médico de confianza para que la examinase minuciosamente. Uno que tuviera experiencia con hemorragias psíquicas.

—Nunca había usado así mi poder —reconoció—. No tenía ni idea de que podía hacer algo de esa magnitud. En el pasado he hecho levitar objetos, cosas pequeñas. Mis padres me dijeron que cuando era bebé hacía que mis dos peluches favoritos aparecieran en la cuna. Eso le dio un buen susto a mi madre, hasta que se dieron cuenta de que era yo quien lo hacía y no alguien escondido en la habitación. Me dijeron que no utilizara nunca mi poder, así que no lo hice. Han pasado años. Lo siguiente fue lo del incidente en el colegio. Ni siquiera me lo pensé. Sucedió con naturalidad, como si fuera automático, como si hubiera estado usando y perfeccionando mis habilidades toda la vida. Y ahora. ¿Has visto cómo se han volcado esos coches?

Había incredulidad en su pregunta como si ni ella misma se lo terminara de creer. Beau asintió.

—Sí que lo he visto. Bastante impresionante.

—No tenía ni idea —dijo seriamente—. Tengo que encontrar una forma de controlarlo ahora que parece suceder de forma tan natural. No quiero hacerle daño a nadie o, Dios no lo quiera, matar a alguien usando mi poder.

Beau le acarició la barbilla y le giró la cara para que lo mirase a los ojos.

—Lo controlarás. Lo que has hecho hoy me ha parecido bastante controlado. No has hecho explotar nada, solo lo has hecho para desarmarlos.

Contrajo el rostro como si fuera a preguntar algo y luego lo miró con sus cautivadores ojos.

—¿Crees que puedo hacer explotar algo? Quiero decir, ¿si lo imagino mentalmente?

Beau dudó un instante. En una misión, Ari podía ser un comodín impredecible y tal vez la empresa no pudiera hacer bien su trabajo si la muchacha optaba por ir por su cuenta, si confiaba ciegamente en su capacidad para hacer cualquier cosa. Y a lo mejor sí podía, pero si decidía ir sola a por los cabrones que habían capturado a sus padres, la cagaría.

—¿Es así como hiciste que volcaran y chocaran? ¿Imaginándolo?

Asintió lentamente.

—Fue difícil, porque tenía que mantener la imagen y centrarme solamente en ella. No podía permitirme ninguna distracción; de otra forma no podría haber hecho volcar el coche como lo hice. No he practicado ni he usado mis poderes desde que era niña, así que no estoy completamente segura de qué soy capaz, pero solo porque no he tenido la oportunidad de medir mis habilidades en un entorno controlado.

—Yo diría que tienes bastante poder, sobre todo para alguien que prácticamente no ha utilizado su don, solo cuando era una niña. Creo que si sigues practicando, más vale que el mundo se vaya preparando.

Dijo esto último con una mueca, como esbozando una leve sonrisa.

—Olvidas que os he salvado —le espetó con cierta amargura.

—Sí, nos has salvado, y te lo agradezco de verdad, pero en el futuro, si vuelves a usar una artimaña como esa, te daré un pescozón y te ataré a una silla para que no puedas ir a ningún lado. Y me aseguraré de que no haya nada en la habitación que puedas utilizar para liberarte. Que lo sepas.

Pestañeó sorprendida.

—¿Por qué puñetas no quieres que use la telequinesia cuando rescatemos a mis padres?

Tomó nota de que ella había dicho *cuando*; no era una frase condicional. Quería que tuviera esperanzas, pero, al mismo tiempo, no creía que pudiera soportar su dolor si llegaran a descubrir que ya estaban muertos. Era evidente que estaba muy unida a sus padres y que ellos la querían muchísimo también.

—¿Rescatemos? No quiero que te entrometas, Ari —dijo sin rodeos—. Tu padre te envió por un motivo, porque somos los mejores en lo que hacemos. Tú serías una carga porque nuestro objetivo estaría dividido entre protegerte y asegurarnos de que no te pusieran las manos encima, y rescatar a tus padres. Confía en mí: haré mi trabajo, sé paciente. Nosotros, y me refiero a mí y a mis hombres, los encontraremos.

El alivio se reflejó en sus ojos, como si hubiera llevado a la espalda un gran peso durante mucho tiempo y ahora se hubiera aligerado por fin.

—Confío en ti —dijo ella sinceramente—. Y sí, no me interpondré en tu camino a menos que no consigas encontrarles pronto. Dado el caso, lo haremos a mi manera y me entregaré a cambio de que devuelvan a mi madre y a mi padre sanos y salvos. Esto es lo único que estoy dispuesta a prometer.

Doce

*C*uando el subidón de adrenalina disminuyó, el dolor se desató en la cabeza de Ari y en el costado donde le había alcanzado la bala. Apretó la mandíbula, decidida a no hacer ningún ruido ni dejar que Beau supiera cuánto le dolía. Él también había recibido heridas en el accidente y lo último que necesitaba era tener que vigilarla y mimarla.

Llevaba toda una vida de mimos, atenciones y protección; ya era hora de coger las riendas de su propio destino, ser enérgica y tener más fuerza de voluntad. Ya era hora de convertirse en la mujer independiente que se había propuesto ser cuando dio el primer paso y salió de la burbuja en la que la habían tenido sus padres al aceptar el trabajo de profesora.

El trabajo le encantaba, pero se enfrentaba a un futuro incierto desde que la agrediera un estudiante y ella se defendiera utilizando la telequinesia.

Dejó escapar un suave suspiro, contuvo el aliento y se quedó inmóvil un momento; esperaba no haber quedado en evidencia delante de Beau. Tendría que haberse dado cuenta de que oiría hasta el más mínimo ruido.

Dicho y hecho. Se volvió para mirarla inmediatamente y entrecerró los ojos con preocupación. La repasó de arriba abajo casi como si pudiera ver las contusiones, arañazos y cortes a través de su ropa.

—Ya casi estamos —dijo, sorprendiéndola al no hablar de su situación.

Agradeció que se centrara en el trabajo y la tratase como a una persona de verdad y no como a una pequeña muñeca necesitada e inútil que se podía romper si la tocaban. Se reprendió a sí misma mentalmente por sonar tan desagradecida y resentida por lo bien que la habían cuidado sus padres, por las decisiones que habían tomado para darle en la medida de lo posible una vida normal.

No se lamentaba de la manera en la que la habían criado. Quería muchísimo a sus padres y no cambiaría esos años ni su cariño por nada. Ya era hora de salir de la sombra de su familia y vivir su propia vida. Tomar sus propias decisiones. Afrontar sus propias consecuencias. La mayoría lo hacía mucho antes de cumplir los veinticuatro.

Ari nunca había afrontado las consecuencias de nada porque su padre siempre se había asegurado de que, fuera cual fuera el problema que tuviese, este simplemente desapareciera. Él era quien era, pero ahora ella tenía que ser quien era también. Con o sin poderes, tenía que salir al mundo y plantar cara a los problemas con la cabeza bien alta.

Accedieron por un sinuoso camino que serpenteaba por el terreno que llevaba a la zona boscosa que rodeaba la casa por todas partes. Pestañeó porque ni siquiera se había dado cuenta de que estaban a las afueras. Había estado demasiado absorta en sus pensamientos y preocupaciones, e intentando que Beau no viera cuánto le dolía.

Zack se detuvo, salió inmediatamente del coche y abrió la puerta del lado de Ari. Beau salió, pero al instante se detuvo y empezó a moverse más despacio al tiempo que se aferraba a la puerta. Ari le miró, alarmada, pero su expresión era indescifrable.

Dio la vuelta mientras ella empezaba a despegarse del asiento, al que parecía estar pegada. No podía contener el dolor y cerró los ojos de inmediato cuando este le recorrió la columna y le subió hasta la nuca, lo que provocó un espasmo en el cuello.

Apoyó los pies en el suelo y le flaquearon las piernas al momento. Beau y Zack la agarraron e impidieron que se diera de bruces contra el suelo.

Zack le pasó el brazo por debajo de las rodillas y la levantó sin mucho esfuerzo, apretándola contra su pecho. Beau lo miró como si fuera a protestar, pero Zack lo fulminó con la mirada.

—Los dos tenéis un aspecto horroroso —dijo sin rodeos—. Tienes suerte de poder entrar solo, como para llevarla a ella.

—Estoy bien —masculló Beau.

Pero no discutió más. A Ari se le encendieron las mejillas al tiempo que Zack entraba a zancadas en la casa. La avergonzaba que tuvieran que llevarla como a una inválida. No estaba preparada para la reacción que tuvo su cuerpo cuando quiso moverse. El zumbido sordo que la había acompañado todo el trayecto hasta la casa se había convertido en un dolor intermitente, como si un cristal se hiciera añicos dentro de su cráneo. Por suerte Zack la había levantado de forma que la herida no estuviera pegada a su cuerpo y así no estuviera presionada. Claro que tal vez lo había hecho a sabiendas. No parecía ser un hombre que se olvidara de los detalles por pequeños que fueran.

Zack atravesó la puerta con ella en brazos y se le erizó el vello al notar un frío que no esperaba. Se estremeció y tuvo que apretar la mandíbula para que no le castañetearan los dientes.

Zack bajó la vista para mirarla y Beau frunció el ceño.

—Está sufriendo una conmoción. Ambos necesitáis que os vea un médico.

—Te he dicho que estoy bien —le soltó Beau—. Ari es quien necesita asistencia médica. Ha sangrado por las orejas y la nariz, luego le han disparado. Yo, sin embargo, solo tengo algunas contusiones debido al accidente.

Zack se encogió de hombros, con expresión indiferente.

—¿Dónde quieres que la deje? —preguntó.

No había pensado que fuera posible sentirse más avergonzada de lo que ya estaba, que los dos hombres estuvieran hablando tan despreocupadamente de dónde colocarla, como si fuera un objeto inanimado, la hacía sentirse aún más inútil y estaba cansada de dar esa impresión. Estaba hasta el moño de depender tanto de los demás. Quería ser autosuficiente. Pero el destino estaba claramente en su contra, porque si tenía alguna esperanza de ver a sus padres sanos y salvos, tenía que confiar en la promesa de Beau de que los encontraría. La verdad era que ella no disponía de las habilidades necesarias para localizar a un enemigo desconocido o incluso averiguar por qué habían secuestrado a sus padres y por qué alguien tenía tanto interés en atraparla para usarlos como rehenes.

¿Era por su poder? Era la única explicación lógica. Antes de que ese puñetero vídeo se hubiera vuelto viral, su existencia había sido tranquila. Protegida, sí, pero por fin había echado a volar.

Su padre no había estado conforme cuando rechazó la inyección de fondos en su cuenta. Le había dicho de forma amable pero firme que para ella era importante hacer las cosas a su manera. Para vivir como la mayoría de las chicas: con un trabajo, una casa modesta y un coche económico. Para ella, todo eso era un indicador de independencia. Era una necesidad que crecía en su interior; una necesidad que había empezado como una semillita y que había crecido hasta ser lo más importante para ella. Se había vuelto su único objetivo. No quería acudir corriendo a sus padres por cualquier cosa sino hacer lo que hacen muchos otros adultos: vivir por sus propios medios y tratar de que funcionara, conseguir que la vida siguiera adelante. Conocer a gente normal. Ligar, tener citas, iniciar una relación sin que su padre investigara los antecedentes de cualquier chico que se cruzara en su camino.

Y ahora todo por lo que había trabajado se había esfumado por un solo momento de pánico en el que su instinto de supervivencia había predominado y lo racional se había esfumado. No era ella solamente quien lo estaba pagando caro; sus padres estaban pagando también un precio muy elevado por su falta de juicio. Si morían por lo que había hecho, no podría vivir consigo misma, nunca podría perdonarse por no haber hecho lo único que sus padres le habían pedido: no contarlo nunca, no usar nunca sus poderes, no revelarlos jamás.

Cerró los ojos para detener el aluvión de lágrimas que nada tenían que ver con el dolor físico. Zack la sentó con delicadeza en el mullido sofá y la rodeó de cojines para que no cayera hacia ningún lado. Y se habría caído porque estaba muy débil e inmediatamente se hundió en la suavidad del sillón, con los ojos cerrados y respirando por la nariz para no dejarse llevar por las ganas de llorar.

Llorar no ayudaría a sus padres. Necesitaban que fuese fuerte, que tuviera la mente fría y fuera a liberarlos. Tal y como ellos la habían protegido una y otra vez. Siempre estaban cuando los necesitaba. Ahora que ellos la necesitaban a ella, no estaba dispuesta a fallarles.

—Ari, estás sangrando otra vez.

Las suaves palabras de Beau la devolvieron a la realidad. Abrió los ojos y pestañeó para ver con claridad lo que tenía alrededor. Beau y Zack estaban de pie frente al sillón donde estaba sentada, con una expresión llena de inquietud.

Se llevó la mano a la nariz y se la manchó de sangre. Le pareció extraño: no estaba usando sus poderes ahora. Claro que se había concentrado mucho en sus pensamientos; unos pensamientos terribles y dolorosos.

Zack se fue corriendo y Beau se arrodilló en el suelo para colocarse a su nivel. Se acercó para tratar de detener la hemorragia y luego se limpió la mano en los vaqueros.

—Tienes que calmar esos pensamientos —dijo—. Busca un buen recuerdo o una imagen y concéntrate en eso. Intenta borrar todo lo demás.

Zack volvió con una toalla caliente y Beau la cogió. Limpió con dulzura la sangre que acababa de caer y la que quedaba de la hemorragia anterior en los oídos y el cuello, manchas que se había dejado en su afán por analizar las lesiones en el viaje hacia allí. Dondequiera que fuera, porque ella seguía sin saber dónde estaba.

Miró nerviosa a Zack, consciente de que la estaba viendo en su peor momento. Ya era bastante malo que Beau la viera así.

—He llamado rápidamente a Caleb para que pudiera enviar al médico —dijo Zack como si notara la incomodidad de Ari—. Quizá quieras llevarla a uno de los dormitorios y dejarla descansar hasta que llegue. Así podrá examinarla en privado.

Beau se levantó lentamente. A pesar de insistir tanto en que no estaba herido, ella vio que estaba bastante dolorido y tenso. Cuando se agachó en un intento de cogerla en brazos, ella sacudió la mano para disuadirlo.

—Puedo hacerlo —dijo ella tranquilamente—. Tiemblo un poco, pero si me apoyo en tu brazo, podré caminar.

Beau apretó los labios en señal de descontento, pero no discutió ni insistió. En lugar de eso deslizó su cálida mano bajo su codo y la ayudó a ponerse en pie. Ari se balanceó ligeramente y se quedó de pie un momento, con los dedos de él sujetándole el brazo mientras seguía su camino. Dio un paso tembloroso hacia delante, con Beau a su lado.

Le agarró del hombro para sujetarse a sí misma, luego bajó la mano por el brazo y él la abrazó inmediatamente por la cintura, con cuidado de no rozar la herida del disparo. Le pasó el brazo por debajo de su hombro y luego la miró.

—¿Estás bien?

Ari asintió y luego dio otro paso, esta vez menos vacilante porque se sentía segura sabiendo que él no la dejaría caer. Se agarró con menos fuerza, se apoyó a su lado y caminaron juntos lentamente desde el salón por un largo pasillo hasta una habitación que había en un extremo.

Cuando entraron en el dormitorio, Beau la acompañó hasta la cama y luego le dijo que se agarrase a la mesilla mientras retiraba las mantas y colocaba las almohadas para que apoyara la cabeza.

—Te harás más daño si intentas subir a la cama sola —le advirtió bruscamente.

Sin esperar respuesta, la levantó sin más y Ari le rodeó el cuello con los brazos, sin separarse de él mientras este la tumbaba en el suave colchón. Suspiró inmediatamente y cerró los ojos mientras se dejaba llevar por el placer y la comodidad que la cama ofrecía a su cuerpo maltratado.

—Te voy a limpiar mejor antes de que llegue el médico —anunció mientras se dirigía hacia lo que ella imaginaba que sería el baño.

Volvió un segundo después con una toalla húmeda, gasas y varias vendas. Primero volvió a la zona que ya había limpiado, los oídos y luego la nariz, que frotó con suavidad para quitarle la sangre seca. Luego le levantó la camisa, que tenía un gran corte donde la bala había atravesado la tela y la piel.

Por suerte la herida estaba justo debajo del sujetador y no hizo ningún intento de quitárselo. Estaba segura de que se había puesto colorada, así que miró hacia el techo, intentando controlar los pensamientos, diciéndose a sí misma que no se avergonzara. Las intenciones de él no eran diferentes a las del médico que iba a venir a examinarla. O eso se decía.

Beau gruñó bajito. Ella abrió los ojos y reparó en su ceño fruncido. Estaba mirando la herida de bala y sus ojos reflejaban una gran rabia. Se echó a temblar, incapaz de controlar su reacción ante su evidente enfado. En este momento supo que podía ser muy agresivo cuando alguien que estaba bajo su protección corría algún peligro.

Le pasó el dedo ligeramente por la herida y frunció aún más el ceño al examinar la herida de cerca.

—Esto no debería haber pasado —dijo en voz baja—. Prometí que te protegería y en lugar de eso te han disparado.

—No...

Su negación se vio interrumpida cuando agachó Beau la cabeza y, para su asombro, le puso los labios sobre la herida. No había nada sexual en el beso: era un gesto de ternura para tranquilizarla. Era exquisito.

Ella le miraba la cabeza; el placer le corría por las venas y sustituyó el dolor de hacía tan solo un momento. Un gesto tan simple y aun así le hacía un nudo en el pecho y en la garganta.

El roce de sus labios era como el de las alas de una mariposa, suave e infinitamente amable. Un contraste muy marcado con la rabia en plena ebullición que él sentía minutos antes.

Se quedó ahí, conteniendo el aliento y con miedo a moverse para no romper la magia. Todo era intimidad a su alrededor y el tiempo parecía haberse detenido. Todo lo demás había quedado lejos y solo estaban ellos dos y sus labios presionando tiernamente su piel.

Y tan repentinamente como se había inclinado para besarle la herida, se levantó con una mirada de arrepentimiento y culpabilidad. Se puso de pie y lanzó la toalla el suelo.

Sin mirarla a los ojos, se giró y se dirigió hacia la puerta.

—El médico estará aquí pronto —dijo bruscamente—. Descansa hasta que llegue.

Trece

*B*eau estaba de mal humor. Se odiaba por aprovecharse de Ari cuando estaba en su momento más vulnerable. ¿En qué narices estaba pensando cuando la besó?

No importaba que no hubiera sido un beso apasionado o si ni siquiera se lo hubiera dado en la boca. De alguna forma, el roce de sus labios contra su herida, como si pudiera curarla, le había parecido mucho más íntimo que besarla en los labios. Qué imbécil y arrogante; había pensado que tenía el poder de hacer que su dolor simplemente desapareciera, aunque eso era exactamente lo que quería hacer.

Sacudió la cabeza mientras volvía junto a Zack, que esperaba en el salón.

—¿Tienes algún plan? —preguntó Zack, interrumpiendo sus pensamientos y metiéndole de lleno en el caso que les ocupaba. Por lo menos uno de ellos pensaba con claridad, porque Beau seguía reproduciendo la situación con Ari una y otra vez en su mente hasta volverse loco.

Lo que quería hacer en realidad era volver a entrar en esa habitación para que no estuviera sola. Se había comportado como un capullo al despedirse tan bruscamente de ella y dejarla allí solo porque se sintiera asqueado por su falta de autocontrol.

Quería abrazarla y ofrecerle consuelo, que era precisamente lo que necesitaba tras ver cómo todo su mundo cambiaba drásticamente y saberla aterrorizada porque sus padres estuvieran muertos o muy heridos. Por su culpa. Era una carga que nadie debería soportar y, mucho menos, esa mujer frágil y vulnerable que tenía un corazón de acero, a pesar de que no lo supiera.

Se hundió en el sillón y le dio un respiro a sus músculos cansados. Luego miró a Zack.

—No —contestó con sinceridad—. Se ha presentado esta mañana en el despacho con una historia bastante increíble y si no hubiera visto en primera persona todo lo que ha pasado después, pensaría que está loca o se lo está inventando. Pero es verdad. Y después de haber escuchado su historia, es muy probable que hayan secuestrado a sus padres para manipular a Ari. Para hacerla ir hasta ellos como intercambio por sus padres.

Zack habló con tono burlón.

—¿Cree que soltarían a sus padres, ilesos, después de ponerle las manos encima a ella? Es muy poco probable.

—Sí, he intentado convencerla porque estaba a punto de ir sin pensárselo dos veces y entregarse para que liberasen a sus padres. He tenido que advertirle que solamente los soltarían cuando tuviesen lo que querían. Y si mantenían a sus padres con vida, sería solo para poder controlarla y utilizarlos con la amenaza de hacerles daño si no cumplía con lo que fuera que le pidieran.

—Parece que ese es nuestro punto de partida —dijo Zack—. Tenemos que analizar su pasado, empezando por sus padres y cualquier enemigo que su padre pudiera tener. Un hombre no se toma las molestias que él se tomó con la seguridad y para mantener a su familia fuera del panorama, salvo que haya una amenaza. A lo mejor tenemos suerte y hay algo, ya sea en el pasado de Ari o en el de su padre, que nos dé una pista acerca de quién va ahora tras ella y por qué.

—Puedo imaginarme fácilmente por qué —supuso Beau entre dientes—. Después de que ese puñetero vídeo se volviera viral, habrá bastantes pirados ahí fuera que habrán visto el valor que tiene controlar a Ari y su poder.

—Pero ningún pirado normal y corriente se habría tomado las molestias que evidentemente se ha tomado esta gente —argumentó Zack—. Y dudo de que el equipo de seguridad de su padre, hombres a los que confió las vidas de su mujer y su hija, hubieran simplemente cambiado de bando. Esto estaba más bien planeado a largo plazo y seguramente han tardado años en colocar a los hombres apropiados en sus puestos, sabiendo lo cuidadoso que era su padre. Eso me dice que el vídeo no tiene nada que ver con esta amenaza en concreto, con lo que es más importante si cabe investigar sus asuntos de negocios y los personales. Porque esto parece un ataque orquestado cuidadosamente; no es fruto de la improvisación. Es demasiado complejo, demasiado profesional. El vídeo podría haber acelerado el comienzo del plan para acceder a Ari.

—Lo que significa que alguien conocía la existencia de sus poderes antes de que se hubiera visto obligada a defenderse y el vídeo viera la luz.

—Exactamente —dijo Zack con tono sombrío.

Beau se pasó la mano por la cabeza.

—Necesitamos información y la necesitamos para ayer. Ari solo cooperará con nosotros durante un tiempo. Está desesperada por encontrar a sus padres y solo piensa en entregarse, aunque eso sea lo último que debería hacer, porque entonces perdería su ventaja y cualquier poder de negociación que tenga.

Zack asintió.

—Vas a tener que reunirte con ella, Beau. Y tendrás que atarla en corto. No podemos hacer nuestro trabajo si tenemos que preocuparnos por protegerla a cada momento.

—Dímelo a mí —dijo Beau entre dientes.

Se frotó la cara con las manos; se sentía cansado mientras se ponía al día con lo que había pasado. Le habían disparado, echado de la carretera y disparado otra vez. Habían herido a Ari por su culpa, porque había usado los poderes para protegerlo. Nunca se había sentido tan inútil. Ni siquiera cuando Caleb había estado tan centrado en la protección de Ramie, así como de la familia y sobre todo Tori, que todavía estaba frágil y se enfrentaba a las pesadillas de su secuestro hacía un año más o menos. Entonces no le tembló el pulso y ayudó a su hermano a hacer lo inimaginable.

Aun así, un pequeño desliz de una mujer, vulnerable y bondadosa, lo tenía tembloroso e inseguro, dos cualidades que siempre había tenido… y necesitado. Y ella era buena hasta el fondo de su alma. Tenía un instinto asombroso para percibir la personalidad de la gente, pero en este caso era evidente, no solo para él, sino para cualquiera que estuviera en contacto con ella. No era para él, ni merecía a alguien como él, que viera las cosas en tonos de gris y no todo blanco o negro. Las líneas de lo que estaba bien o mal se volvían borrosas para él cuando se trataba de alguien que le importaba. No estaba de más incumplir las leyes en su propio beneficio. Las personas como Ari solo veían lo bueno de los demás. Ahora, de repente, tenía una nueva visión del mundo y resultaba desgarrador ver cómo se le caía el velo de inocencia de los ojos y cómo un enorme dolor y tristeza ocupaban su lugar. Toda su existencia, la barrera protectora tras la que había vivido y que con tanto esmero había construido, se había desmoronado en cuestión de un día. Era normal que estuviera desconcertada, frenética y que sus pensamientos fueran un lío tremendo. Aun así no se había derrumbado ante la primera adversidad. Se había enfrentado a sus agresores y había desatado una tormenta de rabia y castigo. Lo peor era que se sentía culpable de actuar no solo para defenderse a sí misma, sino también a Brent y a él.

—Solo para que lo sepas, cuando llamé a Caleb, quiso saber qué mierda estaba pasando y ya viene de camino. Conociéndolo, probablemente acabe pegando al médico —dijo Zack con indiferencia.

Beau no sabía si sentirse aliviado o fastidiado porque su hermano mayor se estuviera inmiscuyendo. Normalmente trabajaban como un equipo, pero por alguna inexplicable razón, consideraba que esta misión era… suya. Solo él y quien él quisiera que trabajara en este caso; un equipo que, seguramente, estaría encabezado por Zack y no Dane.

Caleb tenía otras preocupaciones. Había acabado de construir la casa que había diseñado para Ramie después de que la anterior hubiera sufrido grandes daños. Tori, de momento, vivía con Caleb y Ramie. Mientras, Beau había reconstruido la suya en el mismo sitio. Habían reparado ya la brecha en la seguridad que había conllevado la destrucción de sus casas y a Beau le gustaba la soledad y la seguridad del hogar original. Entendía por qué Caleb quería empezar de cero con su mujer, lejos de un lugar que les había hecho a ambos tanto daño.

Por primera vez desde que murieran sus padres, los hermanos Devereaux se habían separado; ya no vivían juntos bajo el mismo techo, donde podían garantizar la protección de su hermana pequeña. Tori estaba a salvo con Caleb. Beau había decidido quedarse ahí, en la casa reconstruida que había sido prácticamente derribada, mientras que Quinn había elegido un apartamento en un rascacielos cercano a la sede de la empresa en el centro de Houston.

En ese momento, la puerta principal se abrió de golpe y Caleb entró en la casa con las facciones frías, si bien la preocupación se reflejaba en sus ojos azules. Para sorpresa de Beau, Ramie lo acompañaba y él frunció el ceño. ¿Habían dejado sola a Tori?

Seguramente esa pregunta se le veía en la cara porque Caleb respondió al momento.

—Dane y Eliza están con Tori —anunció cortante—. Estoy mucho más preocupado por lo que sea que haya pasado hoy. ¿Por qué no me has informado desde el principio?

—Ari ha venido a verme —respondió Beau—. Ha venido al despacho muerta de miedo. Su padre le había dicho que si alguna vez estaba en peligro nos buscara a ti o a mí. Yo era el que estaba ahí, así que fue a mí. No vi razón para preocuparte cuando tenía las cosas controladas.

Caleb arqueó una ceja.

—No creo que el hecho de que te hayan disparado, echado de la carretera, que se salde el tema con tres vehículos destrozados y escapes con vida por los pelos sea tener las cosas controladas.

—Lo tenía controlado —insistió Beau entre dientes.

—¿Qué ha pasado, Beau? —preguntó Ramie con suavidad mientras se sentaba a su lado en el sofá.

Notó que llevaba mucho cuidado en no tocarlo y era por una buena razón, porque se veía afectada por su rabia y sus pensamientos oscuros al momento y eso era lo último que quería para su cuñada. Ya había tenido suficiente violencia y maldad en su corta vida. No quería ser la causa de más dolor.

Justo en ese instante oyeron que alguien llamaba al timbre de la puerta de seguridad, a la entrada del serpenteante camino. Zack contestó e intercambió brevemente unas palabras con el médico, mientras estudiaba minuciosamente el monitor para asegurarse de que el doctor fuera el único ocupante del vehículo. Lo dejó pasar y Beau se levantó; no estaba dispuesto a tener aquella conversación con su hermano hasta haberse asegurado de que Ari estaba perfectamente.

—Zack puede ponerte al día con lo que sabemos —dijo Beau. Miró a su hermano mayor fijamente, a propósito, sin apartar la vista ni un instante—. Pero, Caleb, este es mío. Zack trabajará conmigo y elegirá a su equipo.

Caleb arqueó las cejas, sorprendido.

—Dane es el jefe de seguridad. ¿No debería ser cosa suya?

—Soy yo quien firma las nóminas de Zack —soltó Beau impaciente—. Tiene un trabajo en marcha y no voy a cambiarlo por este. No cuando Zack y yo somos perfectamente capaces de controlar esta situación.

Caleb arrugó aún más la frente y miró a Zack para preguntarle, visiblemente impaciente, lo que conllevaba este caso.

La puerta se abrió y el médico, un viejo amigo de la familia, entró en el salón con dos botiquines. Beau fue a saludarlo, ignorando a los demás mientras lo acompañaba a la habitación de Ari.

Llamó despacio a la puerta para avisarla y que no se asustase cuando entrara con un completo desconocido. Sin embargo, no debería haberse preocupado. Cuando abrió cuidadosamente la puerta, Ari estaba hecha un ovillo, tumbada del costado donde no estaba herida. Se quedó impresionado por la imagen que daba.

Aun durmiendo, sus rasgos denotaban miedo y cansancio, como si sus sueños la estuvieran atormentando. Tenía la frente arrugada y el ceño fruncido como si le doliera mucho, y se estaba acercando lentamente cuando vio el pequeño reguero de sangre que le caía de la nariz.

Se aproximó a la cama y se sentó en el borde; le apartó el pelo de la frente y le acarició la mejilla para tratar de aliviar su angustia. Ella se movió y abrió los ojos de repente: tenía la mirada cansada y nublada por la confusión.

—¿Beau?

—Sí, cielo. Soy yo. Perdona que te despierte, pero estás sangrando otra vez y el médico ha venido a verte.

Se llevó la mano automáticamente a la nariz, pero antes de que pudiera secársela con la mano, Beau le cogió los dedos y le alcanzó la toalla que había tirado antes. Con cuidado, le limpió la sangre y luego se giró para que pudiera ver al médico de pie, a unos pocos centímetros de distancia.

Se le aceleró el pulso. Notaba el repentino latido de su corazón contra la mano que le había puesto en el cuello.

—No pasa nada —dijo con suavidad—. Es de confianza.

—Pero me encuentro perfectamente —protestó ella—. No necesito un médico.

El doctor Carey se acercó rápido y enérgico, sin andarse por las ramas y puso los botiquines en la cama, frente a Beau.

—¿Por qué no dejas que sea yo quien decida eso? —dijo amablemente.

Miró a Beau.

—¿Preferirías marcharte mientras la examino?

Ari empezó a respirar entrecortadamente y miró a Beau aterrorizada como si de ello dependiera su vida.

—Me quedaré —dijo Beau con firmeza.

Ella suspiró de alivio y cerró los ojos un momento, mientras se acomodaba entre las almohadas.

—Me duele la cabeza —reconoció—. Mucho más que el costado. La herida del disparo me duele un poco, pero la cabeza me va a estallar.

Beau miró al doctor, preocupado.

—Tiene una hemorragia psíquica grave. Ha sangrado mucho por los oídos y la nariz. Me preocupa que se haya podido producir una hemorragia cerebral o daños permanentes.

Ari quiso protestar y miró a Beau como si no pudiera creer que hubiera traicionado su confianza.

Beau le puso una mano en la mejilla para tranquilizarla.

—No es nada que no haya visto antes. Es de confianza, Ari. No te pondría en peligro si no estuviera seguro de su confianza y su discreción absoluta en este asunto.

El médico frunció el ceño.

—Suena bastante serio y es una prueba de que tu cerebro ha hecho un gran esfuerzo. Me gustaría hacerte un análisis solo para asegurarnos de que no hay hemorragia o que no seguirás sangrando. Si lo pasamos por alto, podrías poner en riesgo tu vida. Pero primero déjame ver esa herida de bala y luego decidiremos qué hay que hacer con tu cabeza.

La agilidad y la eficacia del médico parecieron aplacar la preocupación de Ari, que no protestó cuando Beau le levantó la camiseta para enseñarle el corte de un par de centímetros del costado. El doctor arrugó la frente y lo tocó con delicadeza para examinar la profundidad de la herida.

—Voy a tener que darle unos puntos. Puedo hacerlo aquí, pero como he dicho, me quedaría más tranquilo si la llevaras a la clínica para que le pueda hacer un TAC cerebral. De esa forma podremos saber exactamente a qué nos enfrentamos. No tardará mucho. Serás un caso prioritario y me aseguraré de que no haya informes médicos que indiquen que has sido paciente de mi clínica.

Ari miró rápidamente a Beau como si buscara su aprobación. Él asintió; estaba de acuerdo con el doctor.

—Deberías hacerte la prueba —instó Beau con firmeza—. Si quieres resultar de ayuda para tus padres, te necesitamos al cien por cien, y eso no es negociable. Así que o cedes tranquilamente y aceptas, o te llevaré a rastras yo mismo.

Una pequeña sonrisa se asomó a sus labios.

—¿Te han dicho alguna vez lo exigente que puedes llegar a ser?

Él también esbozó una leve sonrisa en un intento de consolarla un poco porque sentía que estaba pendiente de un hilo.

—Me lo han dicho una o dos veces, sí.

—Bueno, ya que no me dejas elección, ¿puedo al menos ponerme algo que no esté roto y lleno de sangre? Estoy hecha un desastre y no quiero llamar la atención más de lo necesario.

—Todavía hay algo de ropa de Tori por aquí —dijo Beau—. Te traeré algo que puedas ponerte y nos iremos de inmediato. No me quedaré tranquilo hasta que sepa que estás perfectamente. Tú eres lo primero, Ari. Luego iremos a por los cabrones que tienen a tus padres.

Catorce

$\mathcal{A}$ pesar de la amenaza de Beau de que o se ponía en marcha o se la cargaría al hombro como un saco de patatas, él insistió en sacarla en brazos del dormitorio y protestar no le sirvió de nada. La cogió con facilidad y no le hizo ni caso por mucho que le asegurara que podía caminar.

En cuanto entraron en el salón y Ari vio que había más gente, se le encendieron las mejillas. Le dio una vergüenza tremenda que Beau la llevara así, como si fuera una inválida, pero no le había dado otra opción. No quería que se viera sometida a más estrés hasta que supieran seguro la magnitud de sus heridas.

Ari bajó la vista, incapaz de soportar el escrutinio de ese hombre tosco y huraño que se parecía a Beau. Supuso que era su hermano Caleb, el otro hombre al que su padre dijo que recurriera. En ese instante, bajo su mirada penetrante e inquisitiva, se sintió aliviada de haber encontrado a Beau en el despacho y no a él. Beau imponía, desde luego, y al principio se había sentido intimidada por él, además de muy nerviosa. Estuvo a punto de cambiar de opinión y salir corriendo de allí, pero a pesar de su aparente brusquedad, a ella siempre la había tratado muy bien.

Sin embargo, Caleb parecía duro e inflexible mientras la repasaba con la mirada de una forma casi acusadora como si no le hiciera gracia que hubiera irrumpido en su familia.

Una chica joven estaba sentada junto a Caleb en el sofá y, una vez más, supuso que debía de ser Ramie Saint Claire o, mejor dicho, Ramie Devereaux, ya que se había casado con él. La intimidad que había entre los dos era tan obvia que sabía que esa mujer no podía ser una compañera de trabajo. Tenían los dedos entrelazados y él tenía su mano en el regazo, acariciándole el índice con el pulgar distraídamente. Ramie había aparecido en las noticias de forma intermitente a lo largo de los años y Ari había seguido su historia, en la que había ahondado e ido más allá de los meros artículos. La fascinaba porque la consideraba un alma gemela, lo que era una tontería porque ni siquiera conocía a la mujer. Sin embargo, en un mundo donde los poderes psíquicos supuestamente no existían, a Ari la consolaba saber que no era un bicho raro o, por lo menos, que no era la única. Había otros ahí fuera que compartían ese don tan extraño, aunque dichos dones se manifestaran de maneras distintas.

Miró a Ramie con disimulo; no quería que la sorprendiera observándola descaradamente. Se mordió el labio para no pedirle que la ayudara a localizar a sus padres. Localizando a víctimas, Ramie tenía un éxito infalible si bien dos secuestradores habían eludido a las autoridades hasta bien entrado el año anterior, cuando finalmente pudieron arrestar a uno gracias al trabajo conjunto del Departamento de Policía de Houston y Devereaux Security.

Se estremeció; el miedo le recorrió la espalda al pensar en que supuestamente alguien tuviera que localizar, no al secuestrador de sus padres, sino a su asesino. Cerró los ojos y se arrimó más a Beau, buscando su fuerza y su calor porque no podía —ni quería— contemplar la posibilidad de que hubiera perdido a sus padres para siempre. Quería creer con todas sus fuerzas en la promesa de Beau de que encontraría a sus padres sanos y salvos. Era lo único que le quedaba en un mundo en el que todo lo demás estaba en el aire. Tenía que creer en algo o se volvería loca torturándose con la incertidumbre y las espantosas posibilidades que le venían a la cabeza cada vez que pensaba en sus padres cautivos y sometidos a Dios sabe qué.

En sus peores pesadillas imaginaba a su madre, sola y separada de su marido, aterrada y sin saber si estaba vivo o muerto.

Beau le dio un apretón y agachó la cabeza como si notara el horripilante rumbo que tomaban sus pensamientos y quisiera cobijarla de alguna manera.

—Os agradecería que Ramie y tú os quedarais aquí hasta que volvamos —le dijo Beau a su hermano—. Tenemos que hablar de muchas cosas, pero primero quiero asegurarme de que Ari está bien y no tiene una hemorragia cerebral.

Ramie abrió mucho los ojos y miró primero a su marido, con

expresión interrogativa, después a Beau, con el mismo aire inquisitivo.

—Hemorragia psíquica. Y de las fuertes —dijo Beau—. Mucho peor que la que sufristeis Caleb y tú.

Ari arrugó la frente, confundida. ¿Caleb también tenía un don? ¿Era algo que compartía la familia Devereaux? Tal vez por eso su padre parecía saber tanto de ellos.

Ramie adoptó un aire preocupado, pero no dijo nada y siguió escudriñando a Ari, acurrucada entre los brazos de Beau. Parecía más interesada en que él la llevara en brazos, cosa que la cohibía aún más. Apretó los puños en su pecho en una súplica muda para que se fueran.

Beau se giró y salió al vestíbulo. El doctor se les adelantó para abrir la puerta y, al llegar al umbral, se detuvo brevemente y volvió la cabeza. De perfil, Ari reparó en su mandíbula tensa y en sus dientes apretados, ya fuera por determinación o preocupación. Tal vez fuera una combinación de ambas.

—Empieza a escarbar, Zack. Necesitamos toda la información que podamos. Volveré en cuanto pueda, a menos que haya que hospitalizar a Ari.

—Ahora mismo —dijo él.

Ari emitió un sonido ahogado de protesta al tiempo que Beau se acercaba al vehículo que les estaba esperando.

—No me hace falta ir al hospital —insistió mientras él la acomodaba en el asiento trasero—. Lo que necesito es encontrar a mis padres. Esa debería ser nuestra prioridad.

Le puso un dedo en los labios para que no protestara más.

—Tú eres lo primero —sentenció él en un tono que no admitía réplica—. Sin ti no tenemos ventaja ni poder de negociación, y olvídate de salvar a tus padres. Si mueres, la gente que ha secuestrado a tus padres ya no tendrá motivos para mantenerlos con vida. Tienes que entenderlo. Sé que es duro de oír, pero tienes que afrontar los hechos. Importas, Ari, y me cabrea que digas que no. No voy a cambiar tu vida por la de tus padres y punto. Y ten por seguro que no voy a dejar que hagas nada imprudente, impulsivo o irracional. Tú has acudido a mí para que te ayude, así que haremos las cosas a mi manera, ¿entendido?

De repente la invadió la rabia y la impotencia; se le aceleró el pulso y se notó al borde de un ataque. Empezó a respirar entrecortadamente, pero a pesar de todo intentó controlar la furia que le habían provocado esas palabras sobre las dos personas más importantes de su vida.

—Joder —maldijo Beau—, vuelves a sangrar. Ari, controla los pensamientos y tranquilízate. Cabréate conmigo todo lo que quieras, pero pienso mantenerte sana y salva, y voy a recuperar a tus padres. Deja de pelear conmigo y empieza a confiar en lo que te he prometido.

Ella se secó la nariz con el dorso de la mano y se manchó la mejilla de sangre. Le martilleaba la cabeza y el dolor estaba alcanzando unas cotas casi insoportables. Cerró los ojos y se apretó las sienes.

Beau volvió a maldecir, pero cuando le limpió la sangre del rostro lo hizo con delicadeza; una contradicción evidente con el humor de perros que tenía.

—Túmbate e intenta ponerte cómoda. Me aseguraré de que el doctor Carey te dé algo para el dolor cuando lleguemos a la clínica.

Ari asintió, y ese leve movimiento le produjo unos pinchazos dolorosísimos que casi le hicieron estallar la cabeza. Quizá sí necesitara atención médica. Esto era nuevo para ella y no tenía ni idea de si era la consecuencia normal de haber usado sus poderes o no, porque nunca los había puesto a prueba de esta forma.

—Me duele —dijo en voz baja, liberando en esas dos palabras toda la emoción que ya no podía contener.

Él le acarició la cara y se inclinó hasta apoyar la frente en la suya. Igual que cuando le había besado la herida antes, aunque no hubiera nada sexual en el gesto, le resultaba muy sugerente y enternecedor. Con ese roce, con su boca antes y su frente ahora, y su aliento mezclándose con el de él, el corazón se le henchía en el pecho y casi se sintió superada por la delicadeza de sus caricias, por su tacto.

—Lo sé, cielo —dijo Beau igual de bajito—. Ni siquiera llego a imaginarme el dolor que debes de estar sintiendo, lo cansada que debes de estar. Pero tienes que hacer algo por mí: piensa en ti primero, ¿de acuerdo? Deja que el doctor Carey se ocupe del dolor físico, por lo menos. El sufrimiento emotivo será mucho más difícil de solucionar, pero eres fuerte, Ari. Me tienes a mí. De ahora en adelante, piensa que seré tu sombra. Nunca te perderé de vista, a menos que pida a mis hombres de confianza que te vigilen. No estás sola y sé que lo superarás.

Las lágrimas le quemaban tras los párpados y pestañeó rápidamente para contenerlas, aunque el más mínimo movimiento le provocaba unas punzadas dolorosas en la cabeza que se propagaban por su mente fracturada. Derrotada e incapaz de expresar con palabras lo que sentía su corazón, le apretó las manos que le enmarcaban el rostro y se las llevó al pecho para que notara el latido de su corazón y supiera el efecto que tenía su promesa en ella.

La sorprendió acariciándole los labios, tan suavemente como una pluma, luego por encima de la frente y, de repente, se apartó con un movimiento brusco como si fuera consciente de la realidad y del momento. Frunció el ceño y pareció que hacía un esfuerzo para controlar la expresión facial, aunque Ari notó que la rechazaba de alguna manera.

Se volvió para que no viera el destello de dolor en sus ojos que ella estaba convencida de que le vería. Sus padres le decían siempre que sus ojos reflejaban sus emociones y sus pensamientos. Entre risas solían decirle que era transparente y que era bueno que fuera tan sincera, porque le resultaba imposible contar una mentira y que no la pillaran.

Suspiró y la sensación de calidez del pecho se transformó en un dolor leve mientras se tumbaba en los asientos posteriores del vehículo con cuidado y por el costado que no le dolía. Arrugó la frente y se incorporó a medias cuando se abrió la puerta junto a su cabeza; unas manos cuidadosas le colocaron una almohada debajo del cuello para que estuviera más cómoda.

Beau Devereaux era un rompecabezas que no lograba terminar de encajar… y tampoco estaba segura de querer hacerlo. En cuanto a su bienestar, pasaba de mostrarse tierno, protector y exigente a estar seco, retraído y con cara de arrepentirse de haberla tocado siquiera.

Estaba demasiado cansada mental y físicamente para descifrar el enigma de la doble personalidad de Beau. Cerró los ojos; quería sumirse en algo cálido y acogedor, cualquier cosa que le hiciera olvidar el pitido de los oídos y el constante temor y preocupación por sus padres.

De repente cayó en la cuenta de que, sin sus padres, estaba completamente sola en el mundo. Sus padres habían perdido a los suyos a una edad relativamente temprana. Su madre trabajaba para pagarse la universidad cuando conoció a su padre. Tenía diez años más que ella y ya había amasado una fortuna; le había hecho perder tanto la cabeza que su romance acabó en matrimonio a los pocos meses.

No tenía abuelos, tíos ni primos. No había más familia salvo sus padres y ella misma, por eso tenían una relación tan estrecha. Su padre había dicho siempre que no podía desear una familia mejor y consideraba a su mujer y a su hija los mejores regalos que la vida podía hacerle.

Cerró los ojos con fuerza al notar cómo la embargaba la tristeza. Entonces se reprendió por la sensación de vacío que la abrumó de repente. No quería perder la esperanza porque era lo único que le quedaba y si eso también desaparecía, estaría totalmente perdida.

Se aferró a la promesa que le había hecho Beau más de una vez. Su padre lo había escogido, y que hubiera encomendado a los Devereaux la seguridad de su hija tenía que significar algo pues él no confiaba en nadie.

¿Sabía lo de los poderes de Ramie? ¿Por eso sabía que Beau o Caleb la recibirían tan bien? Pero no podía ser. Ramie y Caleb no llevaban tanto tiempo juntos y su padre le había arrancado la promesa hacía tres años, cuando se graduó en la universidad un año antes de tiempo.

Hizo un mohín sin abrir los ojos. ¿Cuál sería la relación que tenía su padre con los Devereaux? Al parecer Beau no lo conocía; si Caleb sí, no se lo había dicho ni la había mirado de forma afectuosa, como sucedería si su padre fuera un amigo o conocido, por lo menos. A no ser que a Caleb no le cayera bien, pero eso no podía ser, porque nunca le hubiera encargado su seguridad de haber algún desacuerdo entre ellos.

Suspiró. Ese caos de pensamientos le intensificaba el dolor de cabeza. Algo líquido y cálido le llegó a los labios. Con la mano se limpió la sangre con la esperanza de que Beau no se diera cuenta. Abrió los ojos y, para su sorpresa, vio que él iba en el asiento del pasajero del todoterreno y que era el médico quien conducía. Beau la observaba con el ceño fruncido.

—¿Con qué te estás torturando esta vez? —le preguntó en voz baja, tal vez en deferencia a su dolor de cabeza.

—Quería encontrarle el sentido a esto —murmuró al tiempo que se secaba la nariz con la manga de la camiseta para limpiar los restos de sangre.

Ya no tenía tiempo de cambiarse de ropa, que no estuviera ensangrentada, para no llamar la atención.

—Eso es cosa mía —dijo él con firmeza y mirándola fijamente como si quisiera que cediera.

¿Pero cómo podía ceder? ¿Cómo iba a mantenerse al margen de la historia mientras alguien, un extraño, encabezaba la búsqueda de sus padres? ¿Y por qué no llamaban a la policía? Había demasiadas preguntas sin respuesta. Preguntas que no había hecho a Beau, aunque a decir verdad tampoco había tenido tiempo.

Todo había pasado muy rápidamente desde que pisara su oficina. Después todo había explotado... literalmente. No habían tenido ni un solo momento para sentarse y centrarse en la desaparición de sus padres. Beau no había tenido la oportunidad de preguntarle nada y ni siquiera de verificar los datos más simples como el nombre de sus padres, su dirección y cualquier otro dato importante.

Lo que a ella se le antojaba una eternidad fueron, de hecho, unas pocas horas y sus padres llevaban menos de veinticuatro desaparecidos.

¿Había sucedido ayer? Automáticamente se miró el reloj —un regalo de su madre—, pero reparó en que no lo llevaba. No sabía cuándo, dónde o cómo había desaparecido.

—¿Qué hora es? —le preguntó a Beau débilmente.

Él seguía frunciendo el ceño y la miraba con aire inquisitivo, como si pensara que eso fuera lo último que debería preguntar. Y sí, tal vez fuera insignificante en comparación con todo lo demás, pero a ella le pareció importante saber el tiempo que había pasado desde que viera a sus padres por última vez.

—Son casi las tres —contestó él en un tono suave, como si estuviera hablando con una mema o alguien que estuviera al borde de un puente y cualquier palabra fuera de tono la hiciera saltar.

Tenía la cabeza hecha un lío. Era una locura contemplar esas ideas tan idiotas y ridículas cuando su situación —la situación de sus padres— era tan terrible. Tal vez sí fuera una locura de verdad que se había desatado cuando usó sus poderes después de tenerlos latentes e inactivos toda la vida.

Quizá eso le había provocado el cortocircuito mental que le había frito hasta los nervios.

Oyó un ruido raro y como si no se sintiera bastante humillada ya, se dio cuenta de que había sido ella… riéndose. Era una risa desquiciada y casi histérica.

Beau dejó de fingir que no estaba preocupado. Miró al doctor Carey y le dijo:

—Frena. Necesita ayuda ahora mismo.

—Estoy bien —dijo en un hilo de voz—. Me he dado cuenta de que no han pasado ni veinticuatro horas desde que los vi por última vez y a mí me parece toda una vida.

—No estás bien —añadió en un tono que rayaba el gruñido.

¿La gente gruñía de verdad? Ay, no, otra vez no. Otra vez le venían a la cabeza esas ideas ridículas y aleatorias, casi como si su cerebro quisiera protegerla con una burbuja de pensamientos sin sentido para que no tuviera que cavilar sobre la penosa realidad de las circunstancias en que estaba envuelta.

Se tocó la nariz instintivamente para ver si volvía a sangrar. Beau, que no se perdía ni una, la observó y se fijó también en si había rastro de sangre. Para su alivio, solo había un poco de sangre seca, nada más. La lástima era que el dolor no había desaparecido. Se apretó la frente con la mano en un intento de aliviar de algún modo la presión. Le dolía la cabeza como si quisieran reventársela como quien quiere sacarse un granito; le daba la impresión de que en el momento menos pensado acabaría explotando.

—Háblame de tu madre —tanteó Beau con suavidad—. ¿Es tan guapa como tú?

Ari se lo quedó mirando desconcertada antes de darse cuenta de lo que estaba haciendo. Quería distraerla de ese caos que tenía por cabeza e intentaba que centrara sus pensamientos en algo bueno. Y entonces le llegaron sus palabras al fin y notó que respiraba mejor, que la calidez empezaba a extenderse por sus venas.

Sonrió automáticamente, como siempre hacía cuando pensaba en su madre. Por un segundo le vino a la mente la imagen de su madre, tan hermosa, riéndose, y sintió un alivio momentáneo del dolor y de la oscuridad que parecían habitar de forma permanente en los más profundos recovecos de su alma.

—Es la mujer más hermosa del mundo —susurró—. Es cariñosa, amable; siempre sonríe y está contenta. Es como si iluminara este mundo. Y sonríe de una forma cuando mi padre la mira de esa manera… Pensaba que un amor como el suyo solo existía en las novelas románticas, pero sé de primera mano cómo se aman, con el alma y el corazón, y cómo me quieren a mí: incondicionalmente.

—¿Y de quién has sacado esos ojos? Tienen un color muy particular. Bueno, colores, mejor dicho —se corrigió—. Nunca he visto a nadie con unos ojos como los tuyos.

Ari lo miró sin poder mediar palabra y al rato frunció el ceño mientras pensaba en sus padres. Le lanzó una mirada de perplejidad porque nunca se había planteado de quién había heredado sus ojos o ese caleidoscopio de colores.

—De ninguno de los dos —repuso sinceramente—. Supongo que de algún abuelo, pero no lo sé. Los cuatro murieron antes de que se casaran mis padres y los dos eran hijos únicos; no tenían más familia. Mi padre siempre decía que eran almas gemelas, dos mitades de un todo, incompletas y solas en el mundo, hasta que se encontraron.

De repente le entró vergüenza y agachó la cabeza. Dicho en voz alta por ella, y no con el tono reverente con el que su padre hablaba de su esposa, sonaba algo forzado. Algo que se había sacado de la manga en un lamentable intento de inspiración.

Pero Beau la sorprendió.

—Es un sentimiento precioso. Es una pena que la mayoría de la gente no se sienta así hacia la persona con la que escoge compartir la vida. O al menos, gran parte de ella.

Ari arrugó la frente al oír esto último.

—¿No crees que sea para siempre?

Él se encogió de hombros.

—Será que nunca he conocido a nadie que me haga quererla para siempre.

Su naturalidad no la sorprendió; al fin y al cabo era un hombre. Los hombres no solían pensar de la misma forma que las mujeres. No debería ni haber pestañeado ante esa visión tan sensata de las relaciones. Había aprendido mucho tiempo atrás que su padre era… bueno, que era el único de su especie y no porque fuera su padre y le pusiera en un pedestal como cualquier niña de papá.

Veía la adoración en sus ojos cada vez que miraba a su madre. Veía lo afectuoso que era con ella aunque fuera serio y frío con el resto. No había sido consciente de cómo le veían los demás hasta que fue mayor y empezó a reconocer las diferencias entre su padre cuando estaba en casa con sus «chicas» —como solía llamarlas cariñosamente— y cuando estaba fuera de ese refugio.

Pero tampoco le importaba lo más mínimo que alguien supiera que estaba a los pies de su señora. Aunque pareciera que él era la fuerza dominante de la relación, ella sabía que era su madre la que llevaba la batuta y que todo lo que él había hecho era por ella. Y por Ari.

—¿Te encuentras mejor?

Dejó de fruncir el ceño y esbozó una tímida sonrisa por haberle hecho recordar brevemente lo bueno de su vida. Y, de hecho, el dolor y la presión que notaba en la cabeza habían disminuido. Seguían ahí y todavía dolían, pero ya no era como si fuera a explotarle en cualquier momento o como si llevara una bomba con temporizador a punto de estallar.

—Sí, gracias —dijo con voz ronca, embargada por la emoción—. Necesitaba ese momento de felicidad; ha sido una inyección de esperanza. Sin esperanza no tengo nada.

Para su sorpresa, el vehículo se detuvo. Ni siquiera se había dado cuenta de que hubieran aminorado la marcha y entrado en el aparcamiento de un edificio de una sola planta, en cuya fachada había un cartel que anunciaba una clínica médica. Sin embargo, Beau ni se movió. Se la quedó mirando fijamente; irradiaba seriedad y… sinceridad.

—Tienes algo, Ari, y no quiero que lo olvides. Ahora me tienes a mí, igual que dispones de todo el personal y los recursos de mi empresa de seguridad.

Ari contuvo la respiración. No había oído sus últimas palabras porque lo único que había registrado era que lo tenía a él y se preguntaba si Beau comprendía de verdad lo que eso significaba para ella. Alguien que creía en milagros y en finales felices, incluso a pesar de los obstáculos aparentemente insalvables.

Siempre tan optimista. Casi podía oír el tono burlón de su padre y la voz de su madre regañándolo por sugerir que eso no era un rasgo positivo.

Cuando quiso darse cuenta, Beau estaba abriendo la puerta y, esta vez, ella no protestó cuando la rodeó con los brazos de forma protectora y la llevó por una de las entradas laterales que tenía un cartelito de «Solo empleados».

Al parecer a los hombres como Beau no se les aplicaban las mismas reglas que a los demás. Esbozó una triste sonrisa al tiempo que se estremecía por el frescor de la clínica. No le gustaba nada cómo olía; era ese olor a antiséptico y a enfermedad, a muerte y a desconsuelo. Era un sitio de factores opuestos. La gente que acudía allí recibía buenas noticias o noticias muy malas, de esas que te cambian la vida. No pudo evitar sentir pesar por aquellas personas que recibían las malas.

Beau la llevó a una sala presidida por un TAC. Ella lo miró horrorizada porque a efectos prácticos era un tubo; un tubo cerrado y estrecho en el que te introducen.

Se le aceleró la respiración y se llevó la mano a la nariz por si ese estrés repentino le provocaba otro sangrado. Beau ya estaba bastante preocupado; no quería dar aún más motivos para que diera rienda suelta a su irracionalidad.

El médico le pidió que la tumbara en la camilla y la colocara bien, luego le dio un apretón afectuoso en el brazo.

—¿Quieres que Beau se quede contigo? A algunos pacientes les dan miedo los espacios cerrados y rehúyen las situaciones claustrofóbicas. Puedo ponerle un traje para que no sufra ningún tipo de daños. Nuestra prioridad es asegurarnos de que estás cómoda. Lo más importante es que te relajes y obedezcas, que hagas todo lo que te pidamos. ¿Podrás hacerlo?

—No… digo sí, sí, estaré bien —se apresuró a contestar. Aunque quería que Beau se quedara, se negaba a ponerlo en peligro por su culpa. Ya le habían disparado dos veces y le habían echado de la carretera tras unas vueltas de campana. Ya había tenido suficiente; era hora de ser adulta y actuar como la mujer independiente que tanto se había esforzado por ser desde que se graduara en la universidad y encontrara trabajo. A su padre no le había hecho ninguna gracia, pero su madre logró aplacarlo y consiguió que le diera la libertad que no le había concedido hasta los últimos años.

—Puedo estar sola. Estoy bien, en serio. No quiero que Beau corra ningún riesgo. Ya se ha arriesgado suficiente por mí hasta la fecha.

—Pero te aterran los espacios cerrados —dijo él, tenso—. Me quedo.

Ella lo miró, pasmada.

—¿Y eso cómo lo sabes?

—Pues porque no has visto la cara de terror que se te ha puesto al ver el escáner. No pienso dejar que pases por esto sola sabiendo que será un suplicio, así que ni te molestes en tratar de convencerme. Esta discusión no la vas a ganar.

—De acuerdo —masculló—, pero si te da radiación o lo que sea que den estas máquinas de rayos X, será culpa tuya y paso de sentirme culpable si luego tienes cáncer y la palmas.

Beau esbozó una sonrisa.

—Ay, Ari, que empiezo a creer que te importo —bromeó él.

Ella adoptó un aire solemne.

—Claro que me importas. Y demasiado. Ojalá fuera más egoísta y estuviera dispuesta a hacer lo que fuera para recuperar a mis padres costara lo que costara a los demás, ya fueran sus vidas o su integridad física, pero no soy así. Nunca he sido ese tipo de persona y no quiero serlo ahora.

Él se había acostumbrado a besarla en cualquier sitio salvo en los labios, casi como si temiera que hubiera demasiada intimidad entre él y su cliente. Sin embargo, para ella, esos momentos de ternura significaban mucho más que si la besara en la boca.

Cerró los ojos mientras él la besaba en la frente arrugada.

—Va, hemos desperdiciado mucho tiempo en tonterías y tenemos que ponerte el traje, igual que yo, porque como te acabo de decir: te voy a acompañar en cada paso que des. Si te asustas, llámame. Aquí estaré.

—Gracias, Beau. Sabes, igual que sé yo, que has hecho todo lo que ha estado en tu mano y mucho más de lo que sueles hacer por un cliente, así que gracias. Tu apoyo significa muchísimo para mí, así como la promesa de que encontrarás a mis padres y que me protegerás de los que me persiguen.

—Ya me has dado las gracias y con eso me basta —dijo él suavemente—. Ahora vamos a hacerte el escáner y a ver si el doctor Carey me deja más tranquilo sobre lo que te pasa.

Quince

*B*eau entró en casa con Ari en brazos, dormida contra su pecho. Tal como les había pedido, Caleb y Ramie seguían allí, en el salón, aunque parecía que ella se había quedado dormida apoyada en el hombro de su hermano. La melena le ocultaba parte del rostro.

Beau miró a Caleb arqueando una ceja. A los hermanos siempre se les había dado bien la comunicación silenciosa. Era como si tuvieran tanta sintonía que podían hablarse, o preguntarse, con una simple mirada.

Seguramente por eso Caleb parecía confuso e incluso enfadado porque no le hubiera consultado lo de Ari, aunque Beau tampoco había tenido la oportunidad dado lo rápido que había pasado todo y el peligro que había corrido ella en cuestión de minutos.

—Está bien —murmuró él—. Anoche se acostó tarde. Tori tuvo una pesadilla y se quedó con ella hasta que se quedó dormida.

—¿Hay algo que deba saber? —preguntó Beau.

Su hermano se quedó callado un momento.

—En aquel momento no, pero ahora sí, creo que deberías saberlo. —Miró a Ari, que seguía inconsciente—. ¿Cómo está?

—No tolera bien los analgésicos —contestó con tono irónico—. O eso o está exhausta, que es lo más probable visto lo que ha pasado en las últimas veinticuatro horas. El doctor Carey le ha dado el visto bueno a la tomografía, pero le ha puesto una inyección porque le dolía muchísimo. Se ha quedado frita en menos de cinco minutos. He tenido que sacarla en brazos de la clínica y meterla en el coche mientras esperaba los resultados del escáner.

—Acuéstala, entonces —dijo Caleb en voz baja—. Tenemos mucho de qué hablar. Zack ha estado investigando. Aunque no querías meter a Dane y a Eliza, he tenido que echar mano de la pericia de Eliza para que accediera a información que no suele estar disponible fácilmente. Zack está en la sala de seguridad haciendo algunas llamadas, pero seguro que ya sabe que estás aquí, así que estará aquí cuando hayas vuelto de acostar a Ari.

El tono de Caleb le erizó el vello y su radar interno empezó a pitar. Su hermano tenía una expresión malhumorada e irradiaba seriedad.

Maldijo entre dientes, se dio la vuelta y salió al pasillo con Ari aún en brazos, pero en lugar de dejarla en la habitación para invitados donde había estado antes giró a la derecha, donde estaba el dormitorio principal.

Originalmente, la casa tenía dos plantas, pero después de tener que escapar por la ventana del segundo piso y saltar del tejadillo cuando una bomba destruyó la mayor parte de la planta baja, Beau optó por no reconstruirla igual. Las posibilidades a la hora de huir eran mucho mayores si no se tenían varios pisos por medio.

Dejó a Ari en su cama. Se dijo que no quería que se despertara asustada y con frío, y que esa era la única razón por la que la había llevado a su habitación, aunque le pasó otra idea por la cabeza y sabía que era un mentiroso integral.

Sí, él dormiría en el sillón reclinable que había en un rincón, orientado a la pantalla de plasma colgada en la pared frente a la cama, pero la realidad era que la quería en la misma habitación. Le había hecho una promesa y tal vez se estaba aprovechando de eso como excusa para tenerla en su cama, pero no quería dejarla sola y sin protección ni un segundo. Y eso incluía sus horas de sueño.

Incluso la arropó. La tapó con la sábana y el edredón con sumo cuidado para que nada le rozara la herida, aunque la llevara vendada. El doctor lo tuvo mucho más fácil para coserla al darle la inyección después de hacerle el escáner, que por suerte salió dentro de los valores normales.

Reflejaba lo que el médico llamó un «cardenal» leve en una zona del cerebro de cuyo nombre científico ahora no se acordaba. Se quedó bastante preocupado por esa palabra hasta que el doctor le dijo que no tenía nada que temer. A menos que tuviera más traumas.

El alivio le duró tres segundos hasta que empezó a darle vueltas a los «traumas». ¿Quería decir que si volvía a sangrar, ese cardenal podría empeorar? En retrospectiva podría haber hecho mil preguntas más, pero estaba centrado en Ari y en tranquilizar ese desasosiego que veía en sus ojos.

Solo se quedó tranquilo cuando el doctor le puso la inyección y ella se sumió en la inconsciencia poquito a poco, porque cuando cerraba los ojos no veía ese dolor insondable que se le reflejaba siempre. Y sabía que, por lo menos de forma momentánea, el dolor físico y emotivo que la pobre había tenido que soportar le daba tregua por fin.

El médico le comentó que ningún paciente se había quedado inconsciente con los efectos de los medicamentos analgésicos que le había administrado a ella, aunque reconoció que de esa forma sería más fácil, rápido y eficaz dormir la zona y coserle la herida. En un santiamén terminó, le extendió unas recetas a nombre de Beau y le dio algunas instrucciones sobre cómo atenderla durante los días siguientes. A pesar de todo, no necesitaba instrucción alguna, porque pensaba cuidarla y asegurarse de que no tuviera ni estrés ni dolor, que no tuviera que preocuparse de nada. Eso significaba tener que trabajar deprisa para desvelar el misterio que rodeaba la desaparición de sus padres.

La expresión de su hermano le insinuó que lo que había descubierto no podía ser muy bueno. Si ese era el caso, tendría que prepararse para lo peor y andarse con cuidado con Ari o correría el riesgo de provocarle una hemorragia mortal.

Toqueteó las sábanas un rato más hasta que se dio cuenta de que estaba retrasando lo inevitable y que detestaba alejarse de ella, aunque solo fuera durante un momento, mientras hablaba con su hermano de lo que habían descubierto.

Suspiró, fastidiado por esa falta de perspectiva cuando solía ser expeditivo y asertivo con los clientes, se dio la vuelta y se acercó a la puerta, que dejó entornada para oírla si tenía alguna molestia. También activó la cámara del interior de su dormitorio en el panel de control de la sala de seguridad.

Ya podría espabilarse Caleb en explicárselo todo en ese cuarto, y junto con Zack, para que pudiera echarle un vistazo a Ari a través de los monitores.

Volvió al salón y vio que Ramie se había despertado y Zack

estaba apoyado en la pared con las manos en los bolsillos, una pose engañosa, ya que él siempre estaba preparado, incluso cuando parecía tranquilo y relajado. Ese hombre tenía siempre tal aire de suspicacia que Beau sentía curiosidad por su pasado y en lo que fuera que hubiera propiciado este carácter tan taciturno pero letal.

—Hablemos en la sala de seguridad, donde pueda tener a Ari controlada —dijo Beau escuetamente sin esperar a que respondieran.

Se dio la vuelta y se alejó por el pasillo, al otro extremo de la casa; Zack y su hermano lo siguieron.

Después de teclear el código de seguridad para entrar, Beau se sentó en la butaca desde la que, con solo girarse, podía ver y hablar con los demás y también ver el monitor en el que veía su dormitorio. La pantalla estaba a la izquierda de donde estarían Caleb o Zack. Este último entró con calma y una expresión fría y sombría. Caleb entró con Ramie de la mano. Tras los horribles acontecimientos que estuvieron a punto de dar al traste con su relación, Caleb seguía batallando con los demonios y tocar a su esposa parecía tranquilizarlo, decirle que todo andaba bien y que estaban vivos. Sabía que a su hermano no se le iba de la cabeza haber sido quien casi la matara.

—Y bien, ¿quién empieza a contar lo que sabemos hasta ahora? —preguntó él con brusquedad.

Caleb se pasó una mano por el pelo.

—Antes de seguir, tienes que saber algo sobre el padre de Ari, Gavin Rochester.

Beau arqueó una ceja y se limitó a esperar mientras observaba las emociones cambiantes que se reflejaban en el rostro de su hermano, que curiosamente solía controlar a la perfección.

—Al parecer Gavin conocía a nuestros padres, aunque por aquel entonces estaba soltero.

Él asintió preguntándose por qué le venía con algo tan obvio. ¿Por qué, si no, le había dicho a su hija que buscara a Caleb o a Beau cuando ninguno de los dos había visto ni mucho menos conocido al señor Rochester?

—También fue la última persona que vio con vida a nuestros padres —dijo su hermano en un tono gélido—. Después de casarse y de que naciera Ari, cuando se mudó a Houston y borró todas las huellas de su pasado.

Beau entrecerró los ojos mientras trataba de pensar en todas las ramificaciones del asunto. No era ningún secreto para los hermanos Devereaux, si bien se lo habían ocultado a Tori, que sus padres —o por lo menos su padre— no eran trigo limpio. No estaban seguros del todo de lo que había detrás, pero el hombre no había amasado esa fortuna simplemente heredando dinero proveniente del petróleo.

Sus padres habían vivido a todo tren, alardeando siempre de su riqueza y sus influencias. Sus hijos eran casi una molestia que les impedía llevar el tipo de vida que querían sus padres, o su madre, vaya.

Aunque habían contratado a una niñera, a todos los efectos había sido Caleb quien crió a sus hermanos. De crío era solemne y serio, ya que soportaba sobre los hombros el peso de la responsabilidad de estar a cargo de sus hermanos pequeños. Sin embargo, nunca se había quejado y desde luego se aseguró de que sus hermanos no se acercaran a las personas con las que solían codearse sus padres. Por consiguiente, tuvo que madurar antes de tiempo; sus padres, egoístas y desconsiderados, le habían arrebatado la infancia.

Aunque ambos eran jóvenes, Caleb y Beau tenían la edad suficiente para tomarse con filosofía la indiferencia de sus progenitores, pero a Quinn y sobre todo a Tori, que era un bebé de apenas un año, los desconcertaba muchísimo que sus padres no les hicieran ni caso. Esto cabreaba a Beau, que solía pasarse las noches consolando a una Tori que estaba hecha un mar de lágrimas o bien contándole un cuento antes de dormir porque por muy competente que fuera la canguro, no era una nodriza exactamente y pronto aprendió que no le hacía falta hacer gran cosa para satisfacer las «peticiones» de sus clientes.

Al parecer las únicas reglas que tenían que cumplir eran dos: que no estuvieran en medio y que nunca fueran descalzos. Con frecuencia, los hermanos comentaban que no entendían por qué se habían molestado en tener hijos, a menos que fuera para dar la imagen de familia normal y completamente ajena a los negocios dudosos de su padre. De sobra era sabido que ser padre de familia era positivo para los negocios.

Beau nunca lo había reconocido, ni siquiera a Caleb, pero se sintió aliviado cuando murieron sus padres. O los asesinaron, mejor dicho. Les dijeron que sus muertes habían sido producto de un asesinato o de un suicidio, y provocado por su padre, pero Beau y Caleb sabían que no era así. A sus padres les gustaba demasiado la pompa y el boato de la riqueza y de su estilo de vida como para dejarlo así sin más. Sin embargo, el caso se cerró muy deprisa, nunca se reabrió ni hubo más preguntas, lo que aún avivó más la sospecha de Beau de que se tratara de una cortina de humo.

—¿Y cuál era exactamente la relación entre Gavin Rochester y nuestro padre? —preguntó Beau en voz baja.

Lo carcomía que lo hubiera contratado una seductora de mirada inocente para que encontrara y rescatara a un hombre que podría tener algo que ver con la muerte de su padre, aunque no tuviera a sus progenitores en gran estima. Se reprendió mentalmente por haber llegado a semejante conclusión. Era cínico por naturaleza —al crecer como le tocó hacerlo, tampoco pudo elegir—, pero hacer una suposición en base a un único acontecimiento no era propio de él.

—De momento no lo sabemos —reconoció Caleb—, pero debemos profundizar en eso, ¿no creéis?

—Yo puedo responder algunas de las preguntas sobre la relación de Gavin con vuestro padre —terció Zack dejando a su madre al margen explícitamente.

Caleb y Beau lo miraron sin decir nada.

—Eran una especie de socios.

—¿Una especie? —interrumpió Caleb antes de que Zack pudiera seguir—. ¿Cómo se es una especie de socio?

Un destello de impaciencia se asomó a los ojos de Zack; estaba claro que no le había gustado que lo cortaran.

—Me refiero a si hay, porque aún tengo que averiguarlo, una relación clara entre los dos. Sin embargo, el nombre de Gavin aparece frecuentemente en las distintas empresas de tu padre.

El modo en que Zack dijo «empresas» hizo estremecer a Beau, porque parecía que supiera o intuyera lo que él ya sabía. Una cosa era que él supiera, y reconociera, la verdad sobre qué y quién era su padre, pero otra muy distinta era que alguien fuera de la familia Devereaux lo pensara… o especulara sobre eso.

Caleb reaccionó del mismo modo al oír a Zack: la mirada se le volvió fría de repente y Ramie apartó la mano, seguramente la sobrecarga de emociones debía de resultarle desagradable. Una prueba de lo atento que estaba fue que ni se dio cuenta de que su esposa ya no le cogía la mano.

—¿Qué tipo de empresas? —preguntó Beau a Zack con una mirada penetrante como si tratara de averiguar lo mucho que sabía sobre Franklin Devereaux.

—Pues por lo que he podido examinar a primera vista, muchas eran empresas fantasma casi imposibles de rastrear. Son un auténtico laberinto para cualquiera que quiera investigarlo a él o a sus negocios. Voy a tardar bastante en rebuscar en ese embrollo y ver adónde me lleva. Todo se pensó con cuidado y mucho esmero. Borró sus huellas muy bien.

Zack no empleaba un tono de reproche o de condena. Se lo contaba todo con una voz neutra y natural, como si estuviera hablando de cualquier cliente de la empresa. Con ese tono logró aplacar la tensión que emanaba Caleb, cuyos rasgos se suavizaron, dejó de fruncir el ceño y volvió a cogerle la mano a su esposa. La miró con cierta perplejidad primero, como si acabara de darse cuenta de que se le había escapado su mano.

Acto seguido la miró con una expresión de disculpa y se la acercó más, acomodando su esbelta figura a su lado. Entonces volvió a mirar a Zack.

—A menos que haya una relación directa entre Gavin Rochester, olvídate del tema —dijo con rotundidad.

—Seré yo quien lo decida —terció Beau bruscamente mirando a su hermano—. No te metas en esto, Caleb. Esto es entre Zack y yo. Si no quieres oír la información, perfecto, pero yo necesito saber todo lo que pueda sobre Gavin Rochester si quiero encontrarlo a él y a su esposa antes de que se les acabe el tiempo. Y se le acabe a Ari también.

Caleb apretó la mandíbula y Ramie se movió incómoda a su lado, como si quisiera contener la réplica de su marido, pero se limitó a hacer una mueca y suspirar.

—De acuerdo, todo tuyo, lo entiendo, pero quiero saber si tuvo algo que ver en la muerte de nuestro padre.

Beau asintió.

—¿Y qué hay de la información que ha descubierto Eliza?

La atención de Zack se centró en Caleb, con un destello de irritación en los ojos, como si le cabreara que este se entrometiera en una misión que Beau había dicho expresamente que era de los dos y nadie más. Había ido todo tan deprisa que se preguntaba si eran imaginaciones suyas. No era propio de Zack expresar muchas emociones. Solía ser imperturbable y, hasta que conoció a Ari, hubiera dicho que era como él, por eso sintió afinidad inmediata con su empleado. Sin embargo, Ari había cambiado las reglas del juego: las había echado por tierra.

Había perdido la objetividad, cosa rara en él, y encima se había involucrado a nivel personal —y no completamente profesional—, que aún era más raro. Y lo peor era que no podía armarse del valor suficiente para desvincularse del caso, que era lo que debería hacer. Se había propuesto estar al frente de la protección personal de Ari y cumplir la promesa que le había hecho, costara lo que costara. Estaba dispuesto a emplear todos los recursos de la empresa, así como cualquier otro que fuera menester para alcanzar su objetivo primordial: localizar y recuperar a los padres de Ari y, más importante aún, que a ella no le pasara nada. Le daba lo mismo que Gavin hubiera tenido algo que ver, ya fuera de manera directa o indirecta, en el asesinato de su padre.

—Está investigando varios flancos —contestó Caleb—, pero la verdad es que Gavin Rochester está o estaba metido en negocios turbios. Nunca se le pilló realizando actividades ilegales, pero está claro que trabajaba al margen de la ley. Conocía a mucha gente y era intocable, ya sabes: amigos en cargos importantes, poderosos e influyentes. Aquellos que osaban contrariarlo o desafiarlo sufrían reveses económicos repentinos y sospechosos.

Hasta entonces todo se parecía sospechosamente a la manera de trabajar que tenía su padre. Beau recordó que se ponía hecho una fiera cuando un competidor, o un conocido sin más, lo insultaba o lo desafiaba de alguna forma, ya fuera un agravio de verdad o algo que él percibiera como tal. Sabía que su padre tomaba represalias, pero siempre se andaba con mucho ojo para que no le salpicaran los daños colaterales. Alguna vez había oído cómo contaba a su madre, regodeándose, que había ganado a alguien y que ese pobre diablo se arrepentiría de haber contrariado a Franklin Devereaux.

—Pero cuando se pone interesante la cosa es tres años después de casarse con Ginger Crofton, ahora apellidada Rochester, y que trabajaba de camarera para pagarse la universidad cuando se conocieron. La dejó obnubilada y se casaron antes de llegar al año.

—Ve a lo interesante, anda —le pidió su hermano con impaciencia, porque hasta entonces solo había comentado cosas que eran del dominio público o estaban al alcance de cualquiera que tuviera acceso a buenas herramientas de búsqueda.

—Su esposa sufrió varios abortos en un período de tiempo relativamente corto. De repente, se esfumaron sin más. Gavin vendió la mayor parte de sus bienes. Primero vendió los negocios, los legales y los no tan legales, y luego se fue del país. Cuando regresaron tenían una hija: Ari.

—¿Y qué? Tal vez se la llevó para que se recuperara, se volviera a quedar embarazada y pudiera asegurarse de tenerla controlada en todo momento. Imagino que si tuvo tantos abortos, querría protegerla y que pudiera dar a luz sin problemas.

—Pero los intervalos de tiempo no encajan —repuso Caleb, visiblemente molesto por las continuas interrupciones de su hermano—. Calla y escúchame un momento. Solo pasaron fuera cinco meses e incluso antes de volver, vendió todo lo que tenía en Nueva York y la costa Este y se mudó a Houston. El único vínculo con Houston era una empresa legal. Y nuestro padre. Me parece que eso es tener las cosas muy claras y más después de tantos abortos. ¿Tan seguro estaba de que esa vez daría a luz?

Beau se mordió los labios para seguir callado y aguardar a que su hermano terminara su relato y llegara a una conclusión, fuera cual fuera.

—Volvieron con Ari, lo que significa que debía de estar embarazada de cuatro meses o tal vez tres si la niña fue prematura. Y según información clasificada, tuvo un aborto cuando estaba de cinco meses al mismo tiempo que se supone que estaba embarazada de Ari.

Beau frunció el ceño; barajaba las implicaciones de ese descubrimiento.

—¿Puede que falsificara los documentos para que pareciera que había abortado con el fin de poder marcharse y que ella pudiera pasar el resto del embarazo tranquilamente en un sitio donde tal vez se sintiera más cómoda?

Su hermano se encogió de hombros; tenía una expresión escéptica.

—A lo mejor, pero me parece improbable. Mira, tan solo es una suposición, pero puede que adoptaran a Ari y que se fueran así del país, borrando todo lo relacionado con su vida anterior a la niña, lo que me hace dudar de las circunstancias en las que consiguieron a la niña.

Zack arrugó la frente: era la primera vez que reaccionaba a algo que decía Caleb. Beau también se quedó patidifuso e intentó pensar en el porqué, el cómo y… otra vez en el porqué.

—No se parece nada a su padre ni a su madre. Eliza consiguió fotos de los difuntos padres de Gavin y de Ginger, y no existe ningún parecido con ninguno, ni siquiera de niños. ¿Cómo puede ser que dos personas de piel morena y pelo y ojos oscuros tengan una cría de pelo rubio con destellos plateados y dorados, unos ojos indescriptibles y una piel tan blanca?

A Beau le entró un escalofrío y, de repente, se sintió preocupado por ella. Ari no había dicho nada de adopción e incluso había comentado que tenía rasgos de su madre. Además de que sus poderes se habían manifestado ya de pequeña.

Si Gavin y Ginger Rochester no eran sus padres biológicos, ¿quiénes eran sus padres? ¿Había sido su vida una mentira?

Se estaba precipitando una vez más, pero tenía un presentimiento y se empezaban a acumular las discrepancias y coincidencias. Se masajeó las sienes mientras apartaba la vista de su hermano. Cuando volvió a mirarlo, vio preocupación en sus ojos.

—Pediré a Eliza que te envíe un correo con el informe completo para que puedas repasar la información detallada y sacar tus propias conclusiones —dijo Caleb en voz baja—. Ramie y yo deberíamos irnos ya. Tori lleva sola mucho rato.

—Debe saber lo del sueño de Tori —interpuso Ramie, que habló por primera vez.

Tenía una cara seria y mientras miraba a los hermanos, sus ojos grises reflejaban inquietud.

Caleb se pasó una mano por el pelo; era una señal de nerviosismo.

—Estaba tan absorto en lo demás que se me ha olvidado. Y sí, tienes que oírlo.

Zack se cruzó de brazos y miró a Caleb, expectante. Beau también lo miraba en silencio como diciéndole que siguiera hablando.

—Ha soñado contigo —dijo Caleb en voz baja—. Estabas cubierto de sangre. Le ha dado mucho miedo porque la última vez que soñó con uno de sus hermanos empapado de sangre estuve a punto de matar a mi mujer. Así que, como entenderás, está traumatizada y aterrorizada.

Beau resopló.

—Eso tiene fácil explicación. Ya me he manchado de sangre, de hecho era sangre de Ari. En el accidente sangró muchísimo. Había sangre por todas partes. Así que Tori tiene razón, suele tenerla, sí, pero puedes decirle que no tiene de qué preocuparse. Ya ha terminado todo y estoy bien.

La mirada preocupada de Ramie se posó en Beau; tenía el rostro contraído por el desasosiego.

—En el sueño no salía Ari, solo tú. Y estabas tendido en el suelo de espaldas, con toda la sangre encima. Creo que deberías tomártelo más en serio, Beau. Por favor, ten cuidado.

Beau habló con más suavidad porque no quería pagar esa frustración e impaciencia con una mujer que no merecía ninguna de las dos.

—Y tú no estabas en el sueño que tuvo en que Caleb estaba cubierto de sangre, tu sangre —apuntó él.

Caleb se estremeció y ella palideció; sus mejillas perdieron todo el color.

—Entonces puede que su sueño fuera sobre la secuencia de acontecimientos que pasaron después de que Ari y yo saliéramos de la empresa —insistió Beau, que se sentía culpable por recordarle a su hermano y a su cuñada el peor día de sus vidas.

Ramie no lo tenía muy claro y se le notaba en la mirada, pero no quiso discutir. Le cogió la mano a su marido casi como si quisiera evaluar sus emociones más recónditas. Como no la retiró, Beau supuso que Caleb no debía de estar muy enfadado.

En esas que le llamó la atención un movimiento en el monitor y se fijó mejor: Ari se movía en la cama, inquieta. Se puso de pie para salir e ir hacia ella, pero entonces se tranquilizó y se quedó quieta tan rápido como había empezado a moverse.

Beau se relajó y entonces volvió a centrarse en Caleb y Zack, que lo miraban con atención. Se sintió incómodo al saberse observado y de repente le entraron ganas de huir.

—Zack, pídele el informe a Eliza —ordenó sin ambages haciendo caso omiso de sus expresiones resueltas—. A ver qué sale por ahí y qué puedes conectar entre lo que has descubierto y lo que ha averiguado Eliza. Caleb, Ramie y tú volved con Tori, que aquí lo tengo todo controlado. Os avisaré si os necesito.

Ya se había despedido de los dos. Zack no tenía nada más que hacer allí y se volvió para salir; seguramente estaba ya centrado en su objetivo. Sin embargo, Caleb tenía la pinta de empezar a protestar. Beau levantó una mano.

—Ahórratelo, Caleb —dijo en voz baja—. No quiero que te metas en esto.

Fue lo más parecido a pedirle que renunciara a las actividades que, como hermanos, solían compartir y decidir, casos en los que trabajar. Él se lo quedó mirando un rato sin decir nada y luego tomó una decisión, o acató su orden, vaya, y eso que él no solía aceptarlas ni le gustaba responder ante nadie.

Ramie le soltó la mano y se acercó a Beau para besarlo en la mejilla.

—Prométeme que irás con cuidado —le pidió con ternura.

Él esbozó una sonrisa tranquilizadora.

—Siempre.

Dieciséis

*B*eau despertó de pronto de su sueño. Notaba molestias en el cuello a medida que se incorporaba de la extraña postura en el sillón abatible, donde se había quedado dormido mientras vigilaba a Ari. Pestañeó apresuradamente para enfocar bien la habitación; sus ojos se adaptaron con rapidez a la tenue luz que se filtraba por la puerta entornada del cuarto de baño.

Entonces, volvió a pestañear; no sabía si lo que estaba viendo era verdad o se trataba de una alucinación estrafalaria.

Por la habitación flotaban de forma aleatoria diferentes objetos. La lámpara, que estaba apagada, chocó contra la pared y se encendió de repente. El mando de la televisión planeaba a un palmo del suelo junto al sillón abatible. Las novelas alineadas en una de las baldas de su biblioteca chocaban entre sí antes de saltar de la estantería y caer de forma brusca al suelo en cascada.

Había cosas que no era capaz de ver, pero sí de oír, que se agitaban, se golpeaban y chasqueaban. Toda la habitación parecía estar en movimiento. Sin pensar, llevó las manos a los brazos del sillón abatible para asegurarse de que no se estaba moviendo, agitando ni flotando. A continuación, plantó los pies en el suelo para recuperar el equilibrio.

De pronto se percató de lo que estaba ocurriendo, apartó la mirada de los objetos que se movían y la centró en Ari, que permanecía acurrucada en la cama. Tenía la frente arrugada; unos surcos profundos la poblaban. Hizo un mohín y se le escapó un gemido al tiempo que agitaba un brazo como si espantara a un atacante invisible.

Se dio cuenta de que Ari se encontraba sumida en una pesadilla y que su poder, ahora desenfrenado, era como un torrente eléctrico que golpeaba y movía los objetos sin ton ni son; objetos que reaccionaban al caos total de su pensamiento.

Se incorporó rápidamente temeroso de que Ari pudiera sufrir una hemorragia psíquica grave si seguía de ese modo. La llamó con ternura por su nombre, se metió en la cama, le cogió el brazo y se lo llevó al pecho.

—Ari, cielo, despierta. No pasa nada. Estás a salvo. Soy yo, Beau Devereaux. Abre los ojos, cielo. Mírame. Estoy aquí.

Beau continuó con la retahíla de balbuceos reconfortantes mientras con la mano libre acariciaba la curvatura del brazo que tenía apretado contra su pecho. Como no sabía qué más hacer, se inclinó y besó las profundas líneas que surcaban la frente de Ari sin dejar de murmurar que todo iba bien y pedirle que despertara.

Le acarició la nariz con el pulgar y luego siguió por el labio superior, y suspiró de alivio al comprobar que, de momento, no sangraba. Ahora solo debía ser capaz de sacarla de las garras del sueño antes de que comenzara a sangrar.

—Ari, por favor, amor, tienes que despertarte —suplicó con ternura. Su aliento emanaba calor sobre la piel gélida de la muchacha.

Ari se estremeció con violencia y él se apartó cuando abrió los ojos; tenía las pupilas tan dilatadas que parecía que tuviera los ojos negros. Respiraba errática y rápidamente y mientras Beau bajaba la mano hacia su pecho notó como el corazón le latía desbocado.

—¿Beau? —susurró. Solo esa palabra, su nombre, expresaba tanto miedo que le dio un vuelco el corazón.

—Sí, cielo, soy yo. Has tenido una pesadilla, pero estás a salvo. Estoy aquí. ¿Te acuerdas de dónde estás?

Ari arrugó la nariz un momento y la perplejidad se asomó brevemente a sus ojos antes de tranquilizarse. Al instante le pareció que se marchitaba ante él.

—¡Ay, Dios! —exclamó cerrando los ojos—. Por favor, dime que esto es un sueño. Dime que nada de esto está pasando. Dime que mis padres están en casa, a salvo.

A Beau le embargó una impotencia que se apoderaba también de su corazón y su mente, una sensación a la que no estaba acostumbrado. Y no quería acostumbrarse tampoco a semejante debilidad. Saber que no podía arreglar la situación ni hacer que desapareciera del todo era la peor sensación del mundo.

—Eso no puedo decírtelo. Lo siento. —El pesar marcaba todas y cada una de sus palabras—. Daría lo que fuera por poder decírtelo, cielo, pero ahora no estás soñando.

Ari volvió a abrir los ojos, pero ahora tenía las pupilas más normales e iguales. Se fijaba porque uno de los aspectos que el doctor Carey había destacado como señal de advertencia de daño cerebral era que tuviera los ojos irritados con pupilas desiguales o que no reaccionaran a los estímulos. Se sintió aliviado al ver que, a pesar de haber usado su poder inconscientemente, no tenía hemorragias ni parecía estar mal por el incidente.

—¿Te duele? —preguntó en voz baja—. ¿Necesitas el medicamento que recetó el doctor?

Ari negó con la cabeza en silencio y lo miró a los ojos, como si lo absorbiera de algún modo. Al darse cuenta notó un escalofrío por la espalda, pese a su intento de sofocarlo. Sin embargo, ella también se había percatado. Sabía que ella lo sentía porque abrió mucho más los ojos y le miraba fijamente y con mayor intensidad hasta que llegó un punto que le pareció que se ahogaba en los remansos de sus ojos.

Eran como dos imanes: atraídos el uno al otro inexorablemente por un poder que desafiaba toda explicación o definición. Parecía… correcto. Correcto y adecuado, mucho más que cualquier otra cosa que hubiera experimentado antes.

Su atracción era eléctrica. Le dolían hasta las terminaciones nerviosas y se le puso la piel muy tensa. Era incómodo y aun así placentero. Sus pensamientos eran tan caóticos como los que había tenido ella cuando se encontraba en las garras de los sueños, solo que este era un sueño del que Beau nunca hubiera querido despertar.

Lentamente, como si se encontraran en una ensoñación, ella levantó la cabeza y empezó a acariciarle el brazo, pasando por el hombro y por la sensible piel de su cuello hasta finalmente llegar al mentón. Sus labios se encontraban a escasos centímetros de los de Beau; su aliento rozaba con ternura su boca y su barbilla.

Con cuidado, casi como si ella temiera que la rechazara, ladeó ligeramente la cabeza para que sus bocas quedaran alineadas a la perfección y entonces presionó sus cálidos y exuberantes labios contra los de él.

Fue una explosión eléctrica; una corriente que le sacudió el cuerpo entero. Él contuvo el aliento, tenía los músculos rígidos y en tensión mientras ella exploraba su boca, de forma tentativa al principio. Al ver que no encontraba resistencia alguna, se volvió más atrevida y le pasó la lengua por los labios, como invitándolo a que abriera la boca.

Él cumplió con su silenciosa petición, relajó la mandíbula y le permitió que entrara. El ligero roce de su lengua contra la suya lo volvía loco de deseo y anhelo, demasiado anhelo, como ninguna otra cosa que hubiera sentido en la vida y con ninguna otra mujer. Con nadie había sentido esa necesidad imperiosa de proteger, dominar, poseer, querer, tranquilizar y hacer promesas que no tenía forma humana de poder mantener, pero que quería hacer igualmente.

Se sobresaltó y esa sensación consiguió penetrar la bruma de placer embriagador que le ofrecía su boca. Ari era vulnerable, frágil, y no estaba en condiciones de ser consciente de sus actos. Uno de los dos tenía que pensar con claridad y, en ese momento, estaba claro que él no lo hacía. No podía hacerlo. No podía ni quería aprovecharse de ella, a pesar de que su cuerpo y su mente rugían al unísono para abrazarla, poseerla, reclamarla.

No había entendido la obsesión de Caleb con Ramie. Cómo podía cualquier hombre estar tan obsesionado con una mujer, no pensar de forma racional o directamente perder el juicio. Sin embargo, ahora se daba cuenta de que si su hermano había sentido siquiera una parte de lo que estaba sintiendo él, lo comprendía. Fue un momento de claridad casi cegadora en el que todo encajaba y experimentó por fin la sensación de rectitud que solo una mujer específica podía ofrecer a un hombre.

Le costó muchísimo interrumpir el beso para apartar los labios de los suyos; se le movía el pecho como si hubiera acabado de correr un kilómetro cuesta arriba. Los latidos hacían el mismo estruendo que los de ella escasos minutos antes, cuando había despertado de su pesadilla, salvo que lo suyo era un sueño la mar de dulce, el tipo de sueño del que uno no quiere despertar.

—¿Beau? —susurró con pesar evidente en la voz.

Ari cerró los ojos inmediatamente e intentó girar la cara

para que él no pudiera ver lo que su rechazo había provocado. Él le acarició la mejilla con suavidad para que le devolviera la mirada. Se obligó a sopesar sus palabras y a mirarla a los ojos: deseaba con toda su alma que pudiera ver la sinceridad que desprendían sus palabras.

—No podemos hacer esto, Ari.

Casi se atragantó al pronunciar las palabras. ¿Por qué no podía ser el capullo y egoísta por el que se tenía siempre o el cabrón, frío y descortés que solía ser? Precisamente ahora tenía que descubrir una consciencia que le exigía proteger a esta mujer, que se encontraba en el momento más vulnerable. No quería de ningún modo aprovecharse de ella en este momento de mayor debilidad.

Cuando los ojos de Ari se volvieron vidriosos por las lágrimas que contenían, estuvo a punto de estallar. Joder, no quería hacerle daño. Se notaba la lengua torpe y densa en la boca, cuando hacía escasos segundos estaba saboreando el más dulce de los placeres. Luchó con las palabras, las correctas, para aliviar el resquemor de su rechazo.

Mierda, no la estaba rechazando. Todo lo contrario. Se rechazaba a sí mismo y la idea de causarle más daño o angustia, y lo peor: arrepentimiento. Se moriría si viese alguna vez desilusión o arrepentimiento en su mirada después de haberle hecho el amor.

—No puedo aprovecharme de ti —dijo con voz ronca. Le acarició los labios con el pulgar. Incluso cuando hablaba, recordaba el tacto de su boca contra la suya—. Ahora estás en un momento muy vulnerable. Acabas de despertarte de un sueño terrible y estás débil y confusa. Te sientes perdida. Se te ha desmoronado el mundo y la gente a la que más quieres corre peligro. Sería muy cabrón si te hiciera el amor ahora mismo.

Ella frunció el ceño al instante y la ira se asomó a sus ojos, pero luego suavizó su expresión y suspiró, acariciándole la palma con la mejilla.

—¿Me consideras una mujer capaz e inteligente, Beau?

Él pestañeó y le devolvió la mirada; durante un momento no supo cómo responder. La pregunta surgió de la nada, pero ella lo observaba fijamente, esperando una respuesta.

—Por supuesto —dijo arrugando el ceño también—. ¿A santo de qué preguntas eso?

Ella le puso un dedo en los labios para que guardara silencio y él se quedó completamente quieto. Notaba una avalancha de placer incontenible por todo el cuerpo con algo tan simple como el roce de sus dedos en la boca, aunque palidecía en comparación con su boca, sus labios, su lengua.

Se quejó mentalmente de la tortura a la que él mismo se sometía. Tenía que ser muy masoquista.

—Si una mujer inteligente se siente atraída por ti, si te desea y quiere que le hagas el amor, ¿considerarías que darle lo que quiere es aprovecharte de ella? A menos, por supuesto, que no la desees.

Casi se echó a reír. En lugar de eso, Beau gimió; un sonido de deseo frustrado. Se limitó a cogerle la mano con la que le tocaba la cara y la puso sobre su ingle, dolorida, donde tenía el pene a punto de agujerearle los vaqueros.

—¿Te da la impresión de que no te deseo?

Ari tenía la cara enrojecida y no precisamente por bochorno o vergüenza. Veía el calor que irradiaban sus ojos y sus mejillas. No se daba cuenta, pero tenía la boca entreabierta y emitía un sonido entrecortado que le enloquecía todavía más.

—El problema no es que no te desee —gruñó—, es que no quiero aprovecharme de ti.

Ella esbozó una ligera sonrisa; los ojos le brillaban y adoptaba una expresión más atrevida. Sin duda, era la deliciosa chispa de picardía femenina la que iluminaba esos ojos tan expresivos. En ese instante supo que se había metido en un problema, uno de esos que a los hombres les suele importar muy poco.

Entonces dejó escapar un suspiro exagerado, como si estuviera sumamente decepcionada, aunque con su mirada le dijera que le aguardaba una dulce represalia.

—Bueno, si no te vas a aprovechar de mí, entonces supongo que seré yo quien tenga que aprovecharme de ti.

Diecisiete

*A*pesar de sus palabras coquetas y sus formas descaradas, Ari estaba aterrada. Solo esperaba poder sacar esto adelante sin delatarse completamente. Beau Devereaux era de los que no dejaban indiferentes a las mujeres y estaba segura de que nunca había tenido que buscar mucho para gozar de compañía sexual. Y eso que no era tan apuesto o no era un adonis de esos de facciones sofisticadas y hermosas, como lo eran ciertos hombres ricos, porque Beau tenía unas facciones más duras. Era como si hubiera estado mirando la otra cara del sol donde acechan la oscuridad y el peligro.

Su confianza era extremadamente atractiva para una mujer como ella que no la poseía y estaba deseosa por tenerla. Admiraba que los demás tuvieran esa confianza, y una cosa de la que se había percatado en todos los empleados, operarios o como demonios se llamaran a sí mismos los de la empresa de seguridad Devereaux Security Services, era que estos la tenían de serie. Era una seguridad palpable, una confianza que no se podía fingir. Ella lo sabía porque se le daba fatal fingir cosas.

Aplicó solo un poco más de presión en la ingle, donde él le había colocado la mano justo sobre su rígida erección. Incluso a través de la tela gruesa de los vaqueros y de la ropa interior que llevaba, notaba el palpitar de su pene que reaccionaba tensándose a su tacto.

Parecía que el cuerpo y la mente de Beau no se ponían de acuerdo. Su actitud era reacia, pero su cuerpo la deseaba. Aunque tenía unos conocimientos sexuales escasos, reconoció los signos de la lujuria y del deseo, lo que le dio la inyección de confianza que tanto necesitaba.

No tenía ni idea de cómo ser una sirena, alguien capaz de tentar y seducir a un hombre con el cuerpo y las palabras. Sin embargo, estaba a punto de recibir un curso acelerado porque no pensaba desperdiciar la oportunidad de ver a Beau Devereaux desnudo, tan guapo. Y suyo aunque fuera por una noche.

Su posesividad la sorprendió. Quería reclamar a este hombre, dejarle marca para que las demás mujeres tuvieran que desistir o atenerse a su ira. ¿Quién le iba a decir que podía ser tan celosa y codiciosa? Le gustaba bastante este lado de sí misma que no había conocido hasta entonces.

Más ahora que su poder estaba desatado y funcionaba a una velocidad sobrehumana. Su sexualidad se abría como los pétalos de una flor en primavera. Le deseaba con todas sus fuerzas y hasta su alma sufría por él. El roce de dos corazones, dos espíritus, que se convertían en uno.

A Beau se le escapó un silbido entrecortado. Ella levantó la vista y reparó en su mandíbula apretada y temblorosa. Tenía los ojos cerrados y la cabeza hacia atrás mientras levantaba la pelvis y arqueaba la espalda con avidez por su contacto.

—¿Me deseas, Beau? —susurró; las palabras le salían con dificultad por la excitación—. Porque te deseo… deseo esto. Te necesito ahora mismo. —Se detuvo un segundo, contuvo el aliento y luego dijo—: Por favor.

Sonaba demasiado a súplica para su gusto. Sí, sería una consentida y una mimada, no tenía problemas en reconocerlo, pero tenía orgullo. Y la verdad era que nunca había tenido que pedir nada en la vida. Esto le resultaba completamente nuevo y extraño. La incertidumbre la invadía mientras se le aceleraba el pulso en un anticipo delicioso de tener el cuerpo de Beau sobre el suyo, dentro de ella, notando la dureza que le llenaba la mano ahora y casi deliraba al preguntarse qué sentiría al introducirse en sus recovecos más íntimos.

—Dios, te deseo —dijo apretando los dientes—. Ten piedad, cielo. Me estás matando. No hace falta que me pidas que te dé lo que quieres, lo que necesitas. Si estás segura, si estás totalmente segura de que soy lo que quieres, entonces me alegrará darle curso a tu tan dulce petición.

Ella le acarició el cuerpo musculoso y, con la mano en su nuca, tiró hacia abajo, hacia su boca, desesperada por sentir sus labios contra los suyos otra vez. Se estremeció al imaginar su boca en otras partes del cuerpo. Sus pechos… y en los labios menores que latían y se contraían.

Era demasiado para procesarlo todo de golpe. Tenía la mente activa, llena de imágenes eróticas en las que ellos eran los protagonistas, enmarañados, moviéndose como uno solo. Él corriéndose dentro de ella y encima, marcándola como si fuera su dueño.

Un escalofrío le recorrió el cuerpo y el vello se le erizaba en una danza seductora. Se le endurecieron los pezones y se notó el pecho pesado y dolorido, falto de sus caricias. Estaba impaciente, quería estar pegada a él, piel con piel, sin barreras entre ambos.

—Enséñame —dijo Ari—. Enséñame qué tengo que hacer, cómo lo tengo que hacer y cómo complacerte. Quiero verte, Beau. Quítate la ropa, por favor.

Esta vez el «por favor» no era una súplica, sino una petición de amante a amante. Ella volvió a estremecerse con delicadeza. La palabra «amante» nunca había tenido tal impacto en ella porque nunca había experimentado la esencia de tener pareja, de ser la amante de otra persona.

Beau se levantó de la cama y estuvo a punto de rasgarse la ropa para quedarse en calzoncillos. Entonces, como si sintiera la excitación de Ari, se tomó todo el tiempo del mundo con los calzoncillos, que se fue bajando despacio para dejar paso, centímetro a centímetro, a su gruesa e hinchada polla.

Un macho alfa puro que la deleitaba; tantas ganas de tocarlo y explorarlo que no sabía siquiera por dónde empezar.

—Ahora tú —incitó con voz ronca—. Siéntate en el borde de la cama de forma que te pueda ayudar, no sea que te dejes llevar tanto que al final te hagas daño. Debo de estar loco por acceder a esto. ¡Eres un regalo divino!

Ari iba a rebatírselo, pero él se inclinó sobre ella en la cama, con los brazos a cada lado y la boca a escasos centímetros de la suya, hasta que lentamente empezó a desvestirla. Sin darse cuenta, incluso sin saber cómo había sido capaz de hacerlo tan rápido sin percatarse, ya se vio desnuda. Él todavía se cernía sobre ella y la examinaba con la mirada, con una expresión muy intensa.

—Puede que me hayas provocado y puede que me hayas convencido, pero esto está fuera de tu control. Este es mi terreno y me tomaré el tiempo que quiera en mostrarte lo mucho que te deseo. Lo que quiere decir que vamos a hacer las cosas a mi manera. Te tumbarás ahí y no harás nada que pueda hacerte daño en los puntos mientras yo me encargo de todo.

Joder. Tragó saliva; tenía el corazón a punto de salírsele del pecho. Él acarició con la boca su mandíbula y fue mordisqueando su delicada piel hasta llegar debajo de la oreja.

Él le mordió el lóbulo y le pasó la lengua para posteriormente succionarlo y chuparlo suavemente hasta conseguir que se derritiera de placer por dentro. Tuvo que sujetarla, pues perdía el equilibrio y no tenía nada que ver con el medicamento para el dolor que se había tomado antes. Beau era mil veces más potente que cualquier medicina.

Ari apoyó la frente en su pecho —la parte superior de la cabeza le rozaba por debajo de la barbilla— e inhaló profundamente, absorbiendo su esencia, disfrutando de la sensación de la piel sobre su corazón. Además, tenía vistas privilegiadas de la tensa erección de Beau. Jadeó con suavidad.

Incapaz de contenerse, se apartó un poco y dejó que sus dedos vagaran sin rumbo por su vientre y se perdieran entre el vello rizado de su ingle. Él se quedó completamente inmóvil cuando le acarició la polla cuan larga era. Estaba fascinada por notarla tan rígida, que aun con la piel tan tensa, fuese como terciopelo sobre acero.

Presionó con el pulgar hasta encontrar la vena gruesa que recorría la parte inferior de la erección y luego siguió acariciando hasta el extremo. La sorprendió una gota de líquido preseminal que brotó de pronto por el glande y se deslizó por sus dedos como la seda.

Le soltó el pene y se llevó el dedo índice a la boca; quería comprobar a qué sabía. Beau gimió de tal manera que parecía que estuviera padeciendo un dolor extremo, y, sin embargo, cuando lo miró a los ojos, estos ardían fervientemente de placer y de deseo.

Parecería que Beau estuviera a punto de comérsela y devorarla entera. Ella lo quería todo y lo quería ya. Se derretía de la impaciencia, quería experimentar todo sobre lo que había leído pero que nunca había experimentado de primera mano. Esto era como… una fantasía, una escena del libro más erótico, salvo que era real. ¡Y le estaba pasando a ella!

Ari le lanzó una mirada que esperaba fuera seductora al

tiempo que se tumbaba poco a poco y estiraba los brazos sobre la cabeza en una muestra de sumisión. Quería hacerle perder la cabeza igual que él lo estaba logrando.

A Beau le brillaban los ojos peligrosamente mientras la repasaba de arriba abajo. En su rostro se dibujó una satisfacción inmensa por su consentimiento, por su obediencia ante su exigencia de que se tumbara y le permitiera hacer lo que quisiera.

Gateó lentamente por la cama, se le puso encima y cubrió su cuerpo con el suyo. Cuando se deslizó hasta su cintura, hincó las rodillas en el colchón y se sentó de tal forma que pudiera ver el cuerpo, Ari se quedó absorta contemplando su esbelto y musculoso cuerpo, tallado cual obra de arte.

Beau le pasó una mano por el vendaje del costado y frunció el ceño mientras lo examinaba. Resuelta a que no cambiara de opinión y decidiera que estaba demasiado malherida para follar, arqueó la espalda para llamarle la atención con los pechos.

Funcionó porque, inmediatamente, le ardía la mirada y pasó de acariciarle el costado a rozarle un seno. Con la otra mano le cogió el otro pecho y entonces los juntó los dos y le lamió primero un pezón y luego el otro, hasta que ambos se le pusieron duros, como dos picos tensos que reclamaban su atención. Su boca. Sus labios. Su lengua. Quería que los succionara, quería sentir ese delicioso tirón que sabía que la volvería loca.

Como si le hubiera leído la mente, o quizás porque se estaba soltando más, cogió un pezón entre los dientes con suma delicadeza, mordisqueó con cuidado esa delicia ultrasensible y luego se introdujo la areola entera en la boca.

Ella dio un grito ahogado y arqueó la espalda de nuevo. Llevó las manos a su cabeza para sujetarlo firmemente y que no dejara de succionar. Él gruñó, aunque casi era un ronroneo de placer, lo que le provocó una satisfacción sublime.

Le introdujo los dedos en el pelo, deleitándose con la sensación del contacto. Tenía los sentidos a flor de piel, ardientes, devorados por el fuego. Su fuego.

Beau descubrió rápidamente sus puntos de placer; sabía exactamente cómo volverla loca con la imperiosa necesidad de que parase. Descubrió zonas que ni siquiera ella sabía que eran erógenas gracias al repaso meticuloso que le dio de pies a cabeza con las manos, la boca y la lengua. Dios, ¡qué lengua!

Ari había perdido la razón y no podía hacer más que entregarse al dulce olvido. Cuántas veces había creído que estallaría y saldría flotando, y aun así él parecía saber el momento exacto para traerla de vuelta e impedir su caída libre al espacio.

Estaba a punto de gritar, de pedirle que la aliviara de tanta tensión, de ese fuego que la derretía, la azuzaba y la llevaba al éxtasis. Cuando alcanzó el punto en el que iba a explotar, abrió la boca para tratar de tomar el aire suficiente para rogarle, él levantó la cabeza de su ingle, en la que exploraba con avidez su clítoris palpitante, le hincó los dedos en la cadera, le separó los muslos con la rodilla y la penetró con una fuerte embestida.

Le ardían los pulmones como si hubiera tragado fuego. Beau se detuvo y se puso tenso al verla. Tenía los ojos abiertos como platos mientras procesaba el bombardeo de sensaciones contradictorias que recorrían su cuerpo.

Ari no supo cómo lo hizo, pero Beau se inclinó y con mucho cuidado, con mucha ternura, apoyó su frente empapada de sudor en la suya.

—Ari, cielo, ¿por qué no me lo habías dicho? —susurró.

—No lo sabía —susurró, con la impresión aún estremeciéndole cuerpo y mente.

—¿No sabías que eras virgen? —preguntó esbozando una media sonrisa.

No dejaba las manos quietas; se deslizaban arriba y abajo por sus brazos y por la curvatura de su cuello, disfrutando de cada músculo, de cada rasgo.

—No me refiero a eso. —Negó con la cabeza.

Él gruñó.

—Quiero que te quedes quieta, cielo. Me cuesta mucho controlarme, pero si sigues así me será imposible aguantarme.

—Pensaba que no me dolería mucho —dijo ella mientras dejaba las manos y el cuerpo quietos para ir a la par con él—. A ver, en los libros nunca duele, siempre es algo fantástico. La verdad es que creía que todo esto del dolor era un mito para desalentar a las chicas de tener relaciones sexuales demasiado pronto.

Él la besó en la frente y suspiró.

—Te he embestido con la misma delicadeza que un toro en celo, pues claro que te ha dolido.

Ella movió un poco las caderas para comprobar si seguía doliéndole o escociéndole. La quemazón persistía, pero no era de las molestas. Se frotó contra él como una gata, le rodeó el cuello con los brazos y levantó las piernas para abrazarle la espalda y unirse a él, para que sus cuerpos siguieran conectados y no hubiera dudas de que no tenía que retirarse.

Él estaba justo donde ella quería que estuviera. Ari quería sentir esa sensación otra vez: la sensación de flotar, de llegar al borde de una espiral tras la cual llegaría la caída libre, el deseo, la lujuria y el deseo, todo inexorablemente ligado en una cadena sin fin.

—¿Bien? —preguntó. Ese deje de voz le decía que sus movimientos le provocaban a él lo mismo que a ella. La espera era angustiosa para ambos.

—Sí —susurró ella contra su cuello. Volvió la cabeza para acariciarlo e inhalar su olor. Empezó a mordisquearle la garganta y luego le pasó la lengua por la barba escasa a medida que ascendía hacia la mandíbula. Acto seguido le lamió y le clavó los dientes de camino a la oreja, y cuando llegó a su lóbulo y lo succionó, él dejó escapar un gran bufido y empezó a moverse por fin.

Ella gimió con ganas cuando Beau se retiró con una lentitud agonizante, pero la ternura con que la trataba era muy reconfortante.

—Agárrate a mí —le pidió con voz ronca.

Le recorrió las curvas con las manos, palpando y moldeando sus pechos, deleitándose en sus senos antes de seguir la exploración. Entonces le pasó las manos por los costados, por debajo de las caderas y la levantó por detrás. La ajustó de forma que, al penetrarla, llegó más adentro y alcanzó partes que hicieron que se le agrandaran los ojos y abriera la boca en una O. Una O de las grandes.

—Creo que acabo de descubrir lo que es el punto G —reconoció asombrada.

El pecho le retumbó por la carcajada y le brillaron los dientes al sonreír.

—Me siento como si fuese virgen también —dijo Beau en un tono arrepentido.

Ari se recostó y reposó la cabeza en la almohada para verlo mejor.

—¿A qué viene eso?

Él sonrió de nuevo y, juguetón, le tiró de algunos mechones de pelo, que luego se envolvió entre los dedos mientras le apretaba el culo con la otra mano; ambos gestos cariñosos, sin duda.

—Porque esta es la primera vez que el sexo ha sido divertido.

Parecía tan confundido como ella sobre el sexo, lo que era bastante gracioso, dado que ella no tenía experiencia y muy seguramente él había estado en esa tesitura muchas veces. No podía ser tan bueno follando si no tuviera mucha práctica.

A ella le gustó ser su primer algo. No obstante, reparó en que parecía perplejo por eso de que fuera divertido.

—¿No se supone que el sexo es divertido? —preguntó, desconcertada.

—Sí, lo es —contestó con un deje de satisfacción—, pero contigo lo es todavía más. Es solo que suelen decirme que resulto inquietante e intenso, algo que supuestamente gusta a las chicas. No me he reído nunca al tener relaciones sexuales, pero, joder, eres tan mona.

Se rio al decir esto último y le dio un golpecito cariñoso en la barbilla. Luego empujó la cadera para llegar más adentro y la dejó sin habla un momento, como si la hubiera embargado la euforia. Ella estaba al borde, en esa delgada línea que separaba dolor y placer a medida que su miembro la penetraba y la llenaba.

Las paredes interiores de su sexo se estremecían y se agarraban ávidamente a él, tratando de evitar que la sacara cada vez que se relajaba. A Ari ya no le preocupaba el malestar porque esa neblina sensual que la envolvía y que le fluía por las venas era tan potente como cualquier otro medicamento jamás fabricado.

—Me vuelves loco —susurró Beau mientras le rozaba las orejas con los labios. Lo dijo tan bajito que no estaba segura de si lo había escuchado o si simplemente se lo había imaginado.

Se aferró a su nuca y tiró de él para acercarlo a su boca, para succionarle la lengua de la misma forma en que su cuerpo le succionaba la polla cada vez más y más adentro con cada embestida.

—Quiero que te corras —le dijo con la voz ronca—. Quiero que llegues cuando me corra yo. Quiero ver cómo lo experimentas todo por primera vez.

Por fin cedía a su desesperado anhelo. Finalmente le daría el alivio que necesitaba. Contrajo el sexo de las ganas y él gimió; era un sonido bruto y atormentado, el de un hombre que no puede más.

—Dime qué necesitas —dijo Beau—. Déjame llevarte allí, cielo.

—¡No lo sé! —gritó ella—. Pero no pares. Por favor, no pares.

Hasta el último músculo, terminación nerviosa y célula de su cuerpo estaba en tensión, como en una espiral que estaba a punto de… casi… ¡ah, joder! Estaba pasando.

Ari cayó al vacío con una velocidad tan excitante como un descenso de esquí alpino, suave como la nieve y sin control. Más deprisa y sintiéndose cada vez más arriba.

Todo se volvió borroso a su alrededor. La cama se sacudía. Oyó como un golpeteo que se hacía más fuerte y la cama empezó a vibrar mientras Beau la penetraba colocado encima, empujándola más hacia el cabecero, cubriéndola con su cuerpo como si fuera una manta. Piel con piel. Sin barreras ni separación alguna. El tiempo se detenía un breve instante mientras todo lo demás desaparecía y nadie ni nada podía entrometerse ni romper esa conexión tangible entre el corazón, la mente y el alma.

Él la había llenado y no solo su cuerpo, sino de una forma completa: el corazón, el alma. La había colmado de esperanza y de confianza. Sabía que no le fallaría. Que la protegería del mundo exterior y lo haría para defenderla ante las dificultades de la vida.

Con sus pequeñas manos le presionaba los hombros; empezaban a ponérsele blancos los nudillos de lo fuerte que se sujetaba. De repente reparó en un cuadro que colgaba de la pared y se lo quedó mirando porque o estaba colocado mucho más abajo de lo normal o ella estaba más arriba.

Fue entonces cuando se dio cuenta de que toda la cama levitaba y se le escapó la risa.

—Se supone que no puedes reír después de que un hombre te haya hecho sentir el mejor orgasmo de tu vida —le dijo él secamente.

A Beau le brillaban los ojos con picardía como diciéndole que había sido arrogante a propósito. Pero tenía más razón que un santo y ella le sonrió.

—Me siento como si estuviéramos en *El exorcista*. Ya sabes, por todo el rollo ese de la cama que levita.

Él la besó y ese suave sonido le reverberó en los oídos con ternura.

—Quizá nos hemos movido con tanto ímpetu que la energía sexual ha levantado el techo. Literalmente.

Movió los hombros y lo abrazó cuando la cama volvió a posarse suavemente en el suelo, pero el meneo los sacudió de todos modos. Ari tenía una sonrisa permanente en los labios. Nunca se había imaginado que su primera vez sería tan sorprendente y eso que sus expectativas eran muy altas. Y equivocadas, para tal caso.

Así que, al parecer, la buena ficción era solo eso: ficción. Al principio se había sentido muy defraudada, además de boba e ingenua, claro, pero Beau no se había reído de ella. Se había reído con ella. Ella había hecho divertido el sexo para él. En la escala del sexo no estaba segura de en qué posición estaría la diversión, pero le gustaba haber sido especial para él. No quería ser una mujer más dentro de la indudable larga lista de sus amantes. Los hombres como Beau no tienen que preocuparse por ligar. Es más, seguro que se las tenía que quitar de encima. Y a pesar de todo, él la había escogido a ella.

Esa idea la devolvió a la realidad y le borró la sonrisa. Lo miró a los ojos, llenos de pasión, con cierta inseguridad, algo que no le resultaba nuevo y que amortiguaba las réplicas de algo realmente hermoso.

Beau descendió sobre su cuerpo y la observó con preocupación.

—¿Ari? ¿Te he vuelto a hacer daño? ¿He sido muy brusco?

—No —se apresuró a afirmar—. Es una tontería, nada de lo que te tengas que preocupar. Ha sido maravilloso.

Era totalmente sincera en ese sentido. Sin embargo, Beau continuó estudiándola con una mirada penetrante como si quisiera ver más allá de esa negación.

Beau se apoyaba con un brazo sobre el colchón para no descargar todo su peso demasiado encima de ella y por el lado que no tenía herido, para no ejercer presión en la herida. Con la mano libre, le apartó varios mechones rebeldes que le caían caprichosamente sobre su mejilla mojada y sonrojada.

—¿En qué estabas pensando? —preguntó Beau con ternura.

Ella suspiró y le hizo una mueca.

—No soy la persona más segura y creerás que soy absurda, pero estaba pensando que he sido algo especial y tal vez único para ti, porque has dicho que era la primera con la que te divertías en la cama. Luego este pensamiento ha derivado hacia la idea de que los hombres como tú no tienen que preocuparse por ligar, que seguro que tienes que espantarlas como moscas.

Ari se mordió el labio; detestaba reconocer esto último. Una cosa era albergar pensamientos secretos —eran suyos y no tenía que preocuparse de que se conocieran sus debilidades— y otra muy distinta que Beau quisiera acceder a dichos pensamientos, y esa idea le provocaba urticaria.

Beau seguía desconcertado, pero la miraba fijamente. Esperaba su respuesta y, como era obvio, sabía que había más.

—Se me ha pasado por la cabeza que soy como una quinceañera a la que el chico más guapo del instituto acaba de pedirle que vaya al baile de graduación con él. Estaba pensando que él podía escoger a cualquier mujer y me había escogido a mí. Sin embargo, al pensarlo detenidamente, me he dado cuenta de que tú no me has escogido: yo me he lanzado encima de ti. Casi te he rogado que te acostaras conmigo y, después, te he hecho sentir culpable por rechazarme. En pocas palabras, he convertido esto en un polvo por pena...

Hizo una mueca al percatarse de cómo sonaban esas palabras, duras y crudas, y se sorprendió hasta ella, sobre todo por la última parte. Esa expresión le rondaba por la cabeza cuando le mencionó lo del rechazo y al final lo soltó sin pensárselo dos veces. Ahora se avergonzaba porque independientemente de los motivos que hubiera tenido él para hacerle el amor, había sido algo hermoso, emotivo, y ella lo había reducido a un crudo eufemismo.

—¿Un polvo... por pena? —preguntó entrecortadamente. Montó en cólera en cuestión de segundos y ella se arrepintió de expresar sus pensamientos en semejante momento de irreflexión, un error del que ya no podía retractarse y que podría destruir por completo aquella exquisita unión de corazones y almas.

—¿Es que no te ves a ti misma? —le preguntó con incredulidad. Quiso quitarle esas paranoias de la cabeza cogiéndola en brazos y llevándola al cuarto de baño. Desnuda.

Con cuidado, la dejó frente al espejo y se puso detrás de ella, obligándola a que mirara su reflejo. El rubor le encendió las mejillas cuando vio el aspecto desaliñado que tenía. Claramente, el aspecto de una mujer a la que acababan de hacer el amor: con los labios hinchados y los ojos aún vidriosos por el vestigio de ese increíble orgasmo; unos ojos que todavía resplandecían y parecían especialmente brillantes a pesar de la escasa iluminación del cuarto de baño.

Él la agarró con ambas manos, una en cada costado: la recorrió con las palmas, arriba y abajo, por las curvas, por sus pechos, que juntó y levantó para que viera los pezones tiesos e hinchados por su roce.

—Eres preciosa —dijo con voz ronca— y de una forma que ni te imaginas. Está claro que no te ves del mismo modo que yo. Tu corazón. —Le puso la mano sobre el pecho con la palma bien abierta—. Deja que te cuente lo que yo veo.

Contuvo el aliento, anhelante. Tan llena de esperanza y, al mismo tiempo, temerosa de permitírsela por si su rechazo la hacía venirse abajo.

—Veo a una mujer joven, valiente, leal, hermosa que antepone los demás a sí misma y su propia seguridad. No hay muchas personas tan desinteresadas como tú. Me has dado un regalo, Ari. ¿Eres consciente de lo humilde y angustiado que me has dejado al escogerme para ser tu primera vez? ¿Y aun así piensas que te he escogido yo? ¿Que ha sido un polvo por pena?

Ari hizo una mueca de dolor al escucharlo porque ahora, en vista de su reacción y de todo lo que hacía para tratar de tranquilizarla, parecía que lo hubiera dicho para que le hiciera un cumplido. La clásica manipulación femenina, vaya. Eso la hacía sentir más rebajada, avergonzada e incluso más consciente de sí misma.

—No solo te valoras poco, sino que te haces un flaco favor; incluso me lo haces a mí porque sugieres que uso mi cuerpo en pos de la compasión, como si tuviera que hacer de tripas corazón para hacerte el amor como mereces. Entiendo que tengas poca confianza en ti misma, pero que no te oiga yo desmerecerte de esta forma, joder, porque me cabrea muchísimo.

Ari tragó saliva y asintió lentamente mientras él se inclinaba para acariciarle el cuello. Incluso a pesar de estar tan hipersensible como estaba después del orgasmo, su cuerpo reaccionó violentamente al tacto y al calor sofocante que surgía entre ellos cuando entraban en contacto físico.

Él se deshizo en una lluvia de besos por toda la curvatura del cuello hasta que llegó a la parte superior del hombro, momento en que la empujó hacia atrás. La atrajo hacia su pecho y la abrazó con fuerza.

Su reflejo mostraba en el espejo una imagen tan íntima y erótica que quiso memorizarla porque no quería que el recuerdo se desvaneciera jamás. Quería ser capaz de recordarlo cuando le apeteciese. No lo olvidaría; había sido una noche con muchas primeras veces para ella.

Él apoyó la barbilla en su cabeza y la miró directamente a los ojos a través del espejo. No había rastro de enfado en sus ojos negros; solo una expresión resuelta. La comodidad y la calidez se propagaban por sus extremidades y su torrente sanguíneo, que rápidamente las bombeó al resto del cuerpo. La euforia la envolvió una vez más en un abrazo embriagador y Ari se relajó en su regazo. Dejó que su cuerpo se acostumbrara a esto, a esta unión perfecta.

—Mírate al espejo, Ari —murmuró rozándole el pelo con los labios por detrás del lóbulo de la oreja—. Mira lo hermosa que eres. De verdad, quiero que lo veas.

A regañadientes ella se giró y obedeció: lo que vio le sorprendió pues se miraba a sí misma a través de ojos objetivos, como si no fueran los suyos, sino los de otra mujer. Era como si se viera a sí misma sin un filtro autoimpuesto por primera vez.

Se veía... hermosa. Más importante si cabe, Beau había hecho que se sintiera hermosa y deseada. Como una mujer que él había escogido y no alguien a quien ella había convencido para hacer el amor. Ahora, lejos de ese vulnerable momento en que se había desnudado por dentro y por fuera, totalmente expuesta al poder del sexo, se dio cuenta de lo ridícula que había sido esa idea, y el miedo.

Beau no era un hombre fácilmente manipulable. De hecho no se dejaba manipular por nadie.

Quería disculparse, pero eso solo empeoraría las cosas. Lo mejor que podía hacer era reconocer simplemente lo que él veía y lo que ahora veía ella también: una mujer guapa a la que acababan de hacerle el amor y que acababa de entregarle un pedazo de su corazón a un hombre al que conocía desde hacía muy poco. Pero, al mismo tiempo, tenía la sensación de que llevaba toda la vida esperando este momento.

Dieciocho

$\mathcal{A}$ la mañana siguiente, Beau abandonó la calidez de la cama en silencio, mirando a Ari de vez en cuando para cerciorarse de no despertarla. Necesitaba descanso y él... distancia. Objetividad. Porque lo de la noche anterior había cambiado de forma permanente el curso de su relación —esa relación supuestamente profesional y objetiva— con una mujer que no debería haber tocado ni con las manos ni con ningún otro miembro. Debería haber mantenido un nivel de profesionalidad estricto para no comprometer la perspectiva y conservar la imparcialidad entre cliente y contratista.

¿A quién quería engañar? Tal vez pensara que necesitaba distanciarse y supiera que debía hacerlo, pero no era lo que quería y era lo bastante sincero consigo mismo para no buscar excusas ni tratar de racionalizar esa infracción del código de conducta profesional en que insistían tanto él como Caleb a sus especialistas en seguridad.

Era un hipócrita de tomo y lomo y no le importaba una mierda, lo que significaba que estaba mal de la azotea.

Se vistió deprisa y fue a la cocina a prepararse un café; necesitaba una inyección de cafeína que traspasara ese abotargamiento, esa letargia, que le acompañaba. Quería quedarse en la cama con Ari, envolverla con su cuerpo para que ella pudiera despertarse entre sus brazos, tan cálida y tranquila, con esa mirada soñolienta y feliz en sus ojos multicolor.

Pero tenía que trabajar y mucho con lo que ponerse a día. El reloj no se detenía y trabajaban con un plazo muy ajustado. Cada hora que pasaba y que los padres de Ari seguían desaparecidos, aumentaban las probabilidades de no recuperarlos sanos y salvos.

Si fuera él, si fuera la clase de cabrón que se aprovecha de las debilidades de una muchacha vulnerable, mataría a uno de sus padres, le enviaría las pruebas y luego le diría que, o satisfacía sus peticiones, o ya podría despedirse del otro. Y se cargaría al padre primero, ya que supondría una mayor dificultad que la madre.

Eso la destrozaría. Sería algo de lo que no se repondría en la vida, y él debería cargar con el peso de la responsabilidad, la incapacidad de cumplir lo que le había prometido. Ari nunca lo perdonaría y él tampoco podría perdonarse a sí mismo.

Mientras le echaba un poco de azúcar al café para reducir ligeramente la amargura y hacerlo más agradable, le sonó el móvil. Era el tono de llamada que había asignado a los números que no tenía como contactos, pero cuando miró en la pantalla frunció el ceño al ver el aviso de «Número oculto».

Normalmente no respondía si llamaban desde un número sin identificar y que no tuviera al menos alguna forma de localizar la llamada, pero dada la situación que presentaba su último caso, no podía arriesgarse a pasar nada por alto.

—¿Diga? —dijo olvidándose de su saludo habitual: «Beau Devereaux». No hacía falta dar al interlocutor información que él o ella tuviera ya, y si se trataba de una equivocación, más motivo aún para que no relacionaran su nombre con el número que ya tenían y que aparecería en su registro de llamadas.

—Señor Devereaux, tiene a mi hija y es fundamental que la mantenga a salvo y fuera de la vista de la gente. Los que la persiguen no se detendrán hasta que la tengan.

Beau frunció el ceño; la rabia lo consumía mientras apretaba el móvil con fuerza.

—¿Gavin Rochester? ¿Pero qué narices? ¿Tiene idea de lo preocupada que está su hija? ¿Qué le pasa? Le está haciendo pasar las de Caín.

—No soy Gavin Rochester —dijo el hombre, cansado. Sonaba fatigado y tras captar el enfado de Beau, le oyó un deje de temor—: Ari Rochester es mi hija biológica.

Beau se puso en estado de alerta y se dio la vuelta automáticamente para asegurarse de que Ari no estuviera detrás. Después de cerciorarse de que no había nadie al acecho, entró en la sala de seguridad y cerró la puerta tras de sí.

La sala estaba insonorizada, todos los monitores estaban activados y mostraban las imágenes en tiempo real del interior de la casa y los alrededores. Su mayor preocupación era Ari, así que se colocó expresamente frente a la pantalla desde la que aún la veía acurrucada en la cama.

—¿A qué se refiere con padre biológico? —preguntó Beau, que volvió a centrarse en la llamada ahora que estaba seguro de que podía ver bien a Ari—. Le juro que como sea un farol, lo localizaré y le haré comer sus propios cojones.

Hubo un silencio incómodo al otro lado de la línea; el hombre debía de estar armándose de valor o, por lo menos, buscando las palabras adecuadas.

Y entonces Beau cayó en otra cosa: ¿cómo diantre había conseguido esta persona su móvil particular, por muy disparatada que fuera su afirmación? No había mucha gente que tuviera su número: sus hermanos, Dane y Eliza, Zack. Ni siquiera Anita lo sabía. Tenía un teléfono de trabajo y uno personal. No solía usar el móvil personal porque sus hermanos y los otros que lo tenían, muy pocos, también eran compañeros de trabajo y les resultaba más sencillo y natural llamarlo a un número al que seguro contestaría hiciera lo que hiciera o independientemente de la hora que fuera. Aunque a decir verdad la noche anterior lo hubiera lanzado por la ventana si lo hubieran llamado.

—¿Cómo ha conseguido este número? —preguntó con un tono que insinuaba que se le estaba acabando la paciencia. Y deprisa.

El hombre también demostró su impaciencia por el aluvión de preguntas de Beau. Las ignoró por completo y siguió adelante.

—Tiene razón al decir que Gavin Rochester es su padre. Es un título bien merecido, se lo ha ganado a pulso. Lo último que quiero es hacer daño a Ari. Verá, yo era joven, engreído y arrogante. Seguro que sabe a qué me refiero —dijo con voz quebrada el hombre que decía ser el padre de Ari, el biológico.

Sí, Beau sabía a qué se refería porque había sido así en la universidad y se juntó con otros que mostraban los mismos rasgos. Si bien había tenido toda esa responsabilidad a una edad muy temprana, la universidad fue su forma de rebelarse, aunque seguía cargando con el compromiso familiar.

—Sí —contestó débilmente—, me suena.

El otro hombre prosiguió como para no darle demasiado tiempo para procesar y menos aún para hacerle preguntas. Y eso que a Beau se le ocurrían muchísimas. Quería respuestas porque Ari bien las merecía.

—Ella está en grave peligro. Quiero que sea consciente de que esta gente no va a parar hasta echarle el guante a Ari. Saben lo que es capaz de hacer y están decididos a usarla y no para bien —añadió con voz queda—. Pensamos... pensé que estaría a salvo con Gavin Rochester. Tenía reputación de ser duro e implacable. Renunciar a la niña fue lo más duro que he hecho nunca, pero sabía que no podíamos garantizar su seguridad, que no teníamos los recursos o los medios para asegurarnos de que no la encontraran nunca.

—¿Asegurarnos? ¿A quién se refiere?

Hubo una pausa y luego el hombre volvió a hablar con un deje de tristeza que empapaba todas sus palabras.

—Su madre y yo.

—Hay muchas cosas que no entiendo —lo interrumpió Beau—, pero empezaremos con lo más pertinente. Esta gente, como usted dice, y llegaremos a eso en un momento, ¿cómo podía saber que un bebé tenía la clase de poderes que demostraría más tarde? Sus padres adoptivos no lo descubrieron hasta que tuvo casi un año.

—Porque era un experimento —dijo con cierta urgencia al tiempo que bajaba la voz—. Mire, no tengo mucho tiempo. Tiene que saber a qué tipo de personas se enfrenta. El motivo por el que descubrieron a Ari viene de años atrás, y no de hace unos días como debe de pensar, dada la atención mediática que recibió al usar sus poderes.

Beau asentía aunque el otro hombre no pudiera verlo. Zack estaba en lo cierto. Había sido una conspiración muy metódica y bien planificada para infiltrarse en las filas de Gavin Rochester, ganarse su confianza y luego, cuando menos lo esperara, dar el golpe y llevarse a Ari, pero ¿dónde y por qué?

—¿Cómo se enteraron? —preguntó él, cansado de este tira y afloja.

—Nos seleccionaron a la madre de Ari y a mí para un programa de investigación y desarrollo sobre los poderes psíquicos. Los dos teníamos poderes fuera de lo común. La madre de Ari era muy pobre y las pasaba canutas para sobrevivir. Le pagaron para que fuera madre de alquiler aunque no le explicaron que su bebé no acabaría en una familia. Fingieron ser una agencia de adopción legal especializada en vientres de alquiler. Se aprovecharon de su vulnerabilidad y ella accedió a quedarse embarazada porque le ofrecían mucho dinero, una vivienda gratis y el abono de todos los gastos y facturas.

»Yo fui el donante de esperma. Me vinieron con el mismo cuento. Pero nos enamoramos y cuando descubrimos por azar qué era esta empresa y los planes que tenían para nuestra hija, echamos a correr. Huimos. Cada vez nos resultaba más difícil escapar y sabíamos que cuando naciera no podríamos seguir huyendo porque tendríamos que cuidar del bebé. Así que acudimos... a su padre para que nos ayudara y él nos recomendó a los Rochester, que no podían tener hijos.

La respuesta de Beau o, mejor dicho, reacción fue explosiva.

—¿Pero qué narices...? ¿Qué tiene que ver mi padre o qué tuvo que ver, vaya, en todo esto? Será mejor que se explique.

Beau estaba haciendo verdaderos esfuerzos por asimilarlo todo. Era como una mala película de ficción pero escalofriantemente real. Todo encajaba demasiado bien con la información de que disponían sobre Ari y sus padres, pero ahora este hombre sugería que su padre tenía algo que ver. Se le heló la sangre. Gavin había sido la última persona —que ellos supieran— que vio a su padre con vida. ¿Lo habría silenciado para proteger a Ari? ¿O lo hizo para proteger sus propios intereses?

Para su frustración, el hombre hizo caso omiso de su pregunta y siguió como si no hubiera dejado caer la bomba.

—Descubrieron a Ari o, dicho de otra forma, descubrieron quién era, porque nos encontraron y se llevaron a mi esposa. —Sus palabras estaban cargadas de dolor. El pesar era tangible a través del teléfono y Beau automáticamente apretó el móvil y miró el monitor para cerciorarse de que Ari estuviera bien—. La torturaron —dijo con voz ronca—. Le hicieron lo indecible durante tres días hasta que al final se vino abajo y les contó a quién había entregado la niña. Entonces la mataron y tiraron el cadáver donde sabían que yo lo encontraría con una nota que decía que eso era lo que les pasaba a los que osaban cabrearlos. Sepa con quién se las va a ver, señor Devereaux. Tiene que saber que van a lo que van y que no se rendirán sin más. Hace cuatro años que asesinaron a mi mujer y empezaron a mover la maquinaria para llegar hasta Ari. Créame cuando le digo que cuanto más les desbaratan los planes, más decididos se vuelven para lograr su objetivo.

La estupefacción le embotaba la cabeza mientras trataba de pensar en las ramificaciones de lo que acababa de contarle el padre biológico de Ari. Joder, si le habían hecho eso a su madre biológica —una mujer indefensa— no tendrían ningún reparo con sus padres adoptivos. No podría mirarla a la cara si un día apareciera uno de sus padres en la puerta o en algún lugar donde supieran que los de DSS encontrarían el cadáver. Seguramente querrían que Ari lo viera y supiera que iban muy en serio. A Beau le entraron aún más ganas de conseguir que no la tocaran siquiera.

Se oyó un ruido de fondo y entonces el hombre dijo deprisa:

—Tengo que irme.

—¡Espere! —exclamó él rápidamente—. ¿Cómo puedo contactar con usted? —Quería saber mucho más de este hombre, sobre todo en cuanto a la participación de su padre en todo este embrollo.

—No puede —repuso, tenso.

Y entonces colgó sin más. Beau se quedó frustrado y con aún más incógnitas en la cabeza.

—Me cago en todo —espetó y lanzó el móvil a una de las butacas de piel de la sala, sobre la que cayó dando un golpe amortiguado.

Volvió a levantar la vista para echar un vistazo al monitor y le embargó el miedo al contemplar a Ari durmiendo tranquila, tan inocente. Era alguien que no vivía en un mundo donde torturaban a las mujeres y las tiraban como si fueran simple basura.

La cuestión era si debería contarle lo que sabía o, por lo menos, lo que le habían hecho creer que era verdad, porque parecía que sus vidas —tanto la de Ari como la suya— no habían sido más que un puñado de mentiras desde el principio.

Diecinueve

—*L*o primero que quiero hacer es inyectar a Ari un dispositivo de seguimiento indetectable como medida preventiva —dijo Beau a los miembros allí reunidos de la empresa tras llamarlos en cuanto terminó de hablar por teléfono con el padre biológico de Ari.

Al final ella se había quedado dormida, muy posiblemente de agotamiento por lo que había acontecido en las últimas cuarenta y ocho horas. Solo se había movido un poco cuando llegaron su hermano, Zack, Dane y Eliza después de llamarlos para una reunión urgente. Beau había ido a la habitación y le había dicho que se bañara tranquilamente, que la llamaría cuando el desayuno estuviera listo.

Le supo mal tener que mentirle, pero no estaba preparado para llenarle la cabeza con cosas que podrían ser ciertas o no, y necesitaba tiempo para contarle a su equipo lo que había descubierto antes de tomar cualquier decisión con respecto a ella.

Ramie estaba en la cocina preparando el desayuno que Beau le había prometido a Ari. Debía de estar planteándose quedarse al margen de lo que casi seguro iba a ser una reunión difícil para ella, ya que tendría que absorber las emociones negativas de los demás. Beau no quería tocar a su cuñada y someterla a la avalancha de sus pensamientos homicidas, su sed de venganza y crueldad absoluta si se diera el caso. Tampoco tenía intención de anunciar la posible relación que su propio padre tenía en este dichoso lío hasta que no estuviera seguro de los hechos. Caleb se cabrearía y la objetividad se iría al garete, en detrimento de Ari.

—Buena idea. Nunca se es lo bastante precavido —reconoció Dane—. Podemos planearlo infinitas veces, pero con los recursos que tiene ese grupo y su total crueldad, no creo que podamos cubrir todos los ángulos y más cuando no tenemos ni zorra idea de quiénes son ni cuál es su objetivo final.

—Está claro que no tienen reparos en torturar a mujeres inocentes —dijo Zack, con gesto serio—. Caleb, tal vez quieras encerrar a Ramie y cerciorarte de que está vigilada. Si esa panda de gilipollas ha hecho ya la conexión entre Ari y esta empresa, algo más que obvio por el tiroteo que hubo a las puertas de DSS, quiere decir que nadie que tenga relación con esta empresa está a salvo, sobre todo las parejas.

La mirada de Caleb se volvió gélida; su rostro, inmóvil y duro.

—Ten por seguro que protegeré a mi esposa —dijo tan tranquilo que daba hasta miedo.

—Eliza y yo vigilaremos todo el rato a Quinn y a Tori —apuntó Dane—, aunque Quinn esté de mala hostia y diga que no necesita niñera y que es capaz de cuidarse solito.

Beau le lanzó una dura mirada.

—Me la suda lo que diga Quinn. Si tienes que vigilarlo, lo haces y punto. Hasta que esto se solucione, nadie de esta familia, ni de DSS, irá a ningún lado solo. Espero que informes a todos tus chicos, Dane.

—Estamos en ello. Lo tenemos todo atado. Preocúpate solo de ti —añadió Eliza con ternura—. Me preocupa básicamente que Ari vaya sola con Zack y contigo. Ella es el principal objetivo, no nosotros.

—No quieren matarla —argumentó Zack—. Quieren recuperarla a toda costa, lo que significa que todos sois prescindibles. Ari no lo es. Probablemente sea la que menos peligro corra de todos nosotros.

Se hizo el silencio con la contundente afirmación de Zack, pero luego reconocieron a regañadientes que había acertado de pleno, sabían que era cierto. Sabían que estaban en peligro porque seguramente los usarían para manipular a Ari.

Ese misterioso grupo tenía toda la pinta de fanatismo radical y, sin embargo, trabajaba con una paciencia y frialdad metódicas. Si los de DSS esperaban que la pifiara, ya podían esperar sentados.

—Yo me ocupo del dispositivo de localización —dijo Dane—. Deberíais marcharos. Id con cuidado; actuad como si os estuvieran siguiendo y vigilando todo el rato. Despistad a vuestros seguidores y aseguraos de utilizar un lugar que no tenga relación alguna con nosotros.

—Creemos que es buena idea que te lleves a Ari a otro lugar —opinó Eliza sin pestañear mientras clavaba la mirada en Beau.

—Ya lo he pensado —repuso él tranquilamente—. No quiero pasar más de un par de días en el mismo sitio. Quiero estar en marcha constantemente para dificultar que la rastreen.

A Ari la consumía la impaciencia mientras esperaba a que Beau fuera a buscarla. ¿Acaso quería llevarla en brazos otra vez? Basta. Si estaba bien para disfrutar del sexo de la noche anterior, también podía moverse sin ayuda de nadie.

El calor le encendió las mejillas mientras recordaba la noche en cuestión. Todavía notaba ese ligero dolor decadente y delicioso en sus lugares íntimos; las molestias justas que la distraían de las molestias del dolor de cabeza y del corte con puntos de sutura que tenía en el costado.

Era curioso pero no había pensado en ello hasta ahora porque se centraba más en las heridas íntimas. Frunció el ceño; el dolor no era un indicador apropiado. ¿Conciencia del dolor? Sí, eso se le acercaba más. Estaba muy sensible y el roce más ligero sobre los pechos, entre las piernas e incluso la boca, hinchada por sus besos, era como una descarga eléctrica, que la encendía y la arrastraba de nuevo al momento en que finalmente había perdido el control. Podía pasarse el día entero en la cama recordando la experiencia, regodeándose con esa sensación y con ganas de repetir.

Le rugieron las tripas al captar los olores que entraban en el dormitorio. Se le hizo la boca agua y se la frotó con la mano. ¿Quién iba a imaginar que hacer el amor daba tanta hambre? No solía desayunar mucho, pero de repente tenía mucha hambre.

Algo la empujaba irrefrenablemente a hacerse la seductora malvada e ir hasta la cocina desnuda para ver cuánto tardaba Beau en meterla en la cama otra vez. Una sonrisa de satisfacción se le dibujó en los labios al recordar la libertad que sintió al participar de esa seducción mutua y tan satisfactoria. Quién podía imaginar que llevaba a una gatita picarona en su interior con ganas de jugar. En lugar de sentirse cohibida y avergonzada, decidió arriesgarse. No tenía que arrepentirse de algo tan bueno y tan bonito; no era nada de lo que avergonzarse, ni sentirse humillada.

En ese instante dos pensamientos simultáneos la hicieron bajar de la nube, que se evaporó en una fina bruma cuando la realidad la abofeteó.

En primer lugar, seguramente no estaban solos, así que mejor no ir enseñando el culo por ahí. Y, en segundo lugar, ¿cómo podía haberlo olvidado? ¿Cómo iba a embarcarse en un escarceo amoroso cuando su mundo estaba patas arriba? ¿Cómo podía pensar que todo iba bien, en perfecta armonía y equilibrio? Su vida era un caos.

La vergüenza, algo que había jurado no sentir, le hizo semejante nudo en el corazón que tuvo que sentarse en el borde de la cama para que no le flaquearan las piernas. El miedo, ese compañero fiel del que había podido escabullirse un par de horas, había vuelto con una fuerza inusitada.

Mientras se entregaba a una noche de desenfreno total y entraba en un mundo totalmente nuevo y desconocido, seguía sin saber el paradero de sus padres. No sabía en qué estado se encontraban ni si seguirían vivos.

Había sido muy feliz. Había mantenido relaciones sexuales por primera vez y al fin conocía el motivo de tanto alboroto. Tal vez le restara importancia, pero sus padres eran su mundo y sin ellos se enfrentaba a una existencia desolada y solitaria.

Las lágrimas le irritaban los ojos. Bajó la cabeza y notó el calor y el olor metálico en las fosas nasales. La sangre empezaba a gotear sobre su regazo. La tocó con un dedo tembloroso mientras reparaba en el dolor de la base del cráneo que se propagaba por toda la cabeza.

—Papá, mamá: os quiero —susurró.

¿Por qué no podía tener la telequinesia como don? De ser así podría hablar con sus padres estuvieran donde estuvieran. No habría barrera que no fuera capaz de romper ni lugar donde pudieran esconderlos.

¿De qué le servía mover objetos con la mente? Con ese poder solo generaba caos y violencia. Ah, y que la cama levitara al follar. Algo muy raro. ¿A quién le importaba?

Casi le parecía oír a su madre en su reconfortante tono de

voz, ese tan dulce que solo utilizaba con su padre y con ella: «No seas tan dura contigo misma, pequeña. No tienes que demostrar nada a nadie y mucho menos a tu padre o a mí. Te queremos tal y como eres y no cambiaríamos nada. Eres lo mejor de nuestras vidas, lo más importante. Nadie nos hace tan felices como tú».

Se secó una lágrima que asomaba ya por el rabillo del ojo y le manchaba la cara de sangre. Luego suspiró. No podía entrar en la cocina con ese aspecto; parecía sacada de una película de terror. Beau se asustaría.

Con el peso del miedo y la melancolía encima, se dirigió hacia el cuarto de baño e hizo una mueca al ver lo pálida que estaba y el marcado contraste del rojo brillante de la sangre.

Esperó a que saliera el agua caliente y empapó una toalla, que luego escurrió y con la que se tapó la cara, inhalando el aire cálido y húmedo. Las lágrimas mojaban la toalla y se mezclaban con la humedad del agua del grifo. Dejó caer la toalla, enderezó los hombros y se esforzó por recobrar la compostura.

Lo último que quiere un hombre es ver a la mujer con la que ha hecho el amor la noche anterior entrar en la cocina con un aspecto demacrado y triste. No era bueno para su ego y tampoco quería que pensara que se arrepentía, porque aunque estaba avergonzada por no haber pensado en sus padres durante esas preciosas horas, era incapaz de arrepentirse de ello.

Quizá eso la convertía en una persona terrible, pero al menos era sincera. Más importante, era sincera consigo misma. Ser una hipócrita no iba a encabezar la larga lista de sus pecados

Hacer el amor con Beau había sido como tocar el sol después de días, semanas, grises y lluviosos. Había sido su único rayo de luz desde que su mundo se hubiera vuelto del revés con la desaparición de sus padres. Era su apoyo, lo único que tenía que fuera real y sólido. Se aferraba a él desesperadamente porque no tenía nada, no tenía a nadie más en quien apoyarse en ese momento de necesidad.

Si eso la hacía débil y dependiente, ¿qué más daba? Lo que necesitaba era eso, a él, tanto para encontrar a sus padres y garantizar que regresaran sanos y salvos —porque confiaba en que mantendría su palabra—, como para que fuera su punto de apoyo, que estuviera a su lado cuando no pudiera más y se derrumbara.

Ojalá fuera más fuerte y más independiente. Había dado los primeros pasos en esa dirección, pero al final había fracasado porque ante el primer signo de adversidad había recurrido a su padre. Y ahora se veía obligada a recurrir a Beau.

No era una supermujer, pero podía vivir con eso. Solo esperaba que Beau no se despertara un día y la mirara con asco, preguntándose por qué se había liado con alguien que no se le parecía en nada.

Él era fuerte, era un emprendedor nato. No se lo imaginaba necesitando la ayuda de nadie. Y a pesar de todo, la deseaba. La había escogido y se había enfadado mucho cuando ella le dio a entender que lo había hecho por mera obligación y por lástima.

Ari se aferró a la idea de que no la había elegido, de que no le había obligado a nada que él no hubiera querido hacer. Eso le subió la moral y le dio el ánimo que necesitaba cuando estaba de capa caída y en su peor momento.

Con un suspiro, dejó de retrasar lo inevitable y se negó a permanecer donde estaba, escondida, a pesar de que le había dicho que iría a por ella cuando el desayuno estuviera preparado. Solo podía ponerse delante de él, mirarlo a los ojos y decirle solo con la mirada que no se arrepentía para nada de la noche que había pasado en sus brazos. Solo rezaba por no ver desilusión o arrepentimiento en sus ojos.

Terminó de arreglarse y se recogió el pelo en un moño desenfadado mientras buscaba una goma. No era lo mejor, pero no creía que tuviera un coletero. Su cuarto de baño no era nada femenino y no había accesorios que delataran una presencia femenina anterior. Era una tontería, pero la hacía sentirse mucho mejor, así que se aferró a ese pensamiento sin darle más vueltas.

Lo malo era que no tenía maquillaje para disimular la palidez y las ojeras. Se vistió con desinterés, no se calzó, y respiró profundamente antes de dejar el santuario de su dormitorio y afrontar la realidad. Para escapar de la burbuja en la que el tiempo parecía detenerse y suspenderse de manera indefinida. Ojalá pudiera retroceder en el tiempo a antes de que desaparecieran sus padres y suplicarles que no se fueran.

Cerró los ojos para recomponerse antes de salir al pasillo, que estaba al otro lado del salón, y entrar en la cocina.

Abrió los ojos y de pronto se sintió cohibida al ver a Ramie Devereaux emplatando unos huevos revueltos que acababa de preparar. Se detuvo en la puerta; no sabía si tenía que entrar o no y si iba a acogerla bien.

No había tenido tiempo de percibir qué sensaciones le daban Ramie o Caleb el día anterior y no tenía ni idea de qué pensaban sobre que Beau hubiera accedido a ayudarla.

Como si hubiera notado su mirada, Ramie levantó la vista y esbozó una sonrisa a modo de saludo.

—Buenos días —le dijo al tiempo que dejaba la sartén en el fregadero—. Llegas justo a tiempo para el desayuno. Acabo de calentar el beicon y lo único que me queda por hacer es sacar las galletas del horno. Por desgracia las gachas son el único plato del sur que no domino. Arrugó la nariz al hablar de las gachas y Ari no pudo evitar sonreír ante el encanto natural que tenía la mujer y lo abierta que era.

—No te preocupes. He vivido toda mi vida en Texas y no he probado nunca las gachas. Me han dicho que es una ofensa en algunas partes del sur profundo, pero mis padres eran de la costa Oeste, así que nunca le cogieron el tranquillo a estos platos típicos.

Ramie se limpió las manos en el paño de cocina que había en la encimera y se volvió hacia Ari mientras le tendía la mano.

—Ayer no nos presentamos como es debido. Soy Ramie Devereaux.

Ari se quedó inmóvil; luego dejó caer las manos y se tocó los vaqueros. Dio un paso atrás de forma instintiva.

—No deberías tocarme —dijo Ari en voz baja y algo avergonzada.

Ramie parecía confundida.

—Solo te haría daño —explicó Ari—. He leído cosas sobre estos años. Sé que solo sientes emociones negativas. Supongo que es una tontería, pero siempre me ha parecido que somos almas gemelas, como hermanas a pesar de tener madres diferentes. Gracias a ti, no me sentía tan sola.

—¿Por qué me ibas a hacer daño? —preguntó Ramie.

—Porque no tengo buenos pensamientos ahora mismo —contestó ella con sinceridad.

Ramie sonrió con dulzura.

—Nadie es capaz de no tener nunca un pensamiento malo, Ari. Mi don se manifiesta por sí mismo de una forma excepcional. Más que un don es una maldición o una bendición, pero supongo que esa decisión es mejor dejársela a otros, ya que son los demás los que se benefician de mi don mientras yo... sufro.

—Por eso creo que es mejor que no me toques.

—Lo que intentaba decirte —dijo Ramie, sin prestarle atención mientras la acompañaba a uno de los taburetes frente a uno de los platos— es que percibo la verdadera naturaleza de una persona, si son malvados por naturaleza o qué pecados tienen, pero no necesariamente sus pensamientos. Sé que esto puede resultar extraño y que me confunde hasta a mí algunas veces, pero me parece que eres buena. Que tengas malos pensamientos, sobre todo en este momento tan especial, no quiere decir que seas mala.

Como si quisiera demostrárselo, Ramie le cogió la mano y se la estrechó.

Ramie permaneció en silencio un momento y luego frunció el ceño; Ari trataba de soltar la mano porque no quería hacerle daño. Sin embargo, la apretó con fuerza para que no la retirara. Al final se la soltó y esbozó una sonrisa que le borró el ceño fruncido.

—No eres mala, Ari. De hecho, tienes uno de los corazones más bondadosos que haya visto nunca y créeme cuando digo que he visto muchos.

—¿Entonces por qué fruncías el ceño? —preguntó Ari, perpleja.

—Porque he sentido tu dolor. Tu sentimiento de pérdida y de impotencia. Conozco esos sentimientos —le dijo con dulzura—. He fruncido el ceño porque me duele verte tan angustiada. Tienes que confiar en Beau, es un buen hombre. Mi marido también lo es aunque me lo niegue —añadió con una sonrisa traviesa—. Todavía insiste en que no es lo bastante bueno para mí, pero es demasiado egoísta para dejarme ir. Y yo le respondo que eso es ser inteligente, no egoísta.

Ari sonrió y de repente se sintió aliviada.

En ese momento fue consciente de la magnitud del don de Ramie. Se le aceleró la respiración al recordar las innumerables historias a lo largo de los años. Ahora le daba la sensación de que había pasado muchísimo desde que hablara con Beau en su despacho y mencionaran la posibilidad de que Ramie la ayudara a localizar a sus padres.

Se mordió el labio; no sabía cómo abordar un asunto tan delicado, sobre todo teniendo en cuenta que Ramie sufría lo que padecían las víctimas. En el caso de que la ayudara, de que fuera capaz de averiguar exactamente lo que les estaba pasando, no sabía si sería capaz de afrontar esa terrible verdad.

—¿Qué ocurre? —le preguntó—. Tienes cara de miedo, Ari.

Ramie la miró fijamente; la preocupación era evidente en sus ojos grises.

Ari cerró los ojos durante un instante para armarse de valor, rezando para que Ramie aceptara y para poder soportar la verdad.

—Sé que es pedir mucho —dijo ella, nerviosa—, pero como ya sabes mis padres han desaparecido. Se han esfumado sin dejar rastro y no tengo ni idea de por dónde empezar a buscarlos. ¿Podrías…? —Inspiró hondo antes de proseguir—. ¿Podrías usar tus poderes para intentar encontrarlos?

Veinte

—¡*N*i de coña!

Ari dio un brinco. Tropezó de la impresión y tuvo que agarrarse al respaldo de uno de los taburetes para mantener el equilibrio y no darse de bruces en el suelo de la cocina. El corazón casi le explota en el pecho ante la vehemencia del arrebato de Caleb. Se dio la vuelta, hecha un manojo de nervios, y se le hizo un nudo en la garganta al ver que Caleb, Beau, Zack, Dane y Eliza habían entrado justo en el momento en que se lo pedía a Ramie. Se le había acelerado el pulso tan deprisa y de una forma tan imprevisible que empezaba a marearse. Se tambaleó y, de pronto, Ramie le rodeó la cintura con el brazo para sujetarla al mismo tiempo que le lanzaba a su marido una mirada de reprimenda.

Caleb estaba furioso. Tenía el cuerpo entero erizado de la rabia y el brillo de los ojos le daba un aspecto... letal. Dio un paso atrás instintivamente y Ramie la soltó, pero se topó con la barra y, en ese momento, se sintió atrapada. No podía escapar de la terrible ira de Caleb.

Tragó saliva, incapaz de articular respuesta alguna, ni siquiera de disculpa. Estaba paralizada, el pánico la agarrotaba.

—¿Cómo narices se te ocurre intentar manipular así a mi mujer cuando sabes de sobra lo que le pasa cuando usa sus poderes para localizar a las víctimas de un secuestro?

Ari apretó los puños con fuerza; ojalá pudiera tragarse sus palabras. En ese instante se arrepintió de haber acudido a las oficinas de DSS. Si hacía un momento se había sentido segura y tranquila al saber que Beau la protegería y encontraría a sus padres, ahora estaba aterrada y quería huir lo más lejos posible de ese lugar.

Se hizo a un lado, buscando con la vista el pasillo que daba a las habitaciones. Había una puerta justo al salir de la cocina, a mano izquierda, que llevaba al salón. Y a su huida. Había otras empresas de seguridad. Solo había buscado a los Devereaux porque eran con quienes su padre le había dicho que se pusiera en contacto. Podría haber contratado incluso a un detective privado o, simplemente, haber acudido a la policía, lo que debería haber hecho desde el principio.

Cuando ya había esquivado los taburetes, que le suponían una barrera, echó a correr hacia el pasillo como un cervatillo asustado. Un brazo fuerte la agarró por la cintura y la detuvo. Se giró preparada para pelear. Levantó dos taburetes y los arrojó a su atacante invisible.

—¡Joder, Ari! Que soy yo, Beau. Estate quietecita con los taburetes. ¡Hacen daño!

Su voz consiguió penetrar la bruma del pánico y sus irrefrenables ganas de huir, de estar en cualquier otro lugar. Se quedó inmóvil y las sillas cayeron al suelo de costado. Beau la sostenía con fuerza con ambos brazos alrededor de su cintura; lo tenía delante y adoptaba una expresión dura, furiosa como la tormenta en los ojos de su hermano.

Se echó a llorar. ¿Él también estaba enfadado? Pero si ya habían hablado de esa posibilidad durante el primer encuentro. Fue él quien sacó el tema, no ella.

Le resbaló una lágrima por la mejilla, que se le antojó caliente en comparación con lo gélida que se notaba la piel.

—¿Por qué estás tan enfadado conmigo? —preguntó con la voz quebrada. Le había costado horrores controlarse para no sollozar tras cada palabra.

No podía soportar verle tanta rabia en la mirada. Bajó la vista y agachó la cabeza en un acto de derrota; el pelo le caía sobre el rostro como una cortina. Seguía llorando y las lágrimas le nublaban la visión, por lo que se limitó a cerrar los ojos y evadirse de lo que la rodeaba.

La desesperación fue dejando paso a un arrebato de ira que empezó a correrle por las venas. Quería echar abajo la puñetera casa y podía hacerlo. Ahora más que nunca, era consciente del poder que albergaba. Aunque hacía unos días ni siquiera lo había probado, ahora era como una segunda piel y por vez primera aceptaba su don.

Tenía algo que los secuestradores de sus padres no tenían: la habilidad, a distancia, de sembrar un caos total y absoluto. Ya había demostrado que podía frenar una bala. Su único punto débil ocurría cuando estaba bajo los efectos de la medicación y alguien tendría que acercársele lo suficiente para inyectarle los fármacos de forma manual. Alguien armado con una pistola de dardos tranquilizantes no tendría ninguna opción porque no solo podía reducir la trayectoria, sino que sabía que podía redirigir el proyectil en dirección a quien disparase. A menos que no supiera de dónde venía el dardo, claro. En ese caso, ¿sería vulnerable si una especie de tirador de élite le disparara de cerca?

Descartó la idea en cuanto se le ocurrió. Ese pensamiento estaba ahí, enterrado en su subconsciente. En realidad, nadie le había hablado de estas cosas. ¿Quién se lo habría contado? Sus padres estaban tan desconcertados como ella ante el cómo y el porqué de sus poderes. Aun así, sabía o sentía, fuera lo que fuera, que podía desviar este tipo de proyectiles aunque no supiera desde dónde los disparaban.

¿Hasta dónde llegaba su poder? Tales reflejos, tales instintos implicaban algo más que una simple telequinesis que requería concentración y focalización. Andar por la calle, recibir un disparo aleatorio y ser capaz de repeler la bala era algo completamente distinto, aunque no tenía ni idea de qué, cómo o por qué.

Sintió una oleada de fuerza en su interior; algo irrefrenable que quería salir y hacer lo que estaba programado para hacer: protegerla y proteger a la gente que le importaba. Y esas personas, todas ahí plantadas, cabreadas y lanzándole palabras hirientes cual flechas, no importaban.

Las puertas de los armarios se abrieron de repente y los vasos salieron disparados en dirección a Caleb. Se giró lo justo para verlo por el rabillo del ojo: soltaba tacos y trataba de esquivar los vasos que acababan golpeando la pared de detrás, el suelo o incluso el techo. Uno logró golpearlo; le dio de refilón en el hombro y terminó hecho añicos en el suelo.

Llevó cuidado para proteger a Ramie. Proyectó un escudo invisible; lo construyó mentalmente con detalle y sin mediar palabra ordenó a los objetos que ni la rozaran. Para su sorpresa, funcionó. Ramie levantó una mano para protegerse la cabeza, pero un plato chocó con el escudo situado a unos dos pasos de ella, rebotó y cayó al suelo, donde al final se rompió en dos.

Beau la asió por los hombros sujetándola con firmeza, pero con cuidado de no hacerle daño. Le dio la vuelta y sin más, la besó en la boca; un beso profundo, exigente, poderoso. Si su intención era distraerla de la tormenta de objetos que su hermano y los otros trataban de esquivar, lo logró.

Apartó las manos de los hombros y le acarició las mejillas mientras la besaba por todo el rostro para secarle las lágrimas.

—Solo quiero irme —susurró entrecortadamente en cuanto pudo enunciar las palabras—. Por favor, deja que me marche. Los encontraré por mi cuenta. Estoy acostumbrada a estar sola con mis padres.

Beau repuso con un tono de voz que era poco más que un susurro:

—No estoy enfadado contigo. No podría. Estoy cabreado con el gilipollas de mi hermano, pero estabas a punto de salir corriendo por lo que he tenido que elegir entre darle una paliza o asegurarme de que no desaparecieras de mi vida para siempre.

Le brillaban los ojos con una expresión sincera; el atisbo de enfado fue menguando mientras la miraba fijamente a los ojos.

—Te he escogido.

Las palabras de la noche anterior no eran coincidencia; quería que recordara cómo habían hecho el amor y que él la había escogido, no al revés.

La corriente eléctrica que magnetizaba la cocina, toda esa fuerza que emanaba de su dolor y su rabia, empezó a disminuir. Las esquirlas de los vasos, los platos y demás objetos dejaron de vibrar en el suelo y la habitación quedó en completo silencio.

Sabía que todo el mundo los estaba mirando, notaba la mirada furiosa de Caleb, ahora mucho más desde el ataque que le había lanzado.

—La has protegido —murmuró Beau señalando a Ramie que estaba de pie detrás de ella.

Ari se giró lentamente, el rictus de descontento en sus labios enturbiaba la conversación íntima entre ella y Beau. Los ojos de Ramie estaban abiertos de par en par mientras la observaba con incredulidad. Los demás tenían expresiones similares. Se sentía inquieta ante tanto escrutinio, como si estuviera en un espectáculo de bichos raros, y le entraron ganas de salir corriendo otra vez. Todo con tal de escapar de la incomodidad de la situación.

—Siento habértelo pedido, Ramie —susurró con voz queda. Entonces se volvió hacia Beau otra vez—. Y sí, la he protegido. No merecía mi ira.

A Beau, que la cogía de la mano, le temblaban los dedos por la rabia contenida.

—Has levantado una barrera a mi alrededor para protegerme —dijo Ramie. El asombro se reflejaba tanto en su rostro como en sus palabras—. ¿Ari, te das cuenta de lo extraordinarios que son tus poderes?

—Te los cambio gustosamente por el tuyo ahora mismo —repuso ella con amargura.

—No tienes ni idea de lo que hablas —espetó Caleb con dureza.

Y Beau perdió los papeles. Salió disparado como un cohete hacia su hermano. Agarró a Caleb por la camiseta con los puños bien cerrados y lo estrelló contra la pared en la que tantos vasos y platos se habían roto ya en mil pedazos.

Tenía las venas del cuello hinchadas y el rostro rojo, y respiraba entrecortadamente. Apretaba con tanta fuerza la mandíbula que le sobresalía y se le movía como si tuviera un tic.

—Estoy harto de que te metas con Ari —ladró Beau—. Juro por Dios que como sueltes otra gilipollez por esa bocaza, te arrancaré la cabeza. La próxima vez no te avisaré, Caleb. No me busques porque me encontrarás.

Ari miró nerviosamente a un hermano y a otro, a los otros tres agentes de DSS y por último a Ramie, que parecía estar furiosa. No podía culparla por estar cabreada; su cuñado había estampado a su marido contra la pared y lo había amenazado después. Ese tono de voz le daba escalofríos. Sonaba letal; eran unas palabras violentas y llenas de pasión, pero por encima de todo, eran convincentes. Sabía que, como Caleb dijera algo más, Beau no dudaría en emplear la violencia.

—¡Beau! —gritó Ari, pasando finalmente a la acción.

Lanzó una mirada suplicante a Ramie para que la ayudara a evitar una posible catástrofe y fue corriendo hasta Beau, que seguía sujetando a Caleb contra la pared. Con el antebrazo le presionaba el cuello. Ari se percató de que le había cortado la respiración al ejercer tanta presión y que cada vez se le ponía la cara más roja. Tiró inútilmente del brazo de Beau.

—Beau, por favor —suplicó Ari—. No lo hagas. Es tu hermano. Me iré. Nadie debería haber provocado tal disensión en una familia y está claro que es lo único que he conseguido. No puedes culparlo por estar enfadado. No tenía derecho a pedirle a Ramie lo que le he pedido. Estaba… desesperada. ¿Te acuerdas de cómo te sentías cuando desapareció tu hermana?

Lo último iba más por Caleb, aunque había incluido a los dos hermanos en la pregunta. Sabía que le había tocado la fibra porque la culpabilidad apareció momentáneamente en los ojos de Caleb, que se volvieron tristes. La desesperación vino después y ella se maldijo en silencio por haber puesto más leña en el fuego.

Se giró. Sabía que lo mejor era marcharse de allí y dejar que los hermanos aclararan sus diferencias tras su partida. Al no estar presente la causa del conflicto, todo volvería a la normalidad. La vida seguiría adelante y, por lo menos, tendría el recuerdo de una noche maravillosa. Nunca lo olvidaría; ese momento sería suyo para siempre y nadie podría arrebatárselo.

Quería cortar por lo sano y no demorarse solo porque su corazón y parte de su alma se quedaran allí con él, así que se fue derecha a la otra salida, la que llevaba directamente al salón y no la que daba a los dos vestíbulos conectados, por la que Beau le había impedido marchar.

Pasó junto a Dane y Eliza y miró a Zack cuando se le puso delante para cortarle el paso.

—Apártate o te apartaré yo —le advirtió con un tono amenazante que nunca hubiera dicho que le saldría.

—No puedo hacerlo —dijo Zack con tranquilidad—. Ya perdí a alguien una vez, Ari. Sé lo que se siente y sé cómo se sentirá Beau si sales de su vida y desapareces. Creo que tú lo sentirías de la misma forma. No me equivoco, ¿verdad?

Aunque técnicamente se trataba de una pregunta, lo último lo dijo como una afirmación, como si fuera capaz de leerle la mente, ahondar en lo más profundo de su corazón y ver la huella de… Beau. Ver que Beau ya la había marcado de una forma permanente. Siempre habría una parte de ella reservada para él y el recuerdo de la noche en la que hicieron el amor.

—Lo siento mucho por ti —dijo con solemnidad—. Quizás

entiendas entonces por qué me niego a mantenerme al margen y a que me separen de mis padres al quedarme de brazos cruzados.

La frustración se hizo más evidente en el momento en que terminó de hablar.

Unos brazos familiares la rodearon sigilosamente; era Beau que la acercaba a su pecho, a pesar de que seguía estando de cara a Zack. No sabía qué había ocurrido a sus espaldas. Solo se había centrado en escapar. Si habían hablado o se habían pedido perdón, no lo había oído porque en ese momento no estaba prestando atención; se preparaba mentalmente para lo que sabía que era una despedida.

Unos labios cálidos le acariciaron el pelo justo por encima del oído.

—No te vayas, Ari —susurró Beau—. No… no te vayas. Por favor.

Sorprendida porque él nunca suplicaba, se volvió en sus brazos y le miró para descifrar con exactitud qué le estaba pidiendo. Había sonado a algo… permanente. No parecía que intentara convencerla únicamente para que se quedara hasta completar la misión.

Sus ojos reflejaban tal vulnerabilidad que la asombró casi tanto como que suplicara. Se lo imaginó arrodillado, mirándola con esos hermosos ojos oscuros rebosantes de sinceridad. La pena la embargó; no le gustaría que ese hombre orgulloso y arrogante se postrase ante nadie. A menos que, por supuesto, fuese para proponerle matrimonio.

Bueno, bueno. Se había precipitado bastante al pensar en eso, en sacar esas conclusiones tan descabelladas. Sacudió la cabeza para quitarse esas ideas de la mente. Debía de ser un efecto secundario de usar los poderes; un efecto del que no tenía constancia porque hasta entonces no había querido ponerlos a prueba.

En ese instante notó el calor delator que salía por un orificio nasal. Miró a Beau consternada al tiempo que sentía cómo le dolía cada vez más la cabeza. Era como si, hasta entonces, el dolor hubiera pasado desapercibido o contenido —al estar tan concentrada en todo lo demás—, y ahora no tuviera ninguna restricción de repente.

Se mordió el labio para evitar que se le escapara un gemido, temerosa de que cualquier sonido le hiciera explotar la cabeza. Se tapó los oídos con las manos. El zumbido iba cobrando cada vez más y más intensidad hasta que no pudo soportarlo más. La habitación no dejaba de dar vueltas a su alrededor mientras permanecía de pie, inmóvil. Estaba tan mareada que creyó que vomitaría. Se balanceó y cerró los ojos para que todo dejara de moverse.

Beau soltó un exabrupto y Ari se dobló de dolor. Estuvo a punto de gritar; el ruido le perforaba la cabeza. Gimió y ya no fue capaz de controlar los llantos de sufrimiento.

—Por favor —susurró de forma tan suave que no estaba segura de que la hubiera escuchado, aunque para ella era como si hubiera gritado—. ¡Por favor, no hables! No hagas ruido. Voy a vomitar.

—Que nadie diga nada —espetó Beau, que le dio la espalda y se retiró un poco para que no recibiera el impacto de las palabras de forma directa.

Cuando se giró, se la encontró temblando y, de pronto, unas manos extrañas la agarraron de los hombros y la sostuvieron con firmeza. Sin embargo, ni siquiera eso pudo evitar que le fallaran las piernas. Se preparó para el impacto; sabía que el golpetazo le partiría la cabeza en dos, o así sentiría el dolor.

Pero justo antes de llegar al suelo, se elevó de repente y cerró los ojos de nuevo. La habitación giraba violentamente; no podía controlarlo. Zack. Había olvidado que estaba allí, que había sido él quien había impedido que se marchara en cuanto se giró para enfrentarse a Beau.

—¿Qué narices…? —murmuró Beau.

Ari entreabrió un ojo e hizo una mueca de dolor como si la luz se le clavara en el ojo como si fueran agujas. Beau había vuelto a girarse y tenía los ojos aún más oscuros; denotaban preocupación al verla acunada en los brazos de Zack.

—Casi se da un cabezazo —dijo este sombríamente.

Aunque había hablado bajito, ella gimoteó de dolor.

Beau se le acercó de inmediato y, con mucha delicadeza, la cogió de los brazos de Zack.

—Pon la cabeza sobre mi hombro, cielo —susurró Beau—. Te llevaré a la cama y Zack te traerá la medicina. Todo se arreglará, te lo prometo. Intenta relajarte y controla tus pensamientos; piensa en algo reconfortante y relajante, algo apacible y feliz. O, aún mejor, trata de despejar la mente si puedes.

La cadencia de su voz, aunque casi ensordecedora para ella, le resultaba curiosamente relajante o tal vez se debía a la vibración de su pecho, que era como un bálsamo para sus nervios crispados.

La llevaba en brazos como si fuera lo más valioso y frágil del mundo, como si importara de verdad, e iba con cuidado de no zarandearla. La cama estaba sin hacer, por lo que la dejó sobre el colchón. A continuación, alisó y ajustó las sábanas a su alrededor, deteniéndose solo un momento para cerciorarse de que el vendaje siguiera en su sitio bajo la camisa.

Apenas estaba ya consciente cuando entró Zack. Ari se giró para apoyar la cara contra la almohada y amortiguar así el tintineo de las pastillas en el frasco. El muchacho cogió un par y se las puso con delicadeza en los labios.

—Abre la boca, encanto —murmuró Zack—. Te he traído un poco de leche para que te tomes las pastillas, ya que no has desayunado nada.

Se preguntó vagamente por qué no era Beau quien le administraba la medicación, pero Beau mismo le respondió al levantarle con delicadeza la cabeza, lo suficiente para que pudiera abrir la boca y que las pastillas le entraran bien entre los labios. Le sorprendió muchísimo comprobar el esfuerzo que tenía que hacer para tragárselas. En ese momento Beau le levantó la cabeza un poco más mientras Zack le acercaba el vaso a la boca. Lo inclinó con cuidado para no derramar la leche y darle solo un poquito, cosa de la que se alegró porque el dolor le provocaba náuseas y temía vomitar cualquier cosa que tomara.

Una vez cumplida la tarea, Zack se retiró y Beau se sentó en el borde de la cama. Le pasó la mano por el pelo y se lo apartó de la cara en un movimiento reconfortante.

—Duele —se quejó Ari. Esa fue la única palabra que pudo articular tras un acopio de fuerzas. Algo iba terriblemente mal, pero no sabía qué o por qué le pasaba.

—Lo sé, cielo. Lo siento mucho. Debería haberle cerrado la boca a ese capullo nada más abrirla. No tiene derecho a atacarte de esa forma —dijo él, amenazante.

—Él... hermano...

El intento de reproche con el que quería decirle que Caleb era su hermano y que no había nada más importante que la familia, se había reducido a las dos palabras únicas que había sido capaz de formar. Sin embargo, bastaron para transmitir el mensaje.

Beau le acarició la cabeza sin decir nada. Hizo como si no las hubiera escuchado o quizás había decidido pasarlas por alto.

—Cuando las pastillas hayan surtido efecto, te quitaré la ropa para que estés más cómoda —comentó mientras seguía acariciándola suavemente—. Intenta relajarte, cielo. Sé que es difícil, pero hazlo por mí.

—Pediste…

La miró confuso al tiempo que se acercaba para oírla mejor.

—¿Qué te pedí, Ari?

—No… vayas. ¿Qué… decir?

Se le suavizó la expresión y le puso la mano en la frente. Con el pulgar empezó a acariciarla poquito a poco para relajarla.

—Que no quiero que te marches.

—¿Por qué?

Cada vez le pesaban más los párpados, pero no quería dormirse todavía. Quería escuchar el motivo. Pestañeó un par de veces con los ojos medio cerrados. La habitación se oscurecía cada vez más.

—¿Beau? —preguntó con temor, preguntándose por qué empezaba a verlo todo tan oscuro.

—Estoy aquí —dijo él—. ¿Aún no te han hecho efecto las pastillas?

—¿Por qué? —insistió ella, resuelta a no rendirse a los efectos de la medicación hasta que no contestara su pregunta.

Él vaciló, parecía que estuviera librando una batalla interna, como si no supiera qué decirle o qué no. A tientas, Ari le buscó la mano a modo de apoyo.

Él se la estrechó y ella sintió cómo su calor le subía por el brazo y el pecho. Entonces, Beau se llevó su mano a la boca y la besó.

—Porque eres mía.

Veintiuno

*B*eau salió del dormitorio con rostro serio. Sabía que los demás habían pasado al salón porque había oído voces. Estaba tan enfadado que no veía con claridad. La rabia le provocaba una neblina roja que le emborronaba la vista.

En cuanto entró en el salón, Dane levantó la vista.

—Mierda.

—Beau, déjalo ya —lo avisó Zack.

Haciendo caso omiso, se fue derecho a Caleb, que aún se frotaba la garganta junto a la pared donde Beau lo había empujado y casi asfixiado. Apenas le dio tiempo a verlo antes de que Beau le propinase un puñetazo en la mandíbula.

Y se desató el caos. Los hermanos cayeron al suelo y Beau trató de cogerlo de la pechera para que lo mirara a los ojos. Tumbado de espaldas, Caleb le propinó un gancho que lo empujó hacia atrás al tiempo que intentaba no perder el equilibrio.

Caleb aprovechó ese instante para incorporarse. Lo fulminó con la mirada mientras se frotaba la zona del mentón que había recibido el golpe.

—Es el último que me das —advirtió Caleb.

—Porque tú lo digas —repuso su hermano en voz baja pero con tono amenazador.

—¡Basta ya! —les espetó Ramie.

Se plantó entre ellos en un par de zancadas al tiempo que Beau se acercaba a su hermano. Sin embargo, se detuvo porque no quería que su cuñada, una mujer menuda y frágil, encajara algún golpe sin querer. Si le pegaba por accidente con tanta fuerza como a su hermano, seguramente le fracturaría la mandíbula.

Pero se limitó a fulminarlo con la mirada apretando los puños; flexionando los dedos y estirándolos de nuevo, y volviéndolos a flexionar. Se moría de ganas de atizarle otra vez. No podía mirar a Caleb sin que le consumiera una rabia que le hacía olvidar todo lo demás.

—Se ha equivocado, Beau —reconoció Ramie en voz baja.

—Y una mierda —repuso Caleb apretando la mandíbula.

Ramie se le encaró y Beau vio un destello furibundo en su mirada. Sorprendido, observó cómo lo increpaba y le pedía que no tomara decisiones por ella, que si quería ayudar a Ari lo haría quisiera él o no.

—Te juro que como le provoques a mi mujer un solo momento de dolor, te mato —le dijo Caleb con la cara roja y la mirada encendida.

—Pero serás hipócrita —le increpó su hermano en voz baja.

Ramie quiso intervenir, pero Beau le puso la mano en el hombro. La apartó enseguida, antes de que captara toda la rabia que llevaba dentro, pero ella la interpretó como debía, como un gesto para que no dijera nada más. Asintió y se quedó allí entre los dos.

—¿Acaso no has visto lo que le has hecho a Ari? Está desesperada, sola y muerta de miedo. Su única familia ha desaparecido sin dejar rastro y tú la atacas. Peor aún, la has hecho sentir rechazada. ¿Qué narices te pasa? Y eso no es todo, claro. Has seguido pinchándola para que se sintiera indefensa; usar los poderes la debilita, joder. Deberías saber ya cómo va esto de los sangrados psíquicos, y eso que los tuyos no eran tan malos como los que sufre ella. Además, padece unos dolores muy intensos. Antes de que la atacaras, ya tenía un hematoma cerebral. La acabo de acostar y ni siquiera ha sido capaz de decir más de un par de palabras de lo débil que estaba; el más mínimo ruido le hace estallar la cabeza. No puedo hacer más que quedarme a su lado y mirar; no puedo hacer una mierda para ayudarla aparte de hacer que se tome una pastilla y esperar que caiga inconsciente pronto para que pueda evadirse de la realidad. Así que dime, hermano, ¿cuándo te has convertido en un gilipollas que acosa verbalmente a una mujer tan frágil y vulnerable? Ah, espera, que ya tienes experiencia en eso de obligar a Ramie a hacer cosas que no quería cuando te había dicho muy claro que no.

Ramie se quedó lívida y Caleb palideció al tiempo que sus facciones se ensombrecían y la oscuridad volvía a sus ojos. En ese momento deseó que su esposa no estuviera allí en medio para oír lo que de sobra sabía. No hacía falta recordarle lo que Caleb la había hecho pasar.

—¿Olvidas quién es su padre? ¿Que fue el último en ver a nuestro padre con vida? —preguntó Caleb aunque se arrepintió al momento. Miró a su mujer con pesar, con una disculpa marcada en su gesto. A Beau lo cabreó aún más que pudiera sentir ese arrepentimiento y estar tan horrorizado por lo que le había hecho pasar a Ramie, pero que no le viera nada malo a tratar a una inocente con tanta crueldad.

En ese instante, Beau se alegró de no haber contado a su hermano todos los detalles de la llamada que había recibido, porque entonces sería despiadado e implacable con Ari.

—Por lo visto, el único pecado de Ari es haber nacido —dijo Beau—. Eres un hipócrita de mierda si crees que deberían juzgarla y responsabilizarla por los actos de su padre, porque tanto tú como yo sabemos que el nuestro no era ningún santo. Y si crees que debe responder por los pecados de su padre, ya podemos nosotros hacer lo mismo con los del nuestro.

Caleb cerró los ojos, pero su hermano alcanzó a ver en su mirada que le había dolido.

—Joder, soy un capullo —dijo Caleb, cansado. Alargó el brazo para tocar a su esposa, como si con eso volviera a estar limpio, sin embargo, no era el perdón de Ramie lo que necesitaba. Ella ya le había dado la absolución al casarse con él.

—Sí, lo eres, pero eso no es ninguna novedad —dijo él con un deje de despecho en la voz.

Seguía viendo a Ari con una mirada de dolor, y después de miedo, en los ojos. En cómo se había acobardado con esas palabras hirientes que Caleb le lanzaba como dagas. Y lo peor, la sensación de derrota, como si no tuviera a nadie; nadie que la abrazara y le dijera que todo se arreglaría.

Y luego el terror, toda esa rabia: los vasos y los platos volando y estrellándose porque Caleb le había hecho daño y Beau no había tenido tiempo siquiera de intervenir. Seguro que pensó que estaba en su contra, igual que los demás allí presentes que se hicieron a un lado y permitieron que Caleb diera rienda suelta a sus palabras y sus actos.

A Beau le entraron ganas de despedirlos a todos en el acto. ¿Dónde estaba la furia de Eliza? Bien que le plantó cara a Caleb cuando lo de Ramie. Solo Zack se había portado bien con Ari. De hecho, tenía una mirada furibunda cuando miró a Caleb antes de evitar que la muchacha escapara.

Gracias a Dios que alguien en aquella maldita casa había tenido un poco de sentido común. No podía imaginarse a Ari sola, sin protección y rechazada por las mismas personas que habían prometido protegerla, sin que le hirviera la sangre. Lo recordaba y se estremecía de la rabia y de las ganas de venganza.

Pero, en ese momento, notó como una mano pequeña le tocaba el brazo, se dio la vuelta e instintivamente contuvo el torbellino de emociones porque no quería hacer daño a Ramie. No lo merecía. Se había portado bien con Ari y ella, que lo había notado, se aseguró de que no le pasara nada en ese torrente de desconcierto y perplejidad al ver la animosidad que desprendía Caleb. Lo más fácil hubiera sido mandarlos a todos a freír espárragos, derrumbar la casa, largarse y lavarse las manos del asunto.

—Incluso mientras la estabas haciendo polvo con tus comentarios, ella protegió a Ramie, a tu esposa, porque es buena persona y no merece nada de lo que ha recibido esta noche.

Se giró para incluir a Dane y a Eliza en su acusación.

—No lo merecía de ninguno de nosotros y eso es exactamente lo que ha tenido que aguantar. ¿Y por qué? ¿Porque está desesperada por encontrar a la única familia que tiene en el mundo? Me importa una mierda si los Rochester son familiares de sangre o no. Para Ari son el mundo entero, así que eso los hace importantes. Y no nos corresponde a nosotros hacer de juez y jurado y condenar a un hombre con una prueba tan endeble que no se sostiene por ninguna parte.

—Sientes algo por ella —le dijo Ramie con su voz dulce y suave.

Él se la quedó mirando, perplejo.

—¿Por qué un hombre tiene que sentir algo por una mujer para criticar el maltrato a manos de otro hombre que le dobla el tamaño?

En cuanto pronunció esas palabras supo que había sonado a la defensiva, como si le hubiera tocado la fibra. Y tal vez así fuera.

Estaba tan cabreado que ya no sabía ni a qué atenerse. Como si fuera la primera vez que iba a un rodeo y fuera tan poco experimentado como Ari en temas de sexo. Y pensar que Ari le había entregado su inocencia con semejante dulzura la noche anterior le provocó otra oleada de rabia interna. Debería estar abrazándola ahora mismo, ofreciéndole consuelo y asegurándose de que no sintiera dolor. Pero no, en lugar de eso, estaba fuera del cobijo de su dormitorio, defendiéndola por un abuso inexcusable por parte de su hermano cuando debería estar con ella para que no se despertara y pensara lo peor.

Caleb frunció el ceño al oír su respuesta sobre Ramie, pero él lo fulminó con la mirada que le retaba a hablar aunque fuera para decir una palabra.

Para su sorpresa, Ramie le cogió la mano con ambas palmas y le sonrió, mirándolo con los ojos brillantes.

—Te decía lo que notaba —le dijo al tiempo que parecía aguantarse la risa. ¿Por qué se reiría en un momento como ese?

Le dio un apretón cariñoso, se puso de puntillas y lo besó en la mejilla.

—Estás acabado, Beau Devereaux —susurró esbozando una sonrisa.

Sin dejar de sonreír, Ramie se apartó y lanzó a su marido una mirada de advertencia. Beau observó cómo su hermano daba un paso atrás, relajaba la postura y obedecía al momento la orden de su esposa, aunque no hubiera dicho nada. Caleb estaba tan acabado como ella decía de él y, al parecer, a ningún hermano le importaba un comino.

Entonces se puso muy seria y sus ojos se volvieron sombríos, con destellos grises que a Beau le recordaron a una tormenta de verano.

—Cuando Ari se encuentre mejor, dile que la ayudaré, pero no puedo garantizarle nada. —Dijo eso último con una mueca—. Normalmente uso un objeto del lugar donde se produjo el secuestro o cualquier otro acto violento. En este caso no es posible, ya que Ari no sabe dónde ni cuándo desaparecieron sus padres.

Haciendo caso omiso de la protesta de Caleb, se volvió hacia su cuñada y se centró solo en ella mientras Zack se colocaba entre ambos hermanos.

—¿Entonces puedes hacerlo? —preguntó. Se dio cuenta de que estaba aguantando la respiración cuando se notó la quemazón en los pulmones.

—Es posible siempre que Ari pueda darme algún objeto o prenda que los dos tocaran o llevaran con frecuencia. Si tuviera algo que compartieran, aún mejor —explicó ella mientras se frotaba un brazo en señal de nerviosismo. Estaba claro que le preocupaba fallar a Ari.

Caleb se movió y Zack se puso tenso a la vez que le lanzaba a su jefe una mirada de advertencia. Caleb era el mayor, pero era evidente a quién se debía.

Beau rodeó a su cuñada por la cintura. Era pequeña, aunque Ari lo era más; las dos tenían una figura muy parecida, facciones delicadas y compartían mucho más que habilidades psíquicas. La besó en la cabeza y le dio un apretón cariñoso.

—Ari lo entenderá. Es más buena que el pan. Te estará muy agradecida por intentarlo y por ayudarla. Significará mucho para ella. Aunque Caleb diga que Ari no sabe lo que tienes que soportar y lo mucho que sufres al hacerlo, es muy consciente y por eso ha dudado en pedírtelo. Por eso no te lo pidió en cuanto te vio.

»Hablamos del tema el día que vino al despacho. Sabe quién eres. Después me dijo que siempre ha sentido cierta afinidad contigo y que ha leído todo lo que se ha escrito sobre ti. Creo que le da vergüenza porque cree que es algo presuntuoso eso de sentirse afín a ti. Sin embargo, haces que se sienta menos sola y que no se vea tan rara, porque ha sacado la conclusión de que, si las dos tenéis habilidades psíquicas, quiere decir que hay más gente con ese don.

Ramie lo abrazó fuerte por la cintura.

—Sé exactamente cómo se siente. Y no, no es presuntuoso ni es una tontería creer que somos almas gemelas. Me gusta la idea de que haya más gente como yo. No estoy segura de por qué eso me deja más tranquila, pero de alguna manera me consuela que no seamos un accidente de la naturaleza, una abominación.

—Una vez conocí a una persona que podía leer la mente —comentó Zack en voz baja. Que hablara sorprendió a todos los allí presentes porque solía quedarse callado mientras observaba a los demás—. Se sentía como Ari y como tú.

Beau arqueó las cejas ante este arrebato de alguien que solía ser tan discreto y reservado. Eso le confirmaba que algo en su pasado debía de haber moldeado al hombre que era hoy. Ahora se preguntaba si Zack había vivido la pérdida de alguien que le importaba. ¿Su madre? ¿Su hermana? ¿La mujer a la que amaba?

Caleb frunció el ceño y pasó junto a él cuando se despistó un momento, cuando parecía que tenía la mirada distante. Cogió a su esposa y la apartó de Beau. Entonces le levantó la barbilla y la miró a los ojos.

—No eres ninguna aberración. Eres un milagro, mi milagro. Y le doy gracias a Dios todos los días.

Miró a Beau como disculpándose antes de volver a centrarse en su mujer.

—Y Ari tampoco lo es. Ella, al igual que tú, es una mujer hermosa y generosa, con un corazón de oro y fiel a las personas a las que quiere. Mi hermano tiene razón. Soy un capullo y a diferencia de Ari y de ti, soy egoísta. Lo reconozco, lo soy. Pero, joder, Ramie, no me gusta que vivas algo tan espantoso... otra vez. Ya has pasado por demasiadas cosas. Quiero protegerte, ¿lo entiendes? Te amo y no quiero volver a ver cómo te haces daño —dijo bruscamente.

A Beau se le pasó el enfado en aquel instante y también se disculpó con su hermano con una mirada silenciosa, que agradeció con una sonrisa aunque sus ojos seguían reflejando la preocupación que sentía. No podía culparlo, ambos hacían lo mismo: proteger a sus mujeres de los horrores de la maldad y la agonía.

Sus mujeres...

Al reconocer eso había sellado su destino y alterado para siempre el curso de su vida, su futuro. El futuro de Ari. En la práctica, había aceptado lo que le deparaba el destino la noche anterior, cuando de la forma más tradicional la había hecho suya. La había marcado de la manera más primitiva que un hombre puede marcar a una mujer.

Era suya. Hasta se lo había dicho a ella hacía una hora, y aun así no terminaba de creérselo. No había reconocido del todo lo que su corazón sabía ya. La verdad le impactó con la fuerza de un tren de mercancías.

¿La amaba? Porque estaba seguro de que era amor lo que sentía. O, por lo menos, lo que percibía como amor, ya que no podía haber nada más fuerte e incontenible. Pero no era momento de dar un paso tan grande. Antes había mucho que resolver entre ambos.

Ramie esbozó una sonrisa burlona y lo miró con una expresión triunfante.

—Diría que no me equivoco, pero eso me haría parecer presuntuosa, ¿verdad? No hay vuelta atrás, Beau Devereaux. Hasta las trancas —dijo arrastrando las palabras para darle más énfasis al asunto.

—Pues sí, es lo que te hace parecer —masculló él.

Dane y Eliza, que se habían mantenido al margen de la gresca entre los hermanos, dieron ahora un paso al frente con semblante serio.

—Esto supone un gran peligro para la seguridad —avisó Dane—. No puede ser nuestro único plan de acción. Ramie no está segura de que pueda localizar a sus padres, así que debemos trabajar con el supuesto de que no tengamos ese as en la manga. Y no podemos permitir que Ari salga a buscar un objeto personal para Ramie. Es demasiado peligroso.

Eliza asintió.

—Seguramente tengan vigilada su casa.

Beau arrugó la frente.

—Me comentó que su padre tenía varias casas y, según nuestros informes cuando comparamos las direcciones que nos dio Ari con el dueño de estas, hay un rastro de documentos larguísimo que luego empieza a repetirse.

—A saber por qué alguien se tomaría tantas molestias para ocultar su paradero —murmuró Caleb.

—Tiene mucho sentido —dijo Zack, escueto—. Si tuviera una hija con poderes como ella, haría lo que fuera necesario para que no la vieran y el factor de riesgo fuera menor.

—Cierto —convino Beau—. Sin embargo, creo que debe de haber más que eso. Entre la llamada de su supuesto padre biológico y lo de esta facción misteriosa que torturó a una mujer por información y luego la mató cuando por fin cedió.

—Me parece especialmente interesante que su padre biológico sepa que a su esposa o novia o lo que sea la torturaron y mataron, y que sepa también lo que quería esta gente y que consiguieron sonsacárselo a la madre de Ari. Es demasiada información, mucho detalle, a menos que estuviera presente cuando sucedió —musitó Dane.

—Si estaba presente, ¿cómo salió ileso? —preguntó Eliza, dándose golpecitos en la barbilla con un dedo—. Y, ya que estamos, ¿cómo sabía dónde está Ari ahora y cómo consiguió el número personal de Beau?

Beau no quiso divulgar los detalles grotescos que le había dado el hombre porque no quería asustar a Caleb. Además, sería el último clavo en el ataúd de Ari si revelaba cómo sabía su padre biológico lo que le había contado.

—Me dijo que tiraron el cadáver donde sabían que lo encontraría —explicó en voz baja—. Estaba en muy malas condiciones. Y le dejaron un mensaje que decía que eso le pasaba a la gente que los cabreaba. Si es verdad o no, ya no lo sé. No soy tan inocente como para creer que esta llamada tan útil, y justo cuando más la necesitamos, sea una coincidencia.

Caleb se quedó inmóvil y el miedo se asomó a sus ojos. Atrajo a Ramie hacia sí como si quisiera protegerla con su cuerpo de lo desconocido o las posibles repercusiones que podría tener ayudar a Ari.

Cansado, Beau suspiró y se pasó una mano por el pelo. Echó un vistazo al reloj que había en un rincón y vio que debía volver con Ari antes de que se le pasaran los efectos de la medicación y se despertara. Era el momento más oportuno para que Dane le inyectara el dispositivo de localización bajo la piel. Como estaba cansada y seguía con los efectos de la medicación, Dane tardaría solo unos segundos en inoculárselo. Así tendrían una forma de encontrarla si ocurría lo peor. Sería el súmmum de la arrogancia —y la estupidez— considerarse invencibles o inmunes a un ataque semejante. Beau no quería jugársela con la vida de Ari.

Miró a Dane.

—¿Ya tienes el chip preparado? Está inconsciente; hagámoslo ya.

Sabía que sonaba tenso e impaciente, pero quería estar ahí cuando abriera los ojos. Quería ser lo primero que viera. Se movía con impaciencia; sabía que nada de esto importaba si no lograban localizar a sus padres. Fueran biológicos o no, los quería con locura y a juzgar por cómo hablaba de la devoción que sentían por ella, también estaba claro que ellos la querían con todo su corazón. Y, bueno, si la información que había conseguido Zack era correcta, Ginger Rochester ya había sufrido lo indecible al verse incapaz de tener un hijo.

Le parecía mucha coincidencia, demasiada, que pocos meses después de que ella sufriera su cuarto aborto a finales del segundo trimestre, hubieran dejado un bebé a las puertas de Gavin Rochester en las mismas fechas en que su esposa hubiera dado a luz al bebé si su embarazo hubiera llegado a buen puerto.

Beau se percataba de que la respuesta a todo estaba en descubrir de dónde y de quién procedía Ari. Pero qué leches tendría que ver su propio padre con este sórdido asunto.

Veintidós

*A*ri se despertó con un dolor leve en la base del cráneo y la frente, pero por suerte era una molestia que podía soportar bien. Se sentía rodeada por una calidez deliciosa. Intentó estirarse para desentumecer sus músculos doloridos, pero con el codo le dio un golpe a un torso fuerte. Eso explicaba la calidez, claro.

Los dos cuerpos entre las sábanas formaban una especie de sello y el aire que los envolvía estaba caldeado, sobre todo por Beau. Le parecía que después de usar sus poderes se sentía muy vulnerable e indefensa y que el esfuerzo mental hacía que el cerebro no lograra regular la temperatura corporal como era habitual. Como resultado, se despertaba siempre del trauma con una neblina provocada por los medicamentos que la calaba hasta los huesos. Le daba la sensación de que estaba helada por dentro y le resultaba imposible entrar en calor. Pero esta vez no.

Se acurrucó junto al cuerpo de Beau y entrelazó las piernas con las suyas para que su calor la envolviera por completo. Le acarició el pecho con la mejilla y luego suspiró, feliz como solo una mujer con el hombre perfecto puede ser. El hombre perfecto para ella.

«Te he escogido». Esas palabras, tan potentes y desgarradoras, se repetían en su cabeza y aliviaban los fragmentos de dolor, rabia y violencia.

¿Habría palabras más dulces que esas? Se quedó pensativa un momento y luego cayó en la cuenta de que sí las había. Solo una frase tenía más fuerza que un hombre diciéndole a una mujer que, de entre las millones de mujeres en el mundo, él había escogido a una sola. ¡A una! La había escogido a ella.

«Te quiero». Ay, escuchar esas palabras de sus labios, de su corazón. Saber que lo decía con todo su ser. Daría lo que fuera por tener lo que anhelaba su corazón: a sus padres en casa, a salvo, y el amor de Beau Devereaux. Si alguna vez tuviera esas dos cosas, no pediría nada más.

Al reconocer lo que deseaba en lo más hondo de su alma, tuvo que ser consciente de la magnitud de sus sentimientos. Se le había hecho trizas el corazón, casi literalmente, y las piezas, sus astillas, se iban desprendiendo a medida que se alejaba —o intentaba alejarse— de él, para darle la paz y la fuerza de la familia que él merecía.

Sabía lo importante que era la familia. La suya no era tan grande como la de Beau, pero no quería decir que fuera menos fuerte. Y tal vez lo fuera precisamente porque siempre habían sido solo ella, su madre y su padre: su vínculo era indestructible.

En un mundo donde el divorcio estaba a la orden del día, donde los hijos se iban de casa pronto, donde los maridos maltrataban a sus mujeres, donde los cónyuges se ponían los cuernos y se abusaba de los niños, la familia de Ari había resistido el paso del tiempo. Se había fortalecido, incluso, en lugar de debilitarse con los años.

Tenía muy presentes los recuerdos, aquellos recuerdos felices y maravillosos de su infancia, y rezaba con toda su alma para poder compartir muchos más con ellos. Poder darles nietos algún día; nietos que pudieran proteger y mimar tanto como habían hecho con ella.

«Los hijos de Beau». De repente se le pasó esa idea por la cabeza y ella alzó la vista para buscar la seguridad que le daban sus marcadas facciones. Abrió la boca, sorprendida, cuando lo vio completamente despierto. Debía de llevar rato despierto porque sus ojos habían perdido la expresión soñolienta; estaban brillantes y alertas, y fijos en ella.

Al parecer no era la única sumida en un momento de meditación. Ojalá supiera lo que estaba pensando. Deseaba con todas sus fuerzas que sus deseos y sus sueños se vieran correspondidos. Quería compartir la vida con él. Solo con él.

¿Había perdido la chaveta al enamorarse tan deprisa? Frunció el ceño un instante; el escrutinio del hermoso rostro de Beau dio paso a una reflexión silenciosa del tiempo, mucho o poco, que hacía que se conocían.

Hasta hacía unos pocos días solo conocía a Beau Devereaux por su nombre. Lo sabía por esos escasos momentos en los que su padre estaba muy serio, momentos en que tenía la incómoda sensación de que tenía miedo de algo o de alguien. Porque era en esos instantes en que parecía que estrechaba aún más a su esposa y a su hija entre sus brazos y se mostraba reacio a separarse durante mucho rato.

Era en esos momentos en los que, de repente y con un rostro muy sombrío, le recordaba que, si en alguna ocasión se viera en peligro y él no estuviera o no pudiera ocuparse de su seguridad y bienestar, contactara inmediatamente con Caleb o Beau Devereaux en persona. Nada de llamar por teléfono. Y que no les diera la oportunidad de que se la quitaran de encima, que creyeran que estaba loca o le dijeran que estaban hasta arriba de trabajo.

Su padre y su madre le habían dicho muchas veces entre risas que nadie podría negarle nada en cuanto viera sus facciones dulces y hermosas, y la mirara a los ojos, que podían embrujar hasta el más duro de los corazones.

Suponía que por eso su padre quiso que hablara cara a cara con Beau. Tal vez temiera que no la ayudara a menos que le expusiera la situación en persona. Fuera cual fuera el motivo, le estaba muy agradecida a su padre porque gracias a esa promesa cumplida, no solo tenía la oportunidad de salvar a su familia, sino que también había conocido a un hombre que le daba alas para soñar. Un hombre con el que quería pasar el resto de la vida.

—¿En qué estás pensando, cielo? —preguntó él con dulzura al tiempo que le acariciaba las arrugas que le surcaban la frente—. ¿Te preocupa algo? ¿Te duele? —dijo de repente como si se le acabara de ocurrir.

Iba a coger el frasco que había en la mesita de noche cuando ella le dijo que no. Le puso la mano en el pecho para que no se moviera y él se dio la vuelta a regañadientes y con la mirada preocupada.

—¿Estás segura? —inquirió, escéptico—. Ari, si te duele algo, hay que controlar el dolor para detener otro sangrado o aún peor, una hemorragia más grave.

Ella sonrió; el corazón se le derretía por la preocupación que él manifestaba tanto con sus palabras como por su lenguaje corporal. Le puso el brazo sobre el pecho y le dio un apretón fuerte y firme, en un intento de abrazarlo a pesar de estar tumbados, él de espaldas y ella de costado, acurrucada bajo su axila.

—Oye —dijo en voz baja—, que no me quejo, ¿eh?, pero ¿a qué viene esto? ¿Qué te pasa? Pareces inquieta y desconcertada. Te brillan los ojos como si tu cabecita estuviera procesando varios pensamientos a la vez y lo último que quiero es que te estreses. Así pues, cuéntamelo para que pueda ayudarte.

Se moría de ganas de decírselo y las palabras le ardían en la lengua, deseosas de escapar, pero se contuvo relamiéndose los labios. La idea de decirle esas dos palabras, las más importantes del mundo —o en su mundo, por lo menos— le daba muchísimo miedo. Ofrecerle amor a alguien no debería dar miedo, sino alegría. Debería celebrarse y ser un recuerdo que apreciar y guardar en el corazón para siempre.

Pero estaba aterrorizada. Tenía miedo al rechazo, a ver incomodidad o consternación en sus ojos oscuros o, todavía peor: pena.

Lo último que quería era que sintiera lástima. Quería su amor, su compromiso, su protección. Quería el tipo de amor que se profesaban sus padres y podía imaginárselo con Beau. Nunca había conocido a un hombre que llegara a la altura de su padre, alguien con quien pudiera compartir lo que tenían sus padres.

Ese anhelo le hizo un nudo en el pecho y una breve tristeza se apostó en su corazón, dándole un tironcito al imaginarse un amor como ese que desaparecía.

El mundo era un lugar mejor con gente como sus padres. Todos deberían querer más y mejor, exigirlo incluso. Sus padres eran un ejemplo que valorar, un testamento de amor, lealtad, fidelidad y generosidad absolutos.

—Mira, Ari, empiezas a preocuparme —dijo él con firmeza mientras le levantaba la barbilla para que lo mirara—. Desapareces hacia no sé dónde; solo sé que no estás aquí conmigo.

—Pero es exactamente donde quiero estar —repuso ella en voz baja al tiempo que bajaba la mano por su torso explorando sus contornos y la ondulación de sus músculos abdominales. Entonces besó su pezón izquierdo y disfrutó del roce de su piel firme y sus pectorales aún más firmes.

—Seguro que no más que yo —dijo él, acariciándole el brazo que ella tenía apoyado sobre su pecho.

—¿Lo dices en serio? —preguntó vacilante y buscando en su mirada una señal de veracidad en sus palabras.

Él parecía confundido y preocupado después. Se volvió de costado y le sujetó el brazo con la mano para que no dejara de abrazarlo al moverse. Entonces la acarició de la sien a la mejilla de tal forma que la hizo estremecer de placer.

—¿Cómo puedes dudarlo? —Le vio el susto en los ojos mientras la miraba fijamente como si hiciera lo mismo que ella le había estado haciendo: acceder a su mente para entender o descubrir sus ideas, pensamientos, sentimientos y miedos.

—Ari, ¿dudas de que quiera estar contigo? ¿Que quiera que estés a mi lado? Y no solo temporalmente, ni para unos días, semanas o meses.

—¿Para cuánto, entonces? —susurró ella evitando la pregunta de si dudaba de él. Le interesaba más lo que acababa de decir.

La esperanza le aceleraba el pulso. Contuvo la respiración lo que le pareció una eternidad mientras esperaba… ¿su confirmación? ¿Algo más, quizá? ¿Su compromiso? ¿Su amor?

No, mejor sería que no fuera por ahí. No estaba preparada para semejante aflicción. Tendría que aprender a ser fuerte y a no tomarse las cosas tan a pecho. Poder deshacerse de las cosas negativas y centrarse en las buenas.

A Beau se le hincharon los carrillos al suspirar con fuerza; bajó la mano de su rostro al brazo que ella apoyaba en su pecho. Le cogió la mano, entrelazó los dedos con los suyos y luego se la llevó al corazón.

—Aquí estás, Ari. Aquí. Y aquí es donde te quedarás. Y como estás aquí —insistió, apretándole la mano contra el pecho, bajo el cual latía su corazón con fuerza—, significa que te quiero aquí.

Le señaló la cama y con el brazo abarcó toda la habitación.

—En todos los sitios —prosiguió en voz baja—. Allí donde esté yo es donde quiero que estés.

Se inclinó hacia delante sin soltarle la mano, que seguía atrapada entre ambos cuerpos y sus labios se fundieron con los suyos en el más dulce de los besos. Seguía tratándola con ternura, como si tuviera miedo de que se rompiera o de causarle más dolor.

—Siempre —le susurró en la boca; una palabra que ella respiró igual que inhalaba su olor, el sabor y el tacto de Beau que la envolvía—. Quiero que sea para siempre.

Y esa palabra, tan sencilla pero tan sincera, le hizo sentir una felicidad que no conocía ni había experimentado nunca.

El amor te encuentra cuando menos lo esperas, en circunstancias aparentemente imposibles, pero ahí está. Joven y floreciente todavía. Inquebrantable y constante. Era cierto que el amor lo puede todo. El amor requería confianza y fe incondicional ante la adversidad.

El miedo incontenible de perder a su familia había menguado un poco porque, en ese momento, Ari supo sin dudarlo que Beau encontraría a sus padres y que su amor sería tan firme y tan verdadero como el de su padre y su madre, y que también soportaría los embates del tiempo.

Veintitrés

A Beau se le ensombreció el rostro y maldijo cuando oyó que llamaban a la puerta del dormitorio. Se dio la vuelta con un gruñido y se golpeó en la frente con la palma en señal de frustración.

—Será una coña. ¿Ahora? ¿Nos tienen que interrumpir precisamente ahora? Espero que sea porque la casa se ha incendiado.

Ari esbozó una sonrisa e intentó sentir el mismo enfado que él, pero estaba muy gracioso con esa cara enfurruñada típica de un niño al que le han negado su juguete favorito.

Como no dejaban de llamar, Beau puso los pies en el suelo, se levantó de mala gana y abrió la puerta de golpe con una fuerza con la que casi hubiera podido arrancarla de los goznes.

—¿Qué? —ladró.

Ari se dio la vuelta, curiosa por ver quién tendría que lidiar con el mal genio de Beau por haberlos interrumpido por la mañana tan temprano. Frunció el ceño. O eso creía, que aún era la mañana. Tenía los recuerdos del día anterior algo borrosos; tuvo que esforzarse para acordarse de todo lo que había sucedido.

Se estremeció por ese frío que siempre la asaltaba después de un arrebato psíquico —un término que se había inventado sobre la marcha porque, bueno, quedaba que ni pintado— porque Beau no estaba allí para darle calor y de repente la cama se le antojaba fría. Metió los pies un poquito más adentro de la cama, en busca de un poquito del calor residual que habrían dejado sus piernas.

Al principio no pudo ver quién había llamado a la puerta porque Beau ocupaba todo el umbral y hablaba en voz baja. ¿Lo harían para que ella no los escuchara? Aunque tal vez fuera por si aún tenía sensibilidad al sonido. Sin embargo, ahora estaba bien, así que seguramente se debía a que no querían que los oyera.

Ari arrugó la frente, se sentó en la cama y alargó el cuello para ver mejor. Fue entonces cuando logró identificar al intruso: era Zack, solo que no estaba solo. Le acompañaban Caleb y Dane. Se mordió el labio, nerviosa. ¿Qué leches estaba pasando? ¿Por qué estaban los tres allí y con esas caras tan serias? Salvo Caleb, cuyos ojos y rostro parecían impenetrables. Ni fruncía el ceño ni sonreía. Era indescifrable, salvo por su expresión visiblemente seria, que bastaba para intimidarla.

Inconscientemente se recostó entre las almohadas y se tapó hasta la barbilla con la sábana como si por hacerlo pudiera erigir una especie de barrera entre ella y la figura fría y amenazadora que representaba Caleb.

¿Cómo podía ser? Solo cambiaba cuando estaba con su esposa o esta aparecía donde fuera que él estuviese. Entonces se ablandaba y se le iluminaban los ojos, un fulgor que parecía salirle de dentro. Ari sabía por ese cambio inmediato que adoraba a esta mujer y que sería capaz de todo por eliminar cualquier amenaza.

Estaba claro que un hombre que se volviera indefenso en cuanto entraba su mujer, no podía ser tan malo. A su padre también le consideraban bastante despiadado, hasta frío y amenazador, cualidades que ella misma atribuía a Caleb, pero, al igual que este, se transformaba con una simple sonrisa de su esposa. Sabía que su padre era un buen hombre, a pesar de las apariencias, así que tal vez no estuviera siendo muy justa con el hermano de Beau. Se había precipitado al sacar conclusiones por el gran miedo que sentía, algo que ahora la hacía sentir avergonzada.

Beau estuvo hablando con los hombres un rato más y durante ese tiempo se dio cuenta de que procuraba hacer una barrera para que no vieran el interior del dormitorio, sobre todo la cama en la que estaba Ari. No obstante, tampoco hacía falta que se preocupara, ya que estaba hecha un ovillo entre las sábanas y solo asomaba la cabeza.

Al poco cerró la puerta y volvió a su lado con una expresión que a todas luces intentaba controlar. En lugar de meterse en la cama, que era lo que ella esperaba, se sentó al borde y le tendió la mano como si necesitara tocarla. O tal vez pensara que era ella quien necesitaría que la tocara después de contarle lo que había motivado esa visita de su hermano y los demás a esas horas.

Sacó la mano de debajo de las sábanas y cogió la de Beau. Él se la estrechó de inmediato y le dio un apretón tranquilizador.

—Quiero que me escuches y prestes atención —dijo él con un tono comedido.

El corazón le dio un vuelco y esa breve irregularidad le cortó la respiración un instante. Beau parecía estar en perfecta armonía con sus respuestas, con su lenguaje corporal y sus reacciones. Estaba en plena armonía con ella.

—Cielo, esto podría ser algo bueno, pero no saques conclusiones antes de tiempo. Quiero que estés tranquila.

Bueno, entonces no era nada horrible. Podría soportarlo. Hizo un esfuerzo por regular la respiración y calmarse. Al cabo de un rato, cuando Beau la vio preparada para escuchar, se acercó un poco más y le apretó la mano.

—Ramie ha accedido a ayudarnos. Intentará establecer una conexión con tu padre o con tu madre, o con los dos si fuera posible.

Se le aceleró el pulso de la emoción y no del miedo. Tuvo que controlarse para no empezar a saltar en la cama como una niña pequeña.

—¿En serio? —susurró, incapaz de mantener a raya la incredulidad—. Caleb no... Era reacio. —Beau reparó en el escalofrío que la recorrió al recordar lo vehemente que había sido su hermano.

Se le enturbió la mirada al recordarlo él también, pero trató de calmarse y sonrió antes de responder su pregunta.

—Ramie puede hacer lo que quiera, piense lo que piense Caleb o los demás. Claro que le gustaría controlar todos los aspectos de su vida, y no porque sea un capullo dominante, que puede serlo, sino porque la quiere con locura y solo intenta protegerla. No puedo culparlo por eso. No tienes ni idea de la pesadilla que vivieron no hace mucho y lo que Ramie ha tenido que soportar una vez tras otra todos estos años. Un día que tenga tiempo y estemos tranquilos, te contaré su historia, pero no es agradable —le dijo, serio.

»Y como Ramie no permite que Caleb la trate como un trapo y ejerza el control que quiere, le ha dicho que no tome decisiones por ella y que si quiere ayudarte, lo hará. Le caes bien. Le has tocado la fibra. Quizá parezca una tontería, pero ella siente lo mismo hacia ti, eso de que las dos estáis unidas de algún modo, que sois almas gemelas aunque os hayáis conocido ahora. Le rompe el corazón saber que has perdido a tu única familia. Ramie creció sin familia; nunca tuvo ninguna hasta que llegó a la nuestra. Ahora somos su familia, así que se identifica con lo que sientes y quiere hacer todo lo que esté en sus manos para ayudar a localizar a tus padres.

—¿Cuándo? —preguntó con dificultad—. ¿Dónde? ¿Hoy? —Ojalá fuera entonces. Ojalá así fuera porque no sabía si podría sobrevivir a otro día sin saber algo, lo que fuera, que le demostrara que sus padres seguían con vida.

Beau le apretó la mano.

—Sí, será hoy, pero antes quiero que hagas algo.

—Lo que sea —prometió ella al momento.

—Ramie suele establecer una relación con la víctima al tocar un objeto del lugar del secuestro, aunque sea algo pequeño. A veces puede que sea algo insignificante o raro, incluso. Pero si el asesino ha tocado algo de la víctima o si se ha acercado lo suficiente, si ha dejado su huella, Ramie puede usarlo como vía.

Ari frunció el ceño.

—Y ahora viene el pero.

Él asintió.

—Nos encontramos en una disyuntiva. El problema es que no sabemos dónde desaparecieron tus padres. No sabemos nada ni tenemos punto de partida, pero Ramie cree que si se te ocurre algún objeto que fuera su favorito, algo que tocaran con frecuencia y que les dejara huella tanto mental como física, tal vez pueda abrir esa vía. Sin embargo, quiere que sepas que aunque lo intentará todo y agotará todas las posibilidades, no quiere que te hagas ilusiones por si luego no funciona y te llevas un buen chasco.

Ari ya le había dado rienda suelta a su mente, había dejado de escuchar a Beau y se concentraba en las posibilidades. No quiso pensar en lo último porque no quería contemplar ni por un momento que Ramie fracasara. Tenía que conseguirlo… o se vendría abajo y no se repondría en la vida. Lo único que la ayudaba a conservar la cordura era la esperanza de recuperar a sus padres. Si se la quitaban… Se estremeció; sabía que se desmoronaría.

El improperio vehemente de Beau consiguió interrumpir

sus pensamientos y levantó la vista; no sabía qué pasaba. Vio cómo se levantaba de la cama e iba al lavabo en un par de zancadas. Volvió con una toallita húmeda y caliente con la que le limpió la nariz y la boca.

Al retirar el trapito y ver la mancha de sangre, arrugó la frente.

—Pero si no estaba usando mis poderes, en serio. Solo estaba pensando y concentrándome para centrarme.

Pero el sentimiento de culpa le hizo sentir un escalofrío por los hombros y un nudo en la garganta porque había obviado lo más espantoso que podría pasar, que muy probablemente había sido la causa de la hemorragia.

—Bueno, ya basta. Estás muy débil. Creo que ayer tuviste una especie de sobrecarga psíquica. Nunca te he visto tan mal después de usar tus poderes. Imagino que esto debe de ser un daño residual porque tu cerebro aún no se ha repuesto y cualquier esfuerzo mental excesivo puede desencadenar una hemorragia por pequeña que sea.

Ari se encogió de hombros como si no le importara. Y así era. Quería volver al tema de la ayuda de Ramie y de recuperar a sus padres.

No obstante, en deferencia a la preocupación de Beau, intentó controlar sus pensamientos y evocar recuerdos y objetos que sus padres tocaran de forma habitual. Había demasiadas cosas, fotos y álbumes, pero nada que destacara especialmente. Quería dar a Ramie algo con lo que tuviera más probabilidades de rastrear el camino hasta sus padres.

Y entonces se le ocurrió de la manera más natural. Era tan obvio que se reprendió por no haber caído antes.

—Ay, Dios mío —susurró—. ¡Claro!

—¿Qué? ¿Se te ha ocurrido algo?

—Mis cariñines.

La miró confundido.

—¿Tus cariñines?

Ella sonrió y volvió a evadirse al pensar en aquellos momentos vividos antaño. Aquel lugar sagrado que ocupaban sus cariñines, porque fue gracias a los peluches que sus padres descubrieron que tenía poderes.

Aún los tenía, aunque cuando vivía en la casa familiar estaban en un lugar de honor en uno de los estantes del salón. Sus padres solían cogerlos y esbozar una sonrisa, sumidos en aquellos recuerdos de hacía tantos años.

—Eran mis peluches favoritos. Tenía nueve meses y ya era muy consciente de ellos. Me daban seguridad, aunque mi madre no me los dejaba en la cuna porque tenía miedo de que me ahogara. Al parecer no me hacía ninguna gracia y, ya de bebé, los hacía volar y me los metía en la cuna para cogerlos.

Beau sacudió la cabeza.

—Es increíble.

—Imagínate el susto que se llevaron mis padres. No tenía ni un año y tuvieron que aceptar que era distinta y, como tal, no podrían hacer vida normal. Les cambió la vida, tuvieron que sacrificarse mucho por mí y cambiar su forma de hacer para ajustarse a la mía y a mis necesidades. Para ellos siempre era lo primero, por eso quiero encontrarlos. Se lo debo a ellos y a mí misma. Tengo que hacer todo lo que esté en mis manos para recuperarlos, aunque eso signifique sacrificar mi vida.

A él se le ensombreció el semblante y le apretó la mano con tanta fuerza que casi se la rompe.

—No vas a morir —le dijo bruscamente, aunque vio un destello de vulnerabilidad en su mirada.

—No quiero morir —dijo suavemente para tranquilizarlo—. Tengo mucho por lo que vivir. Solo digo que si la situación llegara a ese extremo, y confío plenamente en que tanto tú como DSS evitaréis que llegue a ese punto, la elección sería fácil. No tendría que convencerme a mí misma ni pensármelo dos veces. Son importantísimos para mí y no imagino mi mundo sin ellos.

—Mira, date cuenta de que ellos sienten lo mismo por ti. Imagina cómo se sentirían sabiendo que te has sacrificado para que ellos puedan vivir. ¿Crees que estarían agradecidos? ¿Crees que podrían vivir con eso en su conciencia? Una cosa así no se supera nunca, Ari. Los destrozaría.

Tras esa declaración tan apasionada, hizo una pausa larga y respiró profundamente un par de veces. Entonces la miró a los ojos.

—Y me destrozaría.

El corazón le dio un vuelco. Sentía que estallaría de tanto amor. Quería decírselo, compartir esa parte de ella que le ocultaba, pero no era el momento. Antes tenían una tarea que terminar, la más importante de su vida.

—Tenemos que ir a por los muñecos lo antes posible —dijo ella—. No quiero esperar ni un minuto más del necesario. Si Ramie quiere y está preparada, pregúntale si puede hacerlo hoy, en cuanto recuperemos los peluches.

—Bueno, bueno —dijo al tiempo que levantaba la mano—. ¿Recuperemos? En esta ecuación no estamos solo nosotros, hay que incluir a Zack, Dane, Eliza y otros miembros de DSS.

Ella frunció el ceño.

—Pero ellos no saben lo que nosotros. Es mejor que vayamos a buscarlos solo nosotros dos. Si tienes a tanta gente en este caso, estaremos protegidos. Además, parece que olvidas que soy la caña defendiéndome —añadió con un brillo pícaro en los ojos. Ya no arrugaba la frente.

Él suspiró.

—¿Dónde están? ¿Están en la casa comprometida? Porque evidentemente la tendrán vigilada por si somos lo bastante tontos, y parece que lo somos, de volver al lugar del que casi te secuestran.

Ella sonrió.

—No están allí. Mi padre no se queda dos veces en la misma casa más de unos meses, así que las cosas que son importantes las llevo siempre conmigo. Tengo un apartamento, propiedad de mi padre, que no está a mi nombre. No se le puede relacionar con él tampoco porque está registrado a nombre de una empresa que no existe, aunque hay mucha documentación que confirma que es una compañía la mar de próspera. Dudo de que sepan nada de este piso y, en caso de que lo supieran, tendrían que haberme estado siguiendo durante mucho tiempo, porque nunca voy del trabajo a casa directamente. Sé bien cómo despistarlos y lo tengo tan inculcado por costumbre, gracias a mi padre, que nunca me desvío del plan.

Beau movió la cabeza y murmuró, pero no parecía sorprendido por las meticulosas medidas de seguridad que había ideado su padre.

—Bueno, ¿cuándo nos vamos? —preguntó con impaciencia.

Él suspiró y se pasó una mano por la cara en señal de frustración.

—En cuanto avise a los demás del cambio de planes, lo que conllevará un nivel de protección distinto porque no teníamos previsto que vinieras con nosotros. Me hubiera sentido mucho mejor si Ramie y tú os quedarais aquí para poder cerciorarnos de que estuvierais bien.

—Seguro que te adaptas sobre la marcha —repuso ella entusiasmada—. Te he visto en acción. Esto está chupado para ti.

La cogió por los hombros y la miró fijamente: una tormenta de emoción se fraguaba en sus ojos.

—No lo entiendes. Mira, si fueras otro cliente, no me afectaría la presión y sí, nuestro lema es cambiar, adaptarnos y superarnos a toda costa. Pero tú no eres un cliente cualquiera y ahí está el problema, porque si te pasara algo, no sería responsable de mis actos. Porque armaría la de Dios para recuperarte. Y si ocurriera lo impensable y te perdiera…

Se quedó callado un momento como si le hubiera embargado la emoción; era algo casi tangible que se alojaba en su garganta y le impedía articular esas ideas turbulentas y el pensamiento de que era posible que la perdiera.

—No sobreviviría, Ari, ¿lo entiendes? No sobreviviría si te perdiera.

Ella se lo quedó mirando, estupefacta. Estaba muy vulnerable y casi podía ver lo mucho que le dolía el corazón. Sin pensárselo, le acarició el pecho, aunque el dolor estaba en su interior. Tan dentro que no había forma de aliviarlo.

Beau no intentó ocultarle esos sentimientos. La tensión y la sinceridad emanaban a raudales como en oleadas que ella podía notar y hasta tocar. Le rozaban los oídos y le penetraban hasta el alma.

No había dicho nada; no había articulado las palabras que ella tanto quería oír, pero en un momento de claridad se dio cuenta de que no le hacían falta. No le hacían falta para entender y para creer. Sentía su amor y eso era mucho más importante que oír las palabras en sí. Las palabras sin actos no tenían ningún sentido. Y todos sus actos, sus gestos y su lenguaje corporal no eran los de un hombre al que le llamara la atención una mujer sin más. Para él no era una mujer a quien considerara un ligue pasajero; su corazón, su mente y su alma apostaban por ella.

Quizá no había dicho «te quiero», pero no era necesario. Ya

no. Su inseguridad por no oír esas dos palabras se esfumó porque se las había dicho de las demás formas posibles y no hacía falta ponerle voz a su sentimiento. Era prueba suficiente de que sentía por ella lo mismo que ella por él. Beau la correspondía. Era una emoción fuerte y no había lugar a dudas.

Eran dos mitades de un todo incompleto, vacías y sin rumbo, que buscaban a esa otra parte con la que encajar a la perfección; dos mitades que por fin se fundían en un único corazón y alma, sin fisuras ni costuras.

Porque ahora estaban completos, sus almas eran una, y ya no tendrían que soportar el dolor de estar separados o experimentar esa sensación de vacío.

Todo era ideal. Lo había conseguido; la perfección era por fin suya… de ambos.

No tenía prisa por oírselo decir. Cuando Beau estuviera preparado se lo diría, pero eso no implicaba que no pudiera decírselo ella.

Veinticuatro

El ambiente en el todoterreno en el que iban Beau, Ari, Zack, Eliza y Dane era tenso. Beau había insistido en que Ari se sentara en la hilera central para que no fuera un objetivo vulnerable desde las lunas o el portón del maletero. Le cogía la mano con tanta fuerza que casi le hacía daño, pero ella no protestó. Se dio cuenta de que estaba aterrorizado por si le pasaba algo a pesar de la extensa planificación y las medidas de seguridad que habían implementado para evitar algo semejante.

Les seguía otro vehículo con cinco agentes especializados de DSS que ella no conocía. Sin embargo, si eran como los demás, sabía que estaba en buenas manos.

Caleb se sentaba detrás, junto a Ramie, por sugerencia de Beau; se había mostrado muy reacio a que se fueran sin él. A pesar de su porte amenazador, veía en sus ojos el amor y la preocupación que sentía por su hermano al mirarlo o hablar con él. Solo por eso podría perdonar la rudeza con la que la había tratado en el pasado.

Pararon en el aparcamiento que había al otro lado de la estrecha calle que lo separaba del rascacielos que parecía llegar al mismo firmamento. Habían estudiado los planos del edificio y optaron por no subir en ascensor ya que no les sería nada difícil dejarlos encerrados y atrapados entre plantas. Serían una presa fácil.

Así pues, tenían que subir veintitrés tramos de escalera. Sabía que Beau dudaba de que estuviera en condiciones físicas para conseguirlo y no porque no la creyera fuerte o en forma, sino por lo acontecido esos últimos días: las hemorragias y cefaleas la habían debilitado.

Ni siquiera ella estaba segura de poder hacerlo, pero estaba decidida a obviar el dolor y el agotamiento para no retrasar a los demás. Era de vital importancia que entraran y salieran lo antes posible para que nadie les viera. Idealmente querían hacerlo evitando posibles confrontaciones. La idea de vérselas con el enemigo y que alguien —aunque fuera alguno de los hombres que no conocía— resultara herido o muerto, le revolvía el estómago. No quería ser la responsable de más sangre o violencia. Ya tenía suficiente para los restos y, si tenía que pasar, temía que sería muy pronto.

Todos iban vestidos de negro para fundirse con la noche mientras se acercaban con sigilo a la salida de incendios que había en la parte posterior del edificio con acceso a las escaleras.

Dane dio algunas indicaciones con la mano que no entendió, pero evidentemente sus hombres sí. Y debía de tener a dos hombres en la entrada trasera para hacer guardia y vigilar en caso de peligro porque dos de los hombres desaparecieron en la oscuridad con los rifles en alto y pistolas a un lado.

Dane apostó a otro hombre en la puerta que comunicaba la caja de la escalera con el edificio en sí. La cerró para que nadie entrara desde dentro y luego puso a otro hombre detrás, por el lado de las bisagras, para que nadie lo viera y aprovechar el elemento sorpresa.

Ari no estaba nerviosa antes porque la animaba saber que Ramie podría localizar a sus padres. Confiaba ciegamente en ella y su don. Pero ahora, mientras subían por las escaleras sin hacer ruido —gracias a las botas militares específicamente diseñadas para amortiguar los pasos, como Beau le había contado mientras se las ataba—, empezaron a consumirla los nervios.

Se sentía incómoda; notó cómo le subía un cosquilleo por la espalda y se le hacía un nudo en el pecho, que le apretaba cada vez más y le aceleraba el corazón. Inspiró sin hacer ruido y espiró despacito para evitar que se le escapara un jadeo de miedo.

Estaba bien protegida entre Zack, que iba delante, y Beau, que iba detrás. Dane encabezaba la marcha y Eliza la cerraba. Los agentes del otro vehículo se habían colocado estratégicamente en otros lugares; habían estudiado hasta el último ángulo para poder ver bien en el caso de que alguien quisiera entrar y llegar hasta el grupo.

Sabía que los que la perseguían no tendrían clemencia con los hombres que ahora mismo arriesgaban su vida para protegerla. Solo les interesaba ella. Empezó a rezar mentalmente, a cantar una especie de mantra para pedirle a Dios que los protegiera a todos y que el bien venciera al mal.

Rezó para que la misión acabara con éxito y pudieran volver —todos, sin ninguna baja por ayudarla— sanos y salvos, para que no encontraran resistencia alguna y pudieran regresar pronto junto a Ramie para que pudiera obrar el milagro.

Apretó los puños al acercarse a la planta decimoctava, cuando empezó a acusar el cansancio y los primeros indicios de roce en la herida cosida del costado. Las costillas, que no le daban guerra desde el segundo día de reposo, empezaron a resentirse como diciéndole que estaba forzando la máquina.

No quería atrasarles; no quería ser el motivo de retraso, un retraso que podía ser mortal.

Intentó bloquear el dolor apretando los dientes e intentó subir más deprisa con la cabeza agachada para que nadie se percatara de su incomodidad y su cansancio. Gracias a Dios nadie de los allí presentes tenía el don de leer mentes porque de lo contrario la habrían pillado, aunque Beau tenía una facilidad pasmosa para captar sus preocupaciones y su malestar.

Mierda. Notó la calidez de la sangre, pero antes de poder secársela con la manga, que por suerte era negra, una gota cayó en el escalón que acababa de dejar atrás y, peor aún, dejó un pequeño reguero en el siguiente. Se apresuró a limpiarlo con el puño de la camiseta para que no quedara ni rastro.

Tendría que haber sabido que Beau se daría cuenta. ¿Por qué no podría dejar de ser tan observador? Debería centrarse en su objetivo y no en ella.

Pero él subió dos peldaños a la vez y se colocó junto a ella, alargó la mano para volverle la cabeza sin detenerse y se la quedó mirando, preocupado.

Lo único que jugaba a su favor era la necesidad de guardar silencio y notaba que le estaba costando la vida quedarse callado y no reñirla por no saber controlar mejor la mente. Pero era difícil cuando su mente era un hervidero de actividad. El terror, y no solo por sus padres, ocupaba y consumía todos sus pensamientos, sobre todo al ver que estaban llegando a su piso sin saber lo que les aguardaba allí dentro o si les habían tendido una emboscada.

Al final llegaron a su planta y le vino que ni pintado porque le estaban fallando ya las piernas. Por suerte Dane les ordenó que se apoyaran en la pared del mismo lado de la puerta y así pudo descansar un momento e intentar bloquear el dolor.

Dane y Eliza tomaron la delantera. Ella pasó la tarjeta por el lector para abrir la puerta mientras Dane se quedaba a la derecha de la puerta. Sería el primero en entrar, Zack iría inmediatamente después y Eliza detrás de este. Era una entrada coordinada y cada uno despejaría una zona para que no pudieran sorprenderles con la guardia bajada.

Solo cuando Dane diera el visto bueno entrarían ella y Beau. Por suerte, como los cariñines estaban en el salón sobre un estante en el que había fotos y otros recuerdos, no haría falta pasar más allá de esa habitación. Sería algo visto y no visto, y entonces echarían a correr escaleras abajo.

Eliza estaba en el centro, en la línea de visión de Beau, pero no de Ari ya que la tenía a sus espaldas y con un brazo la rodeaba por la cintura. Con la mano libre sujetaba en alto una pistola de aspecto peligroso. Le notaba tenso, señal de que estaba muy alerta.

Cuando notó que daba un paso al frente, sujetándola aún por detrás, supuso que tenían vía libre. Se detuvo en el umbral para hacerla pasar delante ya que no había peligro por delante, pero sí por detrás.

—Ve a por los peluches —le susurró él—. Date prisa. Seguiremos vigilando y te tendremos cubierta, así que no te preocupes. Coge los muñecos y nos largamos.

Echó a correr hacia el salón, y de la estantería grande cogió los dos peluches del sitio de honor y se los llevó al pecho, sabiendo, por muy tonto que pareciera, que esos dos animales de peluche podrían ser la clave para encontrar a su madre y a su padre.

Veinticinco

—*E*sto no me gusta —murmuró Zack mientras volvían a casa de Beau.

Dane conducía, como a la ida, pero Eliza iba en el asiento del pasajero y Ari estaba en los asientos del medio entre Beau y Zack.

Quizá porque desde el principio Zack había estado a su lado y había sido amable con ella cuando los demás no le habían dado una bienvenida muy calurosa, precisamente, se sentía a salvo entre él y Beau. No obstante, no estaba exactamente en el medio, puesto que apoyaba la cabeza en el hombro de Beau y este le rodeaba la cintura con un brazo.

Estaba exultante al haber recuperado los peluches sin obstáculos, ni barreras ni peligro. En cuanto se pusieron en marcha para volver le entraron ganas de levantar el brazo en señal de victoria. Era una combinación de esperanza, emoción, una sensación de triunfo… y fe. Tenía confianza de que esos hombres —y Ramie, sobre todo Ramie— encontraran a sus padres y los rescataran sanos y salvos.

Quería que conocieran a Beau. Aunque su padre era difícil de contentar, sabía que le daría el visto bueno. Cuando lo mirara, vería a su alma gemela y —lo más importante para su padre— vería a un hombre que la protegería con su vida, la protegería con tanto afán como él había hecho.

Pero las palabras de Zack la devolvieron a la cruda realidad.

—¿Qué te preocupa? —preguntó Dane sin una pizca de escepticismo. Había formulado la pregunta en un tono tranquilo que reflejaba lo mucho que confiaba en el instinto de Zack

—Ha sido demasiado fácil —dijo este, serio—. No me trago que no tengan vigilados todos los sitios a los que Ari podría ir.

Pero nosotros hemos entrado y salido en cuestión de minutos, ha ido como la seda y eso me escama; he sentido el pálpito que noto siempre que presiento que algo va mal.

Ari se puso tensa al lado de Beau y este la atrajo más hacia sí aunque miraba a su hombre con atención. Le acariciaba el brazo arriba y abajo en un gesto con el que quería tranquilizarla, pero que no conseguía más que ponerla más nerviosa porque ahora el nudo que tenía en el estómago era del tamaño de una pelota de béisbol.

—Entonces debemos preguntarnos por qué —comentó Eliza, que se volvió en su asiento para mirar a Zack—. ¿Por qué volverse invisibles ahora cuando han estado dándolo todo antes para coger a Ari? Tienen a sus padres y cuando antes la tengan, antes podrán utilizarlos para manipularla, para que haga lo que quieran. Porque saben, igual que lo sabemos nosotros, que Ari haría cualquier cosa para recuperarlos.

Ari se quedó boquiabierta al ver la naturalidad con la que Eliza hablaba de su personalidad. No conocía a esta mujer; solo la había visto unos minutos y nunca habían entablado conversación.

Eliza reparó en su sorpresa y esbozó una sonrisa cariñosa.

—Chica, está claro que sientes devoción por ellos y también es evidente que eres muy leal con las personas a las que quieres. No es descabellado pensar que harías lo que fuera para que estuvieran sanos y salvos. Se me da bien observar a la gente, Ari. La estudio y me enorgullece acertar en la valoración del carácter de las personas. Por lo que respecta a tus seres queridos, eres dura de pelar, con poderes o sin ellos.

A Ari se le encendieron las mejilla y agachó la cabeza, halagada pero también algo avergonzada por cómo la describía aquella mujer. Sin embargo, había acertado, así que ¿qué podía decir? ¿Gracias? Le parecía una respuesta un tanto absurda porque no era un halago sino una valoración. Pero sí levantó la cabeza y le sonrió agradecida.

Beau la apretó más con el brazo y sonrió al verla tan perpleja. Se le acercó para decirle al oído:

—Tiene razón. Solo se ha dejado algunas cosas, como lo guapa que estás cuando tienes los ojos brillantes por la pasión. Lo perfectos que son tus pechos y esos suaves pétalos que envuelven tu sexo; un sexo que me pertenece. ¿Sabes cómo me siento al saber que soy el único que te ha tocado en esa zona tan íntima, tan profunda? ¿Que soy el único al que le has regalado algo tan preciado?

Ella se puso roja como un tomate; el calor le encendía las mejillas y el cuello. Esperaba que nadie la estuviera mirando en ese momento porque sabría exactamente lo que Beau le susurraba al oído. Su humor, pensamientos, sentimientos y emociones se le reflejaban siempre en el rostro y le daba mucha rabia. Parecía un cartel andante.

Le dio un codazo en las costillas aunque estaba encantada con lo que acababa de decirle.

—Cállate —le espetó—. ¡Me estás dejando en evidencia!

Él soltó una carcajada

—Ya te lo demostraré después y te lo recordaré con el cuerpo, no con palabras.

Se le aceleró la respiración y el calor se le extendió a otras partes del cuerpo, sobre todo por los pechos, hinchados del deseo, y entre las piernas, donde el clítoris le latía dolorosamente.

—Vas a pagar por esto —le prometió.

Despacio, Beau esbozó una sonrisa; era un ejemplo de la arrogancia y la satisfacción masculinas.

—Espero con ganas esa retribución.

Ella suspiró aliviada cuando accedieron a la entrada de su casa. Enseguida pensó en los peluches que llevaba en el regazo, cuyo pelo maltrecho acarició sin darse cuenta. Acusaban los años, pero siempre había procurado que no se estropearan. Significaban muchísimo para ella. No sabía por qué sentía esta conexión con ellos desde que era un bebé, pero incluso ahora, al verlos, tocarlos o simplemente pensar en ellos, sentía una calidez y un amor enormes.

Salió del coche por el lado de Zack, ya que fue el primero en salir, e hizo caso omiso de Beau, que le tendía la mano para ayudarla. Hervía de impaciencia, de las ganas de llevar los muñecos a Ramie para que recogiera toda la información que pudiera.

Rápidamente alcanzó a Dane, que caminaba decidido con largas zancadas y dejaba que los demás lo siguieran. Beau no protestó porque sabía lo importante que era para ella dar un paso adelante hacia la liberación de sus padres.

Casi estalló de la alegría al ver a Ramie y a Caleb en el salón, esperándolos. Seguramente los habrían llamado para decirles que iban de camino. Caleb parecía enfermo, consumido por la preocupación, y aunque le compadecía y entendía su renuencia, no era tan hipócrita como para arrepentirse por completo de lo que podría provocarle esto a Ramie.

Rezaba para que no lo pasara fatal porque eso significaría que sus padres estarían pasando por lo mismo. Deseaba con todas sus fuerzas que no les hubieran hecho daño, ya que su objetivo era algo mucho mayor.

Se acercó a Ramie, se quedó a cierta distancia para darle espacio suficiente y le tendió los muñecos que hasta entonces estrechaba entre sus brazos.

—Mis padres han tenido estos muñecos durante muchos años. Sus huellas, su aura o como se llame debería de impregnarlos, así como la mía. ¿Qué necesitas que haga? ¿Puedo ayudar de alguna forma?

Cuando parecía que Caleb iba a responder, Ramie lo hizo callar con una simple mirada. Él apretó los labios, pero no dijo nada.

—Suelo hacerlo en privado sin nadie alrededor —dijo ella en voz baja—. Puede ser bastante difícil, horrendo incluso. Pero en este caso creo que todo el mundo debería estar presente. A veces digo cosas que vienen de las víctimas, cosas que no siempre recuerdo después. O tal vez sucede algo que reinterpreto con mímica y que puedas reconocer. Quizás las cosas que diga tengan más sentido para ti que para nadie. Solo quiero espacio, que no me atosiguen y, sobre todo, que no interfiráis pase lo que pase. Puede ser peligroso para mí si no os limitáis a observar.

Ari asintió con ímpetu.

—Lo que me digas. Lo que necesites. No interferiré en nada, te lo juro.

Ramie miró a los demás, obviando a Dane y Eliza, que ya estaban familiarizados con el proceso, pero se fijó en Beau y Zack como si quisiera que se lo juraran también.

—Me quedo con Ari —dijo Beau en voz baja.

Zack asintió y luego se colocó en el otro extremo del salón, desde donde no estorbaría, pero tendría una buena línea de visión.

Ramie inspiró hondo.

—Muy bien. Dale los muñecos a Caleb, por favor. Prefiero que sea él quien me los pase. Después aléjate, quédate callada y no hagas nada que pueda distraerme.

Ari le dio los peluches a Caleb con manos temblorosas y sin atreverse a mirarlo a los ojos. Para su sorpresa, él no se limitó a coger los muñecos, sino que le acarició la mano y le dio un apretón.

—Veo que me has cogido miedo y no me gusta —dijo en un tono arrepentido—. Te juro que no soy la persona que conociste en esa ocasión. Reconozco que tiendo a perder los papeles cuando se trata de mi mujer.

Ramie resopló y Caleb la fulminó con la mirada, pero ella se rio.

—Espero que aceptes mis disculpas. Y, por si sirve de algo, espero de corazón que Ramie pueda ayudarte a encontrar a tus padres.

—Gracias —respondió ella con sinceridad—. Yo también lo espero.

Le soltó la mano y ella retrocedió para darle a su esposa el espacio que había pedido. Beau la abrazó en señal de apoyo y le dio un apretón cariñoso en los hombros.

Ramie inspiró hondo y fue a tocar los peluches que su marido tenía en las manos. Caleb se los tendió y le puso uno en cada mano a la vez. Ella se los quedó mirando brevemente, pestañeó un par de veces y cuando abrió los ojos sucedió algo de lo más extraño.

Era como si los ojos le hubieran cambiado de color. Tenía las pupilas dilatadas y una mirada vacía, como si no supiera dónde estaba en ese momento. Empezó a balancearse hacia delante y hacia atrás como si estuviera angustiada. Por otro lado, le parecía que a Caleb le mataba no poder abrazarla y tranquilizarla, pero respetó las reglas y se quedó allí sentado apretando la mandíbula.

—¿Cómo podemos hacerlo? —preguntó Ramie con una voz triste que no era la suya.

—¿Y cómo no? —se respondió ella misma, esta vez con una voz completamente distinta y desde el punto de visto de otra persona.

—Porque no tenemos los medios para protegerla. Franklin Devereaux ha prometido que nos ayudará. Conoce a alguien,

alguien que puede proteger a nuestra pequeña. Es la única opción que tenemos de llevar una vida normal. Sabes que como la cojan, la tratarán como a un animal. La enjaularán, la mirarán y tocarán, la obligarán a hacer Dios sabe qué. No podemos permitir que pase.

Al mencionar a Franklin Devereaux, Caleb y Beau se quedaron inmóviles. Se quedaron mirando el uno al otro con los ojos brillantes. Beau había dejado de tocarla; por un instante parecía que se hubiera olvidado de ella.

—¿Qué ha dicho? —preguntó Caleb con la voz entrecortada.

Beau se llevó un dedo a los labios. No quería que se supiera, joder. No quería darle a su hermano más motivos para odiar a Ari. Se pasó una mano por el pelo. Ojalá esa información no hubiera llegado a través de ella; la conexión se extendía más allá de los padres adoptivos de Ari. Sin embargo, tenía sentido que le hubieran dejado los peluches de bebé; unos juguetes que sus padres biológicos le habían regalado.

Ramie se inclinó hacia delante, empezó a temblar y los labios se le volvieron azules como si estuviera expuesta a unas temperaturas gélidas.

—Hace mucho frío —dijo con la voz femenina de la primera persona a través de la que había hablado—. ¿Y si se congela? ¡No podemos dejarla aquí! ¿Y si no la quieren?

—La querrán —repuso otra voz con aplomo—. Franklin me ha dicho que Ginger Rochester ha sufrido muchos abortos y todo apunta a que no puede tener hijos. Nuestra hija será el regalo caído del cielo que merece. Nunca le faltará de nada y, lo más importante aún: estará a salvo.

Ari dio un grito ahogado, incapaz de comprender lo que estaba escuchando. Se arrodilló en el suelo porque le fallaron las piernas. Escondió el rostro entre las manos al asimilar las implicaciones de lo que Ramie estaba viviendo y diciendo; se negaba a aceptarlo. Empezó a negar con la cabeza irracionalmente como si quisiera dejar de oír las voces. Era un error. No podía ser verdad, seguro que se equivocaba.

Beau se arrodilló a su lado y aunque la miraba con pesar, no parecía muy sorprendido. Se dio cuenta incluso a pesar de la confusión y del dolor. ¿Cuántas cosas le estaba ocultando?

Él la abrazaba, tratando de calmarla, pero ella lo rechazó, al borde de la histeria. No quería que la tocara o la tranquilizara. No había consuelo posible, ni alivio, ni venda lo bastante grande para cubrir esta herida.

—Adiós, cariño —susurró Ramie. Hizo como que acunaba a un bebé entre los brazos y dio un beso en el aire, justo donde estaría su cabecita.

Hubo un breve silencio aunque Ramie se quedó, distante, como perdida en otro tiempo, cautiva entre los secretos que guardaban esos peluches.

—¡Por el amor de Dios! Alguien acaba de dejar un bebé aquí; se va a congelar.

Ari se quedó de piedra cuando a Ramie le cambió la voz de nuevo; se parecía tanto a la de su madre que se le puso el vello de punta. El frío la caló hasta los huesos. El temor llegó a su corazón al ver que se confirmaban sus sospechas… que lo impensable era verdad. No. ¡No! No podía ser. La gente que la engendró la quería; no podía ser un bebé abandonado.

Su vida era una mentira. Estaba sola de verdad, iba a la deriva, completamente perdida. Se encerró en una burbuja con la esperanza de dejar la verdad y la realidad fuera, pero seguía oyendo la voz de Ramie, que ahora era la de su padre:

—Nos iremos del país y pasaremos un tiempo fuera.

Y entonces volvió a hablar su madre, solo que no era su madre de verdad.

—¿Y qué vamos a hacer, Gavin?

Puso una voz más ronca y grave, como la de su padre cuando se volvía serio, implacable; como cuando tomaba una decisión.

—Haremos lo que nos ha pedido y la educaremos como si fuera nuestra hija.

Entonces se quedó callada y pestañeó con rapidez como si estuviera procesando datos a la velocidad de un ordenador. Apretó los puños y abrió las manos en su regazo varias veces como si estuviera nerviosa. No estaba allí con ellos; seguía en el pasado. Pero ¿y el presente?

Por mucho que su mundo hubiera cambiado en cuestión de minutos, aún quería a sus… padres. O quienes fueran. Ahora más que nunca los quería sanos y salvos porque tenía muchas preguntas que hacerles. Quería la verdad, una verdad que deberían haberle contado cuando llegó a la edad de poder asimilarla.

Y viniendo de sus padres adoptivos, la información no hubiera sido tan escandalosa porque le habrían contado sus razones: si la querían de verdad o si simplemente no concebían que la huérfana acabara en manos de los servicios sociales, de una casa de acogida a otra, sin tener un hogar estable y personas en las que confiar.

Necesitaba esa seguridad y solo podía venir de ellos y de nadie más. Si antes estaba desesperada por encontrarlos, ahora ese sentimiento se había multiplicado por diez. Si morían antes de obtener respuestas a las preguntas que le rondaban por la cabeza a una velocidad vertiginosa que hasta la mareaba, su vida quedaría incompleta para siempre. Una parte importante de ella estaría siempre fuera de su alcance. ¿Cómo podía esperar que Beau la aceptara si ni siquiera sabía quién era?

Era consciente de que su padre no había ido siempre por el camino más recto y decente, que tenía un pasado oscuro y cuestionable, pero cuando conoció a su madre, su futuro cambió por completo e hizo un gran esfuerzo por ser el hombre que ella merecía.

Pero ahora, por primera vez, se preguntaba si había dejado atrás esa vida o no, si el buen hombre por el que le había tenido siempre era una mentira más en una lista cada vez más larga de falsedades y medias tintas. Porque omitir la verdad era peor que mentir, en su opinión, pues se trataba de un intento burdo de esconder la verdad, de evitar que alguien descubriera la realidad. Era una manipulación pura y dura; no era nada honrosa ni era muestra de la integridad de una persona.

Le dolía pensar que un hombre al que siempre había admirado, idolatrado y adorado, era capaz de engañarla así. Ahora se veía obligada a cuestionar los demás aspectos de su pasado. ¿Qué más le había ocultado? ¿Todo era una mentira? ¿Toda su existencia?

A pesar del dolor y la desesperación que la nublaba, vio como Ramie se hundía y se inclinaba hacia el lado opuesto de Caleb. Él se abalanzó hacia ella, pero la sujetó con cuidado, la atrajo hacia sí y la sentó en su regazo mientras la abrazaba con ternura y la besaba en la frente.

A sus ojos se asomaba un alivio inmenso por saber que no había tenido que experimentar lo impensable. Ari, sin embargo, estaba preocupadísima. ¿Qué significaba que solo hubiera podido ver el pasado?

No podía incorporarse; se notaba las piernas de goma porque el desconsuelo le había consumido todas las fuerzas. Así que se acercó casi a gatas hacia el sofá donde Caleb acunaba a Ramie, que estaba despierta pero aletargada.

Miró a Caleb arrepentida. Una vez más, este la sorprendió al mirarla con ternura y compasión.

—Sé que está cansada y sé lo que la desgasta algo así, pero necesito hablar con ella antes de que desfallezca. Tengo que saberlo.

Ramie se movió y la observó con los ojos nublados.

—Estoy bien, Ari, mucho mejor que otras veces. Solo estoy cansada por el agotamiento mental de mantener las conexiones, en este caso, de cuatro entidades distintas. Intentaré responder a tus preguntas si conozco las respuestas, pero ten un poco de paciencia. Estoy algo lenta cuando salgo de una sesión y no pienso con claridad.

—Solo pido eso, que lo intentes —murmuró ella.

Apoyó los codos en las rodillas de Caleb. Esperaba que no le importara el peso adicional, pero era el único modo de sostenerse y no caer al suelo como un trapo.

—Solo has hablado del pasado, de un pasado muy lejano —dijo con voz ronca—, pero ¿qué hay del presente? ¿Has captado algo que pueda ayudarnos a localizarlos?

Ramie la miró con una expresión pesarosa. Alargó el brazo para cogerle una mano y le dio un ligero apretón en señal de apoyo.

—Nada —reconoció—, lo siento. Hubiera resistido de buena gana cualquier cosa para ayudarte. Las impresiones que he tenido eran fuertes, a pesar de tratarse de situaciones del pasado. He visto algunos fogonazos después de las cosas que he dicho en voz alta, pero eran muy aleatorios: tú de bebé, de niña, de preadolescente y luego de adolescente que se convierte en mujer. Los cariñines como tú los llamas eran observadores silenciosos de los acontecimientos de todos esos años, de tu historia y la de tu familia. Son objetos muy especiales y espero que los conserves muchos años más.

Ari se echó hacia atrás y se apartó de Caleb. No quería que nadie la tocara, la mirara ni presenciara la agonía desgarradora que la consumía. Todo había sido en vano. En lugar de poder encontrar a sus padres y traerlos sanos y salvos, había recibido una noticia que le había roto el corazón.

—¡No! —gritó al tiempo que sacudía la cabeza porque se negaba a aceptar la verdad.

Se incorporó como pudo, vacilante, y apartó las manos de Beau cuando este quiso ayudarla. Él dio un paso atrás. No quería que la tocaran. Se sentía sucia, rechazada e indigna. Toda la vida creyéndose segura con su lugar en el mundo y el amor de sus padres, y ahora se sentía traicionada… de la peor forma posible. Era una traición de las que llegan al alma y la desgarran, de las que dejan un vacío por dentro. Se sentía sola.

La sensación de estar completamente sola en un mundo oscuro, frío y desconocido donde no hallaba refugio y nada era lo que parecía, le hacía sentir una desesperación total y absoluta. En un visto y no visto se lo habían arrebatado todo y ya no sabía ni quién era.

Veintiséis

*B*eau observaba con impotencia cómo Ari se venía abajo frente a él y no había nada que pudiera hacer para ayudarla. Nadie podía. Algunas heridas y traiciones calaban demasiado hondo y eran imposibles de olvidar, perdonar e incluso entender.

—No —repitió ella en un tono lastimero, como el de un animal herido.

Se abrazó como si así pudiera protegerse de esa verdad tan dolorosa. Se inclinó hacia delante con un dolor intenso en el rostro y los objetos del salón empezaron a reaccionar a la hecatombe que había en su mente.

Los objetos e incluso los muebles grandes vibraban como si hubiera un terremoto. Cayó una lámpara y se hizo añicos en el suelo, rompiendo así el silencio que reinaba en el salón.

—No me detestaban —dijo entrecortadamente—, no me abandonaron, no me dejaron tirada en pleno invierno a merced de alguien que tal vez sí o tal vez no me descubriera en el umbral de su casa.

Las lágrimas le resbalaban por las mejillas; sus ojos reflejaban tal desolación que a Beau se le hizo un nudo en la garganta de la emoción y estuvo a punto de llorar también. Ninguno de los presentes era inmune a la pena y al dolor de Ari.

Eliza giró la cabeza, pero no antes de que Beau la viera secándose las lágrimas. Dane la miraba con compasión; cambió de postura y se metió las manos en los bolsillos, sin saber qué hacer o qué decir, visiblemente incómodo al presenciar la crisis nerviosa de Ari.

Zack tenía una expresión sombría, la mirada desolada y lejana como si recordara algo igual de doloroso.

Ramie lloraba y no quiso que Caleb la abrazara; seguramente pensaba que no era la que más consuelo necesitaba en esos momentos.

Cada vez que Beau trataba de acercarse a Ari, tocarla, abrazarla y mecerla sin más, dejar que llorara entre sus brazos y sobre sus hombros, reaccionaba con violencia casi como si tuviera miedo de contagiarle algo.

Maldijo con ganas. En ese instante odiaba a su padre, Gavin Rochester y a los cabronazos que le estaban haciendo pasar semejante suplicio. Llevaban manipulándola desde que nació. ¿Cómo podían haberlo hecho? Por la información que tenían ahora, según lo que Ramie había repetido en su estupor, parecía que Ari no había sido más que una transacción. Como una forma de apaciguar a Gavin y a Ginger que aliviara las pérdidas que habían sufrido. Un bebé de repuesto, como si no importara quién, y ella hubiera sido una solución para todos.

¿Por qué sus padres biológicos se mostraron tan reacios a quedársela? ¿Y qué narices tenía que ver su padre en todo esto? ¿Podría ser que hubiera sido él quien le *enviara* la niña a Gavin? ¿Se lo debía de alguna forma? ¿Por eso le había dicho Gavin a Ari que buscara a Caleb o a Beau Devereaux si estaba en peligro? Era como si la hubiera estado preparando para esta eventualidad.

Que Gavin hubiera sido quien viera vivo a Franklin Devereaux por última vez —dada la información que acababa de salir a la luz—, convenció aún más a Beau de que el padre adoptivo de Ari tenía que ver con la muerte de su padre. Directa o indirectamente, a saber.

Dudaba de que Gavin fuera de los que se ocuparan directamente del trabajo, no cuando tenía a un montón de hombres y compraba la lealtad de los demás. Por el precio adecuado, uno podía adquirir la lealtad de quien fuera.

Ramie se levantó del sofá con paso vacilante y Caleb alargó el brazo para detener una posible caída, pero ella consiguió llegar tambaleándose hasta Ari, que estaba hecha un ovillo y sollozaba de una forma desgarradora.

Le tocó la espalda con suavidad y al ver que no protestaba, la abrazó. Ari hundió el rostro en su hombro; el cuerpo entero le temblaba por la fuerza de los sollozos.

—Lo siento muchísimo —le dijo en un tono arrepentido—, pero, escúchame bien. Mírame —añadió con firmeza.

Aguardó, paciente y comprensiva, hasta que Ari levantó por fin la cabeza y la miró con unos ojos rojos del llanto. A Beau se le revolvió el estómago al ver su agonía tan evidente en su rostro y en su expresiva mirada.

—Claro que te querían. Absoluta e incondicionalmente. Esa es la verdad. Te quisieron en cuanto Gavin y Ginger Rochester te encontraron en el umbral de su casa. Tomaron muchas precauciones para cerciorarse de que nadie se te llevara y que pudieras llevar una buena vida. Evidentemente eso cambió cuando descubrieron tus habilidades, pero les dio más ganas de darte todo lo que estuviera en su mano.

Las lágrimas salían ahora más deprisa y le brillaban en los ojos, más vibrantes que de costumbre. Eran eléctricos, casi de neón.

—Y hay otra verdad más que quiero que escuches —añadió Ramie—. Presta atención porque no te mentiría con algo tan importante ni te diría palabras vacías para consolarte viéndote tan abatida. Tus padres biológicos también te querían con locura.

Ari negó con la cabeza; sus ojos reflejaban de nuevo su gran dolor. Ramie le lanzó una mirada penetrante.

—Yo también he estado en esa situación, Ari. He sentido lo mismo que ellos y sé lo que es. ¿Dudas de mi don? ¿Crees que esta es la única ocasión en la que me equivoco?

—Entonces, ¿por qué? —preguntó entrecortadamente—. No entiendo por qué.

—Pues porque los mismos que te persiguen ahora te perseguían entonces. Tus padres estaban aterrorizados y siempre estaban huyendo. Cuando tu madre se quedó embarazada no podían esconderse tan fácilmente ni pasar desapercibidos. Se pasaban los días mirando por encima del hombro y temiendo lo peor. Entonces naciste tú y te quisieron muchísimo. Pensaban que eras un milagro; la pura bondad en medio de la maldad. Intentaron quedarse contigo… querían quedarse contigo. Pero la gente que iba a por ti los descubrieron. Escaparon por un pelo y por alguien que estaba en el sitio correcto en el momento más indicado. Entonces supieron que no podían seguir así, que no había forma de criar a un hijo y que tu vida sería un infierno. Nunca tendrías lo que los demás niños: un hogar, estabilidad, seguridad. No podrías ir a la escuela, hacer deporte o ir a danza.

Ramie se quedó callada un momento, cansada por lo que había experimentado, pero también decidida a llegar al corazón de Ari antes de sucumbir a los efectos físicos y mentales de la conexión.

—Querían que tuvieras todo eso, así que acudieron a alguien que pensaron que podría ayudarlos e incluso acogerte en su seno: Franklin y Missy Devereaux.

Caleb y Beau hicieron una mueca y este último apretó los puños pensando en la coincidencia de que estuviera relacionado con Ari de otras maneras además del amor que sentía por ella. Las dudas que había tenido de que la llamada de su padre biológico fuera una estafa se acababan de disipar y lo asimiló por fin.

Ramie miró a los hermanos con una expresión de lástima.

—Quizá no queráis oír el resto. Ari y yo podemos seguir en privado.

Beau dio un paso al frente, al igual que Caleb, que se levantó del sofá. Fuera intencionado o no, los hermanos estaban casi el uno al lado del otro, como en señal de solidaridad.

Caleb habló antes de que Beau pudiera decir nada.

—Nada de lo que puedas decir de mi padre o madre nos va a sorprender. Sabemos exactamente quién y qué son… y lo que no —dijo en un tono helado.

Su hermano asintió, incapaz de añadir nada más a lo que él había dicho ya.

Ramie suspiró y se volvió hacia Ari.

—Franklin se quejó a tu padre biológico de que ya tenía tres críos y la imbécil de su esposa se había quedado preñada otra vez. Lo habían sabido una semana antes y no podía encargarse de otro chiquillo porque a duras penas soportaba a los tres que ya tenía y el cuarto en camino.

Incluso a sabiendas de que su padre era un gilipollas, Beau no pudo controlar encogerse de dolor al escuchar las palabras de su padre de una forma tan directa.

—Fue entonces cuando les recomendó a Gavin Rochester, les dijo que era un socio y que su esposa y él estaban desesperados por tener hijos, pero que hasta entonces no habían podido. Les dio dinero e incluso los dejó usar su jet privado para que nadie pudiera rastrear sus movimientos.

Ramie tomó la cara de Ari entre sus manos y la obligó a mirarla.

—Quiero que me escuches. Necesito que lo oigas.

Ella pestañeó, trató de enfocar la mirada y aclarar la confusión que aún había en sus ojos.

—Tu padre y tu madre, los de verdad, y me refiero a los que te criaron como su hija, los que te han querido y protegido toda la vida, no sabían nada de lo que pasaba entre tus padres biológicos y los que los perseguían ni estaban al corriente de la participación de Franklin Devereaux. De hecho no lo supieron hasta dos años después de adoptarte.

»Acudieron a la puerta una noche de Navidad y te… encontraron. Descubrieron a un ángel, un bebé precioso, y una nota. En la nota les pedían que te criaran como si fueses suya, que no podían cuidar de ti y que siempre correrías peligro. Gavin y Ginger te quisieron al instante. Te sacaron del país y Gavin empezó a preparar el papeleo que documentaba el embarazo, tu nacimiento en otro país y tu posterior regreso a los Estados Unidos.

»Vendió todo lo que tenía antes de tu llegada, salvo una empresa petrolera, aquí en Houston. Se mudaron aquí para empezar una nueva vida contigo. Esa es la verdad y la única que vale: te querían, te deseaban y les importas.

Ari abrazó a Ramie con fuerza.

—Gracias —susurró—. Ni te imaginas lo que significa esto para mí.

—Sí me lo imagino, sí —repuso ella bajito. Miró a Beau y se le suavizó la mirada al tiempo que le cogía la mano a Ari. Entonces le tendió la mano a Beau antes de volver a mirarla.

—Creo que hay alguien que querría cogerte la mano ahora mismo. Esto ha sido muy duro para él también, Ari. Ha descubierto información muy delicada, deberíais apoyaros el uno al otro.

Beau observó la cantidad de emociones que se reflejaban en el semblante de Ari cuando lo miraba. Entonces, con un sollozo ahogado, se lanzó a sus brazos abiertos. Lo rodeó por la cintura y lo abrazó.

—Lo siento —susurró casi tartamudeando—. Lo siento muchísimo, Beau. No mereces la forma en la que te he tratado. Eres el que menos lo merece. Perdóname, por favor. Eres el único en quien confío plenamente. No te enfades conmigo, te lo ruego.

Él la atrajo hacia sí todavía más, abrazándola todo lo fuerte que podía sin hacerle daño. Hundió el rostro en esa melena tan deliciosa sin decir nada, solo jadeaba por toda la emoción contenida.

No quería venirse abajo, no allí, delante de los demás. No cuando Ari necesitaba que fuera fuerte por ella. Cuando se retiró, le enmarcó su bello rostro con ambas manos y la miró fijamente a los ojos, perdiéndose en su alma. No quería que lo encontraran jamás. Estaba perdido en su interior, en ella, y quería permanecer así el resto de su vida.

Le dio un beso en los labios con ternura. Era un beso para tranquilizarla y para que se sintiera mejor sabiendo que estaba a su lado, que era real y no se iría a ningún lado.

Ella apoyó la frente en su cuello y Beau posó la barbilla en su cabeza, sobre su pelo sedoso. Notaba la fatiga que emanaba; Ari había llegado al límite.

Le cogió las manos.

—Vamos a la cama, cielo. Mañana lanzaremos un ataque a gran escala. Atraeremos a esos cabronazos y les sonsacaremos la información que necesitamos cueste lo que cueste.

Ella se estremeció y supo que estaba imaginando las implicaciones de sus palabras. Por suerte no reaccionó con miedo o disgusto; se limitó a echar la cabeza hacia atrás y mirarlo a los ojos como si fuera su vida, su mundo entero. Y eso era precisamente lo que quería ser para ella. Cuando terminara todo esto, le abriría el corazón; se lo sacaría del pecho si hacía falta. Quería exponerse y desnudar su alma frente a ella.

Solo esperaba que cuando eso sucediese, no rechazara los únicos regalos que podía darle: su corazón, su alma, su cuerpo.

Su amor.

Veintisiete

*B*eau se sentó en la cama; Ari se le caía literalmente de los brazos. Protestó con debilidad, pero pronto se acomodó entre las almohadas sin abrir los ojos siquiera.

—¿¡Pero qué narices…!? —exclamó Beau parpadeando al ver la luz que de repente inundaba el dormitorio.

Cuando pudo enfocar por fin, vio a Zack con el rifle sobre un hombro y dos pistolas enfundadas, así como varias granadas, incluso las aturdidoras, en la cintura. Tenía un revólver atado por la parte interior del muslo de una pierna y otro en la parte exterior de la otra para que no lo molestaran al andar. Y por si fuera poco, llevaba por lo menos tres cuchillos en varias partes de fácil acceso y otra pistola en el tobillo. Parecía que se fuera a la guerra.

Beau se puso en alerta al momento y salió de la cama antes de que Zack pudiera abrir la boca.

—Informe de la situación —espetó a su hombre mientras iba a por su arsenal. Ni siquiera se había puesto una camiseta; solo se detuvo para ponerse la ropa de trabajo, las prendas diseñadas especialmente para sus armas favoritas. Se puso el chaleco de fibra de carbono y entonces cogió una camiseta negra de manga larga que no se veía por la noche.

—Vienen a por nosotros en nuestro terreno. Están preparando un gran asalto. Ya han traspasado el perímetro y se acercan deprisa. Ya he avisado a los demás, pero tienes que llevar a Ari al cuarto de seguridad. Caleb está llevando a Ramie ahora mismo.

—¡Mierda!

Después de asegurarse todas las armas e incluso una C4 ilegal en uno de los bolsillos, fue corriendo a la cama sin molestarse en despertarla o intentar explicarle la situación. El tiempo era oro y su prioridad era garantizar su seguridad.

La levantó con más rudeza de la que pretendía y Zack salió antes que él para vigilar, aunque según sus estimaciones, los intrusos todavía tardarían unos cuatro minutos en entrar. Cuatro minutos valiosísimos para poner a las mujeres a salvo y decidir el mejor plan de acción.

—¿Beau? —tanteó Ari con la voz confundida.

—Calla, cielo. No hay tiempo para explicaciones ahora. Confía en mí.

Ella guardó silencio, pero observó un atisbo de miedo en su mirada. Sabía que tenía que resultarle difícil estar callada y aceptar lo que le pedía sin tener ni idea de lo que estaba sucediendo.

Echaron a correr por el pasillo y llegaron al cuarto de seguridad en un tiempo récord, incluso con Ari en brazos, aunque en realidad pesaba muy poco. Zack llegó primero, pulsó el código de la puerta, que se abrió justo cuando llegaba Beau.

Ramie ya estaba allí, sentada en una de las sillas con cara de pánico; tenía los ojos como platos y el semblante blanco. Cuando vio a Ari, sin embargo, pareció aliviada por no tener que estar sola.

Beau la sentó en la silla junto a la de ella y corrió hasta el armero que había en el cuarto. Cogió cuatro pistolas y dos cargadores adicionales para cada una, además de los que ya llevaban las armas.

Le dio dos a Ramie y se aseguró de que las cogiera bien, tras lo cual hizo lo mismo con Ari. Ella miró perpleja el arma como si fuera un objeto completamente desconocido.

Maldijo entre dientes. Estaba claro que nunca había tocado un arma, lo que le sorprendía teniendo en cuenta la sobreprotección de su padre en cuanto a seguridad personal. Cuando vio la soltura con la que cogía la pistola de Brent aquel día cuando se bajó del coche y se la lanzó, supuso que sabía algo de armas. Ahora se percataba de que entonces actuó por instinto, por la motivación principal de proteger a los demás.

—Escúchame bien, Ari —dijo en un tono que no admitía réplicas—. Es una Glock. No tiene seguro, así que vigila dónde apuntas y no pongas el dedo en el gatillo a menos que quieras disparar. Si alguien, repito, si alguien que no sea uno de nosotros consigue entrar, apunta, dispara y no dejes de disparar hasta que te cargues a ese cabrón. ¿Entendido?

Se volvió hacia Ramie para cerciorarse de que también lo había oído. Ella asintió.

—Vámonos —ladró a Zack—. Dame la posición de los demás y si tenemos refuerzos que puedan llegar a tiempo para echarnos una mano.

Veintiocho

—¿*Q*ué pasa, Ramie? —preguntó Ari.

El terror atenazaba su garganta y la estaba asfixiando. Le costaba respirar y tuvo que concentrarse en cada inspiración y espiración para no cometer alguna estupidez como desmayarse, por ejemplo.

—No lo sé —contestó ella en un hilo de voz y el mismo destello de pánico en la mirada—. Nos atacan. Caleb no ha dicho nada más porque no había tiempo. Me ha dejado aquí y se ha largado.

—¿Estamos completamente a salvo aquí? —inquirió temerosa.

—Pues no estoy al tanto de la logística —reconoció—. Sé que hace falta una carga mucho mayor de explosivos de lo normal para echar la puerta abajo. Las paredes son triples, llevan un refuerzo de acero y la plancha interior es a prueba de balas y explosiones, pero nunca las han puesto a prueba. Siempre he creído que eran muy paranoicos por tener un cuarto así, pero ahora les estoy muy agradecida.

Ari asintió con fervor y luego le contó el miedo que la paralizaba.

—Pero ¿qué pasa… con ellos? —preguntó con voz temblorosa—. ¿Cómo sabremos qué pasa ahí fuera? ¿Y si les ocurre algo? ¿Por qué me encierran aquí si puedo serles de gran ayuda?

Ramie bajó la vista hacia las pistolas; le temblaba tanto el pulso que apartó las manos para no rozar los gatillos.

—Beau no te pondría nunca en la línea de fuego. Da igual lo que sepas o no sepas hacer. Están formados y se han entrenado para esto; tú, no. Serías una distracción porque Beau y los demás se preocuparían más por ti que de protegerse ellos y eliminar las posibles amenazas.

—Me jode estar aquí sin hacer nada; me siento impotente —repuso ella con vehemencia.

—Ya lo sé —convino Ramie en voz baja y trémula—. También tengo miedo, estoy paralizada. No quiero perder a Caleb.

Una punzada de dolor le perforó el pecho y por un momento no pudo respirar.

—No pueden morir —dijo apasionadamente cuando recobró la capacidad de hablar—. No pueden. No morirán. Tienen que volver a nuestro lado. Volverán y no podemos plantearnos otra cosa.

Se hizo el silencio en el cuarto: las mujeres se quedaron meditabundas, torturadas por sus pensamientos mientras imaginaban todo lo que podía ir mal.

Ari echó un vistazo al reloj digital de la pared; los minutos se le antojaban horas y no sesenta segundos. El tiempo pasaba lentamente, tanto que estaba a punto de perder la cordura por el temor, el miedo y la incertidumbre. ¿Qué estaría pasando ahí fuera? ¿Estaría Beau herido e incapaz de protegerse?

Cerró los ojos y se mordió el labio; el pensamiento siguiente la abocaba a la locura. ¿Estaría vivo?

No, no podía hacerlo. No podía quedarse ahí de brazos cruzados, en el silencio, entre las paredes de ese cuarto que cada vez le parecía más pequeño hasta que creyó que se ahogaría. Se volvería loca.

Con cuidado, dejó las pistolas a un lado y con las palmas se cubrió los ojos, que empezó a presionar mientras se balanceaba hacia delante y hacia atrás. Le dolía muchísimo la cabeza.

—Ari, ¿estás bien? —preguntó Ramie, nerviosa, y rompiendo el silencio por primera vez en lo que parecían horas.

Ella miró el reloj y vio que, de hecho, habían pasado cincuenta y tres minutos. Una vida entera. ¿Debía de ser mala señal, no? Si hubieran salido a dar caña y hubieran eliminado a los malos, ya deberían de haber vuelto, ¿verdad?

Las balas eran rápidas y eficaces.

El cuarto se movió durante un momento, pero creyó que era solo la reacción a la sensación claustrofóbica que aumentaba a cada minuto que pasaba. Ramie debió de notarlo también porque miró inmediatamente en dirección a la puerta y a Ari se le cortó la respiración.

¿Volvían ya? ¿Iban a entrar? ¿O sería alguien que no debería abrir la puerta? Tal vez el cuarto vibraba porque habían introducido un código incorrecto. De haber querido echar la puerta abajo con explosivos, hubieran notado mucho más que esa ligera vibración.

—¿Qué ha sido eso? —susurró Ari.

—No lo sé. ¿Todavía lo oyes? Porque yo no.

Ari aguzó el oído y se preguntó si se lo habrían imaginado, pero no podrían haber tenido el mismo delirio.

De repente se oyó una gran explosión y se vio un destello perturbador que cegó a Ari por completo. La fuerza de la detonación la lanzó contra la pared y luego cayó despacio hasta quedarse sentada en el suelo con la espalda recta, básicamente porque la pared la sostenía.

No podía ver ni oír nada. Tenía la mente hecha un lío y no tenía nada que ver con los poderes. Al fin y al cabo no podía enfocar bien para usarlos ni sabía cómo dirigirlos hacia un agresor invisible porque aún estaba cegada. ¿Qué había pasado y cómo?

La puerta no se había abierto. Ramie y ella la estaban mirando cuando hubo la explosión.

Unas manos bastas la levantaron sin contemplaciones y supo al instante que no era Beau, ni nadie que quisiera protegerla. El miedo y la adrenalina la sacudían como si se electrocutara, lo que le dio el empujón que necesitaba para protegerse de los efectos del explosivo.

Ramie gritó del pánico.

—¡Ramie! —gritó—. ¿Estás bien?

Le taparon la boca con la mano y una voz ronca le susurró al oído:

—Cállate y estate quieta o tu amiga va a sufrir una muerte muy desagradable.

Ari se quedó inmóvil; se le heló la sangre de repente. Si los intrusos habían entrado al cuarto de seguridad, significaba que habrían tenido que vérselas con los demás agentes de la DSS apostados por doquier. Si Beau estuviera vivo, no hubiera fracasado de ninguna forma a la hora de protegerla. Las lágrimas le ardían en los ojos y empezaban a resbalarle por las mejillas, chocando con la mano que aún le tapaba la boca.

—Mira, esto es lo que va a pasar —le dijo el hombre al oído en el que aún notaba un zumbido por la explosión ensordecedora. De pronto notó que, de hecho, estaba gritando—. Solo te queremos a ti. No nos hacen falta los demás ni queremos matar sin necesidad, a menos que nos obligues.

El corazón le latía con fuerza. ¿Significaba eso que Beau y los demás estaban vivos?

—Tienes dos opciones. Te vienes con nosotros en silencio o matamos a todo el mundo, empezando por la mujer con la que compartes escondite. Ahora mismo mis hombres están retrasando a los demás, a la espera de que salgas. Depende de ti. Si te niegas, voy a dar órdenes de que los maten a todos, te vendrás igualmente, así que tu destino es inevitable. Es cuestión de decidir si quieres salvar alguna vida en el camino.

—Iré —masculló—. No los matéis. Iré. Cooperaré, lo juro, pero no la matéis a ella ni a los demás, por favor.

Empezó a ver con mayor claridad y pudo enfocar mejor lo que la rodeaba. Fue entonces cuando vio cómo habían accedido a la habitación: habían abierto el tejado, bajaron por el ático y luego volvieron a practicar una abertura en el techo lo bastante grande para dejar pasar a dos personas.

Dio un brinco cuando por el agujero cayó una escalera de cuerda. Miró a Ramie, preguntándose si habría oído el trato que acababa de hacer para salvarle la vida y la de los demás.

A juzgar por las lágrimas en sus ojos y la expresión indefensa de su mirada, supuso que estaba al corriente de lo que pasaba. A ella la sujetaba otro hombre con aspecto de militar y asesino. Sus ojos eran fríos y vacíos, como si no le importara nada. Se estremeció porque sabía que, de no haber accedido a sus deseos, no hubieran dudado en matar a Ramie delante de ella.

Le lanzó una mirada suplicante para que la entendiera. El hombre que la inmovilizaba a ella se acercó a la escalera y se le encogió el estómago al pensar que tendría que subir por ahí.

No tendría que haberse preocupado por nada. Notó un pinchazo en el cuello, como si le hubiera picado una avispa, y comenzó a ver borroso. Lo último que advirtió fueron las lágrimas de Ramie y su mirada de aflicción absoluta.

Veintinueve

Ataviados con gafas de visión nocturna, equipo de protección y suficiente potencia de fuego para enfrentarse al ejército de un pequeño país, Beau y Zack corrieron para atravesar el patio despejado, manteniéndose bien agachados para evitar ser blancos fáciles.

Había que alcanzar a los demás rápidamente porque tendrían muchísimas más posibilidades de neutralizar a los intrusos todos juntos que no diseminados por todo el perímetro.

De repente, Dane y Eliza surgieron de entre las sombras, perfectamente integrados en la noche. Asintiendo en dirección a Beau, Dane habló pausadamente al micrófono e informó a los demás de sus coordenadas para que pudieran reagruparse y mandar al mismísimo infierno a cualquiera que no fuera del lugar.

En cuestión de segundos, se les habían unido todos los que quedaban, Caleb, Isaac, Capshaw, y empezaron a moverse, separándose lo justo para no ofrecer un blanco fácil a cualquiera que buscara abatirlos de un solo tiro.

Había una hondonada a medio camino entre la casa y la espesa zona boscosa que rodeaba la propiedad por todos los flancos. Ahí, el terreno descendía abruptamente antes de volver a empinarse y alejarse de la casa.

Beau lideraba el grupo, tan concentrado en su entorno inmediato y atento al bosque y a cualquier posible punto de emboscada, que tropezó con algo grande y abultado, tendido en el suelo.

¿Qué narices era eso? Parecía... un cadáver.

Beau recobró el equilibrio con dificultad y retrocedió, instando a los demás a hacer lo mismo. Zack y Dane apuntaron con sus armas a la figura tendida mientras Beau se le acercaba.

El hombre permanecía totalmente inmóvil, sin respiración

aparente. Eliza se arrodilló junto a Beau y rápidamente enfocó la cara del hombre con su pequeña linterna. Beau reculó. Joder. Lo habían matado de una paliza.

—Mierda —susurró Eliza—. Nunca había visto a nadie tan malherido. ¿Quién crees que puede ser?

Ante su más absoluta sorpresa, los labios del hombre se movieron apenas unos centímetros. Lo suficiente para que comprendieran que estaba vivo. El grupo entero intercambió miradas perplejas. Que una persona tan malherida estuviera semiconsciente era asombroso.

—Ari —dijo el hombre en un suspiro, torciendo el gesto de dolor al emitir la única palabra que había logrado salir como un susurro de sus labios.

De repente, Beau concentró toda su atención en él y se inclinó para mirar su rostro destrozado, hinchado y sanguinolento. Dios, era francamente imposible reconocer en él a un ser humano. Parecía más un monstruo que un hombre.

—¿Qué pasa con Ari? —preguntó Beau—. ¿Qué te ha pasado? ¿Quién te ha hecho esto? ¿Qué sabes de Ari?

—Hija —carraspeó.

Un escalofrío le recorrió la columna y volvió la vista atrás hacia los demás con incredulidad.

—Tengo… que… decir algo.

Su voz se debilitaba por segundos y Beau tuvo que inclinarse más hacia él para oír lo que decía.

El hombre levantó la mano temblorosa por la debilidad y la agitó, como quien intenta alcanzar algo a que aferrarse. La reacción de Beau fue automática. No importaba quién fuera el hombre o qué hubiera hecho, nadie merecía una salvajada como aquella.

Cuando le hubo agarrado la mano, los dedos del hombre se cerraron alrededor de su mano y entreabrió los ojos con una determinación que se perdía en sus profundidades.

—Di a Ari… que la quiero. Su madre también… —Su voz desfalleció y, de repente, se atragantó y comenzó a toser con convulsiones, expulsando sangre profusamente por la boca.

Ay, madre, eso era malo. Muy malo. Era imposible que una ambulancia llegara a tiempo. Y tenían que eliminar la amenaza que acechaba a Ramie y a Ari, y a ellos mismos.

—Pro… prométemelo —tartamudeó, con la sangre brotando y resbalando por la barbilla—. Siempre la he querido. Díselo. Nunca la he olvidado. Quería que fuera… feliz. Que tuviera… una buena vida.

El padre biológico de Ari cerró los ojos y se hundió, como si se marchitara sobre la tierra. Beau lo siguió para no dejar de mirarlo y que el hombre pudiera escuchar su promesa.

—Lo prometo —dijo, agarrándole la mano aún—. ¿Me oyes? Te prometo que le daré tu mensaje. Y, ahora, descansa.

Los ojos del hombre se abrieron por última vez y una sonrisa de paz se instaló en su cara, lo que suavizó ligeramente la brutalidad que la violencia extrema había imprimido en su rostro.

—Gracias —musitó—. Lo es todo para mí.

Y entonces inclinó la cabeza hacia un lado y su mano quedó completamente flácida en la de Beau.

—Hijos de puta —maldijo Beau—. ¡Estos tipos son unos animales y quieren a Ari!

—Tranquilo, hermano —dijo Caleb, apoyando la mano sobre el hombro de Beau—. Solo tenemos que asegurarnos de que eso no ocurra.

—Dios, si le han puesto una etiqueta en el dedo gordo del pie como hacen en una puta morgue —añadió Zack, asqueado.

Y sí, señor. Cuando Eliza enfocó las piernas del hombre con la linterna, una tarjetita colgaba de un hilo atado al dedo gordo.

—¿Qué dice? —preguntó Dane.

Zack sacudió la cabeza. La repugnancia era obvia en todas sus facciones, mientras desenganchaba la nota y sacaba su propia linterna para enfocar las palabras.

—Joder —murmuró Zack—. Es surrealista de la hostia.

—Por el amor de Dios, ¿qué pone? —apremió Beau entre dientes—. No hay tiempo que perder.

La voz de Zack temblaba de rabia mientras leía la letra pequeña garabateada en la tarjeta:

Hemos sido mucho más piadosos con él que con su esposa, pero solo porque íbamos justos de tiempo. No tendremos ninguna piedad con vosotros. Esto es lo que le ocurre a la gente que interfiere en nuestra causa de algún modo. Arial Rochester es nuestra. Nosotros la creamos. Nosotros somos su sangre. Rendíos antes de que borremos vuestra organización del mapa. Tenemos más recursos y poder del que podéis imaginar.

—¡Mierda, no! —exclamó Eliza con la voz encendida y llevada por la ira—. ¿Pretenden burlarse de nosotros, estos cabrones? Ya les diría yo lo que pueden hacer exactamente con sus recursos.

Beau se pasó la mano por la cara y, cerrando los ojos, se lamentó por Ari con todas sus fuerzas. Le dolía el alma por ella y por el dolor que todo esto le provocaría. Su vida jamás volvería a ser la misma. Sabría demasiado para poder seguir viviendo con la inocencia de la que antes había disfrutado. No solía defender normalmente la felicidad obstinada e ignorante, pero en este caso, Ari habría estado muchísimo mejor sin haber descubierto jamás la verdad. Porque ahora que conocía una parte, la más importante: que los Rochester no eran sus padres biológicos, querría y pediría conocer el resto de la historia, y estaba en su derecho. Merecía saber la verdad, independientemente del daño que le hiciera. Y no importaba lo doloroso que fuera para él tener que ser quien le expusiera las puñeteras pruebas. Pero, al mismo tiempo, no deseaba que lo hiciera nadie más. Quería contárselo personalmente cuando pudiera abrazarla y darle consuelo. Joder. Si por él fuera, siempre estaría ahí para consolarla cuando lo necesitara.

¿Quién narices quiere existir sabiendo que es solamente un experimento? Un engendro de la naturaleza fabricado y moldeado justamente para eso: utilizar sus poderes sin tener elección. Su vida no habría sido jamás su propia vida si sus padres biológicos no hubieran acudido al padre de Beau en un acto de desesperación.

Odiaba tener que agradecer algo a su padre. Su padre era un cabrón egoísta que solo pensaba en sí mismo y, aun así, había hecho mucho por Ari al enviarla con Gavin y Ginger Rochester, porque al menos ellos la amaron y la adoraron profundamente. En cambio, si la hubiera criado el propio padre de Beau, habría crecido sola y aislada, como una marginada.

—Nuestro padre tiene las manos demasiado manchadas de sangre —dijo Caleb con voz monótona—. Me avergüenzo de compartir su sangre… la sangre de los demás. Daría cualquier cosa para que no fuera así.

Beau asintió con seriedad; no sabía si podría expresar sus pensamientos sin montar en cólera, y ahora necesitaba tener la cabeza clara si había que repeler un ataque inminente a su casa. La casa de Ari. Su lugar estaba a su lado, independientemente de si ella lo había reconocido o aceptado ya o no.

—Sus pecados no son los nuestros, Caleb —intervino Eliza con cuidado—. Has hecho mucho por expiar sus culpas. Nadie puede culparte de lo que hizo él, de las decisiones que tomó cuando eras un niño. Lo que cuenta es lo que hiciste después. E hiciste lo correcto. Tú y Beau escogisteis el buen camino y no solo para vosotros, sino también para los hermanos más pequeños.

La declaración de Eliza iba tanto para Beau como para Caleb, pero Beau estaba tan inmerso en la agonía de sus propios pensamientos y descubrimientos que no prestó ninguna atención a sus palabras.

¿Cuánta mierda más iba a poder soportar Ari?

Sus padres, que no eran exactamente sus padres, habían sido secuestrados; su madre biológica había sido torturada y finalmente asesinada; y ahora su padre biológico acababa de encontrar el mismo destino. Sin duda, que el hombre hubiera llamado para advertir a Beau había desencadenado las represalias inmediatas y crueles de los responsables de haber usado un vientre de alquiler para engendrar a Ari, que habían actuado en cuanto el padre biológico había puesto en riesgo el secreto al contactar con él.

¿Quién era esa gente que contaba con una red tan amplia y omnisciente? La clase de tecnología que usaban no era civil. La leche, ni siquiera parecía militar. Sabían demasiado. Eran demasiado pacientes y precisos. Y no habían actuado a ciegas al arrancarle la información sobre el paradero de su madre biológica.

No, habían esperado, se habían tomado su tiempo para dar el golpe en el momento adecuado y Beau hubiera jurado que la filtración del vídeo había sido lo último que la gente que la acechaba habría querido. Al hacerse públicos sus poderes, o por lo menos las especulaciones sobre ellos, los que planeaban poner sus manos sobre Ari se habían visto obligados a acelerar su agenda.

Beau dudaba de que los padres de Ari hubieran sido un objetivo desde el principio, porque normalmente cuanta más gente se involucra, más margen hay para el error. Para sus propósitos habría sido mucho mejor llevarse sin más a Ari cuando ella y sus padres menos se lo esperaran, dejando así a Gavin sin capacidad para ayudarla. Y para cerciorarse de su cooperación, podían haberse limitado a mostrarle algunas imágenes de seguimiento para que supiera que sabían quiénes eran sus padres y cómo encontrarlos, y que si no cooperaba, los matarían. Ari habría cedido sin pensárselo dos veces.

—¿Por qué lo han dejado aquí? —preguntó Isaac, con un gesto tenso de preocupación en el rostro—. No lo entiendo. Nos están mandando un mensaje, pero ¿por qué? Están aquí. Somos inferiores en número. ¿Por qué no nos liquidan a todos, se hacen con Ari y desaparecen?

Todos intercambiaron miradas de «¡Mierda!».

Beau echó a correr antes de que alguien pudiera añadir nada.

—Volved a la casa. ¡Ahora!

Una estruendosa explosión resonó con un gran eco en el aire nocturno. Todos se echaron al suelo y se cubrieron instintivamente mientras la tierra temblaba y retumbaba bajo sus cuerpos.

—Me cago en todo —maldijo Zack, con la furia tomándole la voz—. Ya vale de esta mierda. Ya es hora de cargarnos a esos cabrones y enterrarlos dos metros bajo tierra. Malditos cabrones de mierda acechadores de mujeres.

—Esto es el puto Armagedón —murmuró Capshaw—. Estoy listo para volar los sesos a esos cabrones. Apuntemos y mandémoslos al infierno.

Sí, claro, Beau también quería eso, solo que él ni siquiera se molestó en decirlo. Toda su atención se centraba en Ari y en que el artefacto había explosionado en las inmediaciones de la casa.

«¡Joder!»

Ari y Ramie estaban solas en la casa y, a pesar del cuarto de seguridad tipo búnker, eran vulnerables.

—Es una puñetera maniobra —gritó Beau, mientras volvía a ponerse en pie de un salto—. Sabían que el cadáver nos distraería momentáneamente. La nota era solo para que supiéramos lo que son capaces de hacer. O tal vez pensaron que nos asustaríamos y nos retiraríamos.

—De lo que son capaces es de no joderse a sí mismos —rugió Eliza—. Y retroceder, retrocederé cuando tenga sus pelotas.

—Tranquilízate, mujer —murmuró Dane, aunque Beau reparó en que apretaba los labios para evitar reírse entre dientes.

Eliza era feroz cuando entraba en acción y Beau la admiraba por ello.

Su plan, aunque esbozado apresuradamente en vista de que tenían menos de cinco minutos para trazarlo, consistía en salir de la casa y volver reagrupados desde diferentes flancos para poder liquidar la mayor cantidad de objetivos posible antes de lanzarse a un ataque frontal a gran escala.

Sin embargo, la directriz más importante de todo el equipo de la DSS, la única, era mantener a los intrusos lejos de la casa. Llevar el combate hacia ellos y proteger a Ramie y Ari a toda costa.

—No nos separemos —ordenó Beau, mientras todos corrían hacia la entrada trasera de la casa—. Por el amor de Dios, no os separéis del grupo, no hagáis que sea aún más fácil abatiros.

Siempre frío bajo el fuego, inquebrantable. Sólido, duro y seguro de sí mismo. Sí, ¡seguro! Por dentro estaba hecho un flan porque sabía que pintaba mal. Era la peor situación posible, que claramente no habían visto venir. ¡Mierda!

No había tiroteo. No era necesario agacharse para cubrirse. La noche se cernía con un silencio siniestro donde poco antes retumbaban los tiros y las explosiones, aunque ni un solo tiro los había rozado. No había sido más que una puñetera maniobra de distracción.

Iba a toda velocidad cuando llegó al porche y casi tiró la puerta abajo con sus ansias de estar con Ari.

Entraron en la casa pisando fuerte, armas en alto, y se fueron repartiendo para comprobar cada una de las habitaciones que se encontraban en la ruta directa al cuarto de seguridad. El único lugar en que podían estar seguros de que las mujeres estarían a salvo porque estaba más claro que el agua que no podían arriesgarse a dejarlas salir de la casa. Pero Beau sabía que, fuera como fuera, habían reventado el búnker y lo impensable había ocurrido.

Al llegar a la puerta todavía cerrada del cuarto, Caleb frunció el ceño en una expresión de confusión. Con las manos temblorosas, marcó el código de seguridad y soltó un taco porque las prisas le hicieron marcar mal al primer intento.

Zack prácticamente lo apartó de un manotazo y marcó el código correcto. La puerta se abrió y todos corrieron a meterse en las fauces del infierno.

La habitación entera estaba hecha un cisco. Había un agujero enorme en el techo, lo que significaba que los cabrones habían conseguido entrar desde el ático, a través del puñetero tejado. Llenaba la habitación una neblina de polvo y restos de humo que se arremolinaban erráticamente. La abertura era lo bastante grande para que pasara un elefante. Suerte tendrían si la explosión no había matado a alguna de las mujeres, o a las dos, porque para acceder al búnker, fuera por el lado que fuera, habrían necesitado un buen montón de explosivos.

—¡Ramie! —gritó Caleb con voz ronca—. ¡Ari!

El grito de Caleb encontró eco en el de Beau, que llamaba a Ari.

Y entonces vieron a Ramie, agazapada en el rincón del fondo, con las rodillas retraídas hacia el pecho y la mirada vacía. Tenía las pupilas dilatadas y la vista fija al frente aunque sin ver. Se balanceaba adelante y atrás con evidente angustia.

—Dios mío —susurró Caleb, corriendo a arrodillarse junto a su mujer.

Beau escudriñaba la sala frenéticamente, mientras el humo y la neblina empezaban a escampar a través de la puerta abierta, hasta que su mirada topó con la escalera de cuerda que colgaba de la abertura en el techo. Zack ya la escalaba ágilmente, pistola en mano y el rifle colgado del hombro, bien sujeto con su correa. Dane se afanaba tras él para cubrirlo y lo único que Beau podía hacer era observar aturdido el destrozo en el búnker y asumir que había fracasado estrepitosamente a la hora de proteger a la mujer que amaba con toda su alma y todo su corazón.

Rabia. Tristeza. Un terror tan paralizante que literalmente no lo dejaba respirar. El dolor lo embargaba completamente. Estaba aterrado por Ari y lo que podría estar sufriendo. Consciente de que ella había confiado en él, que había depositado toda su fe en él. Ahora debía sentirse asustada y sola, al comprender que le había fallado.

Lentamente, comenzó a volver en sí, sabía que las únicas respuestas residían en Ramie, que estaba totalmente conmocionada, mientras Caleb la tocaba y le hablaba en tono insistente, intentando que regresara del infierno en el que estaba sumergida.

Las lágrimas resbalaban por el rostro de la mujer y, como Caleb, Beau se arrodilló a su otro lado, mordiéndose el labio para no exigirle las respuestas que tanto deseaba... necesitaba.

—Ramie, cielo, háblame —suplicaba Caleb—. ¿Qué ha pasado? ¿Estás bien? Me estás asustando. Por favor, por favor, vuelve conmigo.

Lentamente, Ramie volvió la cabeza hacia él. Tenía los ojos apagados y sin vida, y aún más lágrimas resbalaban en infinitos regueros por las mejillas.

—Me tocó —susurró ella, y apartó la mirada de Caleb para volver a balancearse—. Me tocó.

Lo repetía a modo de cántico una y otra vez, y la fría ira se congeló en los ojos de Caleb como si fueran esquirlas de hielo. Cerró la mandíbula con rabia y, con suavidad, como si ella fuera el objeto más frágil y valioso del mundo, la atrajo hacia sí y la envolvió entre sus brazos. Cerró los ojos y pareció perder la batalla ante sus propias emociones. Lágrimas de rabia, furia... pesar... recorrieron su rostro como regueros de pura angustia.

—¿Qué te han hecho? —preguntó Caleb entrecortadamente—. Háblame, cielo. Por favor. Tengo que saberlo para ayudarte.

Ramie levantó la cabeza, pero no miró a su marido. Sus ojos encontraron los de Beau, que sucumbió totalmente abatido por el dolor reflejado en los ojos grises de ella. Pena. Remordimiento. ¿Culpa? Beau frunció el ceño y se inclinó un poco más hacia ella con la intención de ofrecer a su cuñada un poco de alivio en un momento en que parecía a punto de romperse en mil pedazos. Una sensación que él compartía por completo y que experimentaba en ese preciso instante. Solo la convicción de que tenía que mantenerse entero por Ari lograba apaciguar la desesperación sobrecogedora que se le aferraba al corazón.

Ramie parecía regresar del lejano lugar en que se había refugiado, una medida protectora para evadirse de su horrible realidad. Solo Dios sabía qué había ocurrido en aquel cuarto, en su búnker. Beau quería echar abajo la casa entera. Estaba maldita y no tendría que haberla reconstruido. No había visto nada más que dolor, desolación y pérdida. Y ahora, de nuevo, había fracasado como la impenetrable fortaleza que había pretendido que fuera. Ese maldito búnker. Le entraban ganas de reírse entre dientes de la ironía que suponía que el lugar en que Ramie y Ari tendrían que haberse sentido más seguras era donde más vulnerables habían estado.

Por su arrogancia y la de Caleb —y la del grupo al completo, vaya—, habían supuesto que podían dejar a Ramie y a Ari allí, intactas, a salvo de cualquier mal que acechara entre las sombras que venían a por ellos. Sencillamente, no existía un lugar seguro. A pesar de las medidas tomadas en la construcción, fue una estupidez pensar que sería indestructible e imposible de franquear. Un error por el que podría pagar un precio muy alto y con el que tendría que vivir el resto de su vida.

Los ojos apenados de Ramie se clavaron en los de Beau, que se encogió de dolor ante el descarnado sufrimiento reflejado en esos ojos atormentados.

—Se la han llevado. Lo siento mucho, Beau. No he podido hacer nada. Él me ha tocado, me ha puesto las manos encima y he notado tanto mal... tanto... Ha sido demasiado abrumador. Me inundaba el alma y no podía hacer nada para resguardarme de él. Estaba indefensa —relató con la voz rota—. Y entonces... —Cerró los ojos y su rostro se contrajo en un gesto de tristeza—. Le han dicho que tenía dos opciones: irse tranquilamente con ellos para que los demás y yo viviéramos, o provocar una carnicería, matar a todo el mundo y llevársela igualmente. El final iba a ser el mismo, así que era cuestión de si ella quería salvarnos la vida o no. No solo la suya, sino las nuestras.

Si antes dejaba que las lágrimas le resbalaran en silencio, desconcertada, ahora Ramie lloraba con grandes sollozos sentidos. Escondió la cabeza entre las manos incluso cuando Caleb la atrajo hacía sí, casi estrujándola con la fuerza de su abrazo. Él estaba pálido y también miraba a Beau con tanto remordimiento y... pena. A Beau le entraron náuseas.

—Ella accedió a marcharse, por eso no me mataron —explicó Ramie entre grandes sollozos—. Y no pude hacer nada de nada para ayudarla. ¡Me sentía totalmente indefensa!

Se pegó con el puño en la pierna y repitió el gesto hasta que Caleb lo rodeó con su mano protectora y se lo llevó al pecho para evitar que se hiriera más todavía.

La de Ramie era una mirada atormentada; toda una vida de pesar centelleaba en sus ojos dolientes y apenados.

—Se ha sacrificado por todos nosotros.

Zack y Dane saltaron sigilosamente de la escalera, justo a tiempo para escuchar lo que Ramie acababa de susurrar. El silencio se extendió por la habitación como si todos ellos estuvieran asimilando el altruismo puro de la acción de Ari. La incomodidad y una lúgubre determinación se reflejaban en cada uno de los agentes de la DSS. Los ojos de Eliza ardían de ira. Los rasgos de Zack revelaban tanta frialdad que Beau sintió el hormigueo de los escalofríos por los brazos.

—Saltaron a un helicóptero y ya estaban en el aire cuando llegamos hasta ellos —informó Dane pausadamente—. No hemos podido detenerlos. No hemos llegado a tiempo.

En ese preciso instante la triste realidad de lo que acababa de ocurrir le oprimió el pecho a Beau. Le fallaron las rodillas y se encontró de nuevo en el suelo, de donde se había levantado unos segundos antes, al ver reaparecer a Zack y Dane.

Un rugido hizo temblar la habitación, un sonido terrible muy parecido al del animal herido y enfurecido que pierde a su pareja. Beau apenas se había dado cuenta de que había surgido de su interior. Una negación empática, a pesar de que sabía que todas y cada una de las palabras de Ramie eran verdad. Un dolor como jamás había experimentado brotaba de lo más profundo de su alma y le inundaba el corazón con tal desesperación que se sentía sobrecogido. No era capaz de levantarse, así que permaneció arrodillado en el suelo, paralizado de terror, de dolor y de un amor tan intenso que se asombraba de ser capaz de sentir una emoción tan profunda por otro ser humano.

¿Amor? Joder, la adoraba. Besaba el puto suelo que pisaba. Amor era un término irrisorio para describir lo que sentía por Ari. Tal vez jamás encontraría las palabras correctas. Pero no iba a perderla. No podía perderla porque, aunque jamás pudiera dar con esas palabras, todo eso que él tenía dentro tenía que demostrárselo. Cada día del resto de sus vidas. Pero su voto caía en un pozo vacío, era insignificante, porque la mujer que debía oírlo, no estaba allí.

Ramie se separó del abrazo de Caleb, aunque Beau no supo exactamente cómo, porque la tenía sujeta con una fuerza espantosa, como si por tenerla abrazada formara una barrera entre ella y el resto del mundo. Una barrera al dolor y al pesar que estaba experimentando. Pero Ramie salvó la corta distancia hasta donde Beau yacía arrodillado, con la cara entre las manos y los hombros temblando como… Se restregó la cara, sorprendido por las lágrimas que le resbalaban por las mejillas y, perplejo, se miró fijamente las palmas mojadas justo en el momento en que los deditos mucho más pequeños de Ramie se deslizaban sobre los suyos.

—Lo siento mucho, Beau —dijo ella, con voz atormentada—. He dejado que se la llevaran. Ojalá tuviera yo sus poderes. Dios, ojalá tuviera algo más que esta terrible maldición que me hace sentir la naturaleza del mal que se la ha llevado.

Beau resurgió de su propio sufrimiento agonizante porque no era culpa de Ramie y no permitiría que se torturara ni un solo segundo más. Incluso cuando Caleb se preparaba para protestar, él levantó la mano y le lanzó una mirada que cortó de inmediato su respuesta.

—No es culpa tuya —aclaró Beau con vehemencia—. Es culpa mía y solo mía. Hablamos de trasladarla, de estar siempre en movimiento, de que no estuviera nunca demasiado tiempo en un mismo lugar. Tendría que haberlo puesto en práctica. Fui arrogante y descuidado, pero tal vez… —Lanzó una mirada de desesperación a Caleb, consciente de que no le quedaba otra opción—. Tal vez tú puedas ayudarnos a encontrarla.

Ramie asentía cuando Zack los interrumpió.

—No hace falta, tío. Le inyectamos el dispositivo de seguimiento, ¿recuerdas? Dane ya está trabajando para encontrar alguna pista sobre su paradero. Voto por entrar, donde sea que esté, sorprenderlos y cargarnos al puñetero grupo.

—Joder —protestó Beau con frustración, mirando hacia el lugar donde estaba Dane encendiendo uno de los ordenadores. Solo esperaba que después de todo ese caos, aún funcionara. ¡Ni siquiera puedo pensar con claridad! ¡Claro! ¿Cómo he podido olvidar precisamente eso a lo que era tan reacio? Lo único que nos daría una oportunidad si pasaba lo que ha sucedido esta noche.

—Tómatelo con calma, tío —dijo Zack suavemente, con los ojos inundados de compasión—. Sé muy bien que la frustración no te deja pensar cuando algo te importa de verdad. Lo he vivido durante una década. Pero recuperaremos a tu chica, puedes estar seguro de ello.

Treinta

*A*ri entreabrió los ojos y las brillantes luces fluorescentes le penetraron las pupilas como dardos de hielo. Con una mueca de dolor, volvió a cerrarlos y emitió un leve gemido. ¿Dónde estaba? ¿Qué había ocurrido?

Tenía la mente revuelta por completo. Tal vez le había pasado lo peor y había sufrido la enorme hemorragia psíquica que Beau temía. Aunque tal vez hubiera sido una simple apoplejía, pero, al fin y al cabo, ¿no era esencialmente lo mismo? Una apoplejía era un derrame cerebral, ¿no? Aunque el suyo no era uno de esos derrames normales que sufren los que padecen una apoplejía. Tenía la mente tan nublada que le costaba recordar nada.

El dolor de cabeza aumentó cuando intentó centrarse, al tratar de concentrarse lo bastante como para tomar consciencia de su entorno. Algo no iba bien. No podía moverse. Tenía atados los brazos y las piernas, y un metal frío le rodeaba el cuello. ¿El cuello?

Abrió los ojos de golpe, alarmada, y esta vez ignoró el punzante dolor que le causó la acción. Forzó la vista para observar el entorno, con el pánico que lo nublaba todo como en medio de una tormenta. Ay, Dios, ¿dónde estaba? ¿Se había resguardado en su peor pesadilla? Y si así era, ¿por qué no podía despertarse y buscar el consuelo de los brazos de Beau? Su escudo contra todo dolor o temor.

Y entonces le sobrevinieron los acontecimientos de la noche, que la hacían tambalear y la dejaron sin aliento. Le escocían los párpados por las lágrimas. ¿Estaban vivos los demás? ¿Beau estaba vivo? Ay, Dios, no podía estar muerto. ¡No! Los hombres que se la habían llevado no tenían ningún honor, pero al ver que habían reventado el búnker, había comprendido lo inevitable de su propio destino. Su única opción había sido fiarse de que realmente dejaran en paz a Ramie y a los demás. Que se contentaran con haber conseguido por fin su primer objetivo: ella.

Ahora, por fin sabría qué querían aquellos… fanáticos, y, francamente, la aterraba conocer la respuesta. Pero si esa gente tenía a sus padres, ¿podría verlos, por fin? ¿Saber por lo menos que estaban a salvo? ¿Vivos?

Se le aceleró el pulso hasta que la respiración empezó a convertirse en jadeo.

—Ah, estás despierta.

El sonido le penetró el cráneo como si le hubieran atravesado la cabeza con una piqueta. Las náuseas hervían en su estómago y no paraba de tragar convulsamente, como si no supiera que tragar la saliva acumulada no iba a hacer más que incrementarlas.

—¿Qué queréis? —carraspeó, sorprendida por el esfuerzo que le requería hablar.

—Queremos hacerte unas cuantas pruebas —respondió el hombre, con la calma de quien habla de un tema tan trivial como el tiempo—. Tú tienes un propósito mayor, Arial. Es hora de aceptar tu destino.

¿Destino? Ella no quería aceptar esa extraña idea sobre su destino. Su destino era estar junto a Beau. Y encontrar a sus padres para poder recuperar a su familia y poder así formar la suya propia. Compartir su nueva familia con su madre y su padre. ¡Solo quería una vida normal!

La voz incorpórea le estaba haciendo perder los nervios, así que empezó a retorcerse a izquierda y derecha, estirando el cuello hasta que por fin dio con la fuente de esta. El corazón le dio un vuelco. No ante la visión de la persona demacrada y con aspecto de médico que llevaba una bata de laboratorio, sino más bien por los dos hombres que lo flanqueaban.

Altos y extremadamente musculosos. Como dos torres al lado del científico de figura mucho más pequeña. Ambos tenían cara de póquer, pero sus ojos hablaban de crueldad. Duros y fríos, la observaban fríamente. Ari achinó los ojos al reconocer a uno de ellos: era el gilipollas que había trabajado para su padre, el que la había atacado y había intentado drogarla.

Sin embargo, no le daban miedo. En otro tiempo, sí lo habrían conseguido. Se habría escondido bajo la mesa más cercana como un ratoncillo asustado y se habría tapado la cabeza y los oídos para aislarse de todo lo que la rodeaba. Ahora que sabía exactamente lo que era capaz de hacer y con la seguridad de que tenía el poder de hacer más cosas, esos capullos serían pan comido. ¿Acaso pensaban que limitándose a inmovilizarla podrían evitar que desatara un infierno?

Parte de los pensamientos debieron de reflejarse en sus siempre expresivos ojos y rostro porque, sin mediar palabra, uno de los gorilas se giró y apuntó hacia un monitor empotrado en la pared con un mando a distancia.

La pantalla parpadeó e inmediatamente se enfocó. A Ari se le cortó el aliento en plena garganta. Se le encogió el pecho y empezó a arderle; había dejado de respirar.

Sus padres estaban en lo que parecía ser la celda de una cárcel. Como delincuentes comunes, o peor, rehenes sometidos a unas condiciones deplorables. Su padre estaba sentado sobre un catre muy precario con su madre acurrucada entre sus brazos, como si tratara de consolarla. A juzgar por la cara de angustia —y desolación— de su madre, su padre no podía conseguir siquiera algo en lo que jamás había fracasado antes: transmitirle la calma de que todo iba a salir bien.

Le subió la bilis a la garganta y el odio le abrió un agujero en el estómago. Ella, que jamás había odiado a nadie de verdad. Ella, que se oponía a la mera idea de infligir violencia o dañar a alguien. En aquel momento supo que era perfectamente capaz no solo de hacer daño, sino hasta de matar a esos cabrones por lo que estaban haciendo pasar a sus padres. Y no sentiría ningún remordimiento en absoluto.

Aceptó sus poderes, consciente de una vez por todas de que sí respondía a un fin más elevado, pero tenía clarísimo que no sería ni mucho menos el que esos capullos imaginaban. Si supieran que estaba imaginando sus muertes con todo detalle, saldrían despavoridos como los cobardes que eran.

A su alrededor, los objetos empezaron a vibrar y temblar, como en los últimos estertores de un terremoto. Los marcos caían de las paredes. Los viales de cristal volaban de sus bases para estrellarse contra la pared más lejana. Y fijó la mirada en el gusano con bata de laboratorio que le había anunciado con calma que quería hacerle unas pruebas. Como si ella fuera un animal. A sus padres ya hacía días que los trataban como animales allí enjaulados en unos cubículos indecentes. Se tenían solo el uno al otro para apoyarse mientras la preocupación por su hija los torturaba tanto como la habían atormentado a ella su desaparición y el desconocimiento de su suerte desde el mismo momento en que fueron secuestrados.

Los labios del gorila B se curvaron en una sonrisa socarrona y habló por primera vez, aparentemente ajeno a la demostración de fuerza de Ari. A decir verdad, tampoco había sido una hazaña tan impresionante. Aún se sentía débil a causa del potente sedante que le habían administrado. Ni siquiera sabía cuánto tiempo había transcurrido desde que se la habían llevado del búnker, donde suplicaba a Dios que Ramie siguiera sana y salva.

—Deja ya la pataleta —ladró el gorila.

—O ¿qué? —le retó ella, entrecerrando los ojos que fijaba en el blanco de su ira.

De repente, el rostro del tipo se enrojeció y se llevó ambas manos al cuello, como si luchara contra un agresor ausente. Tiraba inútilmente de la mano invisible que le envolvía el cuello y lentamente le iba exprimiendo la vida. Quería matarlo. Estaba lo bastante cabreada para liquidar a todos esos cabrones sin importarle las consecuencias.

—¡Basta! —vociferó el primer matón, lo que desvió momentáneamente su atención del compañero.

El segundo tosió y esputó, agarrándose el cuello mientras recuperaba el aliento.

—Me las pagarás por esto, zorra —espetó, con la cara aún sonrojada por la presión a la que ella le había sometido de pura furia. A Ari le daba lo mismo. Nunca había sentido un deseo tan acuciante de venganza, de violencia. Quería hacer daño a esa gente, mientras que tan solo un mes antes, la mera idea de desatar su violencia sobre otro ser humano le parecía abominable y contraria a su propia naturaleza. ¿Y ahora? Estaba anticipando con cada respiración cómo se vengaría exactamente de esa gente por haberle truncado la vida, haber amenazado a sus padres —adoptivos o no— y por haber metido en eso a Beau y a su familia.

Que Dios los ayudara a todos como Beau estuviera muerto. Dios tal vez tuviera piedad, pero ella, ninguna.

—Tal vez debas echar otro vistazo a tus queridos papá y mamá —sugirió el gorila A en un tono burlón que le crispó los nervios lo suficiente para querer estrujarle una parte de su anatomía diferente a la del gorila B. Andar por ahí sin pelotas y cantando como una soprano le bastaría para hacerle bajar el ego unos cuantos peldaños.

Pero cuando volvió la vista a la pantalla, incapaz de resistir las ganas de ver a sus padres tras la velada amenaza en la voz del primer matón, se quedó helada.

Cuatro hombres irrumpieron en la celda e iniciaron un tumulto: uno de ellos agarró a su madre y le pasó un musculoso brazo por encima del pecho, rodeándole la espalda y tirándole del pelo para hacerle subir la barbilla y dejar al descubierto su cuello vulnerable.

Reducir a su padre después de que el cuarto le hubiera puesto las manos encima a su madre requirió el esfuerzo combinado de los tres hombres restantes, y eso que eran grandes. Su rabia se convirtió en algo terrible y asombrosamente difícil de contener y Ari no pudo evitar sentir una punzada de orgullo al ver que tenían que intervenir tres hombres de dimensiones exageradas, con la ayuda de sus armas, para someter a su padre. Y aun así, tuvieron que unir su esfuerzo para mantenerlo inmóvil en el suelo, mientras se aseguraban de que su cara apuntara al lugar donde estaba su esposa para que viera exactamente lo que le estaban haciendo.

La rabia y la agonía compungían el rostro de su padre. Y, de repente, un sonido estalló en la habitación donde Ari se encontraba indefensa, sin poder hacer nada más que mirar. La voz de su padre era ronca, desesperada, suplicante.

—Dejadla, joder. Cogedme a mí. Hacedme lo que queráis, pero dejadla en paz. Ella no ha hecho nada malo. Cogedme a mí, ¡cabrones!

Las lágrimas abrasaban los párpados de Ari, pero ella las sacudía furiosamente parpadeando, decidida a que esos capullos que la observaban tan de cerca no notaran lo afectada que estaba de ver así a sus padres. Lo aliviada que se sentía de que estuvieran vivos, aun cuando la embargaba el terror al ver cómo el hombre que sostenía la cabeza de su madre en aquel ángulo tan incómodo sacaba lentamente un cuchillo y lo colocaba ante el cuello de la mujer.

Pudo ver el miedo en los ojos de su madre que ella trataba visiblemente de esconder para que su marido no supiera lo aterrada que estaba. De nuevo, Ari sintió una punzada de orgullo, esta vez por su madre, porque no quería que su marido supiera lo asustada que estaba. Tenía una expresión desafiante, un claro «vete a tomar por culo» en sus delicadas facciones. Y, tras el primer destello de miedo, incluso sus ojos, unos ojos que nunca habían demostrado nada que no fuera candor, amor y ternura, ahora estaban cargados de odio y desafío. Miraba a los hombres que retenían a su marido como quien dice «No podéis ganar. Os matará. Encontrará el modo de mataros».

No si Ari podía hacer algo al respecto. Ella misma acabaría con esos cabrones o moriría en el intento.

Algunas causas son nobles y justas, incluso cuando hay violencia, sangre y… asesinato. Algunas batallas, aun estando en desventaja, valía la pena lucharlas porque si uno no planta cara, entonces no hay esperanza. Y Ari tenía que creer que, de algún modo, podía ganar y salvar a sus padres. Incluso aunque eso significara caer en el camino.

Por algunas cosas valía la pena luchar. Hasta el más amargo final, hasta el último aliento. Y a Ari, no se le ocurría mejor razón que… el amor. El amor por sus padres. El amor por Beau.

La derrota no era más que la ausencia de esperanza. Y hasta que no hubiera agotado hasta la última gota de esperanza, no pensaba darse por vencida jamás. Una promesa le resonaba en la mente, que silenciaba todo lo demás.

Hasta que el chillido de dolor de su madre rompió las oscuras sombras de sus pensamientos. Sus planes de muerte y venganza. Y entonces, cuando un fino chorrito de sangre empezaba a resbalar por el cuello de su madre mientras el gilipollas que la sostenía infligía un corte superficial a su delicada piel, Ari se quedó helada.

Su padre enloqueció. Exabruptos de rabia, promesas de venganza; eco de los propios pensamientos de Ari. Logró liberarse de sus captores y cruzó de un salto la celda, dispuesto a cargarse con sus propias manos al hombre que estaba haciendo daño a su esposa. Y, entonces, el cuerpo de su padre se arqueó hacia atrás, se le compungió el rostro de dolor y sus extremidades se agitaron y retorcieron violentamente.

Aquellos cabrones cobardes le habían disparado con una pistola eléctrica por la espalda. Por un instante, Ari pensó que su padre seguiría luchando a pesar del efecto agobiante de la descarga en su determinación por proteger a su esposa por encima de todo, pero otra descarga administrada por otro de los guardias lo hizo caer como un saco. Ginger chilló y el movimiento hizo que le brotara más sangre del corte que ahora era más profundo, porque instintivamente se había abalanzado hacia delante en un intento desesperado de proteger a su marido.

—¡Basta! —gritó Ari—. ¡No la matéis! Por el amor de Dios, ¡ya habéis hecho bastante! Habéis dejado a mi padre inconsciente y si el cabrón que sujeta el cuchillo en la garganta de mi madre hace un movimiento en falso, ¡la matará!

—Entonces, tal vez quieras reconsiderar tu rechazo a nuestros planes —dijo el gorila A, fríamente—. Porque no me produce ningún reparo rebanarle la garganta y dejar que veas cómo se desangra, cómo exhala su último aliento mientras su marido se despierta en un charco de sangre junto al cuerpo inerte de su mujer.

Ari se estremeció ante la amenaza gélida. Pero no, no era una amenaza. Sabía que estaba completamente decidido a hacerlo. Sabía que ejecutaría su promesa si ella ofrecía alguna resistencia. ¿Podría asumirlo? ¿Aguantar todo lo que le quisieran infligir sin quedar incapacitada por completo para poder después destruir aquel horrible lugar y a todos y cada uno de sus ocupantes, excepto a sus padres?

Sin saber si Beau estaba vivo o no, tenía que actuar con la premisa de que sí lo estaba para poder tomar las decisiones correctas. No había tiempo para dejar que las emociones interfirieran en la fría lógica y en lo que ella sabía con certeza.

Ese hombre podía ordenar la muerte de su madre sin padecer ni una gota de remordimiento. Y solo Dios sabía lo que podrían hacerle a su padre cuando ya no tuvieran a su madre para obligarla a cooperar.

—Haré lo que queráis —dijo con una calma que no tenía ni idea que fuera posible en una situación que normalmente la habría paralizado de miedo e impotencia, incapaz de hacer nada que no fuera comportarse como una puta florecilla apocada.

A la mierda las flores. De todos modos, tampoco le gustaban. Y usar la palabra «puta» le confirió la resolución necesaria para adquirir el espíritu guerrero de Beau. Para ser la guerrera que sus padres necesitaban. La guerrera en la que debía convertirse.

Hacerse fuerte para soportar el sufrimiento que le esperaba sin quedar anulada después sería la prueba más dura a la que jamás se había enfrentado. Beau no estaba ahí para recoger sus pedacitos, para mimarla y reconfortarla.

Pero por sus padres, por Beau y por ella misma podría resistir y lo resistiría. Y que Dios los pillara a todos confesados cuando finalmente desatara toda la furia de sus poderes, su don, un don que, por primera vez en la vida, agradecía y aceptaba sin reservas.

Treinta y uno

Gavin Rochester se estremeció al oír el inconfundible sonido de la puerta que llevaba al pasillo donde estaban alineadas las celdas abiertas, seguido de las pisadas fuertes de botas. Más de un par.

Le ardía la sangre, aunque esta vez deseaba matar a esos cabrones con sus propias manos. Quería arrancarles la columna vertebral y metérsela por la garganta.

Habían puesto sus sucias manos sobre su mujer. La habían hecho sangrar y, peor aún, la habían aterrorizado y él había sido incapaz de detenerlos. Le habían despojado de todo poder. Le habían arrancado la posibilidad de tomar cualquier decisión. La última vez que lo habían dejado sin opciones y sin tener voz ni voto acerca de su futuro había sido cuando era niño y se buscaba la vida como podía.

Desde el día en que mató al monstruo —el donante de esperma, porque ni siquiera estaba dispuesto a conceder a un tipo así el honor ni el respeto de llamarlo padre, ya fuera biológico o no— se hizo con el control de su destino. Su madre, demasiado perdida en el turbio mundo de las drogas y las adicciones, había dado las gracias a Gavin por librarlos del hombre que abusaba de los dos. Las gracias, ¡por el amor de Dios! Un agradecimiento educado que pronunció sin emoción alguna como si estuviera dando las gracias a un extraño por un pequeño acto de amabilidad.

Cuando le rogó que se marchara con él, que partieran los dos en busca de algo mejor, de una vida mejor, de una existencia mejor, sus ojos reflejaron pánico, y supo que el origen de ese pánico era verse alejada de su fuente de drogas, algo más preciado para ella que su propio hijo.

Después de eso, Gavin dejó atrás su antigua vida. Todas y cada una de sus facetas. Ni siquiera Ginger conocía todos los detalles, solo que sus padres habían sido las peores personas. Gente a la que nunca se tendría que haber permitido procrear. Sin embargo, nunca le había confesado que había matado a su propio padre a sangre fría.

Ginger sabía mucho de su oscuro pasado y que se había pasado de la raya en varias ocasiones, o al menos había estado a punto de pasarse. Pero no sabía que era un asesino y, hasta ahora, hasta que ese cabrón mimado, engreído y egoísta forrado de pasta no había ido a por su hija, hasta que un hombre no había derramado la sangre de su mujer, nunca se había planteado volver a descender al mundo de los asesinatos a sangre fría.

Sin embargo, ahora lo anhelaba con toda su alma. Le hervía la sangre por la rabia y necesitaba derramar la de los hombres que habían hecho daño y habían atemorizado a su mujer y su hija: las dos personas a las que más amaba en el mundo, las únicas personas a las que amaba.

Sabía que había llegado el momento de actuar. Había que asumir un riesgo calculado y escapar lo más rápido posible. Porque, Dios santo, ahora mismo su preciosa hija estaría por ahí fuera, aterrada y sola pensando que su madre y su padre la habían abandonado sin más. Justo cuando más los necesitaba.

Ni siquiera era capaz de plantearse en qué situación podría estar Ari en este momento sin volverse loco. Debía centrarse únicamente en lo que podía controlar, en la huida de él y de su mujer para poder ir a ayudar a su hija. Y cuando esto hubiera acabado, se llevaría a su familia lo más lejos posible. Nunca volverían aquí. Cambiarían de identidad por completo. Tendrían unas vidas completamente nuevas. En un lugar en el que pudiera estar seguro de que nunca volverían a sufrir ningún acto violento. Jamás debería haber vuelto a Estados Unidos. No obstante, ahora mismo de nada servía arrepentirse de las decisiones que ya se habían tomado. Sin embargo, sí que podía asegurarse de no volver a cometer ese error jamás.

Cuando Ginger gritó, Gavin corrió a sus pies mientras alzaba la vista para ver cuál era la amenaza que se cernía sobre ellos, qué era lo que había hecho que su mujer se pusiera a llorar angustiada. Pero, aunque no había nadie en la celda en ese momento, el rostro de Ginger estaba desencajado por el dolor, al tiempo que su cuerpo se sacudía visiblemente por la tensión y el miedo. Gavin notaba que el pánico se apoderaba de ella, veía cómo le temblaba todo el cuerpo: estaba muy nerviosa.

Le caían lágrimas por las mejillas y tenía la mirada fija en el pasillo, en un punto que quedaba fuera del campo visual de Gavin, que había situado a Ginger en la esquina más alejada de la entrada y le había pedido que se quedara allí, lo más lejos posible de la puerta por la que entrarían los hombres y donde Gavin tenía pensado matarlos.

El fracaso no entraba en sus planes. Antes los habían tratado mal. De hecho, los habían tratado con indiferencia, los miraban con una impaciencia latente como si esperaran algo completamente distinto y Gavin y Ginger no fueran más que unos obstáculos en su camino.

Entonces, ¿por qué los mantenían encerrados? ¿Por qué los habían secuestrado? Si era para pedir un rescate, Ari no sabría cómo liquidar suficientes activos para pagar lo que tenía toda la pinta de ser una suma escandalosa, además de que tampoco querría que lo hiciera. Lo último que quería era que su hija estuviera remotamente cerca de cualquier posible peligro.

Sin embargo, con el repentino cambio de rumbo anterior y la amenaza que había visto en los ojos de sus captores, la forma en que habían aterrorizado a Ginger, cómo lo habían electrocutado, como si todo eso fuera una obra orquestada con sumo cuidado. Todo había cambiado en cuestión de minutos. ¿A qué se debían ese repentino cambio y las prisas? ¿Qué estaba pasando, incluso en ese preciso instante, entre bastidores? Eran unas circunstancias de las que no estaba al tanto.

Gavin se colocó rápidamente delante de Ginger, tapándole la vista para poder ver qué lo había alterado tanto y poder protegerla así de cualquier amenaza que se cerniera sobre ellos. Para su sorpresa, Ginger lo empujó con fuerza, haciéndolo tambalear hacia delante, y corrió hasta los barrotes, a los que se aferró con todas sus fuerzas, apretando hasta que las yemas de los dedos quedaron completamente blancas.

—¡Ari! —gritó Ginger—. ¡Dejadla en paz, cabrones!

A Gavin se le heló la sangre al tiempo que el miedo invadía todo su ser. No. No, por favor, Dios. Ari, no. ¡Joder, su hija también, no! ¿Acaso su mujer no había sufrido ya bastante que también tenían que aterrorizar a su única hija?

Apartó a Ginger de los barrotes y la arrojó sobre el camastro. Entonces le lanzó una mirada que no dejaba lugar a discusiones.

—No te muevas, por dios —dijo con dureza—. Quédate aquí y no te metas, pase lo que pase. ¿Me has entendido?

—Pero…

Gavin le levantó la mano a su mujer, algo que no había hecho nunca, aunque Dios sabe que nunca le levantaría la mano de forma violenta. Nunca antes había tenido la falta de respeto de interrumpirla de una forma tan despectiva como esa, rechazando sus palabras con su lenguaje corporal o simplemente diciéndole de forma tan brusca que no hablara ni discutiera más.

En ese momento, no le importó. Quería que lo obedeciera, buscaba una sumisión instantánea e incuestionable. Miró con furia a su mujer que, a su vez, lo miraba con la misma fiereza. Porque si obligándola a obedecerlo, conseguía que siguiera viva —e ilesa—, ya podía estar enfadada con él veinte años que estaría contentísimo de rebajarse todos los días de esas dos décadas.

—No puedo perderos a las dos —dijo Gavin secamente, pero con la voz casi rota por la emoción—. ¡Quédate donde estás, Ginger! Déjame ocuparme de Ari. No puedo permitirme tener la concentración dividida entre tú y nuestra hija. Necesito saber que no estás cerca de ningún peligro. Hazlo por mí, por favor.

Estaba vulnerable y tenía un miedo que lo sobrecogía y le hacía temblar las piernas, lo que debió de reflejarse en su rostro porque Ginger suavizó su mirada y se limitó a asentir. Clavó los ojos más allá de Gavin, con una mirada ansiosa y expectante mientras esperaban a su hija.

Durante un breve instante, Gavin se inclinó hacia delante y la besó en la frente, cerrando los ojos. Besó a su dulce, cariñosa y compasiva mujer. Ya era bastante malo que hubiera tenido que soportar ese tormento durante los últimos días como para que ahora esos hijos de puta tuvieran a Ari. El único consuelo que habían tenido era que no se habían llevado a Ari. La desesperación acabó con la esperanza de que estuviera en algún lugar seguro, alejada de cualquier peligro. Porque no era así. Estaba ahí, en ese infierno con él y su madre, y Gavin no se había sentido tan impotente en toda su vida pues no podía proteger a las personas que más le importaban.

Se separó a regañadientes de su mujer, pero tenía que ver lo que le habían hecho a su hija. Corrió hasta los barrotes, apretándose contra ellos para ver mejor en ese pasillo pobremente iluminado. La celda estaba alumbrada solo por una bombilla que él apagaba por las noches cuando dormía con Ginger entre él y la pared para hacer de barrera entre ella y cualquiera que entrara en la celda.

Tenía dos razones para hacerlo. Una era que en la oscuridad, abrazando y tocando a su mujer, ambos podían olvidar durante un instante que estaban siendo retenidos por unos desconocidos por una razón igualmente desconocida. La otra era que la oscuridad molestaba muchísimo a Ginger, excepto durante la noche cuando dormía acurrucada en el abrazo protector de Gavin. Si la dejaba encendida todo el tiempo, al final acabaría por fundirse y dudaba de que la fueran a sustituir, sobre todo si Ginger mostraba cualquier señal de angustia por la pérdida de su única fuente de iluminación.

Forzó la mirada, aunque solo vio lo que había visto Ginger: el inconfundible color del cabello de Ari, aunque tenía la cabeza agachada y solo podía verle la coronilla. Se puso tenso al darse cuenta de que dos hombres la estaban arrastrando y ninguno de ellos la sujetaba con el más mínimo cuidado.

Contuvo una retahíla de insultos, sabiendo que les encantaría darle todavía más razones para protestar, y lo último que quería era que le hicieran más daño a su hija.

Buscó cualquier signo de… vida. Algún movimiento. Le ardía el pecho y el oxígeno se le quedaba atrapado en los pulmones al comprimirse y hundirse cada vez más a causa del terror total y absoluto que le desgarraba las tripas.

Estaba lánguida. No se movía. Tiraban de ella como una marioneta o más bien como si un niño arrastrara una muñeca por un solo brazo. Tenía el cabello revuelto y los mechones le caían por toda la cara. Se veía enmarañado y totalmente enredado.

Todavía se le desgarraron más las tripas cuando imaginó todas las posibles razones por las que una mujer podía tener el aspecto que tenía ella. Se dio media vuelta para asegurarse de que Ginger cumplía su orden, algo que nunca hacía con su esposa a menos que la cosa tuviera que ver con su propia seguridad o con la de Ari.

Ginger lo miró escrutadora a los ojos, al tiempo que inclinaba todo el cuerpo hacia delante, aunque se aferraba al borde del camastro con los dedos como si quisiera obligarse a no levantarse para verlo con sus propios ojos. Dios, ojalá pudiera protegerla de ver eso. Ojalá la hubiera protegido a ella y a Ari. El peso de sus errores, de sus fracasos, le caía como una losa sobre el corazón y la cabeza, pero ahora debía superar ese sentimiento de culpa y esa aplastante sensación de impotencia y buscar una forma de sacar de allí a su familia.

Al final, el largo recorrido por el pasillo acercó a Ari lo suficiente para que Gavin pudiera verla mejor. Seguía sin moverse, llevaba el pelo hecho un desastre, moratones… Se contuvo para no ponerse a maldecir como un condenado al ver los cardenales, con la forma de las huellas de los dedos, que mostraba en brazos y hombros. Solo llevaba una camiseta fina de tirantes. Gavin se quedó helado al ver a uno de los guardias arrojarla hacia él para que el otro pudiera abrir la celda.

El movimiento hizo que el pelo que le tapaba la cara y le cubría el pecho se echara a un lado y pudo ver cómo la camiseta de tirantes se volvió escarlata ante sus propios ojos. Se le encogió el corazón y el miedo le dejó sin aire.

La camiseta, y ella, estaban cubiertas de sangre.

—¡Atrás! —advirtió a Gavin el guardia que llevaba la llave.

Como reforzando la exigencia del otro guardia, el tipo que sujetaba a Ari tiró de ella hacia arriba, sacudiéndola como la muñeca de trapo que le había recordado a Gavin mientras la arrastraban por el pasillo. Detrás de Gavin, Ginger se estremeció horrorizada y gritó totalmente desesperada:

—¡Ari!

El grito agónico de su mujer sacó a Gavin de su estupor y tormento momentáneos. Se abalanzó sobre los barrotes, los golpeaba con tanta fuerza que temblaron y chirriaron mientras dejaba escapar toda su ira, olvidándose por completo de su preocupación de que su reacción les animara a hacerle más daño.

Desesperadamente, asomó los brazos a través de los gruesos barrotes, se inclinó hacia delante para tratar de llegar a su hija y ponerles las manos encima a los responsables de todo aquello.

—¡Atrás! —espetó uno de los hombres, aunque dio un precipitado paso atrás incluso al emitir la orden, asegurándose de mantenerse bien lejos del alcance de Gavin.

El guardia que no sujetaba a Ari sacó una pistola eléctrica, la misma que había usado con Gavin antes. Esta vez no apuntó a Gavin, sino a Ginger, quien ahora se encontraba de pie al lado del camastro con el rostro pálido como un fantasma mientras tenía la mirada fija en su hija, ensangrentada.

—A lo mejor te has olvidado de lo que pasó la última vez que olvidaste cuál era tu sitio —dijo el guardia con tono amenazador—. Échate atrás o electrocuto a tu mujer, y ya puedes ir olvidándote de ver a tu preciosa hija.

A Gavin le costó Dios y ayuda retirarse y alejarse poco a poco, asegurándose de que su cuerpo se situaba de nuevo entre Ginger y el guardia que sujetaba el táser. En cuanto se abrió la puerta deseó ir a por los dos, quería hacerlos pedazos, destrozarlos con sus propias manos. Derramar su sangre como ellos habían derramado la de Ari.

Cuando el guardia decidió que Gavin ya se había alejado lo suficiente, introdujo la llave en la cerradura, aunque sin dejar de mirar a Gavin y Ginger, y el tipo que sujetaba la pistola permaneció quieto sin bajarla.

Con un quejido, debido a los años en que el óxido y el abandono la habían ido desgastando, se abrió la puerta de la celda. Gavin había pasado la totalidad de las primeras cuarenta y ocho horas de cautiverio examinando de forma implacable e incansable cada centímetro de la celda en busca de algún punto débil, cualquier flaqueza que pudiera aprovechar, cualquier cosa que pudiera convertirse en una posible ruta de escapada. Pero no consiguió encontrar nada de nada.

Sin ni siquiera entrar en la celda, tal vez correctamente consciente de la ira salvaje de Gavin que él mismo sabía reflejada en su cara y ojos, y evidentemente por no querer dar a Gavin ninguna oportunidad de arremeter contra él, el guardia que sostenía a Ari se detuvo justo en el umbral de la puerta abierta mientras su compañero se situaba entre ellos, apuntando con el táser en dirección a Gavin y Ginger.

Entonces el guardia se limitó a lanzar a Ari hacia delante y su poco peso hizo que por un instante volara en el aire por ese empellón violento. Golpeó el suelo con un ruido sordo que hizo que Ginger volviera a gritar y Gavin se estremeció al ver el cuerpo inerte de su hija tirado en el suelo como una muñeca rota.

Ari no se movió. Tenía los ojos abiertos, pero no era consciente de nada. Le sangraban la nariz y la boca. Dios, parecía que sangraba por los oídos y los ojos.

Los guardias se retiraron de forma precipitada, cerrando con llave la puerta de la celda antes de alejarse a toda prisa para desaparecer de su campo visual.

Gavin recorrió rápidamente la distancia que lo separaba de Ari, cayó de rodillas y recorrió de forma automática el cuerpo de su hija con las manos, temeroso de lo que pudiera encontrar. Ginger se unió a él, con los ojos rojos e hinchados y gran preocupación reflejada en su mirada atormentada.

—¡Hay mucha sangre! —Ginger se atragantó con un sollozo—. Dios, Gavin, está… ¿estará viva?

Gavin cerró por un instante los ojos al tiempo que apartaba con cuidado el cabello que tapaba el cuello de Ari para poder tomarle el pulso. El corazón estaba a punto de salírsele del pecho. Le temblaban tanto las manos que no conseguía tocar la piel durante el tiempo suficiente para estar seguro de la fuerza de su pulso. O comprobar siquiera si tenía pulso.

Al final se obligó a tranquilizarse un poco para poder controlar la mano y presionó con los dedos en la zona donde estaba la arteria carótida. Flaqueó, casi perdiendo el equilibrio por el alivio cuando sintió una palpitación irregular con los dedos.

—Está viva —dijo con calma.

—Gracias a Dios —murmuró Ginger con palabras entrecortadas. Entonces tocó el brazo de Gavin para llamar su atención y su mirada aterrada se cruzó con la de él—. ¿Cómo podemos saber cuál es la gravedad de sus heridas? ¿Y si le hacemos más daño moviéndola?

Gavin tenía el mismo miedo, pero prefería morir antes que dejar a su hija en el suelo frío y duro de esa celda húmeda y oscura. Además, seguro que la movería con más cuidado que los guardias y su brutalidad al trasladarla.

—Déjame acostarla en el camastro, querida —dijo Gavin, obligándose a hablar con una calma que no sentía.

De la misma manera que no quería asustar a Ginger, tampoco quería que ella viera lo terriblemente cerca que estaba de volverse loco y perder el control de forma desmesurada.

Maldijo en voz baja cuando empezó a temblar de nuevo al pasar los brazos por debajo del cuerpo de Ari con una lentitud frustrante. Su instinto lo apremiaba a cogerla en brazos, abrazarla con fuerza y no soltarla, no dejar que volviera a caer nunca en manos de algún monstruo.

Le preocupaba mucho que sus piernas no soportaran el poco peso de Ari, por no decir el suyo propio. Respiró lentamente varias veces, intentando con todas sus fuerzas calmar la violenta furia que le recorría las venas.

Con mucho cuidado, se levantó sin perder la postura. La levantó en brazos y la acunó contra su pecho. Durante un instante se detuvo, rezaba para no quebrarse al intentar ponerse de pie. Nunca antes había tenido una razón más importante para ser tan paciente y cuidadoso.

—Ven, déjame ayudarte —dijo Ginger preocupada, apuntalándolo con todo su cuerpo y sacando fuerzas de flaqueza para intentar ayudarlo a ponerse de pie mientras sostenía a Ari en brazos.

Aunque su diminuta y delicada mujer, muy parecida a Ari a pesar de no ser su madre biológica, casi no tenía la fuerza necesaria para hacer algo así, no le negó su ayuda porque tenía la sensación de que estaba a punto de desmoronarse y necesitaba hacer algo, lo que fuera, para mantener la compostura. Una hazaña que admiraba porque él mismo estaba igual de cerca de derrumbarse al ver a su hija magullada y ensangrentada.

Las lágrimas le ardían en el rabillo del ojo cuando depositó con todo el cuidado del mundo a su hija en el camastro y sacó los brazos de debajo de ella. Aunque Ari tenía la mirada fija y vidriosa, no se le veía ni un atisbo de conciencia, casi como si estuviera inconsciente a pesar de tener los ojos abiertos como platos. No obstante, no quiso hacer nada que pudiera causarle sin querer más dolor, razón por la cual se movía con una lentitud extrema y con cuidado de no zarandearla.

—Dios mío, Gavin —dijo Ginger entre lágrimas al tiempo

que se situaba justo al lado de la cabeza de Ari—. ¿Qué le han hecho? —Miró con ojos suplicantes a su marido y la ira, la furia y una desesperación extremas ardieron con fuerza en sus ojos marrones, que ahora se veían casi negros—. ¿Qué le han hecho?

El dolor cubría como un manto pesado y asfixiante toda la celda. Gavin ni siquiera era capaz de articular palabras de consuelo para su mujer, porque carecía de ellas. No podía proporcionarle una respuesta que la tranquilizara porque temía estar contándole una burda mentira.

Había mucha sangre. Tenía toda la parte delantera de la camiseta empapada, sangraba por las orejas hasta el cuello donde se formaban grandes manchas en el montículo que tenía entre los hombros y la base del cuello. Tenía sangre también en la boca, sangre que se secaba en las aletas de la nariz y, ahora que la miraba más de cerca, pudo confirmar su anterior sospecha de que incluso había sangrado por los ojos.

¿Tan fuerte había sido la paliza que le habían dado?

A pesar de que ya le había comprobado el pulso, volvió a poner la mano sobre el cuello de Ari para asegurarse de que no se había imaginado antes el débil pulso de vida que había sentido bajo los dedos. Como antes, era irregular pero potente al tacto. Sin embargo, temía que tuviera lesiones internas, cosas que no pudiera ver.

Aparte del miedo de que le hubieran dado una paliza tremenda, no encontraba ninguna prueba de hinchazones o moratones en su rostro ni en su cabeza. La sangre parecía inexplicable porque los únicos hematomas que encontró fueron los de los brazos, como si la hubieran sujetado con fuerza. A Ari siempre le salían moratones con facilidad, y esos pequeños hematomas parecían producidos por dedos. No había nada que justificara toda esa cantidad de sangre que le cubría la piel.

Ginger acercó la mano al rostro de Ari con una expresión rígida de preocupación mientras buscaba algún sitio, donde fuera, en el que poder tocar a su hija de forma segura. Al final colocó la mano sobre la frente de Ari y la acarició hacia atrás sobre el pelo con un movimiento tranquilizador.

Ari se estremeció al momento como si Ginger le hubiera hecho daño. Era la primera vez que Ari efectuaba algún tipo de movimiento o mostraba algún signo de reconocimiento de lo que estaba pasando a su alrededor.

—¿Ari? —dijo Gavin apremiante—. Ari, ¿me oyes? ¿Estás despierta? Por favor, cielo, abre los ojos para que tu madre y yo sepamos que estás bien.

Para sorpresa de ambos, Ari le quitó la mano a su madre y se dio media vuelta para darles la espalda a los dos. Levantó las piernas hacia el pecho —una medida de protección— y se las cogió con fuerza con ambos brazos, como si intentara hacerse una bola lo más pequeña posible.

Un gemido angustioso salió de sus labios. Gavin estaba en un sitio desde donde todavía podía verle la cara, a pesar de que Ari les había dado la espalda. Cerró los ojos durante unos instantes como si estuviera luchando contra... ¿un dolor agudo? ¿Miedo? ¿Algo que sabía? O tal vez lo único que quería era huir de su realidad presente. Quizá sentía tanto dolor que lo único que quería era alejarse a algún lugar en el que no fuera tan agudo e insoportable. Gavin se limpió el rabillo del ojo y parpadeó rápidamente para poder mantener la compostura.

—¿Ari? —Ginger fue a tocarla de nuevo, pero se detuvo y bajó la mano, al tiempo que la angustia se reflejaba en su mirada.

—No —rogó Ari—. Dios, no, por favor.

—¿Que no qué? —preguntó Gavin con urgencia—. Ari, ¿puedes hablar con nosotros? ¿Puedes contarnos qué ha pasado? ¿Qué te han hecho esos cabrones?

A Gavin se le hizo un nudo en la garganta y fue incapaz de proseguir. Las lágrimas le taponaron la garganta, imposibilitándole hablar durante un rato. Ginger entrelazó sus dedos con los de él, apretándolos con fuerza, cogiéndolo de la mano todo lo fuerte que podía debido a toda la tensión que le recorría el cuerpo.

—No me toquéis —dijo Ari, gimiendo de nuevo y con una voz tan débil que Gavin casi no oía las palabras—. Nada de ruidos. Por favor. No puedo soportarlo. Duele. Me duele mucho. Por favor, no me toquéis. No digáis nada.

Ginger se llevó la mano a la boca y le brotaron lágrimas de los ojos. En cuanto estas resbalaron por las mejillas, aparecieron todavía más.

Ari se tapó las orejas y empezó a balancearse adelante y atrás, encerrada en su propio infierno que Gavin y Ginger eran incapaces de calmar, suavizar o eliminar.

Ginger permaneció de pie, cumpliendo la terrible petición de su hija, con los ojos inundados por la pena de una manera que Gavin no había visto en veinticinco años. Desde que perdieron el último hijo no la había visto con el corazón tan roto.

Gavin se levantó como pudo, al tiempo que su furia se acrecentaba por momentos. La rabia le recorría las venas como una potente droga y se le nublaba y oscurecía la vista. Dio la espalda a su mujer y a su hija porque no quería que ninguna de las dos viera sus espantosos pensamientos reflejados en su mirada. La sed de venganza. De violencia. De destruir hasta la última persona implicada en todo este sórdido embrollo.

Emitió un sonido atronador de pura furia de hombre, sonido que al momento intentó controlar cuando vio a Ari ponerse tensa.

—La luz —dijo entonces Ginger—. Es probable que la luz también le haga daño.

Ginger corrió hasta la bombilla que colgaba de un cable eléctrico y la tocó un poco para aflojarla lo justo para que se apagara.

Gavin se dio media vuelta, cerrando los ojos al tiempo que el dolor y la impotencia se abalanzaban sobre él como una ola gigantesca. Golpeó los barrotes de hierro que lo encerraban, buscando una salida para esa furia salvaje. Ni siquiera sintió dolor cuando golpeó una vez tras otra con el puño el metal chirriante. Apareció el olor punzante de la sangre y esta se derramó cálida por sus dedos, cayendo al suelo bajo sus pies.

Ginger lo abrazó por un lado y luego se deslizó alrededor de él hasta que lo separó de los barrotes que había estado golpeando. Con mucho amor, le cogió la mano entumecida con la suya y lo besó en los nudillos destrozados.

Entonces hundió el rostro en el pecho de Gavin para ahogar sus sollozos. Le temblaba todo el cuerpo y Gavin la rodeó con sus brazos en respuesta, abrazándola con fuerza. A continuación ocultó el rostro en el cabello de su esposa, al tiempo que sus lágrimas humedecían los sedosos mechones, mientras el corazón, como el de su mujer, se le partía por la mitad.

Se abrazaron durante un buen rato hasta que se oyó la voz apagada de Ginger.

—¿Qué le han hecho a nuestra niña, Gavin? ¿Qué quieren?

Gavin acarició arriba y abajo la espalda de su mujer en un intento de consolarla, pero no había consuelo posible.

—No lo sé —dijo en voz baja—. ¡Joder, no tengo ni idea!

—¿Cómo podemos protegerla si tenemos las manos atadas? —preguntó Ginger con un dolor creciente.

—No es cierto.

Gavin y Ginger se volvieron al instante al oír la voz apagada y monótona de Ari. Sonaba casi como... un robot.

—¿El qué, cariño? —preguntó Gavin con dulzura, aunque la había oído sin problemas. Lo que le pasaba era que no estaba seguro de a qué se refería.

—Derribaré todo el edificio —aseguró Ari con tranquilidad, que se giró para mirar a la cara a sus padres de forma voluntaria por primera vez.

A su alrededor se despertó y centelleó un poder que electrificaba hasta el aire de la celda. Donde antes el ambiente siempre había sido sofocante y difícil de respirar, ahora parecía estar cargado de electricidad, de partículas que brillaban, con una brisa que se levantó de repente, incansable, trayendo una bocanada de aire frío como si alguien hubiera abierto una ventana para dejar entrar el aire de fuera.

Los barrotes empezaron a traquetear de forma inquietante. El camastro se agitaba debajo de Ari. El suelo de hormigón temblaba a sus pies. En el exterior de la celda, en las contiguas, almohadas, mantas e incluso un viejo zapato desparejado se elevaron, convirtiéndose en un remolino sin control antes de golpear contra los barrotes de hierro que acotaban ese espacio reducido.

Ginger le dirigió a Gavin una mirada oscura de preocupación e inquietud. Gavin sabía que su expresión no difería mucho de la de su esposa. Algo no iba nada bien. En la distancia, podían oír el sonido de cristales que se rompían y una ventana que se desintegraba. El viento soplaba en el pasillo, aullaba de forma inquietante como si fuera un túnel de viento.

—¡Gavin! —susurró Ginger, mirando aterrorizada a Ari.

Gavin desvió la vista de los objetos que formaban un remolino en el aire, se centró en su hija y de inmediato vio lo que preocupaba a Ginger. A Ari le sangraba la nariz y la sangre manchaba la desgastada sábana del camastro.

—Ari, cielo —dijo Ginger con un gran dolor reflejado en su voz. Corrió junto a su hija y se sentó lentamente en el borde de la cama con cuidado de no tocarla—. ¿Se debe a esto toda la sangre? ¿Te han obligado a usar tus poderes?

Pero la mirada de Ari estaba perdida en el infinito. Vacía, como si estuviera a kilómetros de distancia. Estaba ahí, pero al mismo tiempo no estaba.

—Los mataré a todos —exclamó Ari mientras sus ojos brillaban sorprendentemente, si bien un momento antes parecían apagados y sin vida. Entonces observó a sus padres, en apariencia consciente por primera vez de lo que la rodeaba—. Y Beau va a venir —se limitó a añadir.

Treinta y dos

*T*ras su misteriosa afirmación, Ari se quedó dormida. Al principio con unos rasgos contraídos que se fueron suavizando a medida que se sumergía en un sueño más profundo. Ginger estaba tumbada junto a su hija, mientras que Gavin paseaba sin descanso arriba y abajo en la confinación de la celda, como un león enjaulado.

Quería saber qué demonios habían hecho a Ari, aunque ella había sido incapaz de proporcionarles respuestas, y no iba a presionarla en ese momento que parecía tan frágil. Sin embargo, entonces había pronunciado esa escalofriante frase a la que Gavin seguía dándole vueltas en la cabeza.

Su voz no solo reflejaba determinación, sino también seguridad. Confianza. Valentía. Y eso le asustaba a más no poder. ¿Qué demonios estaba planeando hacer? ¿Y cómo podía él quedarse plantado sin hacer nada? ¿Cómo podía detenerla para que no hiciera lo que fuera que hacía que su rostro reflejara esa expresión implacable? Era una expresión que le dejaba claro que no había nada que pudiera hacer que se desviara de su objetivo.

Gavin cerró los ojos al tiempo que murmuraba una oración para un ente en el que nunca antes había creído hasta que Ginger y Ari llegaron a su vida. Creía de verdad que eran un regalo de los ángeles. De Dios. De un ser superior. No importaba cómo se llamara. Gavin creía —creía de verdad— cuando nunca antes había creído en nada aparte de lo que él solo tenía el poder de conseguir en la vida.

Ahora rezaba una oración sincera y ferviente a Dios para que protegiera a su mujer y a su hija. Lo que le pasara a él le traía sin cuidado. Estaba dispuesto a dar la vida por las dos mujeres que amaba con todas sus fuerzas y sin pestañear. Sin embargo, no estaba dispuesto a permitir que ninguna de las dos hicieran lo mismo por él.

Sacudió la cabeza al ver los derroteros por los que habían ido sus pensamientos. Ari había estado inconsciente. Catatónica. Profundamente traumatizada. Dudaba que recordara siquiera sus palabras al despertarse, aunque rezaba para que se despertara pronto con el fin de poder tener las respuestas que tan desesperadamente anhelaba.

Aunque Ginger se encontraba tumbada en el camastro con Ari, no estaba dormida. Estaba tan despierta y alerta como él. Ari había sentido la presencia de su madre incluso con los ojos cerrados y se había acurrucado cerca de ella mientras caía en un sueño profundo. Un sueño curativo, esperaba Gavin.

Ginger pasó los dedos por su larga melena, algo que siempre había gustado a Ari desde que era muy pequeña. Le encantaba que jugaran con su pelo, que le acariciaran la cabeza. A menudo la había tranquilizado cuando se había despertado llorando en mitad de la noche. O cuando no se encontraba bien.

—¿Mamá?

La dulce voz de Ari llegó a oídos de Gavin y se giró buscando al instante a su hija con la mirada. Ari todavía le daba la espalda. Ginger se había situado entre ella y la pared de la celda para poder tumbarse con su hija sin interferir en su descanso.

—¿Sí, cariño? —preguntó Ginger en voz baja en deferencia a la sensibilidad al sonido que tenía su hija.

—¿Dónde está papá? —susurró—. ¿Está aquí?

Gavin fue a responder y estaba a punto de acudir a su lado para que pudiera verlo, pero las siguientes palabras de Ari lo hicieron detenerse en seco.

—Hay cámaras aquí. No pueden ver que estoy despierta, así que no permitamos que lo sepan —advirtió Ari siguiendo con el susurro—. Mira a papá para que yo sepa dónde está, pero no hagas ni digas nada que sugiera que estoy despierta.

Gavin se controló y casi no frunció el ceño. El mérito fue de Ginger, ya que su expresión siguió siendo preocupada y reflexiva igual que en las dos últimas horas en las que Ari había permanecido dormida. Ninguna emoción traicionera ni atisbo de preocupación o nerviosismo se reflejaba en sus rasgos cuidadosamente controlados.

Ginger dirigió la vista hacia Gavin y mantuvo la mirada el tiempo suficiente para que Ari supiera con seguridad dónde estaba.

—Dile que no se mueva o, mejor, que siga haciendo lo que sea que estuviera haciendo —siguió susurrando Ari, por lo que Gavin tuvo que esforzarse para oírla—. Bueno, no, no se lo digas —se corrigió apresuradamente—. Pueden oírte.

—Puede oírte, cielo —dijo Ginger sin ni siquiera mover los labios mientras continuaba acariciándole el cabello y con la vista fija en Gavin, igual que había hecho durante todo el tiempo en que Ari había permanecido dormida.

Gavin la vio visiblemente relajada. No se había dado cuenta de cuánta tensión contenía su pequeño cuerpo hasta que la vio hundirse en la cama.

—Hay cosas para las que os tenéis que preparar —prosiguió Ari.

Gavin se acercó a la cama, tal como había hecho varias veces durante las últimas horas y se agachó como si fuera a comprobar cómo estaba. Sus palabras lo habían preocupado y necesitaba asegurarse de que estaba bien. Solo con mirarla y con tocarla sabría que estaba bien.

—¿Se ha despertado en algún momento?

Dirigió la pregunta a Ginger y se agachó para acariciar con cuidado la mejilla de Ari con el dedo, otra cosa que había hecho muchas veces con preocupación desde que se había quedado dormida.

Unas lágrimas brillaron en las pestañas de Ari y Gavin sintió una presión en el pecho por la emoción. ¡Joder! Había tantas cosas que quería preguntarle, tantas cosas que necesitaba saber. Pero tenía las manos atadas. Estuvo a punto de estallar por la impaciencia, pero se obligó a seguir con su papel, a no desviarse del patrón que había desarrollado durante el tiempo en que él y Ginger habían vigilado a su hija mientras dormía.

—Todavía no —dijo Ginger en voz alta—. Estoy preocupada, Gavin. ¿Y si le han hecho algo terrible?

Esa era su chica, lista como ninguna. Ginger consiguió encontrar una forma de plantear a Ari todas las preguntas que se moría por hacerle él sin que nadie fuera capaz de darse cuenta de lo que estaban haciendo.

—Tuve que dejarlos —dijo Ari sin moverse ni reaccionar a la caricia de su padre, aunque las lágrimas que había visto unos segundos antes le daban mucha información a Gavin—. Es complicado.

Ari respiró con tranquilidad, con cuidado de no permitir que su lenguaje corporal indicara de manera alguna que no estaba dormida. Todo dependía de que sus captores no notaran el engaño. Los estragos que iba a causar y la venganza que planeaba sobre ellos como la ira de Dios tenían que ser inesperados.

A sus padres no iba a gustarles lo que tenía que decir. A su padre especialmente no le gustaría nada saber que no podría participar en su plan, que solo Ari acabaría con sus enemigos. Sola.

—Quieren usar mis poderes. Y estos son potentes, mucho más de lo que podríamos llegar a soñar. En muy poco tiempo, he aprendido a realizar proezas de las que nunca me habría creído capaz y, aun así, sé que puedo hacer muchas más cosas.

—¿Crees que han experimentado con ella? —preguntó Ginger a su marido, desempeñando así su papel a la perfección—. ¿Por eso toda esta sangre?

—No lo sé —murmuró Gavin, inyectando la rabia y la indignación de un padre en su voz.

—Sí —susurró Ari al tiempo que buscaba la mano de su madre lentamente, la que estaba en el espacio que las separaba. Con su padre de pie detrás de ella y su madre tan cerca de ella en el estrecho camastro, no había forma de que la cámara captara ese sutil movimiento.

Apretó la mano de su madre, conteniendo las lágrimas en los párpados. Estos eran sus padres. Biológicos o no, estas eran las personas que la querían, que la protegían y que siempre la apoyaban.

—Pero yo les he dejado hacerlo —prosiguió Ari—. Lo que tengo que decir, lo que debéis oír de mí será muy duro para vosotros. Y todavía será más duro aceptarlo. Pero os pido que confiéis en mí. Si me habéis querido alguna vez, que sé que es verdad; si alguna vez habéis tenido fe en mí, que sé que la habéis tenido… Entonces confiad en mí ahora y escuchad lo que tengo que deciros. —Ari respiró un poco para que su cuerpo no la traicionara con una emoción mayor—. Y aceptad lo que debo hacer.

La preocupación apareció en la mirada de su padre, un sentimiento primitivo que se reflejó en sus rasgos. Estaba de espaldas a las cámaras y se quedó de pie un instante antes de recuperar la compostura y plantarse como si simplemente hubiera compartido un momento íntimo y privado con su mujer y su preocupación hacia su hija durante unos minutos.

—Les he dejado que me sobrecargaran —dijo Ari—. Han pasado muchas cosas desde que desaparecisteis. He aprendido mucho sobre mí misma. Sobre mis poderes. Y todavía queda mucho por destapar. Mucho por descubrir. Y, aun así, sé que soy capaz de más de lo que nunca habría creído posible

Aunque su madre no verbalizó su pregunta, Ari pudo verla en su mirada.

—Me hicieron una serie de pruebas muy fáciles —explicó—. Pero me obligué a pensar a propósito en cosas que me causarían una tensión insoportable para que pudieran verme con una gran sobrecarga psíquica, para que me vieran experimentando una hemorragia psíquica. Necesitaba que se enfadaran o tal vez que se sintieran decepcionados e incluso que creyeran que no valía nada para ellos. Al menos hasta poder encontrarte a ti y a papá. Porque, cuando vuelvan a por mí, que lo harán, tenéis que estar preparados. Y debéis hacer exactamente lo que os diga. Es la única manera que tengo de poder manteneros a los dos a salvo cuando derribe el resto de este lugar y lo reduzca a cenizas, llevándome a todos esos sádicos hijos de puta por delante.

Su madre abrió los ojos como platos, aunque enseguida bajó la mirada para ocultar su reacción. Aunque Ari no podía ver ya a su padre, podía notarlo cerca y pudo sentir la espiral de tensión repentina que experimentó. Iba en contra de sus instintos más básicos permitir de forma voluntaria que su hija se pusiera en una situación peligrosa mientras él se limitaba a esperar sentado a ser salvado.

Él sería el más difícil de convencer. Tenía que ganarse a su madre para que ella pudiera convencerlo a su vez.

Miró a su madre suplicante, rogándole que la entendiera, que empezara a confiar en Ari, que tuviera fe en las habilidades de su hija.

Ginger agarró con fuerza las manos de Arial y la apretó un poco.

—Adelante —la instó su madre sin mover los labios.

—Soy muy poderosa —dijo Ari sinceramente—. Estos hombres no están a mi altura y necesito que me creáis cuando lo digo. Necesito que sepáis que estaré a salvo y que comprendáis que la forma en la que he llegado a vosotros ha sido elección mía. Tenía que saber dónde estabais, que todavía seguíais con vida. Porque, cuando llegue la hora, podré levantar una barrera protectora a vuestro alrededor, pero debéis quedaros quietos. No importa lo que veáis, lo que oigáis ni lo que penséis. Tenéis que permanecer aquí mientras destrozo todo el edificio a vuestro alrededor.

Ari pudo oír el bufido de su padre y luego cómo se le aceleraba la respiración. De nuevo, miró a su madre suplicante pidiéndole que la ayudara a convencer a su padre.

Su madre volvió a apretarle las manos, esta vez con decisión. Y lo que Ari vio reflejado en los ojos de su madre la dejó pasmada. Era amor, por supuesto. Pero también confianza. Y un orgullo que brillaba como las estrellas, en los ojos de su madre. Le iluminaba la cara, esculpido en cada rasgo de su expresión.

Ari contuvo las lágrimas, apretando la mano de su madre y agarrándola con fuerza. Simplemente manteniendo ese vínculo tangible entre madre e hija. Un vínculo como ningún otro. Irremplazable. Inquebrantable. Tan antiguo como la vida misma. Realmente no hay nada como el amor de una madre, incondicional, sólido, indefinible e infinito. Capaz de superar cualquier obstáculo y triunfar sobre lo imposible.

Y Ari triunfaría. Ella creía en sí misma, igual que su madre creía en ella. No era un error de la naturaleza. No era un ser monstruoso que debería ser estudiado, examinado ni controlado. Tenía una razón de ser. Ella era especial.

Había tardado veinticuatro años en comprender su razón de ser. Aceptarla e interiorizarla. No se asustaría, ni la eludiría, ni la reprimiría ni la ignoraría jamás. Formaba parte integral de quién y qué era.

Y ahora podía salvar a las personas a las que quería y las personas que la querían más que nada en el mundo.

La sangre no te convierte en familia.

El amor, sí.

—Papá —llamó en voz baja, aunque no lo suficiente para que él la oyera, pero sí para que su madre pudiera hacerle saber de alguna manera que tenía que acercarse un poco para poder oírla.

—Gavin, ven aquí, por favor —pidió Ginger preocupada—. ¿Has visto que sangra por los oídos? ¿Por qué le pasa esto?

Ari quería sonreír. Entonces sintió como la calidez llegaba a su cuerpo frío cuando su madre y su padre la flanquearon una vez más.

—Papá —volvió a susurrar.

—Estoy aquí —murmuró Gavin.

—Tienes que proteger a mamá.

Era un truco sucio y manipulador, pero sabía que debía apelar al macho protector que había en su padre para que, aunque se viera obligado a permanecer quieto y no pudiera ayudar a proteger a su hija, sin duda no haría nada que pudiera causar daño a su madre.

Ginger sonrió entre dientes como si supiera exactamente lo que estaba haciendo Ari. Pero, claro, su madre le había proporcionado información útil a lo largo de los años sobre cómo manejar a los hombres, sobre todo su ego.

—Tienes que asegurarte de que no se mueve cuando yo me vaya —prosiguió Ari, con la intención de que ese punto le quedara claro a su padre—. Si se moviera un poco, si se formara un vacío entre los dos, entonces podría salirse de la barrera y podría acabar muerta.

Aunque estaba claro que estaba intentando hacer todo lo posible por convencer a su padre sobre la obligatoriedad de quedarse atrás, no mentía sobre la necesidad de proteger a su madre.

Su madre era una tigresa cuando tenía que salir en defensa de su única hija, y que Dios los cogiera confesados si pensaba que Ari estaba indefensa o en peligro o, peor todavía, herida e indefensa.

Más que oír sintió el bufido de su padre que reflejaba una resignación obligada.

—Nunca ha sido cuestión de que no confíe en ti —le dijo su padre ásperamente y con la voz tomada por la emoción.

Y había algo más en su tono de voz. Algo que la reconfortaba hasta la médula, que hacía desaparecer ese doloroso frío que ahora parecía formar parte permanente de ella. Orgullo. Podía ver lo orgulloso que estaba de ella solo oyendo esas pocas palabras. Solía hablar así de su madre cuando charlaba con la gente, aunque tampoco era que tuvieran una gran vida social que digamos.

—Pase lo que pase, tenéis que saber que os quiero a los dos. No hay nadie más en el mundo que preferiría tener como padres… como familia.

Dejó de hablar para no acabar diciendo lo que sabía que era verdad.

Compartían algo mucho más preciado que la sangre. Algo que nunca volvería a dar por sentado.

Compartían amor y familia. Quería con todas sus fuerzas que Beau se convirtiera en parte de su familia. Su padre lo odiaría de entrada… por supuesto. No estaría cumpliendo con sus deberes como padre si no frunciera el ceño, amenazara e intentara intimidar al hombre que nunca le parecería suficientemente bueno para su hija.

—Y no hay nadie más a quien quisiéramos como hija aparte de ti —dijo su madre orgullosa.

Una vez más, su padre se inclinó para besar a Ari en la mejilla. Y luego, mientras se separaba, susurró:

—No vamos a despedirnos ni a decirnos que nos queremos como si alguno de nosotros fuera a morir —la reprendió—. Por todos los santos, Ari, si no vuelves a esta celda y nos sacas a tu madre y a mí de este sitio, te seguiré hasta el cielo y lucharé contra el mismísimo Dios por ti. Ya te tendrá él más adelante. Pero, mientras yo viva, te quiero a mi lado.

Ari cerró los ojos y una sensación de paz cayó sobre ella como el manto más cálido y reconfortante del mundo.

—Cuando vengan a por mí, estad preparados —susurró con el corazón latiéndole con fuerza no por el miedo, sino por la expectativa de lo que se avecinaba—. Cuando me lleven, tenéis que permanecer juntos y sin moveros del punto exacto en el que os vea por última vez. Es la única manera que tengo de salvaros. Confiad en mí. Tened fe en mí: no os decepcionaré.

Treinta y tres

Llegaron antes de lo que esperaba Ari, pero se alegró. Había descansado junto a su madre, rodeada por su calor y su amor, y luego se había despertado, aunque había permanecido paciente y en silencio porque no quería que se percataran aquellos observadores silenciosos que sabía que estaban ahí.

La única concesión que había hecho fue decir a sus padres que estaba bien aunque un poco cansada, pero lo hizo para los observadores. Porque estaba preparada.

Antes de media hora, vinieron a por ella.

Los mismos dos guardias aparecieron por el pasillo, se detuvieron frente a la puerta de la celda, ambos con pistolas, aunque esta vez eran de verdad. O al menos a ella le parecieron reales, con balas reales capaces de matar en cuestión de segundos. Sabía que era un mensaje silencioso para que no se resistiera. Y un mensaje no tan silencioso para su padre cuando uno de los guardias apuntó con la pistola a la cabeza de su madre y espetó fríamente a su padre que, a menos que quisiera la materia gris de su mujer esparcida por las paredes, se quedara quieto y no causara problemas.

Tal como Ari les había pedido, en cuanto se rindió a los guardias y decidió marcharse sin oponer resistencia, su padre atrajo a su madre hacia sí, la abrazó con fuerza y se colocaron delante del camastro.

Cuando la arrastraron de malas maneras por la puerta de la celda, Ari miró hacia atrás para verlos. Memorizó cada marca y cada detalle, haciendo cálculos mentales de cómo debía ser la barrera que necesitaba levantar a su alrededor para mantenerlos a salvo de cualquier mal.

Entonces sonrió y movió los labios diciéndoles «Os quiero»

justo antes de que uno de los guardias la agarrara del brazo y la alejara del campo visual de sus padres.

Para Ari era complicado actuar como si estuviera resignada, aterrada y confusa, como si tuviera miedo de esos cabrones. En verdad lo que quería era desatar un infierno sobre ellos con una furia que no habrían conocido en la vida, en la poca vida que les quedaba.

Pero se obligó a sí misma a ser paciente, sabiendo que todo debía transcurrir sin complicaciones. Necesitaba estar lo bastante lejos de sus padres para que la mayor devastación tuviera lugar en el corazón del recinto y no en la periferia donde estaban situadas las celdas y donde sus padres estaban encerrados.

Se centró y se regocijó anticipando la expresión de sorpresa y cómo se quedarían cuando al final se dieran cuenta de que la habían subestimado tanto, que se habían metido con la mujer equivocada. Ya podía saborear la venganza que la llenaba de gozo hasta el alma; una venganza sin sombras, sin represiones. Nada de lo que algún día pudiera arrepentirse. Era dulce. O eso era lo que decían.

Porque el mundo sería un lugar mejor sin gente como esa, gente a la que no le importaba recurrir a matar, intimidar y destruir para conseguir sus retorcidos objetivos. Lo malo era que todavía no sabía cuál era su objetivo principal, solo que querían usarla, por sus poderes, de una manera que sabía que sería malvada.

Podría decirse que ella era tan retorcida y malvada como ellos, y suponía que algo de verdad había en ese sentimiento. Pero, a fin de cuentas, sus acciones, su conciencia y las consecuencias de sus actos eran algo entre Dios y ella. Y ella no tenía ningún problema en responder ante el poder supremo que le había concedido su don.

Volvieron a llevarla al aséptico laboratorio de color blanco cegador con los mismos dos gorilas —esta vez iba con Pete y Repete— y el supuesto profesional médico servil que no debía de tener más estudios de medicina que ella.

—Y ahora qué —dijo con aire cansado y fingiendo agotamiento y resignación mediante el tono de voz.

La rata de laboratorio se frotó la barbilla de forma exagerada y la examinó de arriba abajo con una mirada que desbordaba irritación.

—Hasta ahora has resultado ser una decepción total —dijo enfadado—. Y considerando el tiempo y dinero que se han invertido en conseguir acceder a ti, decir que estamos decepcionados es quedarse corto.

—Vaya por Dios —profirió con un sarcasmo pronunciado—. No sabe cómo me ofende que una rata de laboratorio y sus gorilas piensen que soy una decepción total. ¿Qué pasa? ¿Esperaban que fuera capaz de conseguir la paz mundial? ¿O querían que arreglara lo de la capa de ozono? Ah, no, espera, también están los niños que se mueren de hambre en África.

Empezó a usar los dedos para enumerar cada razón.

—O tal vez me quieren para que encuentre una cura para la enfermedad del Ébola. Ha habido al menos diez casos comprobados en Estados Unidos durante el último mes más o menos. ¿O acaso prefieren que aniquile para ustedes todos los países africanos en los que hay infectados por el virus del Ébola?

—Para alguien que parecía estar dispuesta a cualquier cosa para salvar a sus padres, no has hecho gran cosa hasta ahora —dijo Pete, alias el «Gorila A», en un tono helado.

Ari le sonrió de forma burlona, lo que le hizo fruncir el ceño en un breve momento de confusión.

—No podéis tocar a mis padres —repuso con voz tranquila y una sonrisa de satisfacción en los labios.

—Está claro que las hemorragias cerebrales te han secado el cerebro —aseveró la rata de laboratorio sacudiendo la cabeza—. Tal vez ha llegado la hora de una demostración.

Se giró hacia Repete, alias «Gorila B», y pronunció una orden que le habría congelado la sangre a Ari si no hubiera estado segura de que era capaz de detenerlos. Ahora, más que nunca, igual que había pedido a sus padres que confiaran en ella, tenía que tener fe en ella misma. No había margen de error ni podía permitirse el lujo de perder la concentración. Era el acto de valor más importante de su vida. Prefería morir antes que fallar a su familia.

Encendieron el monitor y, para su alivio, sus padres seguían plantados en el mismo punto y en la misma postura en la que los había dejado. Dio las gracias en silencio de que hubieran confiado en ella y rezó para que no reaccionaran ante las posibles acciones de ese gilipollas. Porque las cosas estaban a punto de ponerse muy feas.

El Gorila A ordenó a través de su radio que ejecutaran a su madre y, en cuestión de segundos, sin ni siquiera abrir la puerta de la celda, aparecieron dos secuaces en la periferia del monitor y abrieron fuego.

Tres personas se quedaron con la boca abierta cuando las balas rebotaron en un escudo invisible que protegía a sus padres. Su padre había abrazado de forma instintiva a su madre y se había dado la vuelta para recibir las balas en caso de que Ari fallara, pero no se habían movido de los límites que les había marcado. Gracias a Dios por la férrea disciplina de sus padres.

La rata de laboratorio dirigió su furiosa mirada hacia ella y empezó a avanzar con una jeringa en la mano. Sus dos gorilas también empezaron a cercarla. Entonces Ari desató sus poderes.

Todas las cosas que había imaginado mientras estaba tumbada en la celda con sus padres se desarrollaron sin problemas. No se atrevió a cerrar los ojos para concentrarse en lo que estaba intentando conseguir a tanta distancia porque se enfrentaba a la amenaza real de que la drogaran, lo que la dejaría impotente. El escudo que se levantaba alrededor de sus padres desaparecería y ellos morirían.

Decidió enfrentarse a los problemas uno a uno. Sus padres estaban a salvo. Todavía tenía fe en que Beau acudiría a su rescate. Lo único que tenía que hacer era provocar una gran destrucción mientras tanto. Y ya mismo. Después de todo lo que habían sufrido su familia y ella misma por culpa de esos cabrones.

Pensó que iba a ser de lo más divertido.

Surgió de ella una gran determinación que la envolvió con una confianza que nunca se habría imaginado que poseía. Y se preparó para soltar toda su rabia sobre los tres hombres que suponían una amenaza más inmediata para ella.

—No tenéis ni idea de a lo que os enfrentáis —dijo con una voz tranquila y amenazadora que no temblaba ni un ápice por el miedo.

La Arial Rochester sumisa, tímida y débil había desaparecido. Exacto. Rochester, ese era su apellido, su herencia. La sangre no significaba nada. Al fin y al cabo, mira adónde había llevado eso a Caleb, Beau y sus hermanos. Habían tenido unos padres de mierda que no se habían preocupado lo más mínimo por ellos. Pero sus padres adoptivos le habían dado más amor en veinticuatro años que el que recibe la mayoría de la gente en toda su vida.

—Esta es mi especialidad —advirtió el Gorila A fríamente—. Tengo una cuenta pendiente contigo, zorra. Y no creas que no voy a disfrutar de cada segundo. La gente que me paga te quiere viva, y ahora que hemos confirmado tus poderes, tu precio acaba de dispararse, aunque no hay nada que me impida desear tu muerte.

Antes de que Ari pudiera reaccionar, devolverle los insultos o lanzarle un comentario cruel y sarcástico, el tipo sacó una pistola y le metió una bala en la nuca a la rata de laboratorio. Antes de que el Gorila B pudiera reaccionar, también recibió una bala. En la frente. Justo entre los ojos.

¡Coño!

Ay, Dios, ay, Dios. Joder, ese cabrón acababa de pillarla por sorpresa y la había dejado desconcertada, y ahora no tenía ni idea de qué demonios iba a hacer.

«Hazte la dura, Ari. No importa que nunca hayas sido una tía guay. Te asustas a la mínima. Siempre te ha dado miedo hasta tu propia sombra. Supéralo. Ya no eres esa chica».

—Vaya, gracias —dijo ella con un tono alegre mientras la cabeza le iba a mil por hora sopesando las posibilidades. Su memoria fotográfica se activó al momento. Sí, era útil en su profesión de maestra, aunque no creía que fuera posible volver a ejercer ese trabajo, y ahora le salvaría la vida porque su cabeza procesaba todas las posibles situaciones a la velocidad de un ordenador, desechando las que tenían una menor probabilidad de suceder y asimilando las que tenían más papeletas.

El tipo entrecerró los ojos al oír esa extraña respuesta.

—¿Qué? —preguntó Ari—. ¿No estás acostumbrado a que te den las gracias? Mi madre me ha enseñado a ser educada. Te acabas de cargar a dos de los tíos de mi lista. Si fueras ahora tan amable de dispararte a ti mismo, podría tachar otro nombre de la lista y dejarlo por hoy.

Lo estaba haciendo fatal intentando ocultar su miedo y su

histerismo, y ese cabrón lo notaba. De hecho le sonrió. Era una sonrisa malvada digna del villano de cualquier película. También podían ser los personajes principales de una película de ciencia ficción. Joder, era una película de verdad porque ¿quién narices iba a creerse toda esa mierda?

Su madre le lavaría la boca con jabón. Por lo que parecía, haber pasado tanto tiempo con Beau y sus compañeros de trabajo la había convertido en una malhablada. Nunca había maldecido tanto en toda la vida a pesar del apego de su padre a la palabra «joder».

—Lo que creo es que estás muerta de miedo, Arial —dijo con tono burlón—. No pareces tan valiente ahora que tienes sangre en las manos. ¿Estabas fingiendo? ¿O de verdad pensabas matarnos a todos a sangre fría?

—Puedes estar seguro de que sí —repuso dejando entrever la rabia en sus palabras—. Y no pienso tener ni el más mínimo remordimiento cuando te envíe directo al infierno, de donde saliste reptando. Esta vez espero que te quedes allí pudriéndote durante toda la eternidad.

El tipo aplaudió con un sonido irritante que la sorprendió; sus ojos reían y se burlaban de ella sin cesar.

—Mira y aprende —espetó Ari—. Nunca cabrees a una mujer que tiene el poder de arrancarte los cojones y obligarte a comértelos luego.

Ari captó la mirada de sorpresa del hombre en el momento en que salió disparado por los aires hacia atrás y chocó contra la pared a varios metros de distancia. La fuerza con la que lo había arrojado volando por la sala hizo que el impacto retumbara. Ari se sentía satisfecha y pensó que había llegado su turno de burlarse de él.

—Es increíble cómo se acojonan los tíos cuando ven que su pajarito está en peligro —ironizó alargando las palabras—. Apuesto a que tampoco tienes gran cosa ahí abajo, así que imagino que no me costará mucho separarte de tu pequeño amiguito.

Con expresión pensativa inclinó la cabeza a un lado justo antes de levantarlo por el aire y estamparlo contra el techo. Lo mantuvo allí arriba, clavado contra el techo como si estuviera atrapado en la tela de una araña.

—Aunque mis poderes tienen sus límites —dijo divertida—. Tengo que imaginar para poder manipular, y si no hay gran cosa con la que trabajar... Bueno, ya sabes cuál es el problema.

Al tío le ardía la mirada por la furia, pero, a continuación y extrañamente, su expresión cambió a una de triunfo. A Ari le recorrió un escalofrío por la espalda justo cuando una sobrecogedora urgencia de esquivar y reaccionar a la defensiva se antepuso a todo lo demás. Cayó de golpe y efectuó un potente barrido con una pierna, rotando a ciegas hacia atrás.

Chocó contra algo duro y sintió un dolor que le subía por la pierna. A juzgar por la palabrota farfullada, a su asaltante le había dolido más que a ella. Dividir su concentración entre dos objetos, o mejor dicho personas, era más difícil de lo que había imaginado.

El Gorila A, todavía suspendido del techo, cayó medio metro antes de que Ari lo volviera a levantar, pero ese momento de desconcentración le costó caro. Un puño la golpeó en la mejilla y la envió unos metros atrás. El muy capullo tenía puños de acero.

Se llevó la mano a la mandíbula y se la masajeó mientras se concentraba en mantener al hombre que más la asustaba donde no pudiera causarle ningún daño mientras planeaba su ofensiva contra su nuevo asaltante.

Encontró con la mirada la pistola con la que el tío que estaba atrapado en el techo había disparado a la rata de laboratorio y al Gorila B. Evidentemente, se le había caído cuando lo había estampado contra la pared. Recordando lo que le había dicho Beau sobre las Glock, rezó para que esa pistola lo fuera también y no tuviera que averiguar cómo quitarle el seguro mentalmente. Aunque puede que el gorila no lo hubiera vuelto a poner después de matar a los dos hombres.

Ahora que estaba dividiendo de verdad su energía mental entre tres cosas, descubrió que era mucho más complicado recuperar la pistola situada al otro lado de la sala. La pistola se acercó de forma errática por el suelo, dando golpes y rebotando. Ari se estremeció esperando con todas sus fuerzas que no se disparara porque, si tenía que bloquear una bala, ya podía despedirse de sus otros objetivos.

Al final la pistola se levantó del suelo y flotó hacia ella, sin que su nuevo asaltante la viera. Sin embargo, el gorila gritó para advertirlo y el hombre se giró justo a tiempo de ver la pistola flotando frente a su cara.

¡Mierda!

El tío intentó agarrarla, pero sus reflejos, o su instinto de supervivencia, entraron en juego. Imaginó la pistola apuntando al hombro del aquel tío porque, joder, era incapaz de convertirse en la asesina a sangre fría que casi se había convencido a sí misma que podía ser.

La pistola se disparó y el hombre cayó, sujetándose el hombro a medida que la sangre brotaba con rapidez, deslizándose entre sus dedos y tiñéndolo todo de rojo.

Volteó al gorila en el aire y salió corriendo de la sala a sabiendas de que todavía le quedaba mucho por hacer antes de poder dar la cosa por finalizada. Dejó al gorila en el techo tras colocarlo en un compartimento mental y le ordenó con firmeza que se quedara donde estaba.

Entonces se dio cuenta, con gran horror, de que había pensado que debía dividir su atención entre tres cosas cuando, en realidad, tenía cuatro cosas desarrollándose de manera simultánea.

¡Sus padres!

Dios santo. ¿Y si el escudo había fallado? ¿Y si los había matado porque había pasado demasiado tiempo concentrada en no matar a alguien que en realidad sí que se lo merecía? Su conciencia y ella iban a tener una conversación cara a cara cuando todo esto acabara. Porque estaba claro que tener conciencia no le salvaba la vida a nadie. En todo caso, te deja en desventaja clara en la cadena evolutiva.

Su plan tendría que cambiar sobre la marcha. No podía echar abajo el edificio y reducirlo a cenizas con todos dentro si sus padres eran vulnerables. Mierda. ¡No era nada buena improvisando!

Al salir antes con los perros guardianes había grabado los tortuosos corredores en su memoria —gracias otra vez, memoria fotográfica— porque su primer trayecto con ellos no lo había realizado precisamente en las mejores circunstancias.

Tardó los tres minutos más largos de su vida en llegar al largo pasillo que alojaba las viejas celdas carcelarias. ¿Qué demonios era ese lugar en el que estaban? ¿Qué era ese escalofriante edificio que tenía un laboratorio y celdas?

Corría a toda prisa al tiempo que contaba las celdas, hasta que se detuvo delante de la que encerraba a sus padres. La puerta estaba abierta de par en par y no solo no había ninguna burbuja protectora, sino que no había rastro alguno de sus padres.

Lo que vio hizo que se le helara el corazón y que el miedo le recorriera las venas como un reguero de pólvora.

Había varios charcos de sangre; una cantidad mortal de líquido color escarlata cubría el suelo exactamente en el punto en que había indicado a sus padres que se quedaran. Sangre fresca. Peor aún, había un reguero de sangre que iba desde el punto situado delante del camastro hasta la puerta y, cuando miró hacia abajo, se dio cuenta de que seguía por el pasillo. ¿Qué demonios habían hecho a sus padres? ¿Les habían disparado y luego los habían arrastrado hasta algún lugar desconocido?

Mientras ella estaba siendo sarcástica y mordaz, regodeándose con las mofas hacia sus enemigos, sus padres habían quedado desprotegidos porque no era capaz de encargarse de varias cosas al mismo tiempo con sus poderes recién descubiertos.

Una gran desesperación, un dolor punzante y... una rabia enorme le inundaron la cabeza y la arrastraban en una especie de ola de agonía. Había fallado. Les había prometido que podía hacerlo. Les había hecho jurar que confiarían en ella.

Y les había fallado.

Con una gran desolación y un vacío que le embargaba el alma, se dio media vuelta lentamente al tiempo que sus ojos se humedecían y notaba el calor que emanaba de ellos. De forma automática, volvió a recorrer pasillos, curvas y giros que la llevarían de vuelta al centro.

Que Dios cogiera confesado a cualquiera que se cruzara en su camino. Atrás habían quedado su conciencia y su aprensión a matar de forma rápida y eficaz. La consumían la venganza y las ansias de represalias. Podía sentir la venganza, saborearla. La envolvía con su frío y desalmado abrazo.

Un sonido la alertó de la presencia de hombres en el pasillo. Se plantaron frente a ella. Era una emboscada. Levantó la mirada helada, completamente imperturbable ante el rastro de balas por todo el pasillo. Pero las balas rebotaban en ella, en el escudo que había levantado sin ni siquiera tener que concentrarse en crearlo.

Ari vio miedo en sus ojos cuando percibieron que era intocable. Ese sería el último pensamiento que tendrían.

Se limitó a partirles el cuello. Solo hizo falta un fogonazo mental de sus poderes para que cayeran al suelo. Apartó a uno con el pie para abrirse camino entre ellos sin darles ni un minuto más de atención de la que se merecían.

Iban a pagar por lo que habían hecho. Lo pagarían todos. Empezando por el cabrón que seguía colgado del techo donde lo había dejado unos minutos antes.

Treinta y cuatro

—Vamos a entrar por sorpresa —anunció Beau con determinación mientras el prototipo de helicóptero silencioso altamente secreto, que no estaba registrado, sobrevolaba la tierra, meciendo las copas de los árboles y trasladándose a una velocidad vertiginosa—. Hay que hacerlo rápido y lo más limpio posible hasta que saquemos de ahí a Ari y a sus padres. Cuando los hayamos encontrado y estén a salvo, propongo echar abajo todo el edificio.

—Claro que sí, joder —murmuró Zack.

—Voto por lo mismo —dijo Eliza al tiempo que el ceño fruncido oscurecía sus preciosos rasgos.

Dane se limitó a asentir mientas los otros dos agentes, Isaac y Capshaw, levantaron los pulgares en señal de aprobación, lo que se sumaba a la decisión reflejada en sus miradas.

Todos ellos estaban deseosos de revancha después del fallo que había desembocado en el secuestro de Ari. Era una mancha en su historial y un duro golpe para su orgullo haber sido derrotados en su propio terreno. Por segunda vez.

Cuando todo esto hubiera acabado, Beau disfrutaría al máximo derribando ese maldito edificio que lo único que había conseguido había sido hacer daño a la gente a la que amaba. Y si tenía la gran suerte de tener un futuro que incluyera a Ari —deseaba con todas sus fuerzas no tener que enfrentarse a una decepción total— entonces construiría una fortaleza que haría que la seguridad de Fort Knox pareciera un juego de niños.

Ari siempre necesitaría estar protegida ante el ojo público y los fanáticos que querrían hacerse con sus poderes y usarlos para sus propios objetivos retorcidos. Ni de coña. No mientras él siguiera con vida.

Igual que Caleb había cerrado filas en torno a Ramie y era

implacable protegiéndola, Beau iba a hacer exactamente lo mismo con Ari. Puede que no hubiera entendido el exceso de celo de su hermano respecto a Ramie en el pasado, pero ahora lo entendía a la perfección. Se identificaba con él. Iba a pasarse lo que le quedara de vida manteniendo a Ari a salvo a cualquier precio.

—Ya casi hemos llegado —anunció Dane con una mirada despierta y lista para la misión que se avecinaba—. Todo el mundo debe estar preparado para salir cuando lo ordene. Tiene que ser rápido porque mientras bajemos del helicóptero por las cuerdas seremos objetivos fáciles.

Dane, con sus innumerables contactos, la mitad de los cuales todavía dejaban a Beau perplejo, había conseguido hacerse con un puñetero helicóptero militar silencioso invisible a los radares y que parecía sacado de una película futurista.

«Hay que tener amigos hasta en el infierno». Esa era la frase de cabecera de Dane y una que solía soltar cuando le preguntaban cómo carajo había conseguido hacerse con algo que la mayoría de los civiles ni siquiera sabría nunca que existía, y menos aún que llegaran a ver en la vida.

Zack, que dirigía la misión de reconocimiento del complejo parcialmente subterráneo del desierto de Mojave, había cogido planos escaneados de vigilancia terrestre y aérea. Usando un dispositivo de búsqueda por calor de alta tecnología clasificado, habían sido capaces de identificar tres señales de calor justo unas horas antes, en la periferia del complejo donde estaban alojadas las viejas celdas carcelarias. Y Beau pudo confirmar que Ari era una de esas fuentes de calor detectando su ubicación con el dispositivo de seguimiento implantado. Gracias a Dios, al menos había conseguido esto antes de que todo se fuera a la mierda o de verdad sería como buscar una aguja en un pajar, y se estremeció pensando en que Ari podría estar en un lugar desconocido y él no tendría ni la más mínima pista de por dónde empezar a buscarla.

El edificio había sido un manicomio en el siglo XIX. Luego se añadieron las celdas a principios del siglo XX cuando el hospital se había convertido en una cárcel de máxima seguridad para delincuentes con enfermedades mentales y extremadamente peligrosos para la sociedad.

El lugar era escalofriante de cojones y llevaba décadas abandonado. O eso decían los registros. Era propiedad de una corporación que no cotizaba en bolsa y no había ningún registro público de la empresa que apuntara a otra empresa fantasma. Sin embargo, las cosas se pusieron interesantes cuando Eliza descubrió un vínculo entre PRI y la empresa ficticia propietaria de las instalaciones.

PRI, Psychic Research Incorporated, había subarrendado la propiedad principal, además de media decena de edificios anexos situados en el extenso terreno de cuatrocientas hectáreas. ¿No era demasiada coincidencia?

Aparentemente, esa especie de fundación de investigación no solo cultivaba y exploraba fenómenos psíquicos, sino que había invertido una ingente suma de dinero en un programa de cría disfrazado de fundación de gestación subrogada llamado *Creative Adoption Solutions*.

Beau tenía la horrible impresión de que Ari era producto de ese programa de cría; y, lo que es peor, cortesía de las increíbles capacidades de pirateo de Eliza, una investigación más a fondo había descubierto un complicado registro muy bien oculto de inversiones sustanciales en la fundación por parte del propio Franklin Devereaux en persona.

¿Cómo explicar a Ari que no solo era producto de un nacimiento experimental, sino que su padre había tenido un papel significativo en la fundación de dicha investigación? De repente, la asociación de Gavin Rochester —y consiguiente visita al padre de Beau justo un día antes de las sospechosas muertes de sus padres— no solo parecía algo plausible, sino muy probable.

Ni el padre de Beau ni el de Ari eran precisamente un gran ejemplo de los principios fundadores del capitalismo y del éxito a la vieja usanza: matarse a trabajar para ganarse la vida. No, esos dos hombres estaban tan metidos en negocios sucios que nunca habrían superado una investigación a fondo sin importar lo bien que hubieran tapado su rastro.

La cuestión era si el padre de Ari había participado de alguna forma en la prematura muerte de los padres de Beau. Cada vez aparecían más supuestas coincidencias, y eran bastante pasmosas. Le repugnaba la participación de su padre en algo tan repulsivo y malvado. Pero también le parecía que, cuantas más cosas descubría sobre el tipo de hombre que era su padre, más se daba cuenta de que solo estaba viendo la punta del iceberg, y a saber en qué negocios infames habría participado.

Beau suspiró ante ese gigantesco desmadre de proporciones épicas. Si conseguían recuperar a los padres de Ari con vida, la bomba sobre las verdaderas circunstancias del nacimiento de Ari y el papel de su padre en todo ese asunto sórdido iba a convertirse en un gran obstáculo que tendrían que superar Beau y Ari en su relación.

Ari tendría que perdonar muchas cosas y ya estaba esforzándose para recuperarse del estupor de descubrir que no era hija biológica de Gavin y Ginger Rochester. La otra información podría resultar demasiado para una mujer que ya estaba a punto de romperse.

—Ahora solo tengo dos señales de calor —dijo Zack con gravedad—. No se han movido en media hora. Están en el mismo punto. Totalmente quietos. Me mosquea mucho.

Beau maldijo porque no tenía tiempo de comprobar la posición de Ari en el complejo, ya que estaban a unos segundos de entrar en acción. Su única opción era entrar y poner patas arriba todo el edificio hasta localizarla.

Los demás se prepararon para bajar del helicóptero a unos metros de donde estaban situadas las celdas. Era el lugar más apropiado para encerrar a los prisioneros, aunque ahora solo había dos fuentes de calor visibles, cuando antes había habido tres.

Beau debería haber sabido que no iba a ser nada fácil. Se le había acelerado el pulso cuando supo que había tres personas en una única celda. Le parecía demasiado bonito para ser verdad. Pero Ari había estado ahí con otras dos personas y sus señales de calor dejaban claro que estaban todos con vida. El calor equivalía a vida. Habían planeado entrar pegando tiros, sorprendiendo y atemorizando a los de dentro, causando la mayor confusión posible, provocando explosiones para que esos cabrones perdieran totalmente la orientación y no tuvieran ni idea de por dónde estaban llegando Beau y los demás.

Se obligó a calmarse. Cada cosa a su tiempo. Si los padres de Ari estaban en la celda, entrarían, pondrían a salvo a los dos prisioneros y los protegerían para que quedaran fuera de la línea de fuego, y entonces Beau registraría todo el complejo palmo a palmo hasta encontrar a Ari. Cuando hubiera comprobado que estaba a salvo, no le importaba una mierda lo que les pasara a los demás. En su opinión, todas esas instalaciones eran un lugar inmundo y retorcido, y el mundo sería un lugar mejor sin ellas. Porque, si Ari había formado parte de verdad de un programa disfrazado como organización de gestación subrogada, lo lógico era pensar que le había pasado lo mismo a otros. Si acabar con el edificio y los hijos de puta responsables de tanto dolor podía salvar a otras personas, entonces con más razón arrasaría ese lugar y lo convertiría en cenizas.

Una vez que el helicóptero estuvo en posición, Beau y los demás descendieron rápidamente por las cuerdas hasta el suelo mientras el helicóptero los sobrevolaba. En cuanto estuvieron listos, el helicóptero partió hacia el punto de encuentro acordado, una zona segura designada, fácilmente defendible, y donde podían estar seguros de que Ari y sus padres estarían a salvo.

Ataviados de arriba abajo con equipo militar, corrieron hacia el muro exterior de la celda en la que habían registrado las señales de calor. Dane y Zack colocaron con rapidez los explosivos que abrirían un hueco de entrada lo bastante grande en el edificio para poder entrar y, con suerte, salir al menos con los padres de Ari.

En treinta segundos, los explosivos estaban colocados y Dane indicó a todos que se pusieran a cubierto. En cuanto todo el mundo estuvo protegido, Zack detonó los explosivos y una explosión potente sacudió el suelo. Un gran pedazo del muro de piedra desapareció entre una nube de polvo y cascotes y, ya antes de que se disipara, Beau se había puesto en marcha, al tiempo que los demás se pusieron en posición y lo siguieron uno a uno a través del agujero para entrar en aquella especie de mazmorra lúgubre y húmeda.

Lo primero que oyó Beau en cuanto salieron de la celda hacia el largo pasillo fueron unos tiros. Venían de cerca.

¡Mierda!

Se oyó un grito de mujer que rompió el silencio. Luego más disparos. A Beau el pulso le iba a mil por hora e indicó rápidamente a los demás que estuvieran preparados.

Se dispersaron, recorriendo a toda prisa el pasillo en dirección a los tiros y al grito aterrado de mujer que habían oído. Al menos eso esperaba: que el grito fuera de miedo y no de dolor.

Cuando llegaron a la puerta abierta de la celda, les recibió una pavorosa visión. Gavin Rochester había acabado con dos hombres armados y estaba a punto de desarmar al único asaltante que quedaba.

Cuando el hombre consiguió soltarse de Gavin y se abalanzó sobre Ginger, Beau no lo dudó. Le metió una bala al atacante en la cabeza, que cayó como un saco de patatas a centímetros de donde estaba Ginger, pálida, helada, con los ojos abiertos como platos por la sorpresa y el miedo. El atacante llevaba en la mano una navaja mortífera que claramente pretendía usar para acabar con la madre de Ari y, si no hubiera sido por la repentina aparición de Beau, tal vez el hombre hubiera logrado tener éxito en su desesperado intento de rajarle la garganta.

Gavin se giró de golpe con una mirada fría y furiosa, preparado para enfrentarse a la nueva amenaza. Su presencia era realmente impactante, incluso aunque estuviera sangrando por varias heridas.

—¡Tranquilo! —gritó Dane—. Estamos de su parte.

Beau dio un paso hacia él y tuvo cuidado de no provocar a Gavin, que tenía muy claro que no iba a permitir que le hicieran daño a su esposa.

—Ari nos ha llamado —dijo Beau con calma—. Soy Beau Devereaux. Estos son mis hombres. Tenemos que sacarlos de aquí ahora mismo.

Gavin se relajó visiblemente y un miedo absoluto sustituyó su furia anterior. Ginger corrió a sus brazos llorando y ocultó el rostro en su pecho mientras sollozaba. Gavin acarició con ternura la cabeza de su mujer con la mano al tiempo que la abrazaba con fuerza. Levantó la mirada hacia Beau y la brutal angustia, miedo y emoción que vio en sus ojos eran absolutos. Beau casi se estremeció al ver ese dolor tan real en el rostro del hombre.

—Ari —dijo Gavin con voz grave—. Tienes que encontrarla. Has de salvarla. Ella misma dejó que se la llevaran. Quería que se la llevaran porque planeaba destruir todo este edificio. Nos indicó a su madre y a mí que nos quedáramos en un punto quietos para poder protegernos. No tengo ni idea de cómo pensaba hacerlo, pero levantó una especie de campo de fuerza alrededor de nosotros. Esos cabrones nos dispararon, pero las balas rebotaron.

La incredulidad era evidente en su tono de voz, pero Beau se limitó a asentir porque ninguna de estas informaciones lo pillaba por sorpresa. Había sido testigo de primera mano de lo poderosa que era Ari. A Beau le asaltó el miedo porque estaba claro que se había abierto una brecha en el escudo protector, lo que significaba que Ari había flaqueado en algún momento. Se quitó de la cabeza cualquier pensamiento paralizante y aterrador de que Ari pudiera estar incapacitada. Herida. Muerta. No podía… no seguiría por ahí.

—Hay muchas cosas que ustedes no saben sobre el poder de su hija —dijo Beau—. Ahora tenemos que marcharnos y necesito que me cuenten cualquier cosa que sepan y que pueda ayudarnos a encontrar a Ari. Pero usted y su mujer deben permanecer lejos de todo y a salvo.

Cuando Gavin empezó a protestar, Beau le hizo callar de inmediato.

—Con todo el respeto del mundo, señor, si quiere a su hija, si quiere que esté sana y salva, entonces irá con mis hombres y se mantendrá al margen. No podemos permitirnos ninguna distracción ni estorbos, y ustedes serían ambas cosas. Déjenos hacer nuestro trabajo. No descansaré hasta traerla de vuelta.

Esta última declaración de intenciones le salió del alma. No eran las palabras de un hombre que se limitaba a hacer su trabajo. Había mucha emoción en esas palabras, pero salieron de sus labios desde el fondo de su corazón, al tiempo que la determinación le latía con tanta fuerza como el pulso.

Gavin parpadeó y miró con dureza a Beau en respuesta a su elección de palabras. Entrecerró los ojos, casi como si estuviera intentando descubrir el verdadero interés de Beau y si este era puramente profesional o si era más… personal.

Ginger alzó la mirada y la dirigió al hombre que acababa de afirmar que salvaría a su hija. Lo estudió en profundidad mientras los hombres de Beau los rodeaban y empezaban a acompañarlos hacia la puerta.

Ginger se detuvo cuando pasó junto a Beau, haciendo caso omiso de los esfuerzos de sus hombres por que siguieran andando. Se acercó y le tocó con dulzura el brazo a Beau.

—¿Qué es mi hija para usted, señor Devereaux? —preguntó con calma.

—Lo es todo —respondió Beau con franqueza sin ni siquiera

intentar disimular su propia vulnerabilidad y la inmensa emoción que estaba seguro que se reflejaba en sus ojos.

En otro momento habría deseado que se lo tragara la tierra antes que pronunciar una declaración tan personal y sincera delante de dos personas, que eran meros extraños para él, y de todo su equipo de profesionales. Pero ahora mismo no le importaba una mierda porque, joder, ella lo era todo. Era su todo. Sin ella, su vida estaría incompleta y le importaba una mierda que lo supiera quien fuera.

Ginger le apretó el brazo y, para su sorpresa, se puso de puntillas y lo besó en la mejilla.

—Creo que mi hija no podría estar en mejores manos —susurró—. Devuélvamela sana, señor Devereaux. Se lo ruego. Traiga de vuelta a nuestra niña.

Beau tocó con cariño el codo a Ginger al tiempo que la condujo hacia el pasillo para que pudieran llevarla a un lugar seguro.

—La traeré de vuelta —prometió Beau, incluyendo al padre de Ari en su mirada firme y resolutiva—. Tienen mi palabra.

En cuanto llegaron a la celda en la que los explosivos habían abierto el boquete en el muro, el suelo empezó a temblar, haciendo que Ginger estuviera a punto de caer al perder el equilibrio. Gavin la sujetó y la sostuvo con fuerza mientras todos miraban a su alrededor con caras de incredulidad.

Todo el edificio empezó a temblar. Las paredes vibraban. Empezó a levantarse polvo y a alzarse en remolinos. Los objetos empezaron a dar vueltas en el aire en un torbellino que parecía un tornado. En la distancia, se oyeron unos fuertes sonidos de grietas abriéndose y fragmentándose. Se oyeron gritos de miedo amortiguados por más temblores.

El sonido de hombres adultos que gritaban de miedo y dolor le hizo sentir un escalofrío que le heló los huesos a Beau.

El suelo volvió a levantarse bajo sus pies. En el hormigón apareció una grieta que empezó a abrirse camino rápidamente por el suelo, alargándose y ensanchándose cada vez más. Como si fuera una telaraña, empezaron a aparecer grietas de menor tamaño en el suelo que se abrían camino en todas direcciones. Era como estar presenciando un terremoto de verdad. Uno de los fuertes.

Beau sintió una inquietud por todo el cuerpo al tiempo que buscaba nervioso con la mirada a Zack. La expresión seria de

Dane reflejaba lo que todos sabían ya que estaba pasando. Solo los padres de Ari parecían confusos y vacilantes sobre lo que estaba sucediendo. Pero todos los demás lo sabían.

Los poderes de Ari habían sido liberados y esto era solo el principio. Beau sabía que el alcance total de su don todavía no se había puesto a prueba y que ella era capaz de mucho más de lo que había demostrado en un período muy breve de tiempo.

—Mierda —maldijo Beau.

—¿Qué pasa? —preguntó Gavin.

—¿Qué está pasando? —gritó Ginger.

La desesperación era evidente en los ojos de ambos. Miedo. Preocupación por su hija. No tenían ni idea de lo que Ari podía hacer. Ellos solo habían visto una mínima parte de todo el potencial de su don. Incluso el propio Beau estaba seguro de haber visto solo la punta del iceberg y de que ahora, sin restricciones, la ira de Ari podía ser algo terrible.

Con la amenaza de las vidas de sus padres pendiendo de un hilo, la ira de Ari no conocería límites. No había nada que no estuviera dispuesta a hacer para salvar a la gente a la que quería. Y Beau estaba aterrado por ella. Porque aunque ella se estaba recuperando muy bien y dominaba cada vez más la dirección y rumbo del increíble alcance de sus capacidades, era extremadamente vulnerable justo después. Podía morir de una hemorragia cerebral generalizada o sufrir un ataque del que nunca se recuperaría. La probabilidad de sufrir una lesión debilitante era extremadamente alta y, a menos que Beau la encontrara con rapidez, no podría hacer una mierda para salvarla.

—¿Qué está pasando? —rugió Gavin—. ¿Mi hija está en peligro?

Beau miró hacia Gavin mientras salían por el boquete de la pared y se situaban en el exterior del edificio tambaleante. Fragmentos del tejado, cristales de ventanas rotas e incluso trozos del exterior de piedra estaban esparcidos por todas partes. Ari estaba derribando el edificio y todo lo que se encontrara por el camino. Y ella estaba dentro.

—Señor, su hija es el peligro.

Treinta y cinco

*B*eau tardó unos valiosos minutos —minutos que no tenían— en convencer o más bien en ordenar a Gavin Rochester que se quedara en el punto de encuentro con su mujer, el piloto y una Eliza muy reticente y disgustada.

Dane había insistido a Eliza para que se quedara allí, pero ella no estaba de acuerdo con esa decisión. Entrecerró los ojos hasta que se convirtieron en dos ranuras brillantes y Beau tuvo que oír más de una palabrota de sus labios. Pero cuando Dane le dio la vuelta a la tortilla explicándole que tenía que haber al menos dos personas en el punto de encuentro para proteger no solo a los Rochester, sino también el helicóptero —porque si se quedaban sin él, estaban jodidos en medio del desierto—, Eliza cedió de mala gana.

Aun así, Beau pudo sentir el calor de la mirada de Eliza cuando él, Zack, Dane, Cap e Isaac se pusieron en marcha para volver al sanctasanctórum del complejo.

Zack andaba en cabeza junto a Beau, que iba detectando la posición de Ari, además de marcando las otras señales de calor del edificio.

Beau abrió los ojos como platos cuando vio la pantalla parpadear y mostrar los resultados.

—¿Qué narices...? —preguntó Beau incrédulo.

Dane se adelantó hasta situarse al otro lado de Zack, se asomó para echar un vistazo al dispositivo y dejó escapar un silbido.

—Diría que tenemos una pequeña fiera bastante cabreada —anunció Zack.

Mientras que antes había habido al menos cuatro decenas de señales de calor dentro del edificio, ahora solo quedaban unas quince. Tal como había dicho antes, calor significaba vida y, bueno, salvo que el dispositivo hubiera empezado a fallar, Ari se había desmadrado y se había cargado a tres cuartas partes de los hombres responsables de su encierro y del de sus padres.

—Ari está aquí —dijo Zack al tiempo que señalaba una luz parpadeante situada al final de un largo pasillo—. Como podéis ver, hay tres fuentes de calor aquí, pero ninguna entre la celda en la que estaban encerrados sus padres y ella y la sala en la que está ahora mismo. Lo que significa que se ha cargado a todo el que se ha cruzado en su camino.

—Y aquí no hay nadie —murmuró Dane, gesticulando hacia uno de los pasillos carente de cualquier fuente de calor.

—Los demás están aquí. —Zack señaló una zona concentrada donde diez puntos se superponían en la pantalla—. Con suerte, podremos recorrer ese primer pasillo que cruza el complejo hasta donde está Ari, acabar con las dos señales que están en la sala con ella, cogerla y salir cagando hostias de aquí antes de que los demás decidan venir a por nosotros.

—Me parece un buen plan —susurró Beau.

Beau solía participar activamente en la planificación hasta el último detalle de las misiones, pero en este caso no tenía ninguna objeción y lo sabía. También sabía que no podía fiarse de sí mismo en ese caso para tomar decisiones fiables y objetivas. No cuando se trataba de Ari.

Así pues, le dio carta blanca a Zack, cosa que probablemente no le parecería igual de bien a Dane, aunque si le molestó, no lo demostró en absoluto. Lo único que demostró fue su típica determinación para acabar con éxito una misión. Beau apreciaba ese rasgo de su carácter, ahora más que nunca. Porque esta misión era muy personal y, si se iba a tomar por culo, Beau también se iría a tomar por culo.

Cuando se acercaron al muro de las celdas de la prisión, el tejado a dos aguas se hundió y aparecieron unas llamas que se elevaban desde dentro y rugían hacia el cielo. El humo formaba grandes nubarrones negros y el fuego empezó a extenderse por el resto del tejado.

Cenizas, residuos y escombros ardían y sobrevolaban con fuerza sobre ellos, cayendo como una tormenta de granizo.

—Tu chica la está montando gorda —dijo Zack con un tono de asombro—. Creo que podría enamorarme de ella.

Beau se limitó a mirar, más preocupado que nunca, mientras recorrían la distancia que les quedaba cada vez más rápido hasta que acabaron corriendo.

Se metieron dentro del agujero del muro y, uno a uno, fueron entrando en el pasillo. Dane y Capshaw, para encargarse de la retaguardia, se dieron la vuelta y caminaron hacia atrás con las armas en alto y escrutando el pasillo que dejaban a su espalda.

Cuando llegaron a la puerta que llevaba a una gran sala circular con una cúpula de cristal, se detuvieron el tiempo suficiente para asegurarse de que la posición de Ari no había cambiado y de que no les esperaba ninguna sorpresa inesperada.

La zona prácticamente vacía del complejo en la que estaban parecía ser al mismo tiempo una enfermería y una zona de recepción desde la que salían varios pasillos que conducían a diferentes alas del supuesto hospital. Obviamente los pacientes que suponían una amenaza más grave para la sociedad estaban alojados en las inmundas celdas con barrotes infestadas de bichos, y Beau se puso enfermo solo de pensar que alguien pudiera ser tratado con tan poca humanidad. Incluso aunque esos criminales fueran de la peor calaña posible.

En este lugar quedaban reducidos al estado más alejado de la humanidad posible. La mayor parte de los refugios para animales y, si nos ponemos así, cárceles modernas, ofrecían un alojamiento muy superior.

Aunque los cabrones que se habían llevado a Ari y que habían encerrado a sus padres en una celda diminuta en condiciones deplorables se merecían algo mucho peor, así que Beau pensó que era mejor guardarse su opinión en el futuro antes de ofrecer su empatía total a cualquiera.

—Tenemos un problema —dijo Zack con seriedad. Se dio la vuelta a medio camino para poder observar el pasillo situado en el extremo derecho más alejado—. Tenemos movimiento en el ala norte. Se dirige hacia aquí.

Dane se puso tenso y en cuestión de segundos tenía un arma en cada mano. Luego asintió mirando hacia Cap e Isaac.

Ordenó a Beau y a Zack:

—Marchaos y sacad a Ari. Nosotros os cubriremos desde aquí y nos aseguraremos de que no pasen de este punto. Eso sí, avisadnos cuando vayáis a entrar para que no os peguemos por equivocación un tiro en los huevos.

—Gracias —dijo Zack secamente—. No me apetece nada separarme de mi polla.

Intranquilo, Beau se alejó por el pasillo. Hacia Ari. Hacia la que era toda su vida, dejando atrás a Zack para que lo alcanzara. O no. No iba a esperar ni un minuto más, por supuesto que no. Confiaba en que Dane y los demás harían su trabajo y mantendrían a los hombres que se acercaban a una distancia suficiente para que ellos pudieran llegar hasta donde estaba Ari y sacarla de ahí.

Todavía no habían dado dos pasos por el pasillo cuando el suelo se combó y empezó a ondear como si fueran las olas del mar bajo sus pies. Las paredes temblaron, haciendo que los cuadros que ya colgaban de medio lado cayeran con un estruendo sobre las baldosas del suelo. El techo y las vigas se agrietaron y gruñeron en señal de protesta, tambaleándose hasta que parecía como si todo el edificio se estuviera moviendo. El sonido no auguraba nada bueno, era señal de un desplome inminente.

Confiando en el saber tecnológico de Zack, Beau corrió hacia el final, hacia la puerta cerrada tras la que se encontraba Ari sin prestar atención a las salas blancas distribuidas a ambos lados del pasillo. Zack iba pisándole los talones, con un arma en cada mano, los brazos en alto y su penetrante mirada captándolo todo. Beau sabía que estaba siendo imprudente y tonto, pero contaba con su socio para que le cubriera las espaldas. Zack nunca le había fallado todavía en el relativamente poco tiempo que hacía que se conocían.

Beau aminoró la marcha lo suficiente para dejar que Zack lo alcanzara y así poder derribar de una patada la puerta. Sin embargo, antes de poder hacerlo, la puerta se partió, se soltó de las bisagras y salió volando por el pasillo hecha mil pedazos.

Los dos hombres se pusieron a cubierto justo a tiempo de evitar que sus cabezas salieran rodando.

—¡Al suelo! —gritó Zack, tirando de Beau cuando este intentaba ponerse de pie otra vez.

Un hombre salió volando por el pasillo detrás de la puerta y se estampó contra la pared más alejada. Hizo un agujero en la pared hueca formando una abertura cavernosa.

—Santo Dios —maldijo Beau con el rostro petrificado por el susto—. ¡Les está dando una buena paliza!

—Ya te digo. ¿Y cuándo lo has sabido? ¿Con tres decenas de señales de calor que desaparecían de repente? Vaya, espera, ya puedes tachar a ese también de la lista. Ari treinta y ocho, los malos diez. O tal vez ha sido al ver el gigantesco agujero del tejado por el que asomaba un infierno ardiendo y en erupción como un maldito volcán. O tal vez…

—Ya lo pillo —masculló Beau—. Listillo.

Zack se rio, pero se levantó con cuidado. El humor desapareció de sus rasgos cuando miró hacia el interior de la sala sin puerta.

—Beau —susurró Zack—. Tienes que venir a ver esto. Ahora.

Treinta y seis

*I*ncluso la sonrisa de satisfacción del Gorila A había desaparecido ya. Pese a que antes había sido engreído y había estado seguro de que Ari no tenía agallas para matar de verdad a alguien, la incertidumbre marcaba ahora sus rasgos y el miedo se reflejaba sin adornos en su mirada.

Bien, porque ella iba realmente en serio. Se había acabado tener remilgos por provocar la muerte de los gilipollas que habían matado a sus padres y habían arrastrado sus cuerpos como si fueran bolsas de basura.

Sentía cómo le hervía la sangre por la ira y cómo le silbaba en las venas hasta que un cálido palpitar resonaba en todo su cuerpo.

—¿Qué habéis hecho con ellos? —preguntó con un tono tan gélido hasta que pudo notar un cambio de temperatura real en la sala.

El tipo frunció el ceño desconcertado y entonces el dolor ocupó su lugar cuando Ari aplicó presión en su garganta, dejándolo sin aire de forma momentánea. El tío estaba aplastado con firmeza contra el techo y era incapaz de moverse. Estaba completamente paralizado y no podía hacerle ningún daño.

—Dime lo que hicisteis con ellos o juro por Dios que tendrás una muerte larga y agónica y me pedirás que te mate para acabar con tu sufrimiento —le dijo con un tono de voz peligrosamente suave.

Dejó de hacer presión sobre la garganta del tipo, pero le retorció los testículos con fuerza hasta que su rostro se convirtió en una máscara de dolor.

—No sé de qué narices estás hablando —rugió con la mandíbula apretada y a punto de reventarlo mientras respiraba a través de la agonía que Ari le estaba infligiendo—. Tú has visto lo mismo que yo. Sea lo que sea ese vudú que has hecho ha conseguido que las balas no tengan efecto.

La presión mental a la que estaba sometida Ari la estaba dejando sin fuerzas con rapidez y le estaba pasando factura. La sangre le caía en un hilo continuo de la nariz y podía sentir el cálido líquido deslizándose a ambos lados del cuello.

Se limpió la nariz con el antebrazo, arrastrando parte de la sangre a los labios. Notó un sabor metálico y enfermizo en la boca. El suelo reaccionaba a su energía psíquica, vibrando y rompiéndose. Empezaban a aparecer pequeñas grietas que luego se hacían más grandes.

Un crujido que no presagiaba nada bueno llenó la sala como si el edificio estuviera expresando su fatiga y su debilidad. Las bombillas estallaban, haciéndose añicos y desperdigando fragmentos de cristal en todas direcciones. Alguno la golpeó, y le produjo cortes, pero ella hizo caso omiso y en ningún momento desvió su centro de atención del hombre que tenía sobre ella.

Toda la zona estaba respondiendo a la energía inagotable y salvaje que fluía a través de ella y a su alrededor. Sentía un hormigueo en la piel como si el aire estuviera cargado de electricidad y una corriente continua fluyera en círculos.

Se sentía… como si fuera de otro mundo. Como una actriz de una película de ficción, ya fuera de magia o de brujería; cualquiera de los dos tipos encajaba. En este momento, sentía una carga de poder tan fuerte que casi cayó de rodillas. La llenaba, la consumía, era casi abrumadora en su intensidad.

Nunca se había sentido tan fuerte, capaz de conseguir cualquier cosa sin importar lo imposible que pareciera. La columna se le puso rígida y Ari se plantó al tiempo que la decisión se instalaba en ella y le confería la voluntad de hacer lo que debía hacer.

El dolor le atravesaba la cabeza y el cuerpo, por lo que sintió como si se le estuvieran haciendo añicos los huesos. La sangre le salía por los orificios y solo fue capaz de imaginar el horrible aspecto que debía de tener en ese momento. Esperaba con todas sus fuerzas que hubiera asustado a muerte al cabrón que estaba clavado en el techo con la increíble fuerza de sus poderes.

Algo de lo que estaba sintiendo tenía que ser claramente visible porque la cara del gorila se puso blanca como la leche y se la quedó mirando con unos ojos que dejaban claro que sabía lo que le esperaba y cuál era su condena.

—Sí, gilipollas —murmuró Ari con un tono inquietante—. Ríndete ante tu destino y ante la vergüenza de recibir una paliza de una «zorrita», tal como me has definido de forma tan concisa. Bueno, pues esta zorra va a mandarte directo al infierno.

—¡Ari!

Se estremeció al oír ese grito desgarrado y dio un paso atrás de forma instintiva antes de darse cuenta de quién la estaba llamando. Se giró y se sintió enormemente aliviada cuando vio a Beau en la entrada con unos ojos que irradiaban miedo. Zack corrió a su lado y apuntó con su arma inmediatamente al hombre del techo.

—Es mío —espetó Ari con una voz que era como un látigo que azotaba a través de la sala.

—Ari, cariño —dijo Beau con un tono tranquilizador—. Tenemos que sacarte de aquí antes de que todo este lugar sea pasto de las llamas o nos caiga encima.

Las lágrimas le quemaban en los párpados a Ari y no estaba segura de si ahora era sangre o lágrimas lo que le caía por los ojos. Tal vez fueran las dos cosas.

—Los ha matado —dijo secamente Ari—. ¡Ha matado a mis padres! Ordenó sus ejecuciones mientras yo estaba aquí. Dios mío, había levantado un escudo a su alrededor, pero perdí la concentración y el escudo se vino abajo. ¡Vi su sangre!

Beau abrió los ojos como platos. Zack y él intercambiaron miradas rápidas y Beau maldijo en voz baja entre dientes.

—Ari, no están muertos.

—¡Lo he visto! —gritó—. No intentes calmarme. No me mientas para conseguir que me vaya contigo. No me iré hasta que todos estos cabrones estén muertos.

—Ari, no están muertos —insistió Zack con la voz firme y no tan tranquilizadora como la de Beau. Sus rasgos tenían marcada una seriedad extrema cuando la miró—. Los hemos sacado de la celda. La sangre que viste era de los dos guardias que tu padre mató. Beau disparó al tercero cuando iba a por tu madre. Están bien. Te lo prometo. Están a salvo y esperándote. Están muy preocupados por ti. Tienen un miedo atroz de que te haya pasado algo. Así que déjalo ya para que podamos llevarte con tus padres. Para que puedas ver por ti misma que no te mentimos.

Ari pestañeó, abrió la boca y parte de los terribles pensamientos sobre ira y violencia fueron apaciguándose a medida que sopesaba la sinceridad de Zack.

—¿Están vivos? —susurró.

Beau se acercó más con un movimiento vacilante como si tuviera miedo de tocarla, miedo de que se rompiera en mil pedazos.

—Sí, cariño, están vivos —dijo con calma—. Tú les has protegido. Tu escudo evitó que las balas los hirieran. Y, cuando el escudo cayó, tu padre se cargó a los hombres de forma bastante impresionante. Están a salvo, te están esperando y, como ha dicho Zack, están que se mueren de preocupación. Porque tú te has sacrificado por ellos. No hagas algo ahora que los obligue a llorar tu pérdida durante el resto de sus vidas y sentirse culpables porque hayas sacrificado tu vida por ellos. No me hagas a mí tener que llorar tu muerte.

Deslizó la mano por el brazo de Ari hasta llegar a su hombro y luego llegó a la nuca. Entonces la atrajo con delicadeza hacia él.

—Por favor, Ari, ven conmigo —le pidió con dulzura—. El edificio se está yendo abajo. No aguantará mucho tiempo más en pie. Dane, Capshaw e Isaac se están encargando ya de los pocos hombres que no te has cargado tú. Ya está. Les has dado una buena lección y te has asegurado de que nadie usará este lugar con intenciones malvadas nunca más.

Se permitió a sí misma un breve y dulce momento en brazos de Beau, en su abrazo fuerte y protector, antes de separarse de él de mala gana. A continuación miró en dirección al gorila.

—Aún queda uno —dijo con frialdad—. Y tengo una cuenta personal que saldar con él. Es el cabrón que intentó drogarme la mañana después de la desaparición de mis padres.

La mirada de Beau se enfrió cuando levantó la vista hacia el hombre que estaba clavado contra el techo sin poder hacer nada.

Entonces otro temblor afectó a todo el complejo, sacudiendo sillas, muebles e incluso los propios cimientos del edificio. Se oyeron unos crujidos distantes que se acercaban cada vez más. De hecho, Beau tenía razón. El edificio estaba cayéndose a pedazos guiado por la sobrecogedora ira de Ari y su energía psíquica.

—Déjalo —dijo Beau, entrelazando sus dedos con los de ella—. Déjalo que se muera cuando el edificio se venga abajo. No se merece una muerte rápida y piadosa.

Aun así, Ari dudó porque todavía saboreaba el dulce regusto de la venganza en la boca.

Se oyó un estruendo mucho más cerca esta vez seguido por un grito que llegó a través de los escombros que se iban acumulando. Era el nombre de Beau.

—Vamos —rugió Zack—. ¿Quieres que muramos todos para que puedas vengarte, Ari?

Beau lo miró y gruñó, y Ari pudo ver que estaba a punto de reprenderlo. Entonces Ari apretó la mano de Beau.

—Tiene razón, Beau. No estoy pensando con claridad. Perdóname. Lo último que quiero es que alguien muera por mi odio y mi sed de venganza.

Beau la abrazó con fuerza y la guio hacia la puerta. O lo que quedaba de ella. A medida que el subidón de adrenalina empezaba a desaparecer, empezaron a temblarle las rodillas. Le temblaba todo el cuerpo. Las piernas le fallaban y Beau tuvo que sujetarla contra él para impedir que cayera al suelo.

—Estoy bien —dijo entre dientes—. Puedo hacerlo. Tú necesitas las dos manos.

—No estás bien —le espetó Beau—. No sabes el mal aspecto que tienes, Ari. Me has acojonado de verdad cuando te he visto ahí dentro. Dios, pensaba que había llegado demasiado tarde. No puedo creer que sigas en pie con todo lo que has sangrado. Lo primero que vamos a hacer cuando salgamos de este lugar dejado de la mano de Dios es llevarte al hospital.

Corrieron por el pasillo entre gritos de Dane a Beau para que se dieran prisa. Ari sabía que les retrasaba, pero Beau se negó a dejarla.

Tenían a la vista a Dane y a los dos hombres que los flanqueaban cuando los muros de ambos lados explotaron, arrojando escombros y placas de yeso sobre ellos. Se oyó un estrépito que no presagiaba nada bueno y entonces Ari se encontró volando hacia atrás al tiempo que Beau la protegía para absorber el impacto de su caída.

Todo el techo y la segunda planta se habían hundido, bloqueando el camino hacia donde les esperaban los demás.

—¿Zack? —Beau gritó con un tono de voz preocupado.

—Estoy aquí. Estoy bien.

Entonces Beau cogió la cara de Ari entre las manos. Estaba encima de él, ya que Beau se había interpuesto entre el suelo y ella durante la caída. La observó con preocupación.

—¿Estás bien? ¿Te duele algo?

Ari hizo una mueca.

—Me duele todo el cuerpo, pero no tiene nada que ver con lo que acaba de pasar. Estoy bien, Beau.

—Vamos a tener que encontrar otra salida —dijo Zack son gravedad.

—¿Qué? —preguntó Ari con incredulidad—. Puedo encargarme de esto. He hecho cosas mucho más complicadas.

—No —dijeron los dos hombres al unísono.

Ari negó con la cabeza, segura de que había algo que no entendía.

—No puedes aguantar mucho más, Ari. Cualquier tonto puede verlo. Ya has acabado. No vas a hacer nada. Si sufres otra hemorragia, no quiero ni imaginarme lo que pasará y, aunque a ti te dé igual, prefiero que no seas un vegetal durante el resto de tu vida.

—Por Dios santo —farfulló Ari—. ¿Y cómo propones que salgamos por otro lado si no me dejas usar los poderes?

—Haciendo un agujero en uno de los muros externos para que la estructura interna no caiga sobre nuestras cabezas —dijo con paciencia Beau.

Ari suspiró.

—Como quieras. Vamos a hacerlo. Quiero ver a mis padres.

Se levantaron del suelo y Zack se puso en cabeza. Ari estaba entre ambos hombres. Podía ir delante. No tenía sentido que esos hombres vulnerables a las balas fueran delante en lugar de una mujer que no era vulnerable a un ataque con armas. Pero ni siquiera gastó saliva discutiendo porque nunca accederían y lo único que conseguiría sería malgastar un tiempo preciado dándose una y otra vez contra la pared. Y, porque quería que todo acabara ya de una vez por todas para poder comprobar por sí misma que sus padres estaban bien.

Al menos Beau la estaba dejando caminar por sus propios medios ahora. Ari estaba determinada a no retrasar su avance de ninguna manera, así que luchó más allá del dolor agonizante que sentía y su agotamiento extremo; anduvo pegada a los talones de Zack durante todo el trayecto.

Giraron hacia la izquierda en la última sala antes de aquella en la que el gorila jugaba a ser el hombre araña y Zack se acercó a toda prisa al muro más alejado y empezó a adherir explosivos plásticos en diversos puntos.

—¿No abrirá esto un agujero en el pasillo de las celdas? —preguntó Beau con el ceño fruncido.

Zack sacudió la cabeza y respondió sin desviar la mirada de lo que estaba haciendo.

—Las últimas tres salas de este pasillo se extienden más allá del edificio que aloja las celdas. Cuando hagamos un agujero en este muro, estaremos fuera.

—Me parece bien. Date prisa —le urgió Beau.

—Poneos a cubierto —ordenó Zack.

Beau se agachó detrás de un mueble que parecía una sólida construcción de acero, y arrastró a Ari con él. Beau se acuclilló, pero ella era mucho más bajita, así que solo tuvo que medio agacharse a su izquierda y apoyar la mano sobre su hombro para poder sostenerse en pie.

Una inquietante sensación de picazón hizo que se le erizara el vello. Una sensación de frío le recorrió la columna y le estrujó el vientre, apretándole el estómago hasta convertirlo en una bola oprimida.

Igual que antes, cuando había sentido una amenaza inminente sobre ella y se había agachado y había dado una patada para defenderse de forma instintiva de un agresor al que no veía, sabía que se avecinaba algún peligro.

Miró hacia atrás porque era el único lugar del que podía llegar el peligro. El único lugar que no tenía en su campo de visión. Se quedó de piedra. El mundo empezó a girar más despacio. Como si estuviera en algún extraño sueño en el que podía ver lo que pasaba, pero era incapaz de hacer algo.

El gorila que había creído atrapado en el techo y que se moriría cuando el edificio se viniera abajo estaba en el umbral de la puerta, con un arma en la mano y apuntando directamente a... Beau.

No se formó de inmediato ningún escudo espontáneo e instintivo de supervivencia sin que ella tuviera que levantarlo con la mente porque ella no era el objetivo. Y sabía que no tenía tiempo de levantar un escudo alrededor de Beau porque estaba demasiado débil y descentrada para levantarlo a tiempo.

Se oyó un disparo y Ari hizo lo único que podía hacer, la única cosa que tuvo tiempo de hacer. Se puso delante de Beau, de espaldas al matón. Agarró la cabeza de Beau, la colocó de forma protectora en la parte superior de sus muslos para protegerlo de la mejor manera que supo y cerró los ojos.

Treinta y siete

*B*eau notó cómo rebotaba su la cabeza hacia atrás y soltó una exclamación de sorpresa justo cuando sonó un disparo. Pasó todo al mismo tiempo y fue tan rápido que no pudo hacerse una idea de lo que acababa de pasar.

Ari le agarraba con fuerza la cabeza y el cuello, y lo mantenía apretado contra sus piernas. Pero entonces notó que se ponía tensa y un desgarrador grito de dolor le atravesó el corazón y lo dejó helado por el miedo.

Dios, no. Un disparo. Notó a Ari colocándose detrás de él, agarrándole la cabeza de forma protectora con los brazos, gritando de dolor. No. ¡Dios, no! ¡Joder! Todo llevaba a una única cosa: Ari se había interpuesto entre él y la persona que había disparado.

Zack se echó atrás en cuanto sonó el tiro con el arma en alto y que apuntaba a Beau. Antes de que este pudiera girarse siquiera para ver de dónde procedía el disparo, Zack disparó dos ráfagas consecutivas y rápidas y luego se puso de pie de un salto.

—Han alcanzado a Ari —dijo Zack, aunque no hacía falta.

Beau sabía que había recibido la bala que iba destinada a él, algo que le dolía hasta en el alma. Le pareció que tardaba una eternidad en darse media vuelta y cogerla entre sus brazos antes de que cayera al suelo cuando, en realidad, no pasó más de una fracción de segundo. Toda la escena se había desarrollado en apenas dos segundos, pero estuvo lento de reflejos. Le paralizó un terror supremo cuando consiguió llegar a ver el alcance del daño producido por la bala.

—¡Ari!

Su grito agónico hizo añicos el espeluznante silencio que había caído sobre ellos en cuanto Zack acabó con el asaltante.

Ari estaba pálida como un fantasma, con los ojos apagados e inertes cuando se echó hacia un lado y se desplomó en los brazos de Beau.

—Dios mío —dijo con voz rota—. Ari, cariño, ¿por qué? ¿Por qué lo has hecho? ¿Por qué?

No esperaba ninguna respuesta. No era importante. Sabía perfectamente bien por qué lo había hecho. Porque su forma de ser era anteponer siempre a los demás y protegerlos cuando era ella la que necesitaba protección. Si moría por salvarle la vida, no habría servido para nada, porque la vida de Beau no valía una mierda si Ari no estaba en ella.

La dejó con mucho cuidado en el suelo para poder encontrar el origen de toda la sangre que se derramaba en el suelo. Tenía el corazón a punto de salírsele del pecho. Nunca había sentido una oleada de desesperación más oscura. Nunca se había sentido tan extremadamente solo como se sentía ahora. No podía perderla. No podía vivir sin Ari. Era incapaz de recordar cómo era su vida antes de que llegara. No quería imaginarse un futuro sin ella a su lado. Siempre en su corazón, en su mente, en su alma, en su cama. Creando juntos una familia —su familia—, envueltos por un amor tan resplandeciente como el sol. Un amor que eclipsaría a cualquier estrella que hubiera brillado nunca. No había luz más brillante que Ari. No para él.

Tenía que vivir. Por él, Ari tenía que vivir o estaría perdido para siempre. Estaría privado para siempre de su luz. Viviría en una oscuridad total y nunca más volvería a amar y a vivir de verdad.

—Mierda —murmuró Zack al arrodillarse junto a Beau—. Espero que no haya afectado a la arteria femoral. En tal caso, se desangraría mucho antes de poder llevarla al hospital.

—¡Cállate, mierda! —exclamó Beau—. No se va a morir. ¡No lo permitiré!

Volvió a centrar su atención en Ari, que pestañeaba lentamente. Los párpados se le cerraban débilmente.

—¿Beau?

Le temblaba la voz y parecía tan débil que hizo sentir a Beau el terror en lo más profundo del alma.

—Sí, cariño, estoy aquí —dijo, intentando ocultar su pánico absoluto.

—¿Estás herido? —preguntó casi con un susurro—. ¿Te ha disparado?

Las lágrimas le quemaban como ácido en los ojos a Beau. Ari estaba ahí tumbada, casi inconsciente y, aun así, lo único que pensaba era en si él estaba bien o no. Las lágrimas le resbalaban sin control por las mejillas.

Le pasó una temblorosa mano por el cabello y luego la besó en la frente, dejando allí los labios un largo instante mientras intentaba recobrar la compostura. Respiró hondo, intentó controlar las emociones. Para poder ser fuerte por Ari. Igual de fuerte que era ella, igual de fuerte que ella había sido por él. Lo avergonzaba en lo más profundo del alma que hubiera sido la que lo salvase. Y no al revés. Nunca más. La protegería hasta su último aliento durante el resto de sus días.

—Estoy bien —dijo Beau—. Te lo juro por Dios, Ari, como vuelvas a hacer una tontería como esta otra vez, te encerraré a cal y canto en el puñetero dormitorio y no te dejaré salir nunca más.

Ari mostró una sonrisa torcida. Y dolorida. Cerró los ojos al tiempo que su cuerpo parecía doblegarse hacia dentro.

—¡Ari! —gritó asustado—. No me dejes. Quédate conmigo. Por favor, quédate conmigo. Permanece despierta. Solo un poco más y luego podrás descansar. Te lo prometo.

Beau estaba suplicando, rogando, pero no le importaba. No era nada orgulloso cuando se trataba de ella. No había nada que no hiciera para salvarla.

Zack hablaba por radio y lanzaba órdenes a los demás con una voz dura y urgente.

Sin apartar su mirada de ansiedad de Ari ni siquiera durante un segundo, dijo a Zack:

—Echa abajo el puto muro para que podamos salir. Tenemos que llevarla a un hospital cuanto antes. Nada me importa nada más. Sácanos de aquí ya.

—Las cargas están colocadas. Lo único que tengo que hacer es pulsar el interruptor. ¿Estáis a cubierto Ari y tú?

Aunque lo preguntó, Zack no esperó ninguna respuesta, sino que se hizo a un lado de forma que él y Beau protegían a Ari. Zack se encargó de cubrir las partes de Ari a las que no llegaba Beau y entonces provocó la explosión y agachó la cabeza para protegerse los ojos de los escombros.

Beau hizo lo mismo y acercó el rostro de Ari a su pecho al tiempo que le sujetaba con la palma de la mano la parte posterior de la cabeza y la sostenía para que nada pudiera tocarla.

La explosión sacudió la sala, el suelo, las paredes y las vigas.

—¡Mierda! —exclamó Zack con un tono de urgencia—. Tenemos que salir ya. El tejado se está viniendo abajo. ¡Coge a Ari y salgamos de aquí!

Beau no necesitó que nadie le metiera prisas. Ya había cogido a Ari de forma segura entre sus brazos y se levantó, manteniéndole el rostro contra su pecho para que no inhalara ni el polvo ni el humo que sobrevolaban la sala como si fueran un huracán.

Justo cuando salieron por el agujero del muro, el tejado cedió y se derrumbó como una cascada de fichas de dominó. Se levantó otra nube de polvo y humo que los envolvió hasta que los dos hombres acabaron tosiendo.

El aire era más fresco y más limpio cuanto más se alejaban del edificio, lo cual supuso un agradable cambio frente al ambiente viciado y asfixiante del interior del complejo. Beau respiró hondo con la intención de limpiar no solo sus pulmones, sino también su cabeza. El corazón le pesaba demasiado por la preocupación y la pena, pero necesitaba tener todos sus sentidos alerta porque, hasta que consiguiera alejar a Ari bien lejos de allí y llevarla a un hospital para recibir los cuidados necesarios, le hacía falta toda la agudeza mental que pudiera reunir.

—Van a aterrizar aquí con el helicóptero —informó Zack—. Es imposible que Ari llegue caminando hasta el punto de encuentro. No hay sitio para todos, así que tú, Ari y sus padres subiréis al helicóptero. Los demás llamaremos para que uno de los vehículos venga aquí e iremos lo antes posible.

—Quiero que vengas con nosotros —dijo Beau con firmeza.

Para Beau, Zack era su mano derecha, igual que Dane era la mano derecha de Caleb. Confiaba en Zack para cubrir las espaldas de él y Ari en este momento en que Beau sabía que era incapaz de ser todo lo perspicaz que solía ser.

—Entonces iré —anunció Zack con calma.

Así, sin más. Sin preguntas. Sin dudas. Simplemente, con una lealtad y una decisión inquebrantables.

—Gracias —dijo Beau en voz baja.

—Ni lo dudes, tío.

—Lo sé. Y te lo agradezco.

Para alivio de Beau, el helicóptero apareció con únicamente un leve zumbido en el aire para señalar su llegada. Beau empezó a acercarse a él antes incluso de que hubiera bajado del todo y esperó a que aterrizara con delicadeza.

Dane, Capshaw e Isaac bajaron rápidamente, mientras Beau se acercaba a toda prisa llevando a Ari en brazos y con Zack pisándole los talones.

En cuanto Beau subió al interior, la madre de Ari gritó alarmada y su padre soltó una ristra de maldiciones.

—¿Qué demonios le ha pasado? —rugió Gavin.

Antes de que Beau pudiera responder, Ari se removió en sus brazos y abrió los ojos nublados por el dolor y la confusión. Entonces se le aclararon y la escarcha cubrió sus globos de múltiples colores.

—Espera, Beau —dijo con una voz más fuerte de lo que había sido momentos antes.

—No, no vamos a esperar —dijo Beau con decisión—. Tenemos que llevarte a un hospital ahora mismo. Por si te has olvidado, ¡te han disparado!

Ginger pegó un respingo.

—¿Qué?

Ari luchó por sentarse, pero el brazo de Beau era una barrera que se lo impedía. Cuando Beau se dio cuenta de que no cejaría en su empeño y lo único que conseguiría si no la dejaba levantarse sería hacerle más daño, la ayudó de mala gana a incorporarse, con cuidado de mantener una mano firme sobre su espalda y alrededor de su cintura.

Los ojos le brillaban a Ari cuando fijó la mirada en el edificio que había a unos metros de distancia. El dolor le deformaba las facciones y su concentración era máxima. Entonces fue cuando Beau supo lo que estaba intentando hacer.

—¡No, Ari, ni se te ocurra! —rugió—. ¡Basta ya! Me niego a dejar que te mates por esto. Habías perdido ya demasiada sangre incluso antes de que te dispararan. Vas a sufrir un ataque o tener un aneurisma.

Miró suplicante a sus padres, pidiéndoles en silencio que lo apoyaran.

—Ari, sea lo que sea lo que estás haciendo, por favor, no lo hagas —dijo su madre con dulzura—. Por favor, vuelve a casa con nosotros.

Ari sacudió la cabeza. Los ojos le seguían brillando. La sangre empezó a brotarle poco a poco por la nariz y las orejas y frunció todavía más el ceño.

La tierra se sacudió bajo el helicóptero, haciendo que este también se sacudiera. Los padres de Ari miraron intranquilos a su hija y Gavin intercedió de forma convincente.

—Ari, para ya —le exigió—. No permitiré que lo hagas. No permitiré que te hagas aún más daño. Por tu madre… por mí, para.

—Tengo que hacerlo —dijo Ari con tranquilidad—. No puedo dejar que ganen. Me lo prometí y tengo que llegar hasta el final. No puedo dejar que otros pasen por lo que me han hecho pasar a mí y a muchas otras personas.

Entonces cerró los ojos como si les dejara a todos fuera; a Beau, a sus padres… Solo pensaba en su objetivo.

Beau ordenó al piloto que despegara. Esperaba que eso detuviera a Ari.

Tendría que habérselo imaginado.

Cuando el helicóptero alzó el vuelo, planeando durante unas décimas de segundo antes de alejarse del edificio, todo el complejo se incendió y estalló; una nube con forma de seta como la de una bomba atómica se alzó hacia el cielo.

Todos los que estaban en el helicóptero miraron hacia abajo asombrados mientras el edificio se desmoronaba y se desintegraba ante sus ojos.

Pero Beau solo miraba a Ari. Miraba la sangre que le brotaba como un río de la nariz, orejas y boca. La abrazó con más fuerza aunque tuvo cuidado de no moverle la pierna que había recibido la bala dirigida a él.

Los ojos de Ari estaban apagados y sin vida, la chispa que había desatado la oleada de energía mental necesaria para derribar todo el complejo no era ahora más que una débil fuente de luz en peligro de apagarse.

Ari se revolvió en brazos de Beau, haciendo un débil esfuerzo como si quisiera sentarse. Pero ni siquiera era capaz de soportar su propio peso. Beau la levantó con cuidado para que pudiera ver a sus padres, pero su mirada estaba vacía. En blanco. Miraba más allá de los ocupantes del helicóptero hacia la bola de fuego naranja que erupcionaba hacia el cielo y el grueso muro de humo que cubría toda el área.

Su mirada desenfocada encontró a Beau. Pestañeaba con debilidad, como si estuviera luchando por permanecer consciente.

—¿Ha desaparecido? —preguntó con voz ronca—. ¿Ya no está?

A Beau se le hizo un nudo en la garganta. Sintió una oleada de emociones que le hicieron imposible tragar saliva.

—Sí, cariño. Ya no está. Lo has destruido tal como juraste que harías.

—¿Y mis padres? —susurró.

Beau intercambió una mirada de preocupación con su madre y su padre porque estaban sentados justo al lado de Ari. La habían abrazado, le habían hablado. ¿Y ella no era consciente de su presencia?

Beau la besó en la frente.

—Tus padres están bien. Más que bien. Los has salvado. Están aquí ahora contigo. ¿Quieres verlos?

Los ojos de Ari se cerraron y se desplomó sin fuerzas sobre Beau.

—Se acabó —murmuró.

Beau la abrazó todavía con más fuerza al tiempo que el miedo le comía las entrañas. La abrazó con fuerza como si sujetándola más cerca de sí pudiera de alguna manera mantener su espíritu con él aquí y ahora. Porque veía que la estaba perdiendo. Como si Ari hubiera reunido la fuerza necesaria únicamente para conseguir su objetivo y ahora se estuviera dejando ir con cada segundo que pasaba.

—No, no se ha acabado —espetó Beau—. Tú y yo no, Ari. Justo estamos empezando. Aguanta. No te atrevas a rendirte. ¿Me oyes? ¡No se ha acabado nada!

La besó en la cabeza mientras las lágrimas le resbalaban por las mejillas.

—No te vayas, Ari. No me dejes. Te quiero —dijo con voz rota.

Inclinó la cabeza, acercándola más aún al cuerpo de Ari mientras le tocaba el cuello con los dedos buscándole el pulso. Había sangrado mucho. Había sufrido una presión mental bestial. ¿Cómo podría alguien sobrevivir a algo así?

Su respiración, tan débil y errática, hizo que se le hinchara el pecho y luego se estremeció contra la piel de Beau. A continuación, Ari se quedó totalmente paralizada. El pecho dejó de subir y bajar. No había intercambio de aire. No había pulso. Nada.

—¡No! —rugió Beau furioso. La negación se propagaba por su mente, corazón y alma—. Joder, ¡vuelve aquí conmigo, Ari! No puedes dejarme. ¡No me dejes!

Zack y Gavin se las apañaron para soltar a Ari del abrazo de Beau y la colocaron en el suelo del helicóptero para poder empezar con la reanimación. Para Beau, todo quedaba muy lejos. Como si no estuviera pasando de verdad. Como si estuviera mirando con cierta curiosidad que todo eso le estaba pasando a un completo extraño.

Solo que no era un extraño. Ari era todo su mundo. Sin ella para compartirlo con él, no valía la pena despertarse por las mañanas.

Ari no estaba respondiendo a los insistentes intentos de Zack y su padre por reanimarla. Llegó un punto en que la situación acabó desbordando a Beau.

Se echó al suelo y cogió el cuerpo inerte de Ari entre sus brazos y lo acunó adelante y atrás con el rostro hundido en su cabello.

—No me dejes —susurró—. Por favor, Ari, no me dejes. Quédate conmigo. Lucha. Lucha por nosotros. No me dejes ahora después de todo lo que me ha costado encontrar a mi otra mitad.

Treinta y ocho

*B*eau caminaba arriba y abajo por la sala de espera como un león enjaulado, alterado, salvaje, con los nervios tan a flor de piel que cualquier sonido lo sacaba de quicio. Cada vez que algún médico abría la puerta de la sala de espera, se ponía alerta, esperando que fuera alguien que trajera noticias de Ari.

No había querido separarse de ella, ni un minuto. Sin embargo, las enfermeras no habían cedido a sus duras peticiones, ruegos ni a su enfado. Ni siquiera habían permitido a los padres entrar en la sala mientras el médico y el resto de enfermeras trabajaban con rapidez para estabilizarla. No lo consolaba porque, aunque quería estar con ella con toda su alma, no quería que recuperara la conciencia sola y asustada.

Además, a juzgar por las expresiones de intranquilidad y preocupación de sus padres, no lo estaban pasando mucho mejor que él.

Cerró los ojos recordando la advertencia de tanto tiempo atrás. El sueño de Tori. En realidad, no había pasado tanto tiempo, pero habían sucedido tantas cosas que parecía haber pasado hacía un siglo. Él, cubierto de sangre, en el suelo. Beau había acertado en una cosa. No era su sangre la que se vertía en el sueño de su hermana. Era la de Ari. Pero Tori no había visto algo que ya había sucedido. Había visto el futuro. El destino de Ari.

Dane, Eliza, Capshaw e Isaac habían llegado una hora y media después de que el helicóptero hubiera aterrizado en el tejado del hospital. El personal médico parecía no haberse sorprendido porque ese helicóptero hubiera aterrizado en la terraza. Se habían concentrado enérgica y eficazmente en hacer su trabajo: salvar la vida de Ari.

Pero Beau estaba preocupado por la cantidad de sangre que

había perdido Ari. Parecía que había perdido más de la mitad de su volumen. Ya solo lo que había perdido con las diversas y continuas hemorragias psíquicas bastaría para matar a alguien y ahora, por si fuera poco, había que sumarle una herida por disparo de bala.

Había perdido y recuperado el pulso muchas veces en el vuelo en helicóptero hasta el hospital. Cuando llegaron, la intubaron y comenzaron de nuevo con la reanimación.

Eso había pasado hacía horas. ¿Por qué demonios estaban tardando tanto? ¿No sabían que había gente a los que la espera para saber si Ari estaba viva o muerta les estaba provocando una muerte lenta y agónica? ¿Tan difícil era informarlos de la situación?

Sin embargo, si se hubiera muerto ya los habrían informado de ello, así que se consoló pensando en que nadie había salido para hablarle de ella.

Beau había hablado por teléfono con Caleb y Ramie cada hora desde la llegada de Ari al hospital. Ramie había querido coger el avión de Caleb de inmediato para ir al hospital, pero Beau la había convencido para que no lo hiciera. No podía hacer gran cosa y prefería que no dejaran a Tori sola con Quinn para protegerla. Su hermana pequeña seguía estando en un estado importante de fragilidad y vulnerabilidad, y sufría ataques de ansiedad si la dejaban sola durante más de unas pocas horas.

Quinn también había llamado, aunque su hermano pequeño no conocía a Ari. Por lo visto, Caleb y Ramie le habían puesto al día porque se mostró nervioso sobre el estado de su futura cuñada.

Beau resopló. Si tenía suerte, Ari saldría de esta pese a haberle fallado tantas veces.

—Tío, siéntate un rato —dijo Zack en voz baja.

Beau alzó la mirada y vio a Zack de pie a su lado. Ni siquiera se había percatado de que se había acercado a él. Zack ofreció a Beau un café que este aceptó agradecido. Estaba hecho polvo y necesitaba cualquier energía que la cafeína pudiera proporcionarle porque se negaba ni siquiera a pensar en dormir hasta haber comprobado por sí mismo que Ari estaba fuera de peligro.

—Estás destrozado —dijo Zack con franqueza—. No le estás haciendo a nadie ningún bien, particularmente a Ari, acechando por aquí y haciendo que los demás que están en la sala de espera se pongan de los nervios, y está claro que no estás ayudando a la madre de Ari a sentirse menos preocupada. Tú viste a Ari. Tú estuviste con ella. Sus padres, no. Así que verte consumido de esta manera solo les hace pensar en lo peor.

Beau sintió una gran culpa y miró un instante hacia donde estaban sentados los padres de Ari. Ginger tenía la cabeza apoyada en el hombro de su marido y el brazo de Gavin la rodeaba con firmeza. Ginger tenía los ojos rojos e hinchados por las lágrimas que había derramado y podía verse la preocupación reflejada tanto en su mirada como en la de su marido.

Aceptando que no ayudaba nada a mejorar la situación, Beau se sentó y se echó atrás. Sintió cómo la fatiga le corría por las venas, casi arrollándolo en el proceso. Tomó un trago del fuerte café e hizo una mueca por el mal sabor.

—No te he dicho que estuviera bueno —comentó Zack divertido—. Pero está claro que te dará un chute de cafeína. Creo que podríamos llamarlo brebaje más que café.

Beau echó un vistazo dentro de la taza y frunció el ceño en señal de asentimiento. Luego suspiró y se obligó a tomar otro trago.

Los minutos pasaban con una lentitud desesperante. Cada minuto parecía una hora. Beau miraba cómo se movía la aguja del reloj de la pared, contando cada segundo. El silencio se había adueñado de la pequeña sala y nadie parecía querer cambiar eso.

Había otra media decena de personas que ocupaba la sala de espera, pero se habían pasado al fondo cuando Beau y los demás entraron. No podía culparlos. Beau estaba cubierto con la sangre de Ari, Gavin tenía sangre seca en más de un sitio por su altercado con los dos hombres que había matado y los demás simplemente tenían cara de cabreados.

Beau se echó atrás, levantando la cabeza hacia el techo y obligándose a desviar la mirada del reloj y a olvidarse de su frustración por lo lento que pasaba el tiempo. Había empezado a cerrar los ojos cuando oyó que se abría la puerta de la sala de espera.

Se preparaba de nuevo para otra decepción, se puso en pie, aunque esta vez la mujer que llevaba ropa quirúrgica pronunció el nombre de Ari. Corrió al otro lado de la sala, pero Gavin y Ginger estaban más cerca y se acercaron con impaciencia hasta la enfermera.

La enfermera frunció el ceño cuando vio a tanta gente levantarse al oír el nombre de Ari.

—Lo siento, pero solo puede entrar la familia directa.

Beau se quedó de piedra. ¿No iban a dejarlo entrar? ¿Qué narices?

Cerró los dedos hasta convertirlos en puños; deseaba golpear algo, lo que fuera. Sentía una violenta necesidad que lo hervía por dentro. Era una caldera a punto de estallar y su impaciencia estaba llegando a un punto crítico.

Antes de poder abrir la boca para insultar a la enfermera y decirle que cómo se atrevía a mantenerlo alejado de Ari, Gavin alargó una mano hacia Beau y le sorprendió con sus palabras.

—Vamos, hijo.

Ginger sonrió a la enfermera.

—Es su marido, nuestro yerno.

Beau quería echarse al suelo y besar los pies a su suegra, y lo habría hecho si pensara que podría volver a ponerse de pie. Unas lágrimas vergonzantes le llenaron los ojos por la aceptación incondicional que habían mostrado hacia él. ¿Era esto lo que se sentía cuando tenías unos padres que te querían? ¿Que se comportaban como padres de verdad o como deberían?

Ni siquiera pudo pronunciar un agradecimiento mientras cruzaba el umbral de la puerta detrás de ellos porque habría sido incapaz de conseguir que las palabras atravesaran el nudo que tenía en la garganta. Como si la sorpresa anterior hubiera sido poco, Ginger le cogió de un brazo, caminando a su lado mientras la enfermera les conducía por el pasillo hasta una de las habitaciones.

Ginger le apretó un poco, casi como si conociera el peso de sus emociones y el impacto que sus palabras habían tenido en él. Dios, lo que más deseaba en el mundo era abrazarla.

La enfermera se detuvo un instante en la puerta y a Beau se le hizo un nudo en el estómago.

—Está atontada por los calmantes —dijo la enfermera—. Pero ahora está estable. El médico pasará en unos minutos para ponerles al día sobre su estado, pero sabía que querrían verla lo antes posible.

—Ya te digo —dijo Beau bruscamente.

La enfermera sonrió.

—Entren pues. Si se cansa o se pone nerviosa, pulsen el botón de llamada. Hasta que no la vea un cirujano y no se tome una decisión sobre si hay que operar, debe permanecer lo más quieta posible porque todavía no le hemos encajado la pierna.

—¿Encajado? —gruñó Beau—. ¿Como si estuviera rota?

Ginger tragó saliva y el rostro de Gavin se puso blanco por la preocupación.

—Ha sufrido una fractura de fémur, pero la fractura en sí no es demasiado grave. La fuerza de la bala al entrar le ha dislocado la cadera y el cirujano ortopédico debe determinar si el desgarro del cartílago debe repararse quirúrgicamente o si podemos volver a colocar en su sitio la cadera dislocada y se curará por sí sola.

Beau parpadeó. Eso sonaba muy doloroso. Pero asintió, ya que lo único que quería era que se apartara para poder ver a Ari. El corazón le iba a mil y oía su pulso en los oídos cuando por fin se hizo a un lado, dejándoles libre la entrada. Se abrió paso a toda prisa y pasó al lado de los padres de Ari en su apuro, que sabía que tenían las mismas ganas que él de verla.

Pero ellos no habían estado allí cuando dispararon a Ari. Cuando había recibido una bala dirigida a él. No la habían tenido entre los brazos mientras se desangraba sobre él y sobre el suelo formando un enorme charco escarlata. No habían experimentado la angustiosa idea de que estaba… muerta.

Tomó aire y se quitó esos recuerdos horribles de la cabeza. Fue directo hacia Ari y le sujetó la mano inerte con la suya. La otra mano tenía una vía puesta, además de que estaba conectada a todo tipo de máquinas. A Beau se le heló la sangre porque había un carro de paradas al lado. ¿Había entrado en parada? Seguramente se lo habrían notificado. ¿O simplemente se habían preparado para lo peor teniendo en cuenta las condiciones en las que había llegado?

Repasó todo su cuerpo con la mirada, captando cada detalle, observando cada una de sus respiraciones, la leve elevación y descenso de su pecho. Esta vez las lágrimas no se limitaron a arderle en los ojos. Le cayeron por las mejillas y le empañaron la vista.

Estaba viva. Casi cayó de rodillas por la enorme gratitud que sintió al saber que estaba viva, respirando, que se recuperaría. Y, si Dios quería, se recuperaría con él junto a ella en cada etapa del camino.

Sus padres se situaron al otro lado de la cama y su padre se inclinó para besarla en la frente. Su madre le cogió con cuidado la mano que tenía la vía puesta y, en ese momento, estuvo en contacto físico con las tres personas que más la querían en el mundo.

—¿Beau? —susurró Ari con un tono de voz nublado por la confusión. Pero, gracias a Dios, sin dolor. Al menos parecía que no le dolía.

—Sí, cariño, estoy aquí —respondió Beau, limpiándose las lágrimas con el hombro. Menudo idiota, lloraba como un niño.

Ari se lamió los labios y luego los chasqueó como si intentara librarse de un mal sabor de boca. Pero no, no era eso lo que estaba haciendo para nada.

—Bésame —murmuró.

Mierda. Ari no se había dado cuenta, en su neblina inducida por los calmantes, que sus padres estaban de pie a su lado. Pero Beau no iba a dejar que eso se interpusiera a la hora de cumplir su deseo porque eso era justo lo que él deseaba ahora mismo más que nada en el mundo.

Se inclinó y pegó su boca a la de ella. Ari suspiró al notar sus labios, pero entonces Beau se separó, aunque nada le habría gustado más que pasarse varias horas tocándola y besándola, asegurándose de que estaba viva.

—Cariño, aquí hay dos personas que tienen muchas ganas de verte —dijo Beau, acariciándole la mejilla con el dorso de un dedo.

Ari arrugó el entrecejo con la vista fija en él. Ni siquiera había mirado todavía en dirección a sus padres, aunque ellos no parecían molestos. Ginger sonreía a través de las lágrimas y observaba la interacción entre Beau y su hija. Su padre tenía el ceño un poco fruncido, pero era de esperar. ¿A qué padre que se precie le causa buena impresión desde el principio el hombre con quien sale su hija?

—¿Quién? ¿Dónde? —preguntó desconcertada.

—Aquí, cielo —dijo su madre por fin.

Ari giró la cabeza levemente y dejó escapar unas lágrimas cuando vio que tanto su padre como su madre estaban ahí.

—Estáis bien —dijo antes de tomar aire—. ¡No estáis muertos!

Gavin frunció el ceño.

—¿Por qué diantres ibas a pensar algo así?

Sabiendo que sería difícil para Ari, por no decir agotador, explicarlo todo, Beau les contó lo que había visto Ari… y lo que él se imaginaba.

—Cielo, lo siento mucho —dijo Ginger—. No nos has fallado y no tienes que mencionarlo. Nos has salvado la vida. Porque estos hombres tenían toda la intención de matarnos. Intentaron matarnos. Pero tus poderes los detuvieron. Y, bueno, cuando se dieron cuenta de que el escudo había caído, era demasiado tarde —añadió con remordimiento—. Tu padre estaba bastante cabreado.

A Gavin se le oscureció la expresión.

—Cabreado es quedarse corto.

Ginger rio, Ari sonrió y Beau notó que le fallaban las rodillas. Qué sonrisa más preciosa tenía. Iluminaba toda la habitación. Le hacía entrar en calor todo el cuerpo.

Entonces Ari se puso seria. Su expresión era sombría y extremadamente grave.

—Mamá, papá, hay algo que debéis saber.

Sabiendo exactamente lo que Ari quería decirles, Beau le levantó la mano y la besó en la palma.

—¿Prefieres que me vaya para que puedas hablar a solas con tus padres? —preguntó con dulzura.

Algo destelló en los ojos de Ari y entonces sacudió la cabeza.

—Me gustaría que te quedaras. Si quieres. Si prefieres…

Beau le puso un dedo en los labios para indicarle que dejara de hablar. Entonces la besó.

—Ni un ejército entero podría alejarme de aquí. Siempre he querido estar a tu lado, Ari. Pero si quieres intimidad, no hay problema por mi parte.

En lugar de eso, Ari entrelazó sus dedos con los de él y se giró nerviosa hacia sus padres.

—¿Qué sucede, nena? —preguntó Ginger con el ceño arrugado por la preocupación.

Ari respiró hondo.

—Sé la verdad. Sé que tú y papá me adoptasteis.

Treinta y nueve

𝒰na expresión de alarma se asomó a los rostros de sus padres. El miedo apareció en la mirada de su madre y su padre se puso pálido de verdad. Ari levantó la mano que tenía la vía puesta y la colocó sobre las manos de sus padres, que estaban una sobre la otra apoyadas en la barra de la cama.

—¿Cómo?

Esa pareció ser la única palabra que su madre fue capaz de pronunciar. Parecía tan sorprendida —tan aterrada— que Ari se preguntó si temían que los rechazara. O que se enfadara. ¿Que se sintiera decepcionada? De ninguna manera pensaba hacer nada de eso.

Lo único que iba a hacer era darles su amor. Bueno, muchas otras cosas también. Lealtad. Risas. ¿Nietos…? Echó un vistazo rápido a Beau cuando pensó en esto último. Podía imaginarse unos niños de pelo oscuro como su padre. Y una niña rubia angelical. O tal vez incluso una hija con el cabello oscuro de su padre. Las posibilidades eran infinitas y Ari quería una gran familia. Esperaba que Beau sintiera la mitad de lo que sentía ella.

—Es una historia complicada —dijo Ari con un suspiro—. Y en otro momento os contaré todos los detalles concretos. Lo importante es que lo sé.

—Lo sentimos —empezó a decir su padre, pero Ari lo interrumpió rápidamente porque no quería que siguiera por ese camino.

—Lo único importante… de verdad, lo único importante… es que os quiero mucho a los dos. Y que sois mis padres… mi familia. La sangre no te convierte en familia. El amor, sí.

Las palabras, el sentimiento o la revelación —fuera lo que

fuera lo que ella pensaba que era— le habían llegado en la peor de las circunstancias y ahora, al verbalizarlo, hacía que todo fuera más real.

A su madre le caían lágrimas por las mejillas y su padre apartó la cara para que Ari no pudiera ver la emoción que se reflejaba en sus ojos. Pero Ari la había visto. Justo antes de que desviara la mirada.

Beau le apretó la mano para darle su apoyo silencioso. Esperó a que sus padres se recuperaran un poco antes de proseguir. Cuando parecieron recuperar el control, continuó.

—Al principio me sentí dolida... destrozada —admitió—. La idea de que no era deseada, que no me querían, que me habían dejado en la puerta de alguien para morir si nadie llegaba...

Se rompió. A pesar de estar en paz con su pasado, todavía se le formaba un nudo en la garganta cuando hablaba de sus padres biológicos.

—Cielo —murmuró su madre—. Te queremos con locura.

Beau carraspeó, deseoso de decir algo, pero pareció dudar entre si decirlo o no. Entonces suspiró y se pasó la mano por la cabeza, señal de su nerviosismo.

—Ari, la noche que te raptaron del búnker, cuando todos salimos de la casa para enfrentarnos a la amenaza que se cernía sobre nosotros... tropecé con un cuerpo. Era un hombre al que le habían dado una paliza tremenda. De hecho, ni siquiera pensé que estuviera vivo. Pero entonces habló y me hizo prometerle que te comunicaría sus últimas palabras.

Ari abrió los ojos como platos por la sorpresa y sus padres le miraron con una estupefacción igual.

—¿A mí? Preguntó atónita por las palabras de Beau.

Beau respiró hondo y le apretó la mano, entrelazando y desentrelazando los dedos, dudando durante una fracción de segundo.

—Era tu padre biológico.

—¿Qué?

—Virgen Santa —murmuró su madre.

Su padre permaneció en silencio y con una expresión y rasgos estoicos. Se había quedado de piedra cuando Beau pronunció las palabras «padre biológico». Al menos no había dicho «padre».

Porque eso habría sido un insulto para el hombre que era su padre en todos los sentidos excepto en el biológico.

—Tengo que remontarme unos días atrás —reconoció Beau—. Me llamó unos días antes. No mucho después de que acudieras a mí en busca de ayuda. Y me advirtió. Me contó lo que le habían hecho a tu madre biológica para que les dijera quiénes eran tus padres adoptivos.

Ari soltó la mano que tenía cogida a las de sus padres y se la llevó a la boca cuando se le escapó un grito ahogado.

—No entraré en detalles —dijo Beau disgustado—. No hace falta. Esas personas son… eran unos animales. Pero no volví a saber de él y tampoco lo vi en persona hasta esa noche. Cuando lo encontré fuera. Y me hizo prometer que te entregaría su mensaje.

—¿Y qué dijo?

—Que te quería. Que tu madre biológica te quería. Y que cuando descubrieron las verdaderas intenciones de la fundación de gestación subrogada que financió el embarazo de tu madre biológica, salieron corriendo. Escaparon varias veces por los pelos, así que cuando naciste tú fueron a ver…

Se quedó callado y cerró los ojos como si lo siguiente que tenía que decir le hiciera más daño a él que el que podría hacerle a ella.

—Fueron a ver a mi padre —dijo secamente—. Porque era participante y donante activo de la fundación, le rogaron que se quedara contigo y que te criara. Para que estuvieras a salvo.

Su padre cerró los ojos cuando Beau pronunció la última frase y Ari frunció el ceño, consciente de que esa revelación no era nada nuevo para él.

—Mi padre —dijo Beau poniendo un énfasis amargo en esa palabra— se negó y envió a tus padres biológicos… a casa de los Rochester.

Beau señaló a sus padres a medida que la frase se iba apagando.

—Me alegro mucho de que lo hiciera —aclaró Ari con calma.

Levantó la mano para tocarle la mandíbula a Beau y le acarició con el pulgar el duro hueso del pómulo.

—No me gusta nada imaginarnos creciendo como hermanos. Eso haría que nuestra relación fuera un poco retorcida, ¿no crees?

Y entonces soltó un gruñido.

—Dios mío. Olvida que lo he dicho. No quería decirlo con ese sentido.

—Dios santo —masculló el padre al tiempo que se tapaba las orejas—. Todos los padres tenemos un límite, Ari.

Su madre se esforzaba por no sonreír y Beau parecía desconcertado, casi como si hubiera estado seguro de que ella pensaría que era un tío repugnante viendo el tipo de hombre que había sido su padre.

—Sí que sería un poco retorcido, sí —dijo su madre con una cara completamente seria.

—¡Basta ya! —gruñó su padre.

Beau se puso tenso otra vez al tiempo que estudiaba con detenimiento al padre de Ari.

—Hay algo que me gustaría saber —dijo Beau con un tono tranquilo.

Como la frase iba obviamente dirigida al padre de Ari, este asintió mirando a Beau.

—Usted fue a ver a mi padre el día antes de que muriera. Ari tendría unos dos años entonces. Tanto mi padre como mi madre murieron al día siguiente. Fueron asesinados.

Ari pegó un respingo porque seguramente… No, no podía ser que Beau lo pensara… ¿Creía de verdad que su padre había tenido algo que ver con la muerte de sus padres biológicos?

Su padre miró a Beau sin pestañear.

—Si me estás preguntando si tuve algo que ver con sus muertes, la respuesta es que no. Pero sí que fui a ver a tu padre. Fui para advertirle.

—¿De qué? —le interrumpió Beau.

—De que estaban investigando de forma muy discreta los asuntos comerciales de Franklin. En particular los relacionados con la financiación de CAS, la Creative Adoption Solutions. Y deja que te responda a tu próxima pregunta antes de que la hagas. No, no tenía ni idea entonces de que Franklin tuviera algo que ver con la aparición de Ari en la puerta de mi casa. Habían dejado una nota en el carrito en la que nos rogaban que la aceptáramos y que la criáramos como nuestra propia hija. Así que lo hicimos. Hasta que Ari no tuvo varios meses de edad no nos trasladamos a Houston. Cuando Ari tenía un año, Franklin vino a verme para hablarme de su participación en que Ari se hubiera convertido en mi hija. Y seré sincero contigo, hijo. Ese hijo de puta intentó chantajearme.

Beau parpadeó, pero no pareció nada sorprendido por la acusación contra su padre.

—Si intentó chantajearlo, ¿por qué le advertiría usted luego? —preguntó Beau.

Su padre asintió.

—Porque te tenía a ti. Y otros tres hijos más. Tenía una familia que cualquiera estaría orgulloso de tener y sus hijos no se merecían sufrir por sus pecados. Solo estoy agradecido porque, fuera quien fuera quien hizo el trabajo, no os mató también ni a ti ni a tus hermanos.

—Yo también —murmuró Beau.

Ari apretó la mano a Beau esta vez, ofreciéndole consuelo. Sabía que el padre de Beau no sería nombrado nunca padre del año, pero no había sido consciente de lo repugnante que había llegado a ser.

Los dos hombres hablaron un poco más, pero el dolor empezaba a volver y Ari se movió en un intento de ponerse cómoda en esa estrecha cama de hospital. El médico todavía no la había visitado, así que no sabía si tenían que operarla o no.

La idea de no poder caminar durante tanto tiempo la irritaba. Pero al menos podía usar sus poderes para hacer que la comida y la bebida llegaran flotando hasta ella. O tal vez Beau podía convertirse en su asistente personal. La idea tenía su gracia. Elaboraría una detallada descripción del puesto para él.

Estaba a punto de pulsar el botón de llamada de la enfermera, consciente de que su dolor iba a más, cuando oyó que la llamaban. Volvió a la realidad, levantó la mirada y vio la cara preocupada de Beau y de sus padres.

—¿Necesitas calmantes, cariño? —preguntó Beau con dulzura.

Ari asintió.

Beau cogió el controlador que funcionaba como mando del televisor y como botón de llamada y lo pulsó. Su padre se inclinó hacia Ari, colocándole la mano en la frente y apartándole el pelo con un movimiento tranquilizador.

—¿Estás segura de que estás bien? —preguntó con dulzura.

Sabía que no se refería a sus heridas físicas. Le preguntaba si estaba bien emocionalmente después de haberle explotado encima tantas bombas en un período de tiempo tan breve.

Ari permaneció en silencio durante unos instantes y luego levantó la mirada hacia sus padres, sintiendo hacia ellos un amor muy profundo.

—¿Creéis que soy tonta por llorar las muertes de dos personas a las que nunca conocí? —susurró.

Ginger bajó la barra de la cama y se deslizó con cuidado sobre el borde de la cama para situarse frente a Ari.

—Siempre has tenido un corazón enorme, Ari. Me sorprendería más si no sintieras al menos cierta pena por las personas que te dieron la vida. Tengo una deuda hacia ellos que nunca seré capaz de pagar. Lo único que nos pidieron a cambio de esa bendición que nos dieron fue que te quisiéramos como a nuestra propia hija, y cielo, es la promesa más fácil que he hecho en la vida. No hacía falta prometer nada porque nos enamoramos de ti en el momento en el que te vimos.

»Así que no, no creo que eso te convierta para nada en una tonta. Te convierte en humana. Te convierte en la hija preciosa por dentro y por fuera a la que amamos con todo nuestro corazón.

—Gracias, mamá —dijo Ari con la voz tomada por la emoción—. Te quiero.

Su madre se inclinó y la besó en la cabeza.

—Yo también te quiero, nena. Y siempre serás mi nena pequeña. No me importa lo mayor que seas.

—Lo mismo digo —dijo su padre con un tono ronco.

La puerta se abrió y entró una enfermera que empujaba un carrito que contenía el registro informatizado así como medicamentos e instrumentos para comprobar los signos vitales. El padre y la madre de Ari se separaron de la cama para dejar libre a la enfermera el acceso a la vía de Ari.

Tras comprobar sus signos vitales, la enfermera sacó una jeringa cargada ya con un medicamento, frotó con un algodón la entrada e inyectó el calmante en la vía intravenosa.

Ari sintió la incómoda quemazón de la medicación en cuanto entró en su torrente sanguíneo y mientras le subía por el brazo hasta llegar al hombro, en cuyo punto la quemazón se disipó y la invadió una sensación agradable, cálida y nebulosa.

Recordaba vagamente su último encuentro con los calmantes y no había durado más que unos pocos minutos antes de sumergirse en el olvido. Esta vez no estaba preparada para salir volando. Acababa de recuperar a sus padres. Solo hacía unas horas que había experimentado la gran euforia de saber que Beau estaba vivo. No quería dejarlos ni un solo minuto.

Pestañeaba furiosamente para luchar contra los efectos del calmante frunciendo el ceño por la concentración.

—Deja de luchar contra ello, cariño —dijo Beau con ternura.

—No quiero que os vayáis —añadió preocupada.

Beau la besó en la frente y le colocó la palma de la mano en la cabeza.

—Estaremos aquí. No vamos a irnos a ningún lado.

—¿Me lo prometes?

Beau le acarició la mejilla con el pulgar y luego el hoyuelo de la barbilla.

—Te lo prometo.

Cuarenta

*B*eau permaneció sentado a oscuras en la habitación de Ari con los codos apoyados en las rodillas, cansado, y tapándose la cara con las manos mientras se frotaba los ojos para permanecer despierto. Se negaba a irse a dormir y perderse la oportunidad de hablar con Ari a solas. Gavin había llevado a Ginger a un hotel cercano para que pudiera descansar después de su terrible experiencia.

No podía esperar otro día, hora o minuto sin saber si tenía un futuro con Ari o no. Si ella sentía por él lo que él sentía por ella.

No podía evitar sentirse henchido por el orgullo, con su ego masculino por los cielos, sabiendo que había sido su primer amante. Y también sería el último si dependía de él la cosa.

Levantó la cabeza de golpe cuando la oyó moverse y emitir un leve gruñido. Se levantó de inmediato de la silla que había colocado a la cabeza de su cama, le levantó la mano y entrelazó sus dedos con los de Ari.

—¿Cómo te encuentras, cariño?

Otro suspiro.

—Duele.

—Deja que llame a la enfermera.

—No —protestó Ari—. Todavía no. Me deja fuera de combate y lo único que he hecho hasta ahora ha sido dormir. Entre la anestesia que tardó una eternidad en irse y los calmantes, me siento como una zombi.

Beau entendía lo que decía y, si era sincero, se alegraba de que rechazara los calmantes, al menos hasta que le dijera lo que tenía que decirle. Con suerte, Ari acabaría con su sufrimiento y podría volver a respirar tranquilo.

La habían operado la mañana después de llegar al hospital y había estado inconsciente todo ese día y el día siguiente hasta que se había ocultado el sol, anunciando la noche que llegaba.

Durante las seis semanas siguientes, había llevado un aparatoso yeso que le cubría la cadera y que la hacía completamente inflexible. Era como llevar un bloque de hormigón, o eso había dicho Ari quejándose.

—Te quiero —dijo Beau escuetamente.

La sorprendida mirada de Ari se fijó en la suya y Beau gruñó, bajando la cabeza y pegándose en la frente de forma repetida con la palma de la mano.

—Joder —masculló Beau. Siguió pegándose—. Qué delicado. —Siguió golpeándose la cabeza contra la palma de la mano—. Dios, llevaba siglos esperando este momento. Quería que llegara este momento. Contigo. Lo he imaginado un millón de veces. Es lo único en lo que he pensado. Y cuando por fin llega el gran momento en que te digo que eres todo mi puto mundo y que no quiero vivir mi vida sin ti, me quedo helado y lo único que consigo pronunciar son dos palabras sin preámbulos, sin contexto y sin haber preparado el terreno.

Beau suspiró emitiendo un sonido indignado y lúgubre.

Ari sonrió y sus ojos se iluminaron como si Beau acabara de ponerle el mundo a sus pies. ¿Su amor sería correspondido? ¿Tendría los mismos sueños y deseos que él?

—Puede que no haya sido la declaración más elocuente del mundo, pero ha sido totalmente perfecta —dijo Ari con una voz distraída y satisfecha—. Porque, a ver, ¿cómo voy a discutirlo si me dices frases como «Eres mi mundo» o «No quiero vivir mi vida sin ti»?

Ari dio unas palmadas en el espacio que quedaba vacío en la cama a su lado.

—Ven.

Beau se inclinó hacia ella y, entonces, como la madre había hecho durante su primera visita, se deslizó con cuidado dentro de la cama, asegurándose de no incomodarla de ninguna manera. Entonces entrecerró los ojos, pero no antes de que Ari viera una vulnerabilidad absoluta reflejada en ellos.

—¿Hay algo que quieras decirme? —preguntó Beau sin rodeos.

Ari casi se echó a reír, pero Beau parecía estar demasiado cerca de venirse abajo como para andarse con bromas. Juraría que hasta estaba sudando.

Le indicó con el dedo que se acercara más y más a ella, hasta que sus caras estuvieron a unos meros centímetros de distancia. Entonces le pasó los brazos por el cuello y tiró de él para besarle.

—Yo también te quiero —susurró.

A Beau le flaquearon las piernas y cerró los ojos. Apoyó la frente contra la de ella. Beau respiraba de forma irregular. Levantó la mano para acariciarle la cara a Ari, deslizando los dedos alrededor del rostro y elevándolos hasta llegar a la gruesa mata de cabello.

—Gracias, Dios —susurró Beau—. Gracias, Dios. Pensaba que estaba solo en esto y no era algo que me agradara para nada.

Beau le dio varios besitos por toda la boca.

—¿Te casarás conmigo?

—Bueno, depende —contestó ella, esperando su reacción. Beau la mataría porque estaba pasándolo fatal y no hacía más que jugar con él.

—¿De qué? —Beau sonaba cabreado.

Ella agitó la mano libre frente a él.

—Del anillo, por supuesto.

Beau se echó a reír y sacudió la cabeza.

—Creo que podré conseguir un anillo. Pero, si prometo conseguirte el anillo perfecto, ¿te casarás conmigo? ¿Por favor?

—Soy incapaz de negarme cuando me piden las cosas por favor —respondió Ari.

—Ojalá lo hubiera sabido antes —reconoció Beau con sequedad.

—Sí, me casaré contigo, Beau —confirmó Ari, poniéndose seria—. No me imagino la vida sin ti. No quiero imaginarla ni experimentarla. Quiero muchísimo a mis padres, pero ya me había instalado por mi cuenta, aunque seguía siendo más dependiente de ellos de lo que me gustaría.

—Construiré la casa más alucinante que hayas visto en la vida —prometió Beau.

—¿Cuántos niños, digo, habitaciones necesitaremos?

Beau entrecerró los ojos durante un instante, casi como si intentara asegurarse de si estaba tomándole el pelo otra vez.

—¿Cuántas quieres? —preguntó Beau pasando la pelota a Ari.

—Al menos cuatro —respondió Ari con una sonrisa de satisfacción en el rostro mientras se imaginaba una casa llena de niños y sus padres de visita. Y ver cómo sus hijos jugaban a pelearse con su padre en el suelo.

Beau alzó las cejas.

—Cuatro, ¿eh? Parece que tengo mucho trabajo por delante.

Ari abrió la boca de par en par.

—¿Tú tienes mucho trabajo por delante? ¿Qué narices hacéis los hombres aparte de disfrutar de un orgasmo del copón? La mujer tiene que llevar al bebé dentro durante nueve meses y...

Se quedó callada y lo miró en cuanto notó que Beau le estaba tomado el pelo como había hecho ella.

—Solo por esto, te toca cambiar los pañales durante los primeros meses para compensar los nueve meses que yo lleve dentro a nuestros hijos.

Ari le echó una mirada orgullosa que le retaba a superar eso.

A Beau se le suavizaron los rasgos y apareció una cálida sonrisa en su rostro.

—¿Cuándo te casarás conmigo? O, tal vez debería preguntar, ¿tardarás mucho en casarte conmigo?

Ari podía sentir cómo se iba ablandando tal como le había pasado a él. Se le deshizo el corazón ante la sonrisa cautivadora de Beau.

—En cuanto me quiten el yeso —dijo Ari, mirando disgustada hacia su cadera y muslos enyesados—. Quiero una boda, luna de miel... todo el paquete, y no podré disfrutar de nada de eso con este aparatoso yeso puesto.

La alegría inundó el corazón de Ari y explotó como fuegos artificiales a medida que iba interiorizando las implicaciones de esa conversación supuestamente informal.

—Así que me quieres —dijo Ari maravillada—. Y quieres casarte conmigo.

Ari lo miró totalmente fascinada y entonces se echó a llorar.

Beau estaba horrorizado. Buscó frenéticamente un pañuelo de papel y luego le levantó la barbilla para poder limpiarle las lágrimas del rostro.

—Ari, ¿qué pasa? —preguntó Beau.

—Que soy feliz —reconoció entre sollozos.

Beau frunció el ceño.

—Pues tienes una forma muy extraña de demostrarlo. Me acabas de dar un susto de muerte. A ver, vamos a tener que establecer unas normas en esta relación a partir de ahora. Empecemos por que no puedes llorar: cuando te veo llorar, aunque sean lágrimas de felicidad, me acojono. Y tampoco podrás manipularme con ellas ahora que sabes el efecto que tienen en mí.

Ari sonrió, se limpió las lágrimas e intentó contener otras que querían salir. Entonces se rindió, frente a él, con las manos extendidas hacia las suyas. Beau se las cogió firmemente y las apretó con ternura.

—Te quiero —dijo Ari con lágrimas todavía brillando en sus pestañas.

Beau la miró con un amor correspondido que resplandecía como un faro en sus ojos.

—Prométeme que no me dejarás nunca —dijo Beau secamente—. Prométeme que me querrás siempre. Que estarás siempre conmigo.

—«Hasta que la muerte nos separe» —murmuró Ari—. Al menos me sé hasta ahí.

Beau sonrió.

—Sí, créetelo o no, pero estuve atento en la boda de Caleb y Ramie. O al menos en las partes más interesantes. «Hasta que la muerte nos separe» va de la mano con «Amarte y cuidarte». Porque, Ari, te cuidaré todos los días de mi vida. Serás la mujer más mimada y consentida que exista.

—Ay, no sé —dijo Ari pensativa—. Puede que mi padre se lleve la palma en cuanto a mimos, cuidados, etc. Da un poco de vergüenza ver a mi padre, tan rudo, echándose a los pies de mi madre.

Beau volvió a fruncir el ceño.

—¿Me estás retando? Si hablamos de cuidar a mi mujer, no hay nada remotamente vergonzoso en hacer cualquier cosa que la haga feliz… que la haga sonreír.

—Me alegra que pienses así. Debo admitir que, a veces, me siento celosa cuando observo a mis padres. Nunca soñé que pudiera tener lo que tienen ellos —susurró.

—Pues espera a que llegue nuestra boda —prometió Beau—. Entonces veremos quién es el que mima más a quién.

—Quiero que vengan mis padres —dijo Ari pensativamente—. Quiero que me entregue mi padre. Quiero que mi madre me vea con el vestido de novia, que me ayude a peinarme y que me dé consejos sobre el matrimonio y la noche de bodas.

Beau parecía horrorizado.

—Por supuesto que estarán. ¿Por qué ibas a pensar lo contrario? Y, de verdad, Ari. ¿Consejos para la noche de bodas? ¿Acaso no te he demostrado ya que soy más que capaz en el apartado de noche de bodas?

Ari lo miró riendo.

—Tal vez pensaba más en consejos para mí. Y, bueno, en relación con la boda, no estaba del todo segura de que no fueras a sacarme del hospital y llevarme a Las Vegas o algo así para casarnos con más rapidez.

—Es tentador —susurró Beau—, pero tu madre me mataría.

—¿Y mi padre no?

Beau soltó una carcajada.

—Es un hombre, cariño. Probablemente nos compraría los billetes de avión si le dijera que teníamos pensado fugarnos. Joder, fijo que hasta nos compraría un avión. Odiamos llevar traje y flores en la solapa, ¿recuerdas?

Ari puso los ojos en blanco.

—Lo que tú digas.

Entonces la expresión de Ari se suavizó y se puso seria al moverse para poder dejar libre una pequeña zona a su lado en la cama. Beau supo lo que ella quería sin que le dijera nada.

Con cuidado, Beau colocó su enorme cuerpo junto al de Ari, levantándole con cuidado la cabeza para poder pasar un brazo por debajo. Con la mano que le quedaba libre le acarició y recorrió el cuerpo.

—¿Crees que puedes vivir con mis poderes? —preguntó Ari con calma.

Beau se quedó quieto y se echó atrás para poder verle la cara. Con las yemas de los dedos, le levantó la barbilla a Ari para poder mirarla a los ojos.

—Te quiero, Ari. Todo lo que te convierte en lo que eres. Me gusta todo de ti. Y si vienes equipada para acabar con todo el ejército de un país, entonces supongo que nunca tendré que preocuparme de que nadie me dé una paliza.

A Ari le resplandecían los ojos bajo la tenue luz de la habitación de hospital mientras le recorría a Beau la mandíbula con los dedos.

—Es una mierda tener que llevar este yeso —dijo con voz ronca—. Pero supongo que eso hará que nuestra noche de bodas sea mucho más dulce.

—Cariño, odio ser el que te diga esto, pero después de seis semanas contigo y sin nada de sexo, los huevos me dolerán tanto que me doy como mucho treinta segundos dentro de ti hasta que explote y tenga la mayor eyaculación precoz de la historia.

Ari se inclinó para mordisquearle la barbilla, haciendo que Beau emitiera un suave gruñido de placer.

—Puede que el yeso me mantenga alejada del juego del orgasmo durante un tiempo, pero no veo por qué tú tienes que sufrirlo también. No me pasa nada en las manos… ni en la boca —añadió ella con un ronroneo.

—Apiádate de mí —dijo Beau—. Me estás matando, cariño.

—¿Piedad? —rio Ari—. Puedo asegurarte, Beau, que piedad es lo último que querrás de mí las próximas semanas.

Que lo partiera un rayo si no tenía más razón que un santo.

En tus brazos

SE ACABÓ DE IMPRIMIR

UN DÍA DE VERANO DE 2015

EN LOS TALLERES GRÁFICOS DE LIBERDÚPLEX, S.L.U.

CRTA. BV-2249, KM 7,4, POL. IND. TORRENTFONDO

SANT LLORENÇ D'HORTONS (BARCELONA)